多彩的长兴岛

《多彩的长兴岛》编委会 编

文汇出版社

图书在版编目(CIP)数据

多彩的长兴岛/《多彩的长兴岛》编委会编.—上
海：文汇出版社，2017.10
ISBN 978-7-5496-2329-7

Ⅰ.①多… Ⅱ.①多… Ⅲ.①散文集-中国-当代
Ⅳ.①I267

中国版本图书馆CIP数据核字(2017)第233657号

多彩的长兴岛

编　　者 /《多彩的长兴岛》编委会
责任编辑 / 吴　华
特约编辑 / 蔡德忠
总 策 划 / 樊敏章
封面题签 / 顾晓雪
封面装帧 / 顾晓雪

出版发行 / 文汇出版社
　　　　　上海市威海路755号
　　　　　(邮政编码 200041)
经　　销 / 全国新华书店
排　　版 / 南京展望文化发展有限公司
印刷装订 / 江苏省启东市人民印刷有限公司
版　　次 / 2017年10月第1版
印　　次 / 2017年10月第1次印刷
开　　本 / 787×1092　1/16
字　　数 / 350千字
印　　张 / 20.75

ISBN 978-7-5496-2329-7
定　　价 / 58.00元

编　委　会

堅定文化自信

講好長興故事

我曾一再驚嘆說過崛起的長興為編輯部是金色界家简陋的编行部没有電腦沒有復印還没有固有一切審於手寫的審稿编輯的狀態可他们已完成了多部士们编辑出版著實讓我敬佩曉雪

书法家顾晓雪题词

序一　愿生活更加多姿多彩

叶年

记得去年《崛起的长兴岛——情系长兴》编委会让我为该书作序,我欣然答应,但当邀我参加该书发行评论会时,恰逢出差在外地,没能参加,留下了一点遗憾。近日得知又一本作品集《多彩的长兴岛》即将出版,再次让我作序,便认真品读书稿,又一次被书中的文字深深地打动。《多彩的长兴岛》是在前两集的基础上,又有了新的发现,又作了许多新的诠释,其史料价值与文化价值也更进一步。

细读《多彩的长兴岛》中所收集的文章,都源自各位作者心灵深处对家乡的眷恋和感悟。作品不仅仅叙述描绘了作者记忆中的长兴岛传统人文和自然风貌,同时也真实地描摹了故乡的人和事,其情其景甚至于一些细节,都是一笔宝贵的精神财富,渗透着海岛的原汁原味,散发着浓浓的泥土清香,抒发着多彩的人生,可见《多彩的长兴岛》既是一部故乡史,也是一部心灵史,读来真实、生动、感人。

纵观《多彩的长兴岛》无论是叙事的言说方式,还是写作的风格手法,抑或是字里行间的意境氛围,都为展现这部散文集的整体内蕴提供了强有力的支撑。翻阅书中的每个章节,除了有见识、有情趣,还有味道。传奇掠影、逸闻趣事,让人敬佩;多彩人生、海岛风情,让人赞叹;浓郁乡情、精彩往事,让人感慨。

《多彩的长兴岛》由于作者坚持对长兴岛传统乡土文化作出多元的价值考察,因而作品富有浓郁的地域和民俗风情,文字也带着生活原生态的色彩,虽然全书没有华丽的辞藻,也没有大段的抒情,但这类文章读起来更耐得咀嚼,很有现实感和可读性,还能让人感受到海岛风情和风物。

长兴岛积淀了深厚的传统文化内涵,构成了浓郁的江海风情。《多彩的长兴岛》的广大作者,基于传承和弘扬祖国宝岛悠久历史文化的责任和担当,帮助更多的人了解长兴岛,熟悉长兴岛,钟爱长兴岛,无疑是给当代社会和广大读者奉献上了一份文化厚礼。《多彩的长兴岛》怀着激昂的情、向上的情、奋发的情、进取的情、奉献的情和充满生机的情而撰写的书;是一本进行乡土文化教育的好教材;是一本贴近生活、贴近群众、贴近实际,讴歌时代的好作品;更是一本为提升长兴岛的美誉度、知名度,发挥着桥梁纽带作用的好文集。

　　是为序!

2017 年夏于上海

（作者系中国作家协会副主席）

序二　人文之岛　多彩之岛

逸　风

上个月,单位同事给我送来了一沓《多彩长兴岛》的文稿,嘱我给这本书写一篇序言。按理说,我是没有资格为这本书写序言的,一是因为前面还有叶辛大作家的序言,我再写难免有点不识趣;二是本人才疏学浅,恐不能完全表达我对这本书的阅读感受;三是我的职业也不太允许我去干这个活,讲出来可能还有点所谓的官腔。但经不住同事的几番请托,我还是允诺了下来,接连几天,我利用空闲时间,仔仔细细地阅读了每一章每一篇。其间,阅读的过程是十分愉悦的,也是令我感动的。犹如一段难忘的旅程,欣赏一处美丽的风景,且行且听,且听且思。

书中既有对长兴历史过往的回顾,也有对未来长兴的美好憧憬,回看来之不易,让我们既要懂得珍惜,又要不忘初心,砥砺前行;既有对长兴这片曾经沉寂的土地的种种情怀,又有对进入开发开放长兴的热情描写,让我们学会在寂寞中无须等待,于传承中要勇于创新;既有对长兴民风民俗多姿多彩的描写,又有对美食果蔬有滋有味的品道,让我们既平添了一份家的温暖,又多了一份桑梓对回归家园的向往;既有一处穿越时空的对话,又有一段刻骨铭心的故事,启迪我们去捕捉心灵深处天、地、人和谐共处的那道光亮;既有对生于斯长于斯勤劳朴实长兴人的深情讴歌,又有对长兴经济社会文化立体多元的深刻阐述,让我们感叹披荆斩棘、筚路蓝缕的艰难以及如今长兴这块土地所发生的每一点变化。

我不是长兴人,但我能深切感受到书中的每一位作者,都怀着对长兴满满的情感和爱恋,犹如母亲在你孩提时屁股上的轻轻抚摸,那样的温情那样的柔和。书中所传递和透露出来的人文之岛、多彩之岛的气息愈发强烈也愈发亲切。最近读到一首诗,我想借用几句,以此作为我的结语:

那是曾经看过的风景,如今还是一样的美丽。

因为那是我的故土和家

······

家的味道从远方传来，

家的声音在远处回荡起伏，

爱上她，

不是因为她的美丽，

更多的是那等了许久的感情。

丁酉大暑于崇明

（作者系上海市崇明区档案局局长）

前言　心中燃烧着的激情

徐惠忠

　　当新书《多彩的长兴岛》即将付梓的时候,我心中的激动无法用语言来表达。我是一个耄耋老人,在文学上,严格地说是一个门外汉,为何如此热衷于编写关于海岛的书呢? 况且在短短的几年内已有三本书问世。其实,理由很简单,全在于胸中涌动着的那股激情。自己的苦难身世和人生经历,目睹了长兴岛发生的一切巨变,悟出了一条真理:只有共产党才能救中国。苦难的旧社会,长兴岛人过着衣不蔽体、食不果腹的悲惨生活,但浩瀚的长江培育了海岛人宽广的胸怀和与大自然做斗争的大无畏气概,这种豪迈的精神时时在心中涌动;新中国成立后,特别是改革开放以后,长兴岛发生了翻天覆地的变化,如今,岛上高楼林立、人流如织、车流如梭,人民生活幸福,整个海岛简直就是一座大公园,实现了海岛人千百年的梦想,这样的变化岂能不令人感动? 再说,在这个小小的海岛上有多少美妙和神奇的传说,有多少动人心弦的故事,有多少沉没于历史烟尘中的逸闻趣事,需要有人搜集、撰写、编辑。出于这样的考虑,我组织了几个志同道合者,做起了这项"自不量力"的艰苦工作。

　　原先编了三本书之后,想"偃旗息鼓"了,因为毕竟年事已高。但编委会的一些同志,有关的领导和朋友,还有一些读者和乡亲,竭力鼓励我们再干,因为有了一个平台,有了一定的编书经验,再说,几个老同志的身体还康健,就此搁笔,似乎有点可惜。于是,我们听劝忠告,"重操旧业",花了半年多时间,《多彩的长兴岛》初稿终于大功告成。

　　《多彩的长兴岛》旨在继承和发扬长兴岛的优良的传统文化,立足海岛的创新发展理念,力求真切地抒发作者自己对人与自然的生命感受和人文情理、人文情怀和人文精神,从而推进人们对人和自然和谐发展的历史进程,更是为长兴岛的创新发展,营造一个友爱、互助的人文环境和和谐、平顺的自然环境。

　　《多彩的长兴岛》,由八个篇章组成,我们想从不同的侧面和方位,反映长兴岛多彩的画面，主要弘扬"真、善、美"的东西，用时髦的话说，就是弘扬正能量。我们挖掘海岛文化资源中一些有价值的东西，展示给读者，让读者感受到"真"的力量；我们撩开神秘的历史面纱，攫取几个故事，让读者读后经过哲学的历史的思考，感受到"善"的伟力；我们用更多的篇幅展现海岛的美丽风光，给读者以一种身临其境的"美"的享受。总而言之，人民群众是历史的创造者，他们创造世界，创造着人类的文明，也创造着自己美好的未来。

我们也期待着，这本《多彩的长兴岛》不仅把长兴岛过去的美好回忆作为珍贵资料保存下来，留给社会，留给后代，留给历史，而且对现在的幸福也有所启迪，更重要的，对继承和发扬长兴岛人的垦拓精神具有深远意义。从而，为促进长兴岛的政治、经济、文化的可持续发展作出应有的贡献。

本书得以出版，得到各方面的关心、支持和帮助，我们深表谢意！

目
录 Contents

海岛风情

诗情画意

回忆往事

传奇掠影

　　中国著名作家路遥说过：只有初恋般的热情和宗教般的虔诚，他才能成功某种事业；只有在暴风雨中才会有豪迈的飞翔，只有滴血的手指才会弹奏出惊人的绝响。

　　你读了本篇章的一些文章后，会更加深刻地理解路遥此话的真正含义。看看文章中主人公是怎样成就某种事业的，是怎样在暴风雨中顽强飞翔的，又是怎样弹奏出惊人的绝响的。

　　祝愿大家都能成为生活的强者，事业的开拓者，用孜孜不倦的钻研精神、百折不挠的拼搏精神和进取向上的攀登精神，写好自己壮丽的人生之歌。

两毛钱的音乐梦

刘 萍

精彩而富有意义的人生,需要自己去创造。孜孜不倦的努力和永无止境的攀登,是成才的阶梯。只有不断学习,刻苦实践,勇于探索,才能实现自己的梦想。音乐达人樊学章因他的勤奋好学,坚持不懈,通过不断地自学、苦练,才成就了他的音乐梦,演绎着他的精彩人生。

两毛钱的故事

樊学章 11 岁那年,他和许多农村孩子一样,跨进了学校的大门。在那个年代,上学读书实在是不容易的事情。他家境贫困,兄弟姐妹又多,共八个,他排行老六,但父母还是想尽办法让他去读书。在学校里,他和同学们一起学习、玩耍,童年的乐趣依然记忆犹新。但他与同学间发生的一件小事,却让他的人生之路发生了巨大的变化,并染上了瑰丽的色彩。

事情是这样的。有一天,他的好朋友要钱急用,他将好不容易攒下的两毛钱借给了他,并说好第二天就还的,可他等了快一个月,也不见同学有还钱的意思。当时两毛钱,对学章来说是一笔重要的款项。学章经过几次催讨没有结果,人小鬼大的他,看到这位同学天天拿着笛子玩,心里痒痒的,于是,他就提议把笛子给他,两毛钱就不用还了,这位同学倒也愿意接受。就这样,学章拥有了一支属于自己的笛子。笛子和他形影不离,他把笛子视如珍宝,爱不释手,只要有空就试着吹。当时的农村,既没有音乐老师,家长也不会指导,全靠他对音乐的一种悟性,摸索着学习吹笛。学章有着一般同学不具备的音乐天赋,只要他听过的音乐,都会过耳不忘。童年的他既不懂简谱,又没人指点,全凭着他的那股牛劲和对音乐的那种挚爱,反复操练,通过几百几千次的摸索,终于能吹出笛子上每个笛孔的音符。那年的"六一"儿童节,他自告奋勇向老师提出要表演节目,老师用怀疑的眼光看着他,问:"你能表演什么样的节目呀?"他很认真地回答:"我会吹笛子。"老师问:"谁教你的?"他回答说:"是我自己学的。"老师说:"那你先吹给我听听。"于是,他像模像样地吹了起来。老师听后,感到很惊讶,觉得这个小孩不一般,当时就答应了他的请求。那年的"六一"儿童节,使他终生难忘,第一次上舞台表演的那种情景一直在眼前浮现。从此他与音乐结下了不解之缘,他更加喜欢音乐,把音乐看作是生活中必不可少的一部分,并把音乐融入他的生命里。当时插队下乡知识青年任平,当代课教师后担任他的班主任。任平喜欢音乐,有较好的功底,开始教樊学章识简谱,教他吹口琴,成为他走上音乐之路的启蒙老师。

那时候,别的小朋友放学回家,结伴打弹珠、打牌包、捉迷藏等闹着玩,而学章却沉浸在他的音乐世界里。平时他喜欢守在广播喇叭旁,拿着笔记本、铅笔把广播喇叭里播放的歌词记录下来,把音乐的旋律记在心里,然后再用笛子对照着心里记下的音乐旋律一遍又一遍地吹,边吹边用耳朵听。琢磨得差不多了,再到任平老师那里,吹给老师听。老师非常惊叹他对音乐的非凡悟性,也佩服他小小年纪就具有的那种刻苦、执着的自学精神。

琴弦里的酸甜苦辣

20世纪70年代初期,比他大八岁的二哥加入了文艺小分队。他的几个哥哥省吃俭用,瞒着父母,用六元钱买了一把二胡,放在家里进行自学。由于兄弟姐妹多,家里穷,这把二胡要算是家里最值钱的宝贝了。二哥回家后,就郑重其事地警告大家,没经过他同意,谁也不许碰这把二胡。当时还是小毛孩的学章,却早已盯上了这把二胡,就是不敢动手去拉。只要平时二哥一拉二胡,他总站在那里静静地看着,默默地记着二哥的手法、音乐的旋律,有时偷偷地摸摸这把二胡,心里也觉得很开心。他只能等家里没人时,才小心翼翼地偷偷玩这把二胡,一次次偷偷地摸索,终于,像样的音符旋律从他的弓弦上流淌出来,成功的喜悦让他忘乎所以。终于有一天,他正陶醉在偷拉二胡欢乐之中时,被二哥的"给我放下,谁让你拉二胡的"呵斥声惊醒过来。原来在附近农田干活的二哥,突然听到悠扬的二胡琴声,他循着琴声一路寻到家里,发现学章在偷拉自己的宝贝二胡,顿时火冒三丈。但又觉得弟弟拉得二胡要比自己好,虽然嘴里骂骂咧咧,心里倒产生了默许他拉二胡的想法。从此以后,学章更加痴迷于拉二胡了,并想方设法去买各种有关乐器吹拉弹奏知识的书。没钱怎么办？他捕鱼、钓蟹、捉黄鳝，攒钱买书，音乐书籍家里买了一大堆，但身上却没有一件像样的衣服。

勤学苦练，追求梦想

他属牛，学习、工作更是牛劲十足，吃苦耐劳不在话下。由于受到"文革"读书无用论的影响，初中毕业就没学上了，但他还是没有放弃对音乐的热爱。因为他有音乐这方面的特长，被长兴公社文化站看中，破格录用成为公社文艺小分队一员，从此，他便与群众文化结下了不解之缘。踏上工作岗位后的他，更加发奋图强、勤奋学习、刻苦钻研，见到一种乐器，就要动脑筋下苦功把它学会；听到一曲新歌，就要把它唱会；看到一个搞笑滑稽的小品就会暗暗去模仿。学习文艺技能到了废寝忘食、如痴如醉的境地。领导见他如此投入好学，就不断地送他去县里的各种文艺培训班及音乐学院的短训班学习。日复一日，年复一年，聪明加勤奋，使他的业务技能有了突飞猛进的长进，二胡、笛子、扬琴、唢呐、葫芦丝、电子吹管、电子琴、电吉他、长号、萨克斯、打击乐都很精通。还有许多乐器，到他手里也会玩得像模像样。拿到一首好的歌词，他可以为它谱上动听的曲谱；有了一个好的小品剧本，他可以上台演主角……只要他上台演小品，总会引来台下的阵阵掌声，观众们都会笑得前仰后合，大家都把他看成是"长兴岛上的小品王"。

创新思维，发明"悦管"

2010年以后的一段时间里，人们又发现了他喜欢捡垃圾，把那些丢弃在路边的建筑垃圾比如塑料油漆桶、长长短短的塑料水管（PVC管）、断掉的毛竹片等捡回去，隔壁邻居经常听到他老婆的责骂声："叫你不要捡回来，你又捡回来了，家里又不是垃圾场。"老婆把他捡回来的垃圾扔出去，他又悄悄地捡回来，老婆也知道他的牛脾气，你不让他做的事他偏要做，他决定要做的事没人能改变他，就这样扔出去捡回来，如此经过多次反复，老婆也就听之任之了。只要一有空闲，他就坐在那些破烂货旁发呆，每次他哥哥、姐姐经过他家时，总是看到他边看书边用锯子不停地锯呀，用榔头轻轻地敲呀，都说："没事找事，何必这么累"?！他回答说："我要制作乐器。""好了，省省这份心吧，现在高档的现成的乐器要多少有多少，谁会喜欢你用那些废弃材料制作的破玩意，还不知道弄得成功弄不成功呢?"他听了也只是淡淡地一笑了之。通过一次次的揣摩和尝试，塑料油漆桶变成了二胡，塑料水管成为首届市民文化节上的打击乐器,还申报并通过了国家知识产权审核并给予专利保护,冠名为"悦管";不起眼的毛竹片也被他制作成了长短不一的打击乐器。人们在折服的同时更是刮目相看,自叹不如。

学有所用,成就梦想

云南文化考察回来后的有一天,单位职工小黄到他办公室交文件,刚到门口就被他发出的"突克吐、突克吐、突克吐"的异样响声给镇住了脚步。停顿片刻后,"突克吐、突克吐、突克吐"的声音还是不断,小黄想:"站长有高血压的毛病,会不会是发病了?"连忙发声:"站长,我可以进来吗?"连叫了几声,他才回过神来说:"进来吧。"小黄赶紧进去,担心地询问:"站长,你是不是哪里不舒服?"他回答说:"没有啊!"小黄连忙说:"那好! 没事就好!"带着疑惑匆匆地离去。后来,人们发觉他在走路、开车时也总是像在自言自语发出"突克吐、突克吐、突克吐"的声音。出于好奇,小黄终于忍不住问:"站长,你为什么一天到晚发出'突克吐、突克吐'的那种声音?"他笑着说:"噢,我是在练葫芦丝吐音的方法。上次云南考察受益匪浅,特别是看了勐巴拉娜西超级歌舞秀的精彩演出,学到了很多东西。这段时间我在练习葫芦丝《欢乐的泼水节》,难度比较大,我必须要锻炼舌头的灵活性。"终于,功夫不负有心人,凭着一首葫芦丝合奏《欢乐的泼水节》,在 2013 年首届上海市民文化节上荣获大奖,获得了首届上海市民文化节"纸音杯"家庭音乐会大赛最佳才艺奖、上海市"乐学申城 精彩人生"2013 年社区家庭才艺大赛一等奖。

面对荣誉,他不骄不躁。"大江波汹涌,不见轻舟影;唯有搏击人,悠然登浪顶。"这是他的座右铭。他虽然年过半百,但他坚持活到老、学到老的思维方式,他说"生命不息、音乐不停",在他的音乐路上孜孜不倦地追求着,实现他的音乐梦。

春蚕到死丝方尽 蜡炬成灰泪始干

2014 年 8 月 25 日,一声晴天霹雳,重重地打在樊学章同志身上。在医院的病例化验报告上明确写着"肺癌晚期"四个字,这是一个撕心裂肺的坏消息,这是一个令亲人、同事、朋友扼腕痛惜的不幸结论。英雄只怕病来磨,一位多么优秀的音乐达人,将要与病魔展开殊死的斗争。可是,学章同志却一笑了之,他说"死并不可怕,可怕的是碌碌无为地离去"。他一边配合医生积极进行各项治疗,一边继续上班,从生病到他的悄然离去,除了需要到医院治疗以外,他还是坚持上班,从不迟到早退。他就是这样一位默默坚守在长兴群众文化战线上的平凡的共产党人,始终坚持文艺为大众服务的方向,坚持为工农群众服务。他一生挚爱着自己从事的事业,三十多年的风风雨雨,他义无反顾,一往直前,在长兴人民心里留下了美好的记忆。这真可谓:春蚕到死丝方尽,蜡炬成灰泪始干。敬爱的樊学章同志,你安息吧,长兴人民永远怀念你!

长兴岛上的"女华佗"

——忆母亲张凤梅

顾希良

  我母亲叫张凤梅,外祖母去世时她才三岁,从小跟我外公张祯祥生活。那个年代,流行女人脚三寸金莲,大脚姑娘让人瞧不起,所以母亲小时候也缠脚,那是一件既麻烦又很痛苦的事情。外公看来不忍心,让母亲停止了缠脚,结果还是形成了四寸多的畸形小脚,走路用脚跟一摇一摆地很不方便。这给后来的行医带来不少麻烦,病人只能登门求医,或用车接我母亲上门看病。

  那时候我祖父顾鸿涛是个懂中医的外科医生,在崇明保安镇行医,还开了一家中药铺。外公是店里的账房先生,他毛笔字写得好,能打算盘会算账。工作中两位老人相处很好。我母亲是独生女,经常随外公到祖父家玩,时间久了,母亲和顾家的大人小孩相处和谐又愉快。因此大人们便确认了我父母亲的婚姻关系。大人们让只有16岁的母亲正式到药铺帮助抓药。当时店里至少有一两百种中药。抓药必须认识药材的名称,还要根据处方称重量和配药。这样的工作对于大字不识一个的女孩来说,绝对是一件困难的事情。但我母亲不怕困难,聪明好学,好动脑筋,硬是死记硬背,很快记住了铺里复杂的药材名称,给病人抓药得心应手,心算账款也很快。

  旧社会有一个不好的习惯,那就是一个人的技术、本领传男不传女。我祖父把中医内科的技术传给我父亲顾才荣,但我父亲学医不到位。我母亲只能偷偷地学,她细心地观察我祖父给人看病的全过程,尤其对小儿科和中医外科感兴趣,时间长了,不仅学到了治病技术,还学会了祖传秘方药的配制方法,她学习得比较全面,掌握了中医的精髓。

  祖父看我母亲聪明好学,为人又好,把他的镇店之宝——一个鸭蛋大的天然硇砂给了我母亲。我母亲后来和我们说,这块硇砂当时可卖 200 个大洋(银圆),祖父出去打牌经常带上它,是他的心爱之物。直到 20 世纪 90 年代的某一天,母亲双手拿出一块小石头样的东西,问我这是什么东西?我说是石头呗。她让我对着太阳看是什么颜色。我一看是浅红色的,母亲说石头怎么是红色的呢,这就是硇砂。你别看它品貌不扬,它可是中药之王呢! 配药时稍放一点就很起作用。父母亲 1937 年 8 月 13 日日本人轰炸上海时逃到长兴岛,随身一直带着这块宝石,用以为人治病。

母亲中医外科技术很熟练,她能识别身体外表的各种疾病,什么奶疾、搭背疮、对口疮、黄瓜痈、偏口疾、耳根毒、耳沿毒、杨梅疮、臂弯疾、坐马痈、肛肉疾(也称痔疮、漏疮)、蛇头疮、黄水疮、中耳炎等二三十种疾病。母亲专门给人治这些疾病。她给人治病有其独特的处理办法:一、消毒不用酒精,用茶叶水;二、开刀不用刀,而是用三棱针;三、不同的病采取不同的办法。例如奶疾和蛇头疮,不能挤不能压,采取吊毒的办法。只要我母亲愿意看的病,基本做到手到病除。有些病人到上海大医院看不了看不好的病,到她手里都能治好。我母亲是民间医生,看病收费病人是不能报销的,所以一般病人都到医院去求诊。当公费医院看不好了,才找我母亲看。但是母亲对不能看的或没把握看的病绝不给人治疗。例如奶疾,她只要用手一摸,就能知道是良性的还是恶性的。如果是良性的,她会先给你收箍,疾症消失就算好了,如果化脓了就给你开刀治疗,百分之百能治好,而且奶上只有一个白点,看不到伤口。相反,如果是恶性的,她会让你速去大医院求诊,绝不能耽误病人的治疗机会。

我母亲对人忠厚老实、乐善好施、热情好客,从不为小事、私事和人争吵。那时候我们家很穷,即便有好吃的,自己舍不得吃也要留给我朋友吃。给人家送东西总是挑好的,不好的留给自己吃。同样在七八十年的行医活动中,她一直坚持三不收费规矩:亲戚朋友不要钱;隔壁邻居不要钱;穷苦人不要钱。因此,我们家的人际关系、人缘特别好。新中国成立前的三年时间,我们家遇到两次大火,家里烧得一贫如洗,彻底返贫。但是在亲戚朋友的帮助和支持下总算渡过了难关。新中国成立后家里分到了 10 亩地,又走了互助合作的道路,生活才逐渐地好起来。

几十年来我母亲跑遍了长兴岛的每个村落,是小有名气的民间医生。2001 年《新民晚报》的名记者朱全弟同志到长兴岛专门采访了我母亲,写了"93 岁的女华佗——记长兴岛上传奇人物张凤梅",在 2001 年 7 月 22 日《新民晚报》头版用红标题登了出来。从此我母亲名扬大江南北,看病的突然多了起来,甚至江苏、浙江、安徽的病人也到岛上请老人看病。

那时她已五世同堂,不愁吃不愁穿,在几代小辈的关心下,过着其乐融融的晚年生活。

在母亲最后的岁月里,为了不让祖传的医术失传,她逐渐把治病的技术、祖传秘方的配置办法,以及看病的注意事项,认真地教给了我们。这几年,我们兄弟们,特别是小弟顾希乔,利用母亲传给他的技术和知识,给不少病人治好了病,为老百姓做了一些好事。

母亲98岁那年住小儿子家,有一天在家里看人家打牌,别人给她倒水喝,她也跟过去,不小心滑倒,跌在硬塑料桶上,结果跌断三根肋骨,还把肺戳破了,住进吴淞医院。在医生的精心治疗下,不到半个月三根肋骨接好了,肺部的积液也全部吸收了,医生和大家都很高兴,想不到九十几岁的老人还有那么高的再生能力。这样在医院住了一个月就回家了。

回家以后,老人能吃能喝,身体还算正常。2006年清明前一天,她侄儿张文斌和两个妹妹来看姑母,母亲高兴极了,谈兴极浓,一谈就是两个来小时。想不到第二天即清明节凌晨三点多,老人突然驾鹤西去了。人们常说高寿老人去世是喜事,可我母亲去世一点也喜不起来,几十个儿孙以及不少亲戚朋友和隔壁邻居都痛哭流泪,感到非常悲痛。至今老人离开我们已整整十年了,但是她那忠厚老实、勤劳节俭、自强不息、艰苦奋斗、以人为善、以善积德、治病救人、救死扶伤的品格和精神永远留在我们的记忆里,值得我们学习和发扬光大。

摸甲鱼大王李善真

魏 然

　　李善真是长兴岛上的摸甲鱼大王。只要一说起摸甲鱼,人们就会自然而然地想起李善真的名字;只要一提起李善真,就会想起他那高超的摸甲鱼的本领。

　　李善真出生在一个贫苦农民的家庭,自小喜欢捞鱼摸蟹,对摸甲鱼也特有研究,掌握了一套摸甲鱼的独特的本领。他以摸甲鱼为生,常常出没在岛上的池塘边、农民家的宅沟沿上。多的时候一天可捕捉到几十只甲鱼,从没有见他空手回来的时候。但他对他的技术非常保守,从不外传,甚至连自己的家人和亲戚也不肯透露半点口风。要是他今天还活着的话,也许可以去申报摸甲鱼的技术专利了。

　　笔者的两次所见,真感到他摸甲鱼技术的高超。一次是 20 世纪 50 年代中期,正是互助合作化运动高潮时期,那时我还是一个十几岁的小孩子。家里住上了不少农民,地上铺上地铺,他们都是合作化运动的积极分子,讨论组织入社问题。初夏的一个早晨,李善真经过我家门口,上镇去买东西,被几个农民喊住了,对他说:"老李呀,给我们摸一只甲鱼来,让我们改善改善伙食,好吗?"老李倒也直爽,笑着说:"蔡家伯伯家(即是笔者的家)后面的宅沟里就有一只甲鱼,在桃树根旁边,你们自己去摸好勒。"几个农民说:"我们不会摸呀,麻烦你把它捉起来。""好,好,好,我把它捉起来。不过这只甲鱼不大,只有两斤半左右。昨天我在宅沟沿上走过,嫌它小没把它捉起来。"于是,大家兴致勃勃地跟着他走到宅沟边的一棵桃树旁边。这棵桃树斜长在沟面上,李善真连鞋子也没脱,他轻轻地踩在横长在水面上的桃树的主干上,慢慢地卷起右手的衣袖,将手伸向水里,很快将一只甲鱼捉了上来。大家高兴得手舞足蹈起来,都夸奖他摸甲鱼有本事。回到屋里,用秤一称,这只甲鱼两斤六两,跟他说的差不远。

　　还有一次在 1958 年,岛上来了不少下放干部,到农村来劳动锻炼。有几个人听说李善真摸甲鱼本领高强,便利用休息天跟他去看他怎样摸甲鱼。那年,我读小学六年级了,凑热闹也跟了去。当来到友谊圩钱二郎家后面一片茭白荡时,他招手叫我们过去,说:"就在这几棵茭白根的旁边,有一个甲鱼潭,里面的甲鱼还在,你捉的时候可别被甲鱼咬了,一定要用手紧紧地挽住它的后脚裆的两个部位。"几个下放干部不怕被甲鱼咬,争着"我来!我来"!老李看了看他们,对一个大胖子老周说:"你来!"因是夏天,他穿着汗衫,就把手伸了下去。哪里还管甲鱼的后脚裆前脚裆什么的,一碰到甲鱼就拉住它的尾部把它提上来。当老周把甲鱼提出水面时,一只很大的甲鱼伸出长长的脖子,瞪着圆圆的小眼睛,弯着头要朝老周的手上咬去。说时迟那时快,老周见形势不妙,使劲把甲鱼往池塘里一扔。只见甲鱼在水面上飞快地划了几下,就钻到水底下去了。大家都责怪老周,到手的甲鱼还是被弄丢了。老李笑着说:"叫你捉,一样会弄丢的。因为你没有实践经验呀,不知道甲鱼在水底下是怎样卧的,头在什么方向也不知道。"后来,我们又跟他走了几个地方,只见他先在池塘边或人家的宅沟沿上东张张西望望,然后走下去,把甲鱼摸出来,放进环篮(一种捕鱼的工具)里。那天上午,他一共捉到了十几只甲鱼。他能看得见水底下的甲鱼躲在什么地方,可是我们却什么也看不到,这就是人家的技术吧,这就是人家本领吧!

长兴岛西部有一个叫徐学章的,一心要学摸甲鱼的本领,跟着他跑了一个多月,仔细观察周围的一切,看他在怎样的情况下走下去捉甲鱼。李善真从不向他透露半点摸甲鱼的技巧,但徐学章凭自己的仔细观察和悉心研究,也学得了一鳞半爪的技术,独个儿去摸甲鱼了,但收效甚微,比起李善真来,只是学得了一点皮毛。

笔者自小在海岛长大,对捞鱼摸蟹特有兴趣,也曾摸到过几只甲鱼,但这是瞎猫碰到死老鼠——碰巧而已。李善真摸甲鱼之所以达到炉火纯青的地步,主要是他掌握了甲鱼的生活习性和活动规律。比如,有甲鱼的地方,水面上往往有气泡,沟边还会发现甲鱼爬过时留下的痕迹,还有甲鱼追捕蛸蜞、螃蟹时留下的断肢碎壳等,还根据他经验的积累。早晨和傍晚,甲鱼潜伏在沟的东边还是西边也是不同的,沟里的水生作物的生长情况与甲鱼的生存环境也密切相关。总而言之,他把现象当作入门的向导,仔细分析研究,最后揭示出事物的本质。俗话说,三百六十行,行行出状元。李善真摸甲鱼这一行,也算是一个名不虚传的状元了。我愿天下所有的人,像李善真一样,在自己从事的专业上,悉心研究,勇于探索,精益求精,做一个有为的状元。

我的自学生涯

张中韧

新中国成立 20 周年那年的春天,17 岁的我告别宜山中学,随着上山下乡的大潮,来到长江口的江心岛——长兴岛长明九队插队落户。在年逾花甲的今天,一幕幕往事浮上心头:自学近 50 年,先后在多所大学业余攻读(上海外国语大学、上海电大、上海师大),先后涉猎了三个专业——中文专业、教育心理专业、创造学专业,完成了三本论著,获得了三项专业技术职称或学术称谓:中学高级教师、特约研究员、中国创造学会常务理事。退休之后,又迈进了老年教育的大门……

一、不向命运屈服,坚信每个人的生存与发展的权利是平等的

刚下乡时,天天面向黄土背朝天地干活,素食粗粮、拼足勇气向体能的极限冲击;身居茅屋、不甘沉沦,开始了自学生涯:

学文学——在中学教师殷月祥、知青才子吴格帮助下,细读了《古代散文选》,进而通读了《史记》,用白话文翻译了《荀子》的部分名篇,多次阅读我国古典名著和世界名著,尤其被《约翰·克利斯朵夫》中的主人敢与命运抗争的精神所激励。

学医学——研读《黄帝内经》《伤寒论》《中医基础理论》;熟背十二经络,琢磨穴位;搞解剖,画出的神经、血管图胜过了医科大学的学生;业余师从长兴名医曹顺明搞临床推拿,苦练按、压、滚、振、点、揉等手法,治愈了三十几例患漏肩风、腱鞘炎、落枕等的病人。

学文艺——拉二胡,奏扬琴;写剧本,说相声;组织画农民画,办图书馆,搞故事会,办歌咏大会和文艺会演……成了宝山县长兴人民公社文化站负责人。

九年插队,虽未成"专家"但却成了"杂家",为以后的发展奠定了知识与人格的

基础。

二、不向困难低头,坚信"山重水复疑无路,柳暗花明又一村"

人的潜能有多大? 近 50 年自学生涯告诉我:人的潜能接近于无穷大。

我的外语学习:在宜山中学初中时只读过一年俄语,1973 年在长兴插队收听日语广播讲座,1978 年在安亭师范读书时第二轮收听,有了明显长进,1981 年考入上海外国语大学夜大学,每天下班后从地处吴淞口的泰和路小学赶到虹口校区上学,深夜才回家中,两年中应付了一场又一场实录式考试,口试每次全优,后虽然因故中断,但 1984 年在李北宏编辑的帮助下,在《上海教育》杂志上发表了关于日本中小学生评价观点变迁的译文。1994 年到市教育工会任外事专管员如鱼得水,在江晨清主席、市总赵顺章部长的指导下,1998 年、2002 年、2009 年分别作为上海市教育工会第三、第五、第八次访日代表团团长,在语言交流上赢得了双倍的思考时间,从容应对、言辞得体,赢得了大家的好评。

我是 68 届初中毕业生,只学了一年俄语,1992 年在上师大读本科时经过两个暑假的拼搏,竟然"连滚带爬"地通过了全市统一的学位资格英语考试。

我的专业学习:在上海电大与上海师范大学先后业余完成了中文大专、中文本科和教育基本理论硕士研究生主要课程,80 年代又自学了第三专业——创造学。

第一专业——中文:有长兴岛插队落户时的九年自学打底,进入安亭师范学校竟然获得了作文竞赛一等奖、全市师范生作文竞赛三等奖,从教后两次从领导手中接过吴淞区青年教师比武一等奖奖状。在吴淞电大自学辅导站学习期间,与潘擎文、王岚、秦晋、喻业聪、居根宝、顾敏等组成课外学习小组,摸索了一套科学有效的记忆方法:如网络记忆法、谐音记忆法、图表记忆法、比较记忆法、板块记忆法、立体记忆法,在领导和同事们的支持下同陈国华、周龙兴、陈彩玉、施贤洁及以上同学登上了电大自学辅导班的讲台,使全班的古典文学考试一次通过。

记得再多,不善思考、不善应用也是徒劳。我在当小学教师的第二年编写的教案在袁爱仙、吴昌林老师的指导下,被上海教育出版社编入教学参考书。除做好小学教师本职工作外,还先后兼任业余中学教师,电视大学吴淞分校论文指导教师,1989 年被评为小学语文高级教师,1996 年被评为中学语文高级教师。

第二专业——教育基本理论:1987、1988 年暑期参加了上海师大教科所举办的教育基本理论硕士研究生课程班,师从恽照世、谢淑贞、商继宗、洪德厚、郁中秀、李酉亭、张民选等名师修完了主要课程。

运用"德育论"原理,在全市率先实验小学生基础文明养成教育,在宋宝权老师指导下,与余慧斌等合作出版了《小学生心理与行为指导》,同毛放、余慧斌等合作的养成教育研究获上海市第四届教育科研成果二等奖。

遵循"差异心理"原理,与毛放、谢慧萍、顾晨风深入各区县指导全市55所整体改革实验小学,取得大面积的丰收,并担任市教育局普教处副处长。

1992年与季国强处长一起成为《上海市实施〈中华人民共和国义务教育法〉办法》(送审稿)的主要起草人,被聘为上海师资培训中心首批兼职讲师。为切实推进义务教育在全市郊区县的实施,与张一民、金习群、丁一匡成为"农村教育四条汉子",调整设点布局,制定办学标准,指导综合改革试验,落实第一期课程教材改革……

任职的最后18年是在中国教育工会上海市委员会(简称:上海市教育工会)度过的。在老主席江晨清、鲁巧英的启迪下,配合夏玲英主席,与刘光震、姜培庆、姚德华、李弢、沈瑶等一起,在各高校、区县和直属工会的支持参与下,上海市教育工会实现了种种突破和创新:教师旅游专列走遍江南大地、万人医保万人体检缓解了医疗改革给教职工带来的矛盾和负担、教师文艺汇演两进大剧院唱响金沙滩、三届全市教工运动会被称"小奥运"、国际交流拓展国别和领域、举办专题研讨会、组建优秀青年教师协会生机勃勃……还与徐忠荣、陈阿根、吴二夏、宋林飞及区县教育工会主席们一起,完成了《上海市普教系统教师生存状况调研与研究报告》,获中国教师教育学会论文一等奖、中国教科文卫体工会调研成果一等奖、教师学研究会20周年论文一等奖等。

第三专业——创造学:这门学科在20世纪30年代兴起于美国,60年代发展于日本,改革开放后才引进到中华大地,我被这门学科中阐述的创造精神、创造思维、创造技法、创造人格所深深地吸引,80年代就从领导科学、人才学、管理科学中了解了创造学的基本观点。1992年与余慧斌、葛起裕合著了《儿童创造》一书,1994年在首任会长袁张度教授的关心下成为中国创造学会的首届理事,二十多年来先后与江晨清、方启敖、芮仁杰、项志康等合作完成了"五个一":组织了一支研究队伍——三百多名研究者中80%为高级职称;筹建了一个培训中心——培训了全国各地万余名教师;建立了一批实验基地——在全市中小学幼儿园中创建了二百多所创造教育实验基地;产生了一批成果论著——每届全市教育科研成果评选中都有实验基地学校获一、二等奖;编印了一本会刊——《创造教育研究》已编印发行20期,计四万余册。本人连续四届被选为中国创造学会常务理事,创造教育专业委员会副主任,连任二十多年上海市创造工程研究所特约研究员,并荣获中国创造学会第三届创造成果奖。

退休五年来,我先后迈入了上海老年大学、老龄大学、退休职工大学的校门,又一次当上了学生:师从吴昌硕书法艺术第三代传人书法教育家林仲兴老师、易经文化专家顾长生老师、古陶瓷鉴定专家程庸和李欣老师,学习书法、易经文化、文物鉴赏……还在校领导濮圣奎、社长杨志秋、世界榜书联合会副会长计韧锋等引荐支持下担任了上海老龄大学书画社秘书长。

回眸近50年的自学生涯,我深深感悟到:学习是人生的重要内容,自学是人生的成功基础。有些人常叹命运不济、机会太少,我认为每个人的命运和机会都是大致相等的,关键是:只有你随时做好准备,才能抓住机会,创造机会;把握命运,改变命运。

近50年自学对我而言,只是终身学习的"第一乐章",我将持之以恒,坚持不懈:"淡泊明志——干一番利国利民之事;宁静致远——做一个求真务实之人。"

我的木匠爷爷

施唯一

　　我的爷爷是个木匠。我常想,有时间为爷爷写一篇记叙文,但由于工作繁忙,加之笔法拙劣,也实在不敢提笔描写爷爷。直到2016年11月底的一天,《崛起的长兴岛》主编徐惠忠老先生找到我,说要再出版一本反映长兴发展变化与风土人情的书籍——《多彩的长兴岛》,希望我能提供一篇文稿。

　　《崛起的长兴岛》编委会自2013年成立以来,在短短四年之间连续编辑了三本书,内容丰富、文笔质朴,是一套较好反映长兴风貌的书籍。我有幸能为新书写稿感到快乐。在此,我要感谢徐老先生的邀稿之约。

　　如今,徐老先生再次盛情相约,实在不好意思推托。可是,如何下笔? 写什么好呢? 经过一番冥思苦想也没理出个头绪。这时,徐老先生笑了,他推荐我写一位长兴的老木匠。他这一说,我乐了。想来徐老先生来找我约稿是有的放矢的,他说的这位木匠不是别人,正是我的爷爷——施士培先生。

　　我的爷爷家住长兴岛先进村二队,属牛,今年81岁。如同他的生肖属相一样,他为人忠厚朴实、吃苦耐劳,性格谦逊低调、豁达开朗。他也是一个极其正直的人,不畏艰难,总想把弯弯曲曲的木头经过他的调整变成横平竖直的可用之材。他从事木匠活六十余年,为我们家族作出了巨大的贡献。

　　我的爷爷不但属牛,而且我认为他真的很牛! 他从15岁开始拜师学艺,年少时便是家里的梁柱子,能制作出漂亮精致的桌子、椅子、木床、衣柜、货柜等日常家具,用木匠活的手艺供养家人。20世纪80年代,在凤凰镇凤凰桥南侧开了家锯板厂,后因拆迁,于1990至2004年在创建大队租了一间金工车间继续办厂,每天在老潘圆公路骑着"老坦克"往返于先进村与创建村之间,早出晚归,风雨无阻,对自己的木匠活始终充满着孜孜以求的热情与执着。可惜的是,我父亲和叔叔基本上是没有兴趣继承爷爷的手艺,因外面的世界太精彩,都先后外出另外寻生活。所以,多数时间里都是爷爷独自一人在干木匠活,踏踏实实、兢兢业业、任劳任怨,非常辛苦。

我的爷爷木匠手艺的确是出奇的好,靠着精准的划量、出彩的技艺,做桌椅之类的小家具不用一颗钉子,稍大件的家具一般也是能不用螺丝、钉帽的地方尽可能不用,精益求精,而且成品质量相当好,耐用勿损。像我父亲结婚时用的雕花老虎脚梁床、雕花架子、雕花八仙桌、五斗橱、被头橱、大衣橱、木箱、子箱橱、夜壶箱、方台、椅子以及姑姑出嫁时陪嫁的雕花箱木箱子、梳妆台、玻璃橱、高低橱、圆角独脚台、花架等都是出自爷爷的手。因此,找他做活的人络绎不绝,对他高超的技能啧啧称奇,远近相邻都相识,用长兴话讲就是"有眼名气喔"!时尚点讲可称作为"木匠达人"!

我是爷爷的长孙,爷爷自小疼爱我。我从出生到上幼儿园以前都是和爷爷奶奶住在一起的。爷爷说,那时候我还未满周岁,家里人都要下地"挣工分",我的奶奶和父母都出去忙了,把我带在身边"做生活"很不方便。于是,爷爷在干木匠活时,就把我放在竹子编织的匾里,他就在旁边一边干活一边照看我。爷爷说那时候最惊喜的事就是我在匾里自个儿鼓捣,爬来爬去,10个月就会站立了。

爷爷爱自己的手艺,对他来说,做一个木匠不仅是谋生的手段,也是消遣的法子。爷爷在家里干活的地方不大,一间小小的屋子里堆满了各式各样的木材,有长有短,有粗有细,带皮的没皮的,或摆放着半成型、未成型的料作。那时候也没有水泥地,地就是现成泥土地,凹凸不平,里面还摆放着爷爷自己做的精致且敦实的矩形工作台,爷爷叫它长足凳。这长足凳有四条腿,每条腿又多加了一个斜着的木条,形成三脚架,其上铺着整齐的木板,足够结实。据爷爷说,这个是他选用上好的木材特制的,为的就是既美观又牢固。爷爷通常靠在长足凳的一个拐角,把木材放在板面上,用脚固定,进行一番雕琢。

爷爷还有一个百宝工具箱,里面装有五花八门的锤子,分大小、尖钝;还有长短不一、粗细不均的刨子以及种类繁多的锯子、平圆不同的凿子;这些之外,就是各式量具,有钢卷尺、钢直尺、角尺、圆规、墨斗、划子;当然少不了后期要用的锉刀以及砂纸。遇到有些木工活工期较长的时候,爷爷索性把箱子里的工具摆放在长足凳上方便取用。一整天劳作下来后,他还会把这些工具分门别类地归档整理,一些特殊的钩子也会排列有序地挂在墙上,待到第二天作业时即用即取。因为贪新鲜,我小时候经常拿这些工具当玩具,爷爷对这些工具宝贝得很,被他发现总要挨一顿痛骂。不过偶尔不忙的时候,他便耐心地给我讲各种工具的用法,空闲时也会用边角料制作一些惟妙惟肖的木刀、木剑、木枪之类的玩具给我玩耍。

随着我慢慢长大，我就成了唯一围在他身边和他说话聊天的人，他也常常利用我小小的劳力帮他递个工具、搬个凳子。就这样，他的木匠活动从此把他和我的童年生活紧密地联系到了一起。他步入中老年后，我成了陪他打发时光的心灵伙伴，他也成了我孩提时代陪我玩耍的老顽童。久而久之，我们就成天泡在了木头散发的清香气味和满地木花的世界里。

那时候，我总不知何时天亮，记忆中的醒来总是伴随着爷爷那略刺耳的推刨声，自然是极不情愿地在埋怨着爷爷的烦躁中起来。我从不知爷爷是何时起身的，大概是比我早些，每次起床后，经常能见他坐在他那得意的板凳上，用那双粗糙的布满老茧的大手，目不转睛地对着一个尚未成型的木家伙，或推或刨或光，额头的皱纹也跟着一紧一松地运动起来，这是一种有所坚持的美。

爷爷的木匠工艺远近闻名。订单来时，爷爷先带客人看原料，由客人亲自挑选，有楝木、榆木、柳木、松木、杉木、樟木或是其他，也有客人自己带木料来加工的，在木材选好之后便是尺寸样式的商议。这一切妥当之后，才是价钱的谈判。不似现在商场商品的明码标价，邻里邻居你来我往，价钱里往往掺杂着很多其他因素。全部谈妥后，就可以动工了，按照工期进度保质保量准时完成交货。

爷爷为人宽厚，总是笑眯眯。他最开心的时刻是将完工的家具用砂纸打一层光，然后涂上清漆，就如现在各种美颜相机，把人皮磨一磨，光滑了，柔和了，白皙了。打了光的家具看起来光亮四射，摸起来平滑细腻，叫人欢喜。每当爷爷看着这些做好的家具，他的嘴角便会露出自豪的微笑。在我看来，这一件件家具都像是工艺品，美不胜收，尤其是用了雕刻雕花技术的，更是巧夺天工。

现在，爷爷上了年纪，关了厂子在家安享晚年。有时候，还有客人把需要制作的木材拿到爷爷家里，让他按照自己的时间和身体条件视情况进行制作。我们家里人都劝爷爷岁数大了，推托掉不要再干。但是，爷爷不会打牌，他总说老在家里待着，无所事事心里闷得慌。他还说身体就像零件，不用要生锈的，总是看电视、晒太阳，慢慢的腿脚和筋骨也要不活络了。他又说，如果能适当运动操持了一辈子的木器家什，既可以消磨时光打发无聊，也算是发挥最后的一点余热。爷爷这样坚持，奶奶、父亲、姑姑、叔叔也就随他心意，只要爷爷高兴就好。

长久以来，别人问我是哪家的小子，我只要随口报出爷爷的名字，总会有人面带笑容，告诉我他认识我爷爷。是啊，我的爷爷是个很能干的木匠，在长兴岛这片土地上，年龄一般在 50 岁以上的本地人熟知我爷爷的还真不少。我呢，如今也已30 岁出头，扎根海岛，挥洒青春，为民服务。偶尔遇到不认识的人，顺便提起下我爷爷的名字,瞬时彼此间就热络起来,对方从熟识我爷爷变成对我也有了好感。在以前,我会想这不就是打着爷爷的旗号,办自己想办的事情嘛。我现在倒觉得,爷爷是我学习的榜样。在当下人们遭遇信任危机的时候,是爷爷的人格魅力让我认识了更多的人,办成了自己的事情,并不是自己有多么大的能耐。

从小到大,我写过很多记人叙事的文章,比如我的爸爸、我的妈妈、我的老师等,却真没有写过我的爷爷。我的爷爷非常爱我,我一直在构思着,要在适当的时间抽下空来,写一篇描述爷爷的文章,但常常惧怕自己文笔浅薄、词不达意,无法将爷爷塑造得更加真实、更为丰满。所以,在这里,我要再次感谢徐惠忠老先生的约稿,使我能够沉下心来,为我的爷爷记叙一篇短文,让我回忆往昔倍感温暖。最后也是最重要的一点,我要衷心祝愿我亲爱的爷爷——施士培先生,幸福快乐! 健康长寿!

勤能补拙终成才

——著名书法家暨书法理论家丁惠增印象

陈志超

2013 年的金秋季节,年已古稀的上海著名书画家丁惠增首次踏上祖国宝岛台湾的热土,环岛游时饱览了台湾的美丽山河,体验着当地的风土人情,令他流连忘返,深感此行不虚。当在南投县游览著名的中台禅寺时,他将精心准备并随身携带的"敬三宝"书法条幅敬赠给了寺院,受到寺院师父的热情接待,同游的我摄下了这难逢的瞬间。现场的我感动着也遐想着,一个随团游的普通游客,能向台湾著名也是世界著名的寺院敬献书法墨宝,没有扎实的功底,没有无私的奉献精神是万万不成的。

师从名家

丁惠增先生祖籍江苏淮阴,1944 年出生于书香门第之家,是明代嘉靖状元丁士美的十四代孙,他的祖上在明、清两朝世代为官。1949 年冬他随父母来沪定居,从此在上海落地生根,以后他在上海读书、就业、成家,2004 年退休前是宝山区商业系统职工。20 世纪 60 年代末 70 年代初,他从宝山县横沙岛供销社,被组织调到长兴岛供销社工作了五年多,把人生最美好的时光贡献给了海岛商业事业。平日里他不沾烟酒,不爱打牌,懒得参加娱乐活动,最大的兴趣爱好就是看书习字。提到看书习字,这要从他的孩提时说起。因祖上是名门望族,家教很严。他说读小学时最喜欢看连环画、民间故事等闲书,小学五六年级时开始读《红楼梦》,写字课爱好描红习字,初中时柳公权的《玄秘塔》是他最初的临摹。凭着兴趣与执着,1962 年春考取上海青年宫举办的书法学习班,先后师从胡问遂、潘学固、沈尹默等名家。基础课从执笔、运笔、永字八法、结构四个步骤学起，先是向胡老师学楷书，后跟潘老师学小楷，并聆听沈尹默老师讲课。两个学期中，家庭困苦的他有多次每逢学习日，硬是从北郊江湾镇的家走到市中心的上海青年宫，把不乘车省下的钱花在南京东路上的朵云轩购买碑帖、毛边纸。这事传出后感动了胡问遂老师，不但当众表扬他，还把他介绍给潘学固老师，并免去了他的学杂费。两位老师将学生视为自己的孩子，利用空隙时间多花时间辅导他，胡问遂老师为他题字"勤能补拙"鼓励鞭策。"师者，人之模范。"半个多世纪过去了，"勤能补拙"成了他的座右铭，胡问遂老师的题字也作为家珍深藏着。他以勤补拙，在习字的同时，努力搞好本职工作，尤其在统计工作方面精益求精。他的统计论文曾荣获中国统计学会的论文优秀奖，多次被评为先进，并参加了上海市统计学会，连任两届宝山区统计学会理事。

"志比精金，心如坚石。"如果说当年丁惠增爱好写字，对写字的含义还朦朦胧胧的话，那么通过名家点拨后，深感书法是我国传统文化艺术最具有经典标志的民族符号，坚信学好书法的意义是不言而喻的。

1962 年是国家三年困难时期，待业在家的他等来了难得的就业机会，他服从组织分配，赴远在长江口外小岛上的横沙供销社报到，以后又调到长兴供销社工作。当年海岛交通落后得难以想象，从海岛乘船到吴淞要大半天，所以他很少回家，一则省车船费，二则有足够时间练习写字。他白天认真工作，晚上和休息日的业余时间全部在宿舍里临帖习字，买不起毛边纸，单位里的旧报纸被他写掉不知其数。因为天天练字，也排遣着业余辰光无所事事带来的空虚和寂寞。然而青灯孤影习字毕竟很枯燥，他也有打退堂鼓的念头，但想想祖上遗训，想想"勤能补拙"的恩师鼓励，他咬定青山不放松地坚持了下来。日复一日，年复一年，功夫不负有心人，全身心地投入，换取的是能写一手让人羡慕的篆、隶书法。踏石有印，抓铁有痕，不但在单位里出了名，在海岛上也小有名气，常有单位和同事请他写字，他都不拒请者，一丝不苟地完成。

甘从苦来

在两个海岛当营业员十多年后，他被组织调到上海近郊大场地区商业系统工作。因离市区近了，为求得书法方面的百尺竿头更进一步，1978 年起，他重投恩师潘学固的门下，后又找到久别的胡问遂老师，重新学习书法，争取在书法方面有更深造诣。他经常带着作业登门求教潘老师，潘老师不厌其烦地用红笔批改作业并书赠作品。早年潘学固老师在他的隶书作业上的批语是"隶书可临《史晨碑》或《华山碑》""隶书出锋,每字只能一笔"。在临欧体作业上的批语是"你写《九成宫》笔法略已相近,可临写全本,先用纸装订成册,与碑本一样大小。临写字体大小、笔法、结体及行气布白都照写"等语。在名师点拨下,他还广搜博采,博涉文史,铁钩银划《天发谶神碑》、金钗玉箸《石鼓文》、神追《兰亭序》、情摹《祭侄稿》、尤工秦篆汉隶。与此同时报考中国书画函授大学书法、国画专业,取得大专毕业证书,为日后的书画评论奠定了基础。此时的他如鱼得水,似虎添翼,在书法理论和技法方面突飞猛进着。在老师的推荐下,1995年参加上海市"石洞电厂杯"书画艺术展,1996年6月与卢山等书画名家在上海工人文化宫举办书画联展,同年参加"泰山杯"全国硬笔书法大赛等,都取得好成绩。在上海工人文化宫举办书画联展时,97岁高龄的陈立夫先生发信祝贺。成功的喜悦使他一发而不可收,书法作品如春笋般层出不穷。著名书法家任政在其生前曾评论丁惠增的书"石鼓独秀,秦篆吐芳"。作品先后在中国大陆、港台地区及日本、韩国、泰国、加拿大等展出。参加台湾中华艺术学会中国台湾亚太地区名家书画展获金佳奖,参加第三、第四届加拿大中华诗书画大展获创作奖和二等奖。他的作品被国内外文博单位广为收藏,书法墨迹刊登在《书法报》《书法导报》等专业报刊上,荣获第二届全国群众文化美术书法大展优秀奖、入展上海首届篆刻书法展等。事业的成功和荣誉的光环使他深感"不经一番彻骨寒,哪有梅花扑鼻香"的哲理,更增强了"欲穷千里目,更上一层楼"的信心。丁惠增现为中国书法家协会会员、中国硬笔书法协会会员、上海市书法家协会会员、上海市硬笔书法家联谊会理事、上海楹联学会理事、复旦大学华商研究中心特聘书法家,曾任宝山区政协委员。他的作品入编《中国书法家选集》《中国书画典藏》《中国散文家大辞典》等数十部大典,在国内外产生广泛影响。

硕果丰盛

2016年,正值中国共产党成立95周年,由中共宝山区大场镇党委、镇政府和宝山区政协之友社主办,大场镇社会事务服务中心承办的"丁惠增书法展"隆重开幕。展出的一百八十多件作品,有名家题贺、传统文化、家谱文化、佛教文化、版画、水墨画、硬笔书法、书画成扇等。从展品品式看有长卷、横片、中堂、楹联、条幅、屏条、斗方、扇面、牌匾等。从字体大小看有小如蝇头的小楷,大至径尺的榜书,可谓丰富多彩,美不胜收。从展品内容看,书法艺术的美及其内容的美交相辉映,展品中书自作者诗文的书法作品有相当多的比例,符合当前提倡的书法家自创文字内容的要求。"家谱文化"为展览的一大亮点,极具创新立意,其中诸如篆书明代嘉靖状元丁氏五世祖丁士美公"春日游宝光寺"诗,明代《西游记》作者吴承恩,清代著名书法家伊秉绶、伊念曾等名士先后为其祖先作过墓表、墓志铭。而《丁氏家训》《丁氏字辈谱》等,都是御书堂丁氏家谱文化中的瑰宝,有的具有唯一性和独特性,是研究明清历史的珍贵资料,也是国家正史的重要补充。

"丁惠增书法展"得到社会广泛好评。因丁惠增曾是民革成员、宝山区政协委员,所以上海市政协原副主席陈正兴,民革上海市委原主委过传忠、李世耀,宝山区政协原主席、现任政协之友社理事长康大华等亲临出席并热情讲话。上海市政协副主席、民革上海市委主委高小玫为其《丁惠增书法作品集》作序给予了高度评价,称他"积极参加上海市政协、民革上海市委、宝山地区等举办的各类书画、文化及公益活动,不求闻达,默默奉献,以手中之笔尽情挥洒,发光发热,平凡而生动""近200件作品是其'工匠精神'与孜孜耕耘之集成"。中国书法家协会主席张海,上海市书法家协会主席周志高,副主席张森、刘小晴、刘一闻,著名画家富华、王克文等纷纷题词祝贺。

"丁惠增书法展"也得到新闻传媒的极大关注,《联合时报》《中国书法报》《中国书画导报》、宝山电视台、《上海民革》《静安报》《海派文化报》等十多家媒体作了报道,称其数以千计的书画作品在宣传社会主义精神文明方面发挥了正能量。书法展期间,前往大场镇参观学习的市民络绎不绝,其中有书法家、书法爱好者,也有学生和老师,更有扶老携幼及从外省市赶来的。大家纷纷为丁惠增的作品和人品点赞,近一个月的展出约有3 000名参观者,所有这一切都是丁先生万万没料到的。

并驾齐驱

丁惠增从一个书法爱好者,经过几十年的不懈努力,如今成为颇有知名度的书画家,令多少同龄人刮目相看,应该说是功成名就了。但他不善辞令,低调务实,继续努力。哲人说过"世界上最快乐的事,就是为理想而奋斗",他鄙薄江湖书家及学问浅薄的所谓"书法家",争取做个学者型书家。

书法讲究的是技法,而他书法理论研究方向是书法史和书法家。书法理论家的条件首先是个书者,其次对书法史和书法家有所研究,还要有一定的文学基础和古文知识,板凳要坐十年冷啊!正因为如此,在书法界中既搞理论又搞创作,并驾齐驱的实属凤毛麟角。丁惠增的优势在于他自己是个书家,有文学写作基础,已累计发表书法论文、书画评论数百篇,还涉及文史、京剧、统计、散文等多个领域。先后参加"海派书法国际研讨会""平复帖暨二陆文化学术研讨会""浙东书法学术研讨会"等十余次学术活动,其中在"海派书法国际研讨会"上的论文,入选中国书法家协会出版的大赛论文集。上海市书法家协会主席周志高赞扬他在书法创作和书法理论方面获得了双丰收,鼓励他"两条腿"走路,走得更扎实。对于丁惠增在书法理论研究方面的成绩,著名书画家富华给予了高度评价:"他有个特点,就是研究、创作几乎同步进行。如研究某种书体或书家个案必寻根究底、正本清源。他花了许多心血写成二十多篇论文中大多数被录取和发表……另外他对石鼓文研究、'飞白书'研究、楚帛文研究、《平复帖》研究以及米芾、邓石如、沈尹默、潘学固、胡问遂、沙孟海、易越石等古今书家研究,均达到专业水平,有独到见解,因此具有较高的学术价值。"

在取得成绩的同时,丁惠增不忘回报社会。他的书法作品多次捐赠给上海市慈善基金会、上海市红十字会、上海鲁迅纪念馆、安徽省博物馆、宁波博物馆、珠海市爱心促进会、四川汶川及雅安地震灾区、台湾中台禅寺、韩国文化艺术研究会等。还为上海城隍庙道观、宁波古阿育王寺等名胜古迹题匾额,并勒石于北京、洛阳等地碑林。他任宝山区政协之友社书画组副组长后多次辅导讲课,不计报酬。

"书法艺术是晚熟的事业,需要书法家投入毕生的精力。从少年到白头,青灯黄卷,筚路蓝缕,到了晚年才有点滴收获,才有所成就。……对我来说,学习、研究、创作书法永远在路上。"丁先生如是说。

"莫道桑榆晚,彩霞尚满天。"不服老的丁惠增自强不息,攻坚克难,不忘初心,继续前进,定会在书法艺术的创作和书法理论的研究方面取得双丰收,结出新硕果。

战斗在祖国远洋航海事业上的长兴岛人

陈正杰

祖国的远洋航海事业,随着新中国的成长不断发展壮大起来。现在,我国远洋海运集团是全球最大的航运企业,为国家的进出口物资的海上运输,提供了主要保障。无数的海员默默无闻地、几十年如一日地战斗在航运第一线,为国家的经济发展和人民的幸福作出了不可磨灭的贡献。

在这支庞大的海员队伍中,有一百多位就是我们长兴岛人。他们胸怀祖国,忠于职守,任劳任怨地奋斗在这条运输线上,他们不仅要同大自然的狂风恶浪搏斗,有时还要同恶贯满盈的国际海盗作斗争。

我和我的战友们几十年的远洋航海生涯,见证了新中国远洋航海事业的飞速发展,也感受到海员们为了祖国的尊严、为了人民的幸福而奋斗的大无畏精神。

我写这篇文章的目的,意在为祖国的远洋事业唱一曲颂歌,为可敬可爱的海员们写一首赞美诗。

为让读者对新中国的海运和远洋航海事业有所了解,我且作一个简要的介绍。

一、关于沿海海上运输

新中国成立以前,海上运输业主要由清末时期组建的招商局及其他民族资本下的海运轮船公司承担,远洋运输业主要由国外的轮船公司承担。

新中国成立以后,华东地区的海上运输业承担者,主要是在招商局的基础上,经过多次变更,于1953年5月1日正式成立的交通部上海海运管理局。多年以来,上海海运局投资和管理的各类船舶航线遍及国内沿海、长江中下游港口,承担了中国沿海的贸易和物资的海上运输工作，尤其是承运影响国计民生的煤炭、石油、金属矿石、粮食等大宗重点物资，承担华东沿海地区海上客运主要任务，成为华东地区经济发展不可缺少的重要支柱，1993 年 6 月 18 日改组为上海海运（集团）公司，属中央直接管理的国有大型骨干企业。

外贸远洋运输

1961 年 4 月 27 日，中国远洋运输公司在北京成立。成立之初的公司不专设机构，与交通部远洋局合并办公，远洋局局长冯于九兼任中远公司经理；同日，中国远洋运输公司广州分公司在广州成立，与远洋局驻广州办事处合并办公。成立之初这是一个仅有四艘船舶、2.26 万载重吨的小型船运公司。1961 年 4 月 28 日，第一艘悬挂中华人民共和国国旗的"光华"号客轮，在广州黄埔港举行隆重的首航典礼。随后，"光华"轮驶往印度尼西亚雅加达港接运受难华侨回国。

1964 年 4 月 1 日，中国远洋运输公司上海分公司在上海正式成立。在上海外滩中山东一路 9 号办公。

1993 年，随着天津远洋、青岛远洋、大连远洋等公司的先后成立，国内形成了广、大、上、青、天五大远洋公司，随即在北京成立了中国远洋运输（集团）总公司。当时它是中央人民政府直管的特大型中央企业之一。是国内唯一从事外贸远洋运输的企业。

1978 年改革开放后，作为沿海运输的上海海运、长江航运等大型国内航运企业，也先后开展了远洋运输事业，沿海港口的地方航运公司像雨后春笋般相继成立，外贸运输业大速度发展，国外航运公司纷纷介入中国的外贸运输任务。

1997 年 7 月，经国务院批准，上海海运、广州海运和大连海运等组建成立了中国海运（集团）总公司。远洋运输业发展迅速。

2016 年 2 月 18 日，中国远洋海运集团有限公司（以下简称中国远洋海运集团或集团）由中国远洋运输（集团）总公司与中国海运（集团）总公司重组而成，总部设在上海，是中央直接管理的特大型国有企业。

中国远洋海运集团经营船队综合运力 8 532 万载重吨/1 114 艘，排名世界第一。其中，集装箱船队规模 158 万 TEU，居世界第四；干散货自有船队运力 3 352 万载重吨/365 艘，油轮船队运力 1 785 万载重吨/120 艘，杂货特种船队 300 万载重吨，均居世界第一。

中国远洋海运集团完善的全球化服务筑就了网络服务优势与品牌优势。码头、物流、航运金融、修造船等上下游产业链形成了较为完整的产业结构体系。集团在全球集装箱码头将超过 46 个，泊位数超过 190 个，集装箱吞吐量 9 000 万 TEU，居世界第二。全球船舶燃料销量超过 2 500 万吨，居世界第一。集装箱租赁规模超过 270 万 TEU，居世界第三。海洋工程装备制造接单规模以及船舶代理业务也稳居世界前列。

长兴岛人从事远洋事业的历程

上海远洋是 1964 年成立的，1971 年正是上海远洋发展起步的阶段，远洋需要人力。1970 年，上海远洋在上海、嘉定、川沙三县招收了几百名远洋海员，由于政审和体检的要求比较高，三县没有招满计划，故在 1971 年，又从宝山县招收了 90 来名远洋海员。长兴岛被招了 12 名远洋海员，这是工矿企业第一次直接从农村招收工人。他们是：园沙新建大队黄永法(已故)，庆丰大队俞云祥，长明大队徐水祥，新兴大队陈正杰，先锋大队倪其相，北兴大队刘品祥，红星大队陈祥，增产大队邵忠良，建新大队陆邦祥，光明大队浦祖彪，插队知青陈永源、沈家康共 12 人。1971 年 9 月，12 人去上远公司报到，开始了航海生涯的陆上培训，经历了挖防空洞、平地基、卡车装卸工的短暂工作后，除两名知青直接进入航修厂当修船工人外，剩下 10 人全部被分配到黄浦区第二饮食服务公司所属的中型饭店学厨工，计划培训一年结束后，上船从事厨工工作。1972 年上半年，我们尚在培训期间，正赶上全国的大学因"文化大革命"而停止了六年招生后，恢复了招生。当时是由工矿、农村、部队三方面推荐适龄青年上大学，简称"工农兵学员"。有幸的是我们 12 人中，有两人被选送去了南京铁道医学院学医(刘品祥、陈祥)，一人选送去了上海外语学院学习外语(浦祖彪)，一人选送去大连海运学院学航海驾驶(陈正杰)。其余同志继续在饭店学厨工，直至 1972 年年底培训结束，1973 年他们陆续上船工作了，开始了他们真正的远洋生涯。上学的同志在 1975 年毕业，回到公司，也开始陆续上船工作，学医的上船做船医，学外语的上船做翻译。我学航海的上船做二级水手、一级水手、三副、二副、大副等工作，并于 1983 年 30 周岁时，考取了远洋船长证书，当上了一名远洋船长。徐水祥同志因上船做厨工过程中，手上皮肤经常性的要脱皮，做厨工工作显得不卫生，所以改行做了水手。他通过自学逐渐知晓了航海知识，并也一步一步从水手做起，直到考取了船长证书，当上了远洋船长。这批人均为远洋事业奋斗了一辈子。

据我了解，在我们这批人进入远洋之前，跃进大队(或是同心大队)有位老先生在远洋工作,做到轮机长后在机关管理部门工作,叫蒋玉弟(音)(已故);原在银行工作的陆惠仁的哥哥,也在远洋工作;还有一位是先进大队上学分配去上海海运局的,后也从海运局调入上海远洋公司的,叫汤建民,任电报主任;再有一位,也是先进大队的,是大连海运学院毕业的吴汉民,分配在上海航道局挖泥船工作,任轮机长(已故)。

我们被招入上海远洋工作后,1972、1973年大学招收工农兵学员时,长兴岛有四人被招入大连海运学院就学,北兴大队的陆关祥,无线电报务专业毕业,后分配到广州远洋做报务员,北兴大队的高德兴,轮机专业毕业,后分配到上海远洋任机工,一直做到大管轮退休。先进大队女知青金丽雯,无线电导航专业毕业,后分配到中波轮船公司机关做船舶无线电管理,前卫农场吴惠芬(音),无线电导航专业毕业,后分配到上海船研所工作。

大约在1974年前后集美航海学院招收了一批学生,新兴大队的蔡方俊等数人被招入集美航海学院,所学的专业有航海、轮机,他们毕业后都分配进了上海远洋公司,上船做水手和机工,部分同志不久就调离了上海远洋船舶工作,去了其他企业工作,部分同志在上海远洋一直工作至退休。

再后还招了一批回乡职工子弟去了上海远洋。例如丰产大队的顾汉桃等,具体人数不详,他们在船工作都是以水手机工为主。这批人也均已经退休了。

另有招过一批在农村的复退军人,团结大队的钮士昌、先进大队的施其郎、丰产大队的范其昌等,他们在船工作岗位以水手、机工、服务员为主。这批人也均已经退休了。

还有部分同志直接从部队复退进入远洋的,例如创建大队季月忠,他从水手一直做到船长退休。

1977年恢复高考后,长兴岛籍学生陆续有考取航海类的本科、大专、中专生,毕业分配或签约与海运类企业从事海上运输工作的人也不少。20世纪90年代初,新港大队的陈飞,考取了集美航海学院大专轮机专业,毕业后服务于上海远洋公司,在船任职机工、三管轮、二管轮、大管轮、轮机长等职务,担任轮机长数年后,去年被公司调入造船中心,担任公司新造船驻厂船舶监造工程师。另外,90年代开始,社会上成立了相应的劳务公司,有不少作为劳务人员被航运公司聘为船员。在船舶做船员的长兴岛人也有,他们一般工作时间不长,有做几个合同期后便退出劳务公司另谋职业了,有的在船工作也有十多年了。

综上所述,不同时期参与远洋运输事业的长兴岛人,总共不下上百人。他们任劳任怨,勤奋工作,为远洋事业作出了贡献。

我从事远洋事业所遇到的危险经历

我是 1971 年招入远洋公司,1972 年又被公司推荐进入大连海运学院求学,1974 年毕业实习开始在船舶工作,直至 1991 年下船调入公司做船舶管理工作直至退休,在船工作 18 个年头,在公司机关工作 24 个年头,退休远洋工龄 42 年。

海上风险　恶劣海况

1977 年在船工作期间,我在上远的一艘 13 000 吨级的杂货船任三副工作,从国外装货回到了上海时,正碰上一个强台风袭击上海。时间是 1977 年 9 月 9 日(毛主席逝世一周年之际),我轮在长江口锚地等待进港期间,受到了强台风对船舶的袭击。晚上 10 点开始,风力达到 10 级以上,什么是狂风暴雨、翻江倒海,这两组词,得到了实况的验证。船舶抛了两个锚都拉不住风浪对船舶冲击造成的移动,船舶只好开动机器顶着风浪的袭击,风力继续增大,直至船舶实测风力达到 14 级。我们双锚抛着,还边用车顶着风浪,人在驾驶台都不能正常的站立,还要目不转睛地盯着海面可能发生的情况,过程异常艰难,连续苦战了 40 个小时,台风终于于 11 日早上 8 点左右在崇明的陈家镇登陆,登陆风力 14 级。我们的船舶首楼甲板和防浪板被浪打得钢板(12 毫米厚)像纸张一样撕裂开一条条手都能伸进去的口子,经过全体船员的奋力抗战,船舶受了点损坏,但全体船员安然无恙。

海上风险　海盗袭击

海盗,在那远古时代,经常被小说描绘为在海上干些劫富济贫的事,曾作为勇敢的象征。现代航海中,作为海盗,时常为正常的海上运输添乱。海盗出没比较有影响的区域为南中国海、马六甲海峡、红海索马里海域、西非东岸尼日利亚沿海等区域。

1990 年 8 月 13 日,在我任船长期间,我驾驶的船停靠在菲律宾的第二大港宿务港,在卸货期间的那个深夜,由于港口下雨,不能卸货作业,工人在船休息等候。深夜 12 点 05 分,突然在夜深人静中传来几声响声,我在房间休息。正当我对船上发出的响声感到纳闷之际,船员急促地敲了我的房门,前言不搭后语地告知我船舶出事了,一名船员被枪击倒在船舶的走廊里。我立即赶往现场,并以最快的速度,让在船的菲律宾人安排救护车送船员去医院。在 20 分钟的时间内,我亲自将伤者送到了当地最大的华人医院,医院立即对伤者开展了抢救,无奈,经过了三个小时的抢救,还是没有抢救过来,一名年轻的水手被菲律宾当地海盗枪杀了,水手身中三弹,致命的一弹击中了脑袋。我作为船长,竭尽全力为处理好船员这一不幸遇难的事件,在菲律宾整整用了 20 天的时间,走殡仪馆、警察局、移民局,通过中国驻菲使馆和当地的华人机构的帮助,从当地的警察局了解了当晚的事情真相。据已被捕的歹徒交代,他是装卸工人,有自己的枪,当晚行窃作案时,去了该船船员房间,并与船员发生争执过程中开枪击倒了船员。这么简单的案情,夺走了我们一位年轻海员的生命,可悲可恨!我还带领全体船员,一边保持船舶的正常工作,一边全力按照相应的风俗习惯,处理好船员的后事。摆设灵堂,为灵位一日三餐供餐等风俗都做了。船舶载了被害船员的骨灰,所以在航行出港转弯时,会拉响船舶的汽笛,提醒遇难者的灵魂随船回家。9 月初回到国内厦门港,将船员的骨灰带回国内交给了公司专门的处理小组和船员的家属。我也随即被公司安排下船休假。抵达上海后,我直接住了一个月的医院,调理了一下自己的健康。出院后继续在家休息。没想到,这次惊险的事件,大大挫伤了我的健康状况,俨然成了我告别海上生涯的重要原因。这也是船员所面临的一大风险。

1991 年,我被调到公司机关做航海安全管理工作直至退休。

比较有影响的船舶被海盗袭扰袭击袭持事件

防海盗工作也是航海安全管理的一项重要的工作。2008 年前后,索马里海盗日益猖獗,不时袭击过往的船舶。我国的船舶,每天要有几十艘通过该海域,中国远洋、振华港机的船舶,都受到过海盗的袭扰袭击和袭持。2008 年 12 月 26 日,中国海军护航编队第一次出征索马里海域,依照联合国的相关规定,为航经该海域的中国商船实施护航,外国商船需要主动申请后也可编入编队为其护航。

索马里海盗袭船的方式,利用快艇,白天驾驶快速小艇,追上大船,夜间,趁大船不注意时,追上大船,利用挂梯、锚钩勾住大船的船帮,实施强行登船,上船后利用武器威胁船员控制驾驶台,强行要求船舶驶往他指定的地点,然后对船舶的财物洗劫,对人质控制,向船公司要赎金,然后放船放人。

振华港机有两艘船舶,受到了索马里海盗的袭扰,一艘船舶受到了袭击,中远集团的一艘船舶受到了索马里海盗的袭持。

"振华 25"轮被海盗袭扰

2009 年 8 月 7 日,上海振华重工(集团)股份有限公司的商船"振华 25"轮,航行至曼德海峡入口时,发现左前方 1.5 海里处有三条白色小艇,形迹可疑,每条艇上有五至六人。可疑小艇步步逼近,"振华 25"轮拉响了警报,并集合全体船员紧急戒备。当三条小艇位于"振华 25"轮左后方 1.5 海里时,其中两条小艇突然启动向"振华 25"轮快速冲来,"振华 25"轮立即向联合国军舰和我护航军舰 886 舰报告并要求紧急支援。就在危急关头,我护航海军直升机飞抵"振华 25"轮右侧上空,对不明小艇进行驱赶,并发射五颗红色信号弹。随后,886 舰和 529 舰也陆续赶到事发海域,为"振华 25"轮护航。经过十几个小时的护航,海盗终于彻底放弃,陆续驶离。护航的整个阶段,"振华 25"轮周围的不明小艇一直很多,雷达显示,最多时同时有八条小艇尾随。"振华 25"轮船长说:祖国海军和中国海上搜救中心凭借快速反应能力,成功击退了海盗,保证了"振华 25"轮的安全。有祖国海军做我们坚强的后盾,我们中国商船有信心战胜海盗。

"振华 26"轮被海盗袭扰

2011 年 1 月 21 日 17 时 40 分,上海振华航运有限公司经营的中国香港籍货轮"振华 26"轮从苏丹开往上海途中,在阿拉伯海中部海域(北纬 12 度 37 分,东经 65 度)遭遇海盗袭击,经过该轮 32 名中国船员共同阻击,"振华 26"轮成功摆脱海盗劫持。据船长介绍,当两艘海盗快艇从船尾快速接近时,大家都异常紧张。海盗艇声东击西,向我轮左舷开火并发射火箭弹,炮弹落在我轮左舷救生艇甲板,一声巨响,随即两艘快艇迅速贴近我轮右舷举梯登轮,所幸我轮事先从船头主甲板导览孔左右两舷各出一条缆绳拖曳至驾驶台前墙面,一只携带火箭炮的快艇骑在了缆绳上熄火,进退不能,被全速前进的我船差点拖翻,一名海盗闪入海中,估计是快艇螺旋桨受损,那只艇再也没有追上我轮。另一只海盗快艇三番五次接近我轮右舷中后部,每次接近都报复似的猛烈对着我们开火,因被缆绳所隔加上船员们啤酒瓶、铁块、救生信号弹、高升爆竹阻击始终无法贴上我轮船身。又几次试图从右船头缆绳前登轮,兴波作用加上用右舵又几次被推了出去,持续了一个多小时,黔驴技穷的海盗一通狂扫后停止了追随。阻击期间,完全分不清是枪声、火箭弹爆炸声还是船员阻击海盗的高升爆竹声。勘查被火箭弹击中的左舷救生艇甲板后我们有些害怕,梯子钢踏板数处被弹片炸穿,救生艇钢丝被炸断,艇架变形,两翼围墙及驾驶台外墙几处镶嵌着子弹头,救生艇的透气帽多处被子弹击穿,所幸无人员受伤,平安脱险。

"振华4"轮被海盗袭击

排水量六万吨的"振华4"号面对的是一群什么样的海盗呢?据了解,索马里海盗队伍不断壮大,人数从几年前不足一百人,发展到了一千二百余人。2007年11月16日,海盗因为赎金问题,杀死过一名人质。2008年4月,在袭击一艘日本油轮不果后,海盗派人发射了火箭弹,将油轮轰出大洞,导致原油倾泻海面。索马里海盗训练有素,得手概率高。当时海盗手里有两艘被劫持的船受到世界关注:一艘是2008年9月25日,被劫持的乌克兰军火船"费那"号,被海盗劫走了33辆T72坦克,一艘是2008年11月17日被劫持的沙特超级油轮"天狼星"号。"天狼星"号油轮长33米,相当于美国一艘航空母舰的长度,载重达31.8万吨,劫持重大的油轮并非易事。

"振华4"轮是国有大型企业振华港口机械集团公司所属的大型特种设备运输船,因为商船都不能携带武器。"振华4"轮在苏丹港卸完了货回国的途中,在亚丁湾航行途中,早上8点10分,值班水手报告,在离船六海里的地方发现两艘快艇驶来,经过了雷达辨认是海盗船。该轮虽然没有什么正经的武器,但是有一些自制的秘密小武器,船长觉得应该能够对付一下海盗。"振华4"轮的船舷较低,海盗会很容易上主甲板。可是从主甲板到生活甲板有两层楼那么高,在进入亚丁湾之前,船长就已经命令水手将主甲板到生活甲板左右两边梯子割掉,形成一个天然的障碍。除此之外,船长苦思冥想后觉得,海盗光着脚,不怕水却怕火,于是在甲板上弄一道火墙,火墙是用浸染了柴油的废布头做成的,船长还做了一个实验,火焰会有一米高,燃烧达一个多小时。为了应付外敌,船长还用啤酒瓶装上可燃的油气溶液,自制了两百多瓶燃烧弹。除此之外还准备了两个杀手铜,一个就是抛绳器。抛绳器是在船舶遇险时,将细绳从一艘船抛向另一艘船带大缆的器具,射程达300米。船舶用它向海盗打出弹头威吓接近的海盗船。"振华4"轮的船速是九节,而海盗的快艇达到了16节。在发现海盗10分钟之后,海盗船就追上了"振华4"轮,躲过船上扔下的燃烧弹,海盗用自制的梯子轻而易举地从"振华4"轮的前部登上了主甲板。海盗刚上船他们好像笃悠悠,一个个的等同伙上来集合完毕,才开始劫船行动。七个海盗上船一边鸣枪一边有两个海盗还做了一个姿势叫我们投降。海盗上船时,水手开始用燃烧瓶点燃了第一道防线,也就是船长苦心经营的火墙,然而火墙的燃烧换来的是海盗更密集的枪声。四个海盗往后面用自动武器在扫射,打得船员不敢露头,前面三个一下就冲过来,怎么冲过来都不知道,眼睛一眨就不见了,直接冲到这个上面。船长还没有看明白怎么回事,第一道火墙就已被突破,这让船长有些沮丧。可是这并没有动摇船长的信心,他认为他的第二道防线,主甲板到生活甲板之间两层楼高的悬空应该是海盗难以逾越的。当海盗走到我们自制啤酒瓶汽油燃烧弹的有效投掷范围之内,我们突然一下子将几十个点燃的啤酒瓶同时往下扔,海盗都始料不及,赶紧往回跑。海盗都是光着脚的,燃烧瓶炸裂后产生碎玻璃,好几个海盗的脚上都划出血来。40分钟内,海盗向生活甲板发动了三次进攻,可是燃烧弹太密集,海盗没能如愿,恼羞成怒的海盗这时亮出了火箭筒。这种武器能击穿生活区10毫米的钢板,为了避免伤亡,船长命令船员隐蔽。就在此时,海盗迅速利用自备的梯子,爬上了位于主甲板上方六米的生活甲板,第二道防线又被突破了,海盗离船员越来越近。那是最紧张的时候。攻破了这个门他们就直接冲向驾驶台了。这时船长自己亲自上阵,用船上消防泵打出的高压水向海盗冲去,因为水压力很大,一会儿就把海盗冲退了下去。在援兵到来之前,只有坚守。这个时候三名近距离的海盗被水枪和啤酒瓶压制在了舷梯的下面,不过主甲板上还有四个负责掩护的海盗,他们的冲锋枪对船员有着巨大的威胁,于是船长命令一位水手将报警信号筒扔到了主甲板上。有心摘花花不开,无心插柳柳成荫。那个信号筒是很大的,里面装有很多的火药,它本来是慢慢地冒烟的,结果扔下去的时候后面一个盖子给撞掉了,不是冒烟了,是冒火了,像一个火箭筒一样,冒出很大的火柱。它变成一个无助的火箭一样,前半段就是由后助力把它推了走,扫过海盗的脚,可能没扫到,反正是一个海盗被吓得赶快跳出去,蹦到后面,在主甲板摔了两跤,他也不知道什么武器下来,没看清楚什么东西,这个威力也是很大的。紧接着,船长命令发射抛绳器。这个抛绳器的威力很大,在他们四个人的中间穿过去,后面正好有一根铁轨,打在铁轨上,声音甚至超过他们枪打在我们钢板上的声音。然后他们四个人一看穿过了以后就跑,他们不知道是什么东西。主甲板上的海盗被不知名的武器吓得不知所措,这突如其来的猛烈抵抗,使海盗没有预料到,海盗们有些惊慌失措。这时主甲板上的海盗做出一个出乎意料的举动。一个身材高大的海盗,从主甲板的前部抱着头过来,双手乱晃,STOP,STOP,我知道他是要谈判,要对话。船长也不能放弃这个机会,赶快从驾驶室里面过去。"不能下去的,船长到驾驶室外面左侧去,叫海盗走进来一点。"船员们对船长说。我们看到海盗把那个脚翘起来,指指脚板,是说要鞋的意思,船长知道有一个海盗曾经中途逃下去的时候,在甲板上连滚带爬,摔了两跤,受伤了。还有两个海盗就困在上面,进退两难。两个海盗,就给了两双工作鞋,还有一双就扔到下面给他了。船长将两双没穿过的鞋扔给了甲板上的海盗,还有当场从脚上脱下来的鞋也扔给了海盗。穿上鞋的海盗并没有想走的意思,这时船长更着急了,因为有了鞋子,啤酒瓶的碎片就再也起不到阻挡海盗的作用了。船长灵机一动,对付这帮人,不管什么香烟拿上五条扔给海盗,赶快叫弟兄们去拿香烟,拿五条香烟来。那些兄弟还面面相觑,不知道怎么回事。船长说拿香烟给海盗,他们明白了,转过弯来了,反正船长房间的香烟都在外面,拿来后船长一条条地从上面扔下去,海盗眼睛发亮如获珍宝,飞奔过去就捡,收了烟的海盗退到甲板上停止了进攻就在这个时候,中国部队的直升机来了。船员欢呼:"飞机来了!"海盗一开始好像满不在乎的样子。因为飞机不会对他们造成致命打击。然而飞机一个俯冲下来,对着海盗船两梭子子弹过去,打沉了一艘海盗小艇。这个时候国内传来了一份电报,说一艘马来西亚的军舰离他们只有三个小时的里程,正在向他们驶来,"振华4"轮全速驶向军舰来的方向。携带有全球定位仪和卫星电话的海盗,在接听了一个电话之后又扯着嗓子和船长讲起话来。海盗也知道可能是跟军舰相接近,他又过来了,他说:"船长向左转,不对……"这个时候我的船也知道军舰越来越近。无计可施的海盗,半个小时后放弃劫持,他们纷纷离开"振华4"轮。

交通部海事局应急指挥中心第一时间接到"振华4"轮遭遇海盗袭击的求救信号,海事局立即组织应急中心指挥人员,联系相关国际组织协同支援。我作为企业安全管理专家组成员,正好在交通部公安局研究我国整体防范海盗袭击的进一步措施,海事局立即让我们一起去指挥中心参与对"振华4"轮的营救工作,因此比较全面地了解了"振华4"轮与海盗交手的具体情况。

青岛远洋公司的"德新海"轮被海盗挟持

2009年10月18日,正在印度洋航行的中国籍船舶"德新海"轮遭受了索马里海盗的挟持。海盗上船后立即控制了驾驶台,中断了一切外界通信,并袭持船长改变航向,向海盗指定的地点行驶。交通部海上搜救中心接到信息后,立即报告了中国海军司令部,海军司令部立即命令千里之外的中国海军护航编队赶往印度洋海域,并根据"德新海"轮的动态,准备与"德新海"轮会合。两天后,考虑到船员的安全,决定我军舰不与被劫持船舶正面接触,眼看海盗将船舶袭持到索马里沿海水域。海盗袭持了船舶后,将所有的船员集中在餐厅中,有海盗24小时武装看守,吃、喝、拉、撒均在餐厅。海盗洗劫了船员的个人财物,把船舶的工具备件开始搬下船变卖,并用枪逼着船员为海盗制作相应的工具。正值天热,船员只剩单衣单裤,没有洗刷,散发臭味,海盗把船舶伙食调换成霉变的大米和杂粮,整天在枪托的威胁下生活,精神近乎崩溃。

这边,从外交部、交通部、国防部、总参、海军司令部等国家重要部门,乃至公司管理部门,为了营救被挟持的船员,想尽了一切办法,动用了一切手段,投入了巨大的财物,惊动了中央主要领导。青岛远洋组织了专门的处理班子,还聘请了专家,协同与海盗组织谈判。海盗没有联系电话,使用船上的卫星通信电话与青岛远洋谈判小组进行谈判,只有海盗打来电话可以通信,这边打击的电话一概不接听,给谈判工作带来了诸多的不确定性。72 天时间反反复复地与海盗组织斗智斗勇。一艘海军护航编队中的导弹驱逐舰,整整 72 天在印度洋合适的位置守候,既预防不测,又可随时听候国内的命令,执行解救任务。我作为中国远洋运输集团安监部总经理,责无旁贷地负责着全部的处理工作。考虑到保密的需要,整个工作在中远集团内部,只有少数人员直接参与。我负责着处理的进展情况的编制、上报,负责着国家部委所有的来往书面绝密和机密件的传达处理工作,上至外交部、交通部、国防部、总参、海军司令部等国家重要部委,下至青岛远洋公司,夜以继日地工作。因为自己的一句话,"德新海未解救成功,我不理发",所以整整三个月没有理发。在最后的人质释放过程中,我直接在海军司令部与海军司令吴胜利同台指挥海军舰艇的接应工作。在海军司令部作战室沉默了 20 小时后,海盗离船了,海军立即起飞直升机空降了五名特战队员在"德新海"轮,进行了全面的检查后,起锚起航。北京时间 2009 年 12 月 28 日凌晨 3 时,被海盗武装劫持的中国籍散货轮"德新海"轮以及 25 名中国船员安全获救,让"德新海"轮的船员以及为此担心的所有人员轻松地去欢度 2010 年的新年。海军舰艇立即给船舶提供了必要的给养,一路伴航,直至将德新海轮送到斯里兰卡港。国内已经派出了整套班子的船员在斯里兰卡港等候,所有船员换班下船回国,归国船员换上了国内带来的整套衣服行李乘包机回到广州再转机回到青岛,随即船员全部进入青岛海军疗养院疗养调整。

结束语

航海事业是社会上一个不平凡的行业,也是一个无可替代、不可或缺的行业。海员需要知识和智慧、勇敢和胆识、胸怀和毅力。航海既充满了浪漫的色彩,又伴随了巨大的不确定风险。希望了解和不了解这些情况的人们,支持远洋事业,投身远洋事业,为发展中国的远洋事业,建设"一带一路"海上丝绸之路贡献力量。希望了解和不了解这些情况的人们,尊重海员职业,崇敬海员工人。愿长兴岛籍的海员兄弟以及所有的海员弟兄健康平安!

我与笛王陆春龄

陆正国

　　小时候,我就喜欢音乐。在我读小学时,学校旁边的喇叭头里(田头广播),经常传出悦耳动听的优美乐曲。有一次,我好奇地问老师,这是什么音乐,这么好听?老师说,这是笛子独奏曲,是上海有名的演奏家陆春龄吹奏的。从此,陆春龄这个名字就镌刻在我幼小的心灵中,心想,跟他学吹笛子该有多开心啊。

　　14岁那年,我考进了长兴中学,参加了学校成立的国乐组,我就学吹笛子,到中学毕业时,笛子吹得有点样子了。在60年代中期,有一次农场的毛泽东思想宣传小分队到我们增产大队演出,其中一个节目是笛子独奏,《草原上的红卫兵见到毛主席》,这个人吹得很好听,我一是羡慕,二是想我要刻苦练习,吹得像他一样好听,争取能上台表演。从那以后,我利用早晨、晚上的空闲时间学吹笛子,跟着喇叭里的笛子曲,一边模仿,一边练习,自娱自乐,一直吹到26岁结婚,就没有再吹过。在这十多年时间里,我一直在想,如果有陆春龄指导该有多好啊!

　　光阴似箭,岁月如梭,一晃,到了2009年,机会来了。江南船厂的朋友看到我会吹笛子,就说,陆春龄你认识吗?我说,陆春龄我从未和他见过面,但我在小时候就知道他是上海有名的笛子艺术家,就是没有机会拜他为师,向他学习。朋友说,这不难,我帮你引荐。原来我朋友和陆春龄是多年的老朋友。2009年中秋前夕,在朋友的引荐下,我在原上海市公安局副局长林德辉于淮海路的办公室内,见到了朝思暮想的陆春龄。我当时既高兴,又紧张。高兴的是我终于见到了笛子大师陆春龄,紧张的是上海音乐学院的教授,大名鼎鼎的笛子艺术家,能不能够接受我这个农村里的"土八路"。当我背着笛子,走进林局办公室时,只见一位很有精神的老人坐在沙发上,面带微笑,和蔼可亲。这时,我的朋友拉着我走到陆春龄面前说:"陆老,这就是长兴岛的陆正国,想拜您为师。"只见陆春龄从沙发上站起来,很热情地

作者与陆春龄(中)合影

握着我的手说："你也姓陆,我们是自家人,坐下说。"坐在沙发上,陆老开始问我："今年几岁? 笛子吹了多少年了? 有没有受过专业培训?"我说今年59岁,笛子从中学开始学吹到结婚后不吹,一共自学了12年,没有受过专业培训。接着我把小时候在田头广播的喇叭里听到他的笛声,从而喜欢上笛子,想拜他为师的想法讲给陆老听后,他哈哈大笑说："没关系,你自学成才,无师自通,先吹段给我听听。"我说："陆老,我吹笛子是喜欢而已,自娱自乐,谈不上自学成才,无师自通,我们农村里哪有拜师学艺的条件啊!"这时,我的朋友和林局他们说："正国,你慢点吹,要是陆老收你为徒你就吹,不收你你就不要吹。"他们在帮着我将陆老的军。陆老笑着说："不要急,先吹段听听再讲。"我知道这是陆老想看看我的基础怎样。我说："陆老,我基础差,又有三十多年没吹了,不敢在您大师面前献丑。"陆老说不要紧,你先吹。于是,我就鼓起勇气,吹了一曲《花好月圆》。吹罢,陆老说："有点基础,但不深,毛病很多。口风不紧,漏气声很大,气息不足,听上去有间断感,不流畅,指法牵强,不灵活,音符交代得不清楚,运气不到位,强弱不分明,笛膜也没贴好……"他给我指出了很多问题,我认真地听着。他接着说："我这样讲,你生气吗?"我说："哪里啊,当面聆听您的指导,我是求之不得,要是我小时候能得到陆老您的指导,那就太好了。今天我一定要拜您为师。"这时,在场的朋友们一起帮我敲边鼓,请陆老收下

作者向陆春龄(左)学习

我这个农村的关门弟子。陆老又爽朗地大笑起来,边笑边说:"只要正国你肯学,我就愿意教,大家相互学习,共同提高。"陆老这样谦虚,真是让我万万没想到,我就急忙站起来说:"只要师父您肯教我,我肯定认真地学,您肯收我这个乡下徒弟,请师父受我一拜!"当我准备行拜师礼时,陆老一把拉住我,把我按坐在沙发上,笑着说:"现在是新社会了,不兴这一套了,我教了这么多学生,都不搞这一套。正国你放心,我认你这个徒弟了。"当时我就激动得眼噙泪花。我几十年的夙愿终于实现了。我非常激动,紧紧地握着陆老的手,连声说:"谢谢师父,谢谢师父。"接着陆老认真地说:"你年龄不算大。中国有句老话,60岁学吹打不算晚。你要记住,一要有信心,二要勤学苦练,功夫不负有心人。"我说:"师父,我记住您的教诲,绝不辜负您的一片真心。"接着,师父拿了我的笛子,吹了一曲《苏武牧羊》,现身说法,当场指导。吹罢,师父说这笛子质量不行,好的笛子应该是音阶准确,音色亮脆,音量饱满,而且吹上去很省力,你要是真心学的,必须定制一套。关于笛子的这些基本知识,我是第一次听到,我就说好的,那就请师父帮我定制一套。师父讲,定制的笛子,价格蛮贵的,大小不论,一千多元一支,但质量肯定是保证的。我说,钱没问题,但到哪里去定制呢?师父讲,请上海民族乐器厂厂长常敦明老先生定制,我吹的笛子,大部分都是他定制的。我说,听师父的。就这样定制笛子的事情师父帮我落实了。

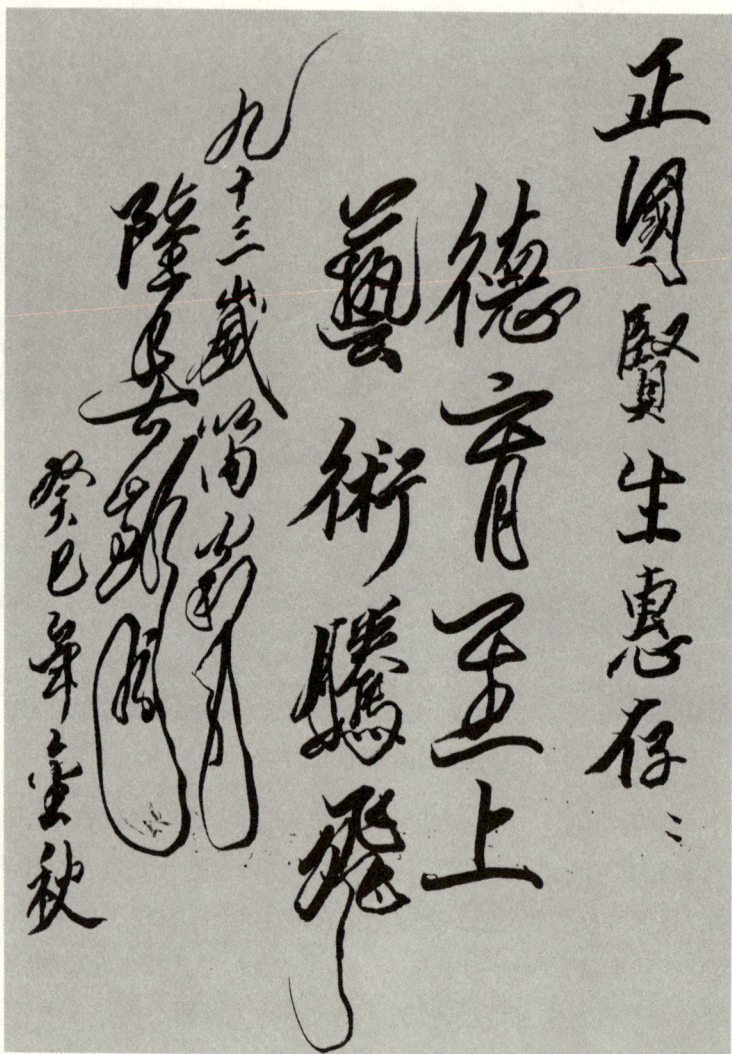

陆春龄赠作者题词

紧接着,师父就我存在的问题,拿着笛子一边吹,一边教,示范给我看,还叫我试,同时教我怎样吹高音的 5(索)和高音的 6(啦),还教我怎样贴笛膜,要不松不紧,恰到好处,在场的几位朋友都说,我们和陆老认识这么多年,从来没有看到他这么认真,这么细致地示范指导学生。今天第一次看到陆老这样辅导你,陆正国,你真幸运。林局还用摄像机摄下了很多珍贵的瞬间。在师父的传教中,一个上午很快就过去了,我就请师父和朋友们一起进午餐,师父欣然答应了。在午餐中,朋友们说,陆老,这是正国的拜师酒,这份心意你要领啊!师父高兴地笑着说:"当然,当然。"大家边吃边聊,气氛十分融洽。师父十分健谈,心情很好!在交谈中,我感到师父从不以笛王、名人自居,没有半点架子,而是平易近人、和蔼可亲。师父的这种高尚的人格品德,越发使我增加了对他的崇敬之情。

在回家的路上,我激动的心情真是无法形容,一是我小时候的愿望终于实现了,不但见到了陆春龄,而且拜他为师,二是得到了陆春龄的亲自指导。口风要紧、气息要足、运气要稳、指法要活,师父的教诲一直萦绕在我的耳畔。回家后,我根据师父的指点,从基础练起,坚持每天练,老老实实,不敢松懈。有时候师父也打电话来问我,是否坚持每天练习,并嘱咐我不要急于求成,只有勤学苦练,才会有成果。师父还叫我在电话里吹给他听。给我指出不足之处,还跟我讲,你基础条件差,各方面不能和年轻人比,只有苦练才能缩小差距,要有信心。师父这样鼓励、鞭策我,体现了他的一片真心,也体现了这位可亲的老人,为了弘扬民族音乐,传授竹笛艺术,真是做到了全心全意,不遗余力,令人敬佩。

2010 年春节前夕的一天,师父打电话给我,定制的笛子已经做好,叫我到他家里去拿。听到这个好消息,我心里又是一阵高兴,于是我带了些农副产品和礼品,直奔师父家而去,既是拜年,又是去拿新笛子,一举两得。到了师父家,只见房间里很多人,师娘热情地接待了我。我好奇地问师娘,这些是什么人啊?师娘讲,这些都是你师父的学生,有从国外回来的,有从国内赶来的,他们约好了今天给你师父拜年。我心想,师父的学生还真是遍天下啊。过了一会儿,师娘讲:"老头子,长兴岛的正国来了。"师父马上从房间里出来,在送走一批人后,把我接进了房间里。只见房间内还有五个年轻人,师父就跟他们介绍说:"这是长兴岛笛子爱好者陆正国,是我新收的学生,正国。"他对我说:"他们也是我的学生,是你的师兄。一位来自新加坡,一位来自加拿大,一位来自香港。还有两位是上海音乐学院的笛子教授,他们都是活跃在国内外舞台上的笛子艺术家。"我怀着崇敬的心情一边和他们握手,一边讲要向他们学习。他们也很热情,欢迎我加入他们的队伍。我很不好意思地讲:"我是业余爱好者,不能和你们比,只有向你们学习。"这时,师父拿出了一捆用小红袋装好的笛子,一共 12 支,每支上都刻有"常敦明精制""陆春龄鉴定"的字样。我又好奇地问师父,"这些笛子你都吹过啦?"师父讲:"这些是我从五十多支笛子中挑选出来的,支支吹过,校验合格后才能刻上我们的名字的。"我非常敬佩师父的严谨,也非常感谢师父对我的负责,我连声说:"谢谢师父,师父辛苦了。"这时,在场的五位师兄都说:"我们的笛子都是自己挑选自己买,只有你的笛子是师父帮你定制的,而且每支都亲自鉴定,这是前所未有的,你的待遇比我们都高啊。"师父开玩笑地讲:"你们不要吃醋。"然后认真地讲:"因正国在农村里,不方便,也选不来好笛子,我们懂的,应该多帮助他。"这时其中一位叫詹永明的(他是上海音乐学院民乐系笛子教授,笛子艺术家)说:"这套笛子上刻了您陆老鉴定的字样,是有收藏价值的。"师父也说："这话不假，希望正国你好好地保管。"后来，五位师兄都叫我吹一曲，我说："我基础差，是业余水平，在你们面前是班门弄斧，不好意思，只能试试看，请各位师兄多多指教。"于是我硬着头皮吹了一曲《紫竹调》。在吹的时候，师娘把头探进房门口，一看我在吹，就说："嗯，不错，有基础的，老头子，你要好好教教正国。"我连声说："谢谢师娘。"五位师兄听后都说可以，但是师父却说："还是老问题，口风不紧、气息不稳、指法不活，回去以后还要刻苦练习。"这时詹永明讲："今天师父对你是客气的，没有用笛子敲你的头，我们在学习的时候，达不到师父要求，师父就会用笛子敲我们的头。"大家哈哈大笑。然后师父就叫詹永明给我示范了一曲《喜报》后，师父开口说："正国，听了以后感觉怎么样？"我说："严师出高徒，专业水平很高，一是非常敬佩，二是我虚心学习，回去以后刻苦训练，希望能和师兄们缩小差距，迎头赶上。"师父讲，态度蛮好，就看你用功不用功，我说，一定用功，不辜负师父一生心意。临走前，师父给了我几包好膜，还给了我几盘他演奏的笛子光盘，并布置作业，重点练习师父创作的《喜报》和《水乡新貌》这两首曲子。我深深地感到，师父是个有心人，每个细节都想得很周到，体现了他老人家严谨的艺术作风和对我的一片诚心。

2010 年 10 月，对师父来讲是个不幸的日子，陪伴师父六十多年风雨同舟、相濡以沫的师娘，因突发心脏病，一天内不幸离世。这个突如其来的打击实在太大了，师父无法接受这个残酷的现实，悲痛万分。为了消除师父的痛苦和寂寞，在头几个月里，我坚持每个星期天去看望师父，陪他聊聊家常，谈谈他的人生经历和艺术生涯，用这种办法让他尽快从痛苦的阴影中走出来。每当我回家时，师父总问我，下个星期天你来不来，我说一定来。虽然看望他的人很多，但我知道，师父就希望我去陪他，因为我和师父很谈得来。师父比我年长 30 岁，从年龄上，是我的长辈；在笛子艺术上，他是笛王泰斗，是我的恩师，我没有理由不去看望陪伴他，因此，我们之间结下了深厚的感情，成了忘年之交。

师父在谈到他人生经历和艺术生涯时，我才知道，1921 年 9 月 14 日，师父出生在上海西区徐家塘一个贫苦农民的家中，六岁受其伯父陆山南影响，学吹笛子，七岁拜民乐高手、皮匠孙根涛为师学习笛子艺术。1938 年，17 岁第一次在西藏路、南京路口的一家商业电台演奏，获得成功。但在旧社会，他追求音乐的梦想始终不能实现。由于家庭的贫困，从小就承担起生活的压力，在马路上敲过石子，踏过三轮车，当过司机，做过车工，出卖苦力，从小就饱受了人间的艰辛。1949 年新中国成立时，28 岁的陆春龄和获得新生的劳苦大众一样，欢欣歌舞，庆祝解放，他倚在汽车头上，吹起了《解放区的天是明朗的天》和《东方红》，1950 年，在上海人民抗美援朝的万人音乐会上,他吹奏了《小放牛》和《志愿军战歌》。曲终人欢,雷鸣般的掌声为他叫好。他真正感受到了人们对他演奏的尊重,一种强烈的翻身感和成就感撞击着他的心灵,增强了他追求笛子艺术的信心。1952年,在陈毅市长的关心和支持下,陆春龄参与了上海民族乐团的组建,从此走上了专业的艺术之路。1954年,33岁的陆春龄从上海民族乐团调到上海音乐学院任教,担任民乐系教师,直至达到教授的顶峰。1954年12月,他随中国文化代表团,第一次出国访问印度和缅甸,从此打开了出国访问的大门。在他的艺术生涯中,陆春龄代表中国访问了七十多个国家和地区,传播和弘扬中国民族音乐,友谊的种子洒遍世界各地,被周恩来总理称赞为"人民音乐家,音乐文化使者"。1955年初,在北京怀仁堂,陆春龄首次为毛主席演奏由他改编的湖南民间乐曲《鹧鸪飞》,得到毛主席的好评。陆春龄先后八次为毛主席吹奏笛子,被毛主席称赞为"魔笛",并多次受到毛主席的接见和合影留念,这在中国音乐史上是极为罕见的。在几十年的艺术生涯中,陆春龄的笛声传遍神州大地,足迹遍及大江南北,他深入厂矿、农村、部队、学校、街道、医院、敬老院等地,用笛子为广大人民群众服务,为社会主义建设服务,他甚至深入到两百多米深的矿井下,为井下两个煤矿工人演奏笛子,两个煤矿工人激动得热泪盈眶,充分体现了他心系群众的思想境界,真正做到了全心全意为人民服务。

陆春龄担任上海音乐学院的教授后,是集教育、创作、传承、演奏于一身,高产高放的音乐家。他坚持德育至上的教育理念,他培养的学生遍及世界舞台,全国各地。他被上海音乐学院誉为老师的老师,是一台勤奋的工作母机。他改编的《鹧鸪飞》《梅花三弄》等古曲以及创作的《今昔》《喜报》等近百曲作品,充满着时代气息,蕴含着浓郁的江南丝竹韵味,是他南派风格的集中体现。他对艺术精益求精,在教育上诲人不倦,为人平易近人、和蔼可亲,他对中国民族音乐的付出,得到了党和人民的肯定和褒奖。在他的艺术生涯中,荣获各种奖项十几次。他荣获了首届中国金唱片,国务院颁发的共和国杰出艺术家奖,中国文联中国音乐家协会颁发的终身成就奖以及联合国教科文组织颁发的世界突出贡献奖,所有这些荣誉和奖项,足以证明陆春龄对中国民族音乐的卓越贡献,因此,他多次当选为上海市劳动模范和全国劳动模范。当选为上海市第三、四、五届人民代表,当选为第三届全国人大代表,第五、六届全国政协委员,全国文联委员,中国音乐家协会理事,享受国务院特殊津贴。回顾这些往事,陆春龄饱含深情地说:用现在的话来讲,我陆春龄是贫民出身的草根艺术家,是党和人民给了我一切。没有共产党,就没有我陆春龄的今天。滴水之恩当涌泉相报,我要用毕生的精力报答党和人民的恩情。做到生命不息,笛声不止,愿为人民吐尽丝。这是九十多岁笛翁的肺腑之言,体现了这位德艺双馨老艺术家崇高的思想境界和人格魅力。

这位中国民族音乐史上杰出的人才，永远是我们学习的榜样！

陆春龄的传奇人生还在续写。2011年11月11日，由上海市文广局、上海音乐学院、上海市慈善基金会等单位，在上海东方艺术中心音乐厅，为陆春龄教授举办九十华诞专场慈善音乐会。他把这场音乐会的收入全部捐献给上海市慈善基金会。音乐厅的舞台上，电子屏幕醒目地映出献给人民音乐家、笛子宗师陆春龄教授。一千多个座位座无虚席。音乐会演奏的18个节目，都是陆春龄创作的作品。第一曲《行街》，由陆春龄笛子独奏。当他精神饱满、步履稳健地走上舞台时，全场就响起了雷鸣般的掌声。中场陆春龄又演奏了一曲巴乌独奏《节日舞曲》。终场，由陆春龄领衔，老、中、青、少、童，五代同堂，登台演奏《喜报》。这次活动，我受师父之邀，与师父他们同台演奏。这首《喜报》共有28人合奏，年龄最小的只有九岁，年龄最长的是陆春龄91岁，故称为五代同堂。师父每曲吹罢，全场雷鸣般的掌声经久不息，鲜花献给师父，向这位笛子艺术家致敬。我能与师父他们同台演出，是我一生中最大的荣幸，也是师父对我最大的鞭策和鼓励。

2012年春节，我邀请师父来我家共度春节，师父欣然答应。从年初二到年初六五天时间里，除了让师父领略农村过年的风味之处，其实我是让师父定下心来，好好地指导我。师父好像看透了我的心思，把他的笛子也带来了。真是心有灵犀，师父和我想到了一起，在五天时间里，师父就以《喜报》这首笛曲为例，进行现场辅导。他叫我先吹一遍，然后从口风、运气、指法、技巧等各个方面，一一进行指教，而且亲自吹给我听，让我逐句跟着他学习，甚至手把手地教我怎样上滑音，怎样下滑音，快节奏中的双吐、三吐技巧怎么吹奏，气息怎样控制，都做了详细的说明，边讲边示范。让我跟着他学，不停地吹，直到师父觉得还可以后才放过我。师父还说，他创作的每首笛曲都有时代背景，一定要理解曲子的内涵意境，把自己融入进去，眼前要有画面感，带着感情去吹，才能吹得好。师父还说：不能单纯地为了吹笛而吹笛，指法、技巧等都是死的，思想情感是活的，只有在两者统一的基础上，再加上丰富多彩的吹奏方法和扎实的基本功，才能把曲子的精神面貌表现得淋漓尽致，让人听了感受得到你在告诉他什么。我听得入神，原来吹笛还有这么深奥的道理。我对师父讲，听了你的一番教诲，我理解你每吹一首曲子都是在用心、用情地吹。师父说：你说对了，只有做到了这一点，笛子才算吹得成功了。我深深地感到师父是名副其实的笛王、宗师、泰斗。理解了一个人民音乐家的真谛。短短的五天一晃就过去了，师父对我的教诲指导，受益终生。自从这次以后，师父每年到我家来小憩几日，每次叫我吹给他听，每次对我指教，不断地打磨我，提高我的吹奏水平。有次我跟师父说，如果我从小认识你，或者提前30年认识你，得到你的真传，那该有多好啊！

师父说,那是一定的。我的大儿子和你同岁,他的笛子就是我教的,水平也很高,他现在是江南丝竹协会会长。我和你是相见恨晚、相见恨晚啊!

2013年8月,长兴文化馆馆长樊学章家庭,代表崇明县参加上海市纸音杯家庭音乐大奖赛。地点在上海东方艺术中心演奏厅,这个比赛是以家庭为单位参赛的,是家庭音乐才艺展示的比赛。陆春龄是评委中的一员。这次比赛请出93岁高龄德高望重的陆春龄担任评委,可见这次活动规格之高,分量之重。樊学章一首葫芦丝独奏曲《欢乐的泼水节》,征服了观众,也征服了评委,陆春龄给了10分的好评,称赞樊学章家庭把这首葫芦丝曲吹奏得完整、完美、完好,因此获得了最佳才艺一等奖,取得第一名的优异成绩。同年11月,师父又来我家,我就把樊学章引荐给师父,师父握着樊学章的手说:"你葫芦丝吹得好,吹得妙!所以那天我给了你满分。"我跟师父讲,樊馆长不但葫芦丝吹得好,二胡、扬琴的水平都很高,而且自学成才,他还自制发明了好几样乐器,其中排管乐器得到了国家专利证书。他是我们长兴岛乃至崇明县的音乐奇才。师父高兴地讲:"很好,很好,你们年轻人大有作为,我年纪大了,中国和民族音乐要靠你们年轻人发扬光大,世代传承。"师父受樊学章邀请,参观了他家的音乐文化室,并当场挥毫泼墨,题了一幅"音乐之家,群文之星"的墨宝赠给樊学章留念,珍藏。还和樊学章等合影留念。在交流沟通中,大家感到,他老人家平易近人,没有半点名家名师的架子,还对年轻人寄予了发扬光大民族音乐的厚望,充分体现了陆春龄的高风亮节和博大胸怀。

就在同年,上海市文联为了表彰陆春龄推动民族音乐事业发展,创立江南丝竹非物质文化遗产作出的杰出贡献,出版了一本《魔笛天籁驻人心——陆春龄》的专著。记载了陆春龄出身贫寒,自学成才,追求音乐梦想的心路历程,也记载了他新中国成立后进入高等学府,教书育人,勤奋工作,为传承和发扬中国民族音乐呕心沥血,最终达到艺术殿堂高峰的辉煌历程。师父赠送我这本书,并在扉页上题字寄盼:"正国贤生惠存,德育至上,艺术腾飞,93岁笛翁陆春龄书,癸巳年金秋。"师父的题字既是鼓励我对追求笛子艺术的期盼,寄托了这位音乐老人对我的愿望,又是体现了师徒之间的友情和忘年之交的真实写照。虽然我的笛子水平还达不到专业水准,但这几年在师父的精心指导下,我的业余水平有了很大的提高,经常随长兴文广站人员下乡演出,我的笛子声也受到了观众的欢迎。我会记住师父的教诲和愿望,勤学苦练,争取达到较高的业余水准,为丰富农村文化生活出把力,以此报答师父的恩情。

我与笛王陆春龄相遇,圆了我小时候的梦!

我与笛王陆春龄相遇,是我今生修来的缘!

我与陆春龄相遇,是我一生的荣幸!

逸闻趣事

　　本章中刊载的一些故事，离我们似乎比较久远，我们把它从历史的沉淀中发掘出来，献给读者，让大家更好地了解长兴，了解长兴岛的历史，了解长兴岛人特有的气质和精神。

　　这些故事未见诸报端，但在人民群众中流传甚广，随着时间的流逝，应该算是"逸闻"了。作品中描述的一些事情，是很有趣的，但这个"趣"，绝不是用来作为调笑或摆噱头的资料，而给人一种醒悟、一种教育、一种历史的或哲学的思考。

乱世群魔起，南菁别离日

表仲明

　　这几天，钮丙年就吃住在川沙县府里。他现在就牵挂一件事，好多天了，他派去的两个心腹该到南菁书院了，他不知书院的官员他的上司对徐廷秀、徐行山带人大闹沙务局的事如何处理。董事长张謇知道这件事吗？他当了二十多年的横沙沙务局总管，只见过张董事长两次面，这么大的官是不会过问这类臭事的。他自言自语，各种奇怪的不奇怪的意念一刻不停地在他脑海里跳来跳去，一会儿显得很是兴奋，一会儿又很沮丧，他觉得自己现在简直成了一条丧家之犬。他不寒而栗，一切听天由命吧！

　　半个月后，处理结果下来了，他被南菁书院撤了职，但没有查办他。书院考虑到他毕竟忠心耿耿在横沙辛苦了二十多年，便依照大清王朝的官级俸禄制给了他所应该有的俸禄。几天后，川沙县府派了一名团丁送他回了川沙的老家。

　　撤职是难听的。钮丙年回老家后，几乎没有人来看望过他，只有一个名叫黄兆禄的川沙同乡备了一点礼品拜见过他。

　　撤职后的钮丙年在家中很少出门，手里整天捧着一本《聊斋》翻来翻去，想看又不想看，郁郁寡欢的他，人一天天消瘦下去，他有点不明白，过去身上那么多的肉今天都去哪里了。一年后，钮丙年又得了一种怪病，"抖抖病"，两手时常不停地颤抖，饭菜茶水自己已经没有办法吃到嘴里了。又过一年，这位做了清王朝一辈子的小官，曾两次被横沙农民活捉的师爷，在一个电闪雷鸣的风雨之夜翻眼蹬腿西去了。

　　横沙百姓听说钮丙年死了，没有人讥笑他，也没有人因他的死而幸灾乐祸、拍手称快。已经有点白发的徐廷秀淡淡地说了几声："这个人一辈子做官，一辈子不做好事。人在做，天在看，恶人哪来善报呢。"徐行山说："他只知道为朝廷效忠，不管我们百姓的死活。"

　　黄兆禄拜见钮丙年是有准备的,有目的的。他对钮丙年在横沙沙务局里的事已有所耳闻,钮丙年也听说过这位川沙同乡的小老弟,只是两人未曾谋面过。黄兆禄在拜见钮丙年一个多小时的交谈中得到了不少他所想要知道的东西。

　　黄兆禄拜见钮丙年一星期后,经过一番准备,带了五个随从乘船去了横沙,与沙务局新任总管徐永清见面,送上厚礼。徐永清不认识今天突然来造访他的这位川沙阔少爷,两眼打量着黄兆禄,但见这位阔少爷二十岁出头的年纪,五短身材(不高不矮),头光面滑,肤色白亮,头发往后梳,温文尔雅,谈吐不俗,初看恰似一位私塾里的教书先生。再看,觉得这位阔少爷派头十足,颇有绅士风度。总觉得这位少爷温和的目光里似乎有一点凶杀之气,特别当他不笑时,脸面上隐隐约约有两条很不匀称的横肉骑跨在鼻子的两旁。

　　徐永清问黄兆禄:"敢问黄少爷贵庚几何,何方供职,在哪里发财?"黄说:"不瞒徐总管,我三十出头了,不思学习,阅历浅薄,让徐总管见笑了,发财谈不上,只是有点小钱而已。""黄少爷客气,小钱可以变大钱嘛。"徐诡秘地一边笑一边说。"那好啊,就借您这句金口,我想用我的小钱将横沙的圩田全部买下来。""什么,你要把横沙的圩田全部买下来?"徐永清感觉自己有些惊讶失态,急忙定神,接口笑着说:"可以商量。""好,那就一言为定,不打扰总管了,我今天得赶回去,明天要参加黄金荣先生的一个宴会。"黄兆禄把黄金荣三个字故意说得很慢。"黄金荣先生,就是川沙城里那位大名鼎鼎的黄金荣、黄大老板?"徐永清脱口问道。"正是。"黄兆禄粲然一笑,起身向徐永清施礼告辞,乘了他一艘自己的专船回川沙县城。

　　农历十二月下旬的某一天,黄兆禄又带上了他的随从赶早潮从川沙白龙港口登船去横沙第二次拜见徐永清。这次送给徐永清的礼品比第一次更贵重,徐永清见后又惊讶又惊喜。黄兆禄说:"徐总管,快要过年了,我备了一点过年礼品今特意来向您拜个早年,区区薄礼,还望徐总管笑纳。""黄少爷,本人无功受禄,这可不行啊。"黄说:"总管见外了,以后您就是我黄兆禄的大哥,小弟孝敬大哥,还有什么不应该吗? 收下收下,我今天来还有话要问您。""行,那我就不推了。什么事,你尽管问。"黄兆禄问:"徐总管,现在横沙有多少只圩塘(圩田的别称)?""一共有 13 只。"徐回答。黄又问:"这 13 只圩塘都是谁开发的,开发几年了?"徐回答:"这 13 只圩塘除了最早的老圩外,后来的 12 只都是南菁书院招募各地民工来围垦的,前后有十多年了,老圩的开发已有 23 年了。""土质怎么样?"黄接着问。"土质好,80% 以上都是沙夹黄土层,种什么都行。"徐永清十分肯定地回答。"依您看,我要买哪些圩塘为好?"黄盯着徐永清的脸接着又问。"依我看,好都好,只是你要买先买内圩里的圩塘,这样会减少一些潮没的风险。"徐显得很帮忙。"有道理,那我先买内圩的三只。"黄兆禄的要求非常明确。"这样，这事在我这里没有问题，只是先要禀报南菁书院。当然，我会帮你说话的。"徐有点在讨好。"多谢，多谢。"黄兆禄拱手致谢。

一过年，元宵节后，黄兆禄第三次去见徐永清，黄兆禄开出银票，很是顺利地从沙务局徐永清手里买下了南菁书院的三只圩塘3 200亩圩田，还买下了沈仓圩以北大片滩涂的开发权。这大片未开发的滩涂足有几千亩，与一江之隔的他所买下的即将要围垦的圆圆沙正好在东西方向的一条线上，两块滩涂呈遥相呼应的态势。黄兆禄对自己的决策非常满意，对他梦寐以求多年的愿望如今如愿以偿感到十分得意，头光面滑的白脸上两块隐约可见的横肉一下子凸得更明显了。

徐永清得了黄兆禄的不少好处，由衷赞赏服帖黄兆禄的本事。这个30岁出头的阔爷究竟何许人也，他的钱财那么多，那么多的钱财从何而来，是祖代传给他，还是……

徐永清后来打听到了黄兆禄许多不一般的传奇人生。他突然间感到黄兆禄此人十分可怕，心里忐忑不安觉得有点吓人。

黄兆禄，川沙人氏，出生年月不详，祖上家境一般，他有文化，但文化程度不高，20岁左右的时候为围户（财主）沈云峰收租，丈量堤岸当跑腿。头子活络，广交朋友，狐朋狗友一堆，他为人见风使舵，处事八面玲珑，善于心计，精于算账，深得沈云峰赏识，沈云峰常说，此人后生可畏。沈云峰有许多要事、难事、棘手之事常委托他出面抉择定夺。几年来，沈云峰赏给他不少田地。黄兆禄又深谙投机钻营，从中渔利。小鱼小虾不在他眼里，专挑大鱼吃，鱼肉骨头一口吞，却从不鲠喉。他拜大地主、大亨黄金荣为老头子，还与大资本家宋子文的母亲有来往。黄兆禄出面办事左右逢源、如鱼得水。

时间到了1915年，黄兆禄经过几年时间谋划经营，他在川沙、横沙、圆圆沙、长兴沙四地总计拥有圩田上万亩，他从一个涉世不深的小混混快速暴富竟一跃成为赫赫有名的大地主，他的地盘已经远超于南菁书院在横沙的土地。

黄兆禄傍上了黄金荣后，由黄金荣保荐坐上了"三沙"董事的宝座（即横沙、圆圆沙、长兴沙）。他委派其叔弟黄兆兴全面掌管横沙的事务。黄兆兴天生一副凶相，也是土豪一个，黄兆兴在掌管横沙的几年中，为镇压横沙农民"闹事"，弱肉强食，为摆平一些对手，组建了一支土匪武装队伍。一些地痞流氓、土匪强盗，趋炎附势，投靠于他的门下，强盗宋某、陈某，地主邢某、顾某，海盗范某等都成了他的门徒弟子。土匪强盗之间为了各自的利益时常互相倾轧、火拼恶斗，都由黄兆兴出面调解。

这支土匪武装队伍欺压百姓、强奸民女、杀人放火，无恶不作。加上常遭海坍潮没的天灾,横沙百姓天无宁日,生活在一片水深火热之中。

黄兆禄当上了三沙董事后摇身一变,不可一世了。他已经根本不把横沙沙务局放在眼里,对徐永清指手画脚,沙务局里的大小事情都要向他报告,未经他许可,徐永清不得自行其是,凡是不合他意愿的就从中作梗刁难。轻则一通骂娘,重则叫了黄兆兴带了土匪去上门威胁,徐永清成了黄兆禄的傀儡,沙务局成了他的盘中餐。

徐永清做梦都没有想到,只几年工夫,昔日这个温文尔雅30出头的多次向他示好、贿赂他重金厚礼的阔少爷,今天会骑在自己头上拉屎撒尿,他不能不胆战心惊。如此下去这还得了,弄不好不知自己哪一天会突然死在黄兆禄的手里,恐怕还要落一个死无葬身之地的下场,这个总管没有办法再当下去了。三十六计走为上,他呈书一封,向南菁书院提出请辞,要求辞去横沙沙务局总管的职务,要求离开横沙。

后来朝野内忧外患,社会动荡不安,时局不稳天下大乱,南菁书院没有良策也没有心思,也无力反击去对付黄兆禄,不得不忍辱放弃了它在横沙长达30年的管理统治,黄兆禄乘机取而代之,控制了全横沙。同时,全面控制了圆圆沙、长兴沙,俨然成了一个三沙"土皇帝"。

孽　爱

军　文

这是一个似乎让人难以置信的民间传说。一个国民党军官与一位海岛姑娘一次偶然相遇,竟鬼使神差般地做了"露水夫妻"。之后男人去了台湾,苦于邮路不通,便用一种离奇的方式传递爱的信息,女人则笃信天命,在家痴情守望三十余年,渴望等到奇迹出现,却又成了南柯一梦。欲知详情,请看下文。

一、巧遇

1949 年上海解放前夕,一支国民党部队从苏北战场上撤下来,在吴淞口外一个海岛上休整待命。半年多来,仗打得很惨烈,节节败退,惊恐和疲惫使他们苦不堪言。秦刚是这支部队的一个排长。上岛后精神十分空虚,又感到浑身黏的难忍,便向连长请假单独到野外河浜里去洗个痛快澡。连长是他的同乡,又是铁哥们,自然就答应了。

正巧这天的天气特好,虽是初夏,但午后的阳光很强烈,使气温蹿升到 30 度以上。秦刚沿着弯弯曲曲的田间小道走了很久,终于在一块小树林旁边找到了一处水面较大的河浜,河浜周围生长着很密的野茭白,但河流很清澈。秦刚是海边长大的,从小嬉水。走到这里见四下无人,便迫不及待地脱光衣服,赤条条地一头扎进水里。岂知阴差阳错,下水后竟发现有一位姑娘也在"泡野堂子"。姑娘名叫玉芬,家就在附近,因为穷,所以常到这条河浜里来洗澡,不料今天巧遇秦刚。玉芬看见一个陌生男人下了水,非常难为情,便躲到了较远的一个地方蹲着身子,只露出个头。过了一会见对方并无歹意,于是渐渐地解除了警觉。秦刚虽是个国民党军人,可他也是一个"正人君子"。洗完澡,秦刚乘着姑娘没注意,便偷偷地猫着腰以极快的速度上了岸。不一会,玉芬回过头来不见了男人,知道他已经上岸,也就悄悄地躲去野茭白丛中穿好了衣服。

玉芬是一个天真活泼而又胆大的姑娘。上岸后,她见秦刚是个军官,便笑着说:"哟,还是个当官的,怎么也到河浜里来洗澡?"秦刚见姑娘特直爽,叹了口气说:"哎,当兵苦啊,一直行军打仗,身上都快长虱子了。"玉芬见秦刚面容俊朗,身材高挑,人也特实在,不由得心生几分好感,秦刚也觉着这位姑娘非常可爱,于是两人竟开始闲聊起来。

在闲聊中,玉芬了解了秦刚的身世。原来他也是农家子弟,父母早亡,是奶奶一手带大的。奶奶为了让孙儿有出息,给人家纺纱织布,攒了血汗钱供他上学。1943 年,17 岁的秦刚升入初三读书。这年正是抗战紧要关头,学校不少高年级学生悄悄地离开学校,上了抗日战场,秦刚一是受了抗日救国运动的感染,二也是为了减轻奶奶的负担,便跟几位同学一起加入了国民党部队。在抗日战场上,他凭着一腔热血,英勇作战,亲手击毙了四个日本鬼子,据此,他被提升为排长。可是抗日胜利后的经历是他万万没有想到的。原来对付鬼子的枪口被强制指向共产党军队,要他像杀鬼子一样杀同胞兄弟。他的内心十分矛盾和痛苦,他多次想离开国民党部队,却苦无机会,他甚至想饮弹自尽,但一想到年老的奶奶无人送终,又把指向太阳穴的手枪放下了……

没想到这位年轻英俊的军人竟有如此悲苦的经历,一向爽朗的玉芬,心情也沉重起来。她想安慰他,却又不知从何说起。她默默地注视了他一会,难过地叹了口气说:"听老人们说,这是命,而命是无法违背的。其实我们海岛上的老百姓也都很苦,一年四季吃不饱穿不暖……"聊着聊着,两人也不再陌生,甚至有一种"一见如故"的感觉。分手时他俩相约明天还在这儿见面。

二、孽爱

秦刚和玉芬第七次见面是在一个黄昏,还是河塘边那块小树林。当时玉芬对秦刚的感觉已产生了微妙的变化。不在一起时,秦刚的音容笑貌老是在她眼前浮现,她扪心自问,这到底怎么了?难道爱上他了吗?其实秦刚又何尝不是如此。这次是秦刚提出来,说在这暖暖的、月亮皎洁的夜晚,两人再一块到河浜里洗个澡,那一定会有别样的滋味。玉芬欣然同意,但警告秦刚不许偷看。秦刚笑道:"这夜色朦胧的,就是想看也看不清啊。"玉芬见秦刚油头滑脑的样子,也笑着骂道:"去你的,调皮鬼。"随即两人各自躲到暗处,脱光衣服,钻进了水里。秦刚在水里蛟龙戏水般恣意翻腾了一会,然后向玉芬游去。玉芬不许他靠近,稍近了就用水泼他。可秦刚总是围着她游来游去,并用一种异样的目光望着她。玉芬对他的这种举动和目光当然心知肚明,便羞答答地低下头说:"嗨,看什么看,没见过啊!"此时秦刚已完全失去了自控力,情不自禁地脱口而出:"其实,第一次来这洗澡,我……我就见到你身体了……"

玉芬这一惊非同小可。打小她就听母亲说过,女孩儿的身体最珍贵,只能给丈夫看,如果意外地被别的男人看到了,那只能嫁给他。玉芬想现在身子给秦刚看到了,那只有做他的女人了。想到这她羞得浑身燥热起来,可心田里却满溢着甜蜜的感觉,这种神秘的感觉使她本能地闭上了眼。秦刚以为她气晕了,忙去扶她,但这一出手,两个光溜溜的身体接触上了。这种青春男女的肉体接触,无异于电能的阴阳两极的碰撞,顷刻间两人以外的世界不存在了,剩下的只是滚烫的热血和疯狂的举动,秦刚急不可待,抱着玉芬爬出了水面,奔向了小树林。

疯狂过后,玉芬清醒了,她意识到刚才发生了什么,可一种被人夺去珍贵东西的失落感,牢牢地钳住她的心。她喜欢这个男人,但就这么在荒郊野外把自己交给他太轻率了,后悔使她哭泣起来。秦刚将玉芬搂在怀里,对她说:"别哭了,我是真心爱你的,我会对你负责到底的,我发誓,我会一辈子对你好。"玉芬说:"可是你们部队会开拔走的,我怎么办?"秦刚说:"放心,我带你走,一定会带你走。连长是我的铁哥们,团长又是连长的姐夫,他们一定会帮助我们的。"

秦刚和玉芬分手时天已经很晚了。他俩刚走出树林,突然迎面来了一个人,那是玉芬的父亲。前些天玉芬和一个当兵的在河边约会的事情传到了他的耳朵里。今天那么晚了还不见女儿回家,便一路寻了过去。正巧碰上他俩在一块儿,便逮住了玉芬劈头盖脸就打,边打边吼:"你这个伤风败俗的孽种,我家祖宗十八代的脸都给丢尽了!"秦刚见玉芬被打,忙上前阻拦,却被狠狠地踢了两脚。玉芬父亲大骂秦刚:"狗贼,竟敢偷我女儿,跟你拼了!"秦刚已知来人身份,便不躲也不逃,说:"伯父我不是糟蹋你女儿,我是真心爱她的,我会娶她的。"玉芬父亲斩钉截铁地高声说:"做你的白日梦去吧!我女儿绝不会嫁给一个国民党兵的。"他一边骂一边拉着玉芬往家里跑去。回到家怒气未消,竟将玉芬牢牢地锁在房间里。

三、别离

秦刚已经几天没见到玉芬了,却突然接到上司命令,部队今夜开拔离岛。这时远处传来隐约的枪炮声。秦刚心里惦记着玉芬,说什么也要带她一起走。他急忙找到连长,说明来意并得到连长同意后便飞快地向玉芬家跑去。

玉芬用秦刚从窗外递进来的撬棒,费了好大劲,终于撬开窗棂,在秦刚帮助下爬出窗外,随即两人手拉着手乘着夜色向海边奔去。秦刚边跑边对玉芬说:"上海的外围战争基本结束,我们师奉命今夜撤走。"玉芬一听惊慌起来,忙问:"撤走,去哪儿?"秦刚说:"听上司口风,可能去台湾。"秦刚催促玉芬得赶紧,登陆舰正泊在外海,海边有小艇驳人到舰上。

秦刚和玉芬刚奔到海边,小艇的马达就启动了。一个高个军官朝秦刚喊道:"这都什么时候了,老弟你还笃悠悠的,快上艇。"秦刚忙拉着玉芬准备上船,不料高个军官伸手拦住了玉芬,说:"她不能走。"秦刚一听玉芬不能跟他一块儿走,急着说:"大哥,这是你弟媳,你不是已经答应了吗?"高个军官摆了下手无奈地说:"现在不行了,师部刚下的命令,军衔在少校以下的一律不许带家属,违者军法处置。"接着拍拍秦刚肩膀,安慰道:"老弟别急,师座说了,一年之内国军会反攻回来的,让弟媳在家等一年好了。"可秦刚心里明白,三大战役后,国军溃不成军,皆成了惊弓之鸟,这样的军队还能打回来? 但军令如山,毫无办法,他只好握着玉芬的手说:"你要好好地照顾自己,无论天涯海角我都会牵挂你的。我向你发誓,非你不娶。假如台湾邮路不通,我会把信装进瓶子里然后抛进海中,让潮汐带给你。我会隔天抛一只,直到见面为止。"未待玉芬搭话,高个军官拽了秦刚胳膊急忙登上了小艇,随即小艇快速向外海驶去,一会就消失在茫茫夜幕中。

四、苦果

秦刚离去后,玉芬几乎天天来到海堤上,望着茫茫大海,希望从海天处驶来一艘船,船上有她日思夜想的心上人。可是潮涨潮落,一天又一天,总不见秦刚的出现,然而她的肚子却一天天地在隆起。四个月后,玉芬怀孕的事终于彻底暴露。打那以后,父母的痛责,邻里的白眼,使她天天生活在噩梦中。她多次想跳入海中,可是一想到秦刚,一想到腹中的小生命,就硬不起心。她相信秦刚说话一定算数的,肯定会回来接她的,可是为什么没有一点信息呢? 这时她突然灵光一闪,想起秦刚临别时说的话。如果在台湾邮路不通,会隔天往大海里抛只信息瓶,让潮汐把信息带过来。于是她每逢潮涨时候,就手执长柄网兜,盯着扑向岸边的每朵浪花。确实海潮带来不少瓶子,有塑料的,有玻璃的,还有陶瓷的,每捞到一只瓶子,她的心就狂跳。可是当旋开瓶盖,发现里面都是空的。

虽然秦刚音信全无,但秦刚"一夜情"播下的种子却开花结果了。足月后,玉芬生下一个七斤多的男婴,仔细一瞧,活脱脱就是个小秦刚。爸妈问她孩子名字咋取,玉芬未加思索说道:"就叫小刚吧!"

　　小刚打记事起,他就伴着母亲用长柄网兜打捞被海潮涌来的各种瓶子。他问娘捞这些瓶子做啥? 母亲告诉他,瓶子里装着爸的信,爸在很远很远的地方,邮路不通,就让海水带信来。可是小刚从小到大,和娘捞起了成千上万只瓶子,从没有见到哪只瓶子里装有父亲的信。时光飞逝,转眼到了1986年中秋。小刚那时在浦东一个工地上打工,那工地的工期紧,任务重。老板说:中秋不放假,加班工资按规定发,外加每人一份月饼,一箱啤酒。但小刚还是请了假。因为他现在已经成了家,并有了儿子,是个顶天立地的男子汉了。作为家中的顶梁柱,他人虽在外,心却一直惦记着家里,特别是他那苦命的母亲。

　　小刚赶到家,发现门已上锁,问邻居才知道,爱人和孩子回娘家过中秋了,他母亲吃好晚饭就拿了长柄网兜去海边了。小刚刚赶到海边,见到母亲倒在地上,长柄网兜丢在一边。小刚一个箭步奔去,双膝跪在地上,双手托起母亲,边摇边呼喊:"妈! 你醒醒,妈,你怎么啦?"但是千呼万喊没回应。他试探母亲的鼻息,已气息全无。巨大的悲痛把他击倒在地,过了好久,才勉强撑起身。这时月亮从云层里钻了出来,月光照在母亲的脸上,小刚发现母亲的脸那么平和,从平和里透着喜色。他判断,母亲刚才一定捞到特别兴奋的事。由于过分激动而猝然停止了心跳。但哪来这种兴奋? 他仔细观察母亲,发现她的左手捏着只瓶子,右手握着张纸条。借着月光,他清楚地见到纸条上写的字:"玉芬,你好吗? 我想你,等着我,我一定会回到你身边的。"落款是秦刚于1981年5月3日。并注:第4128号瓶子。小刚的眼眶里涌出了晶莹的泪珠。他为母亲高兴,她的心愿终于实现了,她捞到了丈夫那颗赤诚的心。他从1949年到1981年,32年里向大海抛了4 000只瓶子。今天是1986年中秋,又五年过去了,父亲又该向大海中抛了多少瓶子啊! 小刚为父母感天泣地的爱深深地感动了,同时责怪大海太无情,对人间如此坚贞的爱,表现得太淡漠,几十年几千只信瓶啊,可只肯传递一次!

　　在安葬母亲的那天,小刚恭恭敬敬地将那只瓶子装进母亲的骨灰盒,并安慰道:"妈,你在天上该开心了,你终于收到了爸的信。"

五、结局

　　1987年清明节那天,小刚从外地赶回,给母亲祭拜烧纸。刚到墓地,发现一位老人正在向母亲的墓地磕头,磕罢,抱住墓碑号啕大哭。小刚惊讶地呆了一会,才扶起老人："老伯，您是……"老人抹着眼泪说："我从台湾来，眼巴巴盼了三十多年，总算盼到了解禁，我是第三批被允许回大陆探亲的老兵。我是怀着与玉芬相见的急切愿望回来的，还想与她共度余生，谁知她已经走了。玉芬，你走得太早了，咋不等等我啊……"老人说罢，又痛哭起来。小刚这时已意识到这位台湾来的老人是谁了，便说："那你……你就是秦刚了？"老人点了点头，同时端详着小刚，问道："你是……"小刚激动地说："我叫小刚，是娘给我取的名字。娘想了你一辈子，念了你一辈子，做梦都想着你抛向大海的信息瓶，可她几十年来只捞到了一只……"说着小刚的眼圈红了。老人忙拉着小刚的手说："你是玉芬和我的儿子。瞧，你的眉眼多像玉芬啊！"小刚不好意思地低下了头。老人接着说："我是昨天傍晚才回来的，几十年了，岛上的变化太大了，我是凭着记忆找到了玉芬家。可是大门紧锁着。后来问了邻居，才了解到玉芬的爸妈——我的岳父岳母早作古了，玉芬也在去年中秋节走了。听到这消息，我天旋地转起来，盼了几十年，到头来竟是一场空！邻居又告诉我，玉芬为我生了个儿子，听到这讯息，我喜极了，这是老天的恩典呀！"骨肉相逢，悲喜交加，小刚再也忍不住了，他望着老人好一会，猛然扑向秦刚怀里，连声喊着："爸！爸！"……

过了许久，秦刚在儿子的搀扶下离开了墓地。然后秦刚就住在儿子家中，再没回台湾，直到 2005 年因中风去世。小刚为了了却老人的心愿，就把他跟母亲合葬在一起。

"光荣妈妈"的美丽传说

樊敏章　倪凤祥

一、柳根的来历

在东海之滨,长江出口处的南岸,有一块地形如鸭蛋形的突兀处,人们称之谓汇角。汇角之内,有一座较有名气的古镇,名叫作祝桥潘家泓。它北对长江口,东临东海边。由于得天独厚的地理位置,使得江湖河海之水汇集于此,因而这里的内陆就叫作南汇。南汇这个地方,既是鱼米之乡,又是全国闻名的水蜜桃产地。文中所说"光荣妈妈"施静珍及其一家,早年就居住在祝桥潘家泓。

施静珍与她的丈夫龚林生,一连生了三个女儿。当时的年代,重男轻女、传宗接代思想根深蒂固,没有儿子心里总不是滋味,讲话也要低人三分。1926 年 5 月,施静珍喜得贵子,整个家族喜出望外,丈夫龚林生急忙请来能掐会算的八字先生,为儿子排八字取名字。那个八字先生吃了碗水煮蛋后,经过了一番推算,正襟危坐地说:"您老姓龚,龚乃龙共之谓也,天下之大,非共不可。"那龚林生听得稀里糊涂,不知八字先生所云,便问:"名字取啥为好?"八字先生想了一下:"就叫志康吧,意思就是男儿志在四方,身体健康。"龚林生一听,觉得这名字不错,然后依照惯例再请先生取了个乳名。先生指着前方的一棵柳树讲:"就叫柳根吧。柳根的意思就是龚家从此有了香火,像柳树一样生生不息。"

二、认亲从军

时间一晃 16 年过去,柳根已长得人高马大,看上去一表人才,英俊秀气,聪明伶俐,机智勇敢。

　　那是 1942 年的时候,中国饱受日本帝国主义的侵略和蹂躏。血气方刚的柳根,由于经常接触一些地下党员,受到了进步思想的熏陶。参加过几次中共地下党的秘密活动后,柳根立志投身于共产主义的伟大事业,并积极参加抗日,以实际行动,报效祖国。当他参加了江南游击队后的一天夜里,龚家突然来了四位陌生人(其实柳根是清楚的),他们正是中共地下游击队成员,也属于新四军部队的人。柳根连忙迎上前去,笑眯眯地对来人讲:"各位先生,请坐!"龚氏夫妇打量着四位来客:看上去他们既像是教书先生,又有点像商人模样,眉宇间透露着英俊和威严之色,想必来人非同一般。那年长一点约莫 35 岁左右、化名为"李涛"的开口道:"伯父伯母,你家柳根是我们的好兄弟。我们来想带他一起去寻饭吃。"龚氏夫妇想了想:柳根已经长大,这年头能够出去混口饭吃就不错了。于是便问:"眼下兵荒马乱的,日本人又打进了上海,还轰炸了浦东,这乱世之中哪儿去找碗饭吃?"李涛接着道:"您讲对了,日本人一天不走,天下一天都不会太平,中国人哪有好日子过! 柳根今后跟着我们,走的是一条光明大道,有朝一日,也许能干出一番大事业来。再说,你们以后也就有依靠了,这比他待在家里总要好得多。"龚氏夫妇想想也对,穷苦百姓能有依靠,实在是求之不得的事情,可又担心儿子跟着他们去,会有什么不测。便问道:"跟着你们,如有三长两短怎么办?"李涛道:"老伯老妈,你们把儿子托付给我们,我们一定负责到底的,如万一有什么意外,正如我先前所说的,柳根是我们的兄弟,兄弟的爸妈就是我们大家的爸妈,我们这些人也是你们的儿子。"说着李涛等人一起喊了龚氏夫妇一声"爸! 妈!"并一起跪拜了老人。看到这个情景,那龚氏夫妇感动得不知所云,急忙将他们扶起,说道:"使不得! 使不得! 快快起来。"接着李涛又拿出几块银圆送给了龚氏夫妇,说:"这既是作为认爹娘的见面礼,又作为对两老今后生活的一点补贴。"龚氏夫妇心想:儿子柳根真的碰到好人了,找到饭碗了。因此自然也就放心地让儿子跟随着李涛他们一起去寻饭去了。临别时柳根对父母道:"阿爹,姆妈,你们请放心,儿子一定会争气的,等我出人头地风风光光地回来,再感恩父母。"就这样,儿子与父母挥泪告别。

　　这正是:热血男儿去从军,爱国抗日铁定心,

　　　　　　挥泪告别父母亲,披荆斩棘上征程。

三、小洋山作战献青春

　　在柳根参加江南抗日游击纵队两年后,他曾多次秘密保卫和护送过上级领导

首长,又多次参加了抗日游击作战。在距离上海东南方向 40 公里左右的海面上,有一座孤岛——小洋山。小洋山的山崖跌宕起伏,光秃秃的巨石像卧驴,地势险峻,草木不生。这是一处扼守江浙沪门户的险要之地,在军事上的地理位置显得十分重要,站在山崖顶上,过往船只尽收眼底,日军据点驻守于此,明碉暗堡,居高临下,实是个易守难攻的军事要地。

游击队一心想拔掉这颗钉子。柳根一队人马设想智取敌堡。他们雇了一条木帆船,借着夜色偷偷地摸到小洋山,潜入敌据点旁。他们设想:如攻打下来最好,攻不下弄点武器也好壮大自己队伍的力量。可是不巧,在接近敌人据点时被日军的军犬发现了,双方发生了激烈的战斗。在这次战斗中,柳根英勇牺牲了。这噩耗传到他父母那里,犹如晴天霹雳,打击着年迈的父母亲,使他们龚家痛失独子,失去了传承的香火。当时,由于小洋山还在日军控制之下,龚志康烈士的遗体也无法收回。这真是生不见人死不见尸,给烈士家属带来了极度的悲痛。龚氏夫妇带着痛失儿子的无尽悲伤和哀思,在龚家老坟(祖坟)旁,为爱子柳根立了一个空冢,因为此时是战乱,连墓碑都没有,以防止暴露身份。好在龚志康是为革命事业而献身的,对富有爱国心和正义感的龚老夫妇来说,尚有一丝欣慰。

这正是:英男立志为革命,壮志未酬身先亡。

烈士回眸应笑慰,祖国今日满目春。

四、她成了“光荣妈妈”

柳根牺牲后,不久父亲积郁成疾,因病故世了。母亲施静珍于新中国成立前夕来到了长兴岛的厚朴镇,改嫁给农民黄毛囡。黄毛囡是一个勤劳朴实,又非常善良的人,在此之前,他也有自己的子女,因妻子离世,于是双方有缘结伴,组成家庭。施静珍的到来,为他的生活增添了新的活力,他们夫妇俩,在宅后的河滩上,开荒种地,挑泥筑岸,围垦出大约四亩的一只小圩,这是长兴岛最小的一只圩,后来人们称它谓“黄毛囡小圩”。夫妇俩在这只小圩内辛勤耕种,生活不愁吃穿,倒也安然自在。施静珍从南汇老家带来了很有名的十棵蟠桃树,种在了宅后的沟旁,春暖花开,别有一番景色,成为当地的稀有物种。每当瓜果桃李成熟季节之时,邻近的村民很是羡慕,都想亲口尝一尝这鲜果的美味……

1959 年某日,施静珍老妈妈突然接到通知,有部队首长派人,来领她去北京养老。这个农村老太,从来没有出过远门,今天部队派人来请她上北京,真是喜从天降,长兴岛还从来没有哪个老农民看到过天安门。于是她老人家收拾好行装,跟着他们去了。到了北京后,她住在了专门为她安排好的房子里。吃的用的都有专人服侍,过着衣来伸手饭来张口的安逸生活,服务人员每天给她测量体温、血压,检查身体等。但她感到很不舒服,对服务人员说:"我就像被关在了笼子里一样,我的身体不是很好嘛!? 为什么天天给我量这量那,弄得我非常不习惯。"这个过惯了田园生活的老妈妈,觉得这个地方不适合她,她喜欢种地种菜,自耕自给,自由自在,靠自己的双手可以养活自己,不要给政府增加负担。住了十来天,她执意要回家,拗不过她的坚持,只好送她回家。回家后,人们都觉得非常好奇,全国有无数烈士,为何唯独这位老太能上北京养老? 带着许多疑问便问老妈妈:"是谁请你到北京去的呀?"她说:"是朱德叫我去的,他是我的干儿子,当年与我儿子结拜过兄弟的。"接着她拿出了一份人们从未见过的特殊证件来,那证件上盖有烟缸大小的红大印,上面的署名是朱德。就这样,"光荣妈妈"是朱德的认娘的消息在全岛上下传开了。但是朱德究竟有没有认过施静珍为干娘,谁也没有考证过,仅凭一张特别的证件是不足以说明问题的,因为朱德署名签发的各种荣誉证书可多着呢。但有一点可以肯定,当年李涛认了"光荣妈妈"作为娘,然而李涛以后究竟怎样,没有人知道,也许已经牺牲了,但不管怎样,"光荣妈妈"去北京养老是事实。这足以证明:"中国革命的胜利是无数先烈用鲜血和生命换来的,我们后人不会忘记他们,人民不会忘记他们,我们的党和政府不会忘记他们。"在"光荣妈妈"受到中央领导接见时,有一位首长讲过这样一句话:"先烈的母亲就是我们革命领导人共同的母亲。"值得说明的是:"光荣妈妈"身边的那个证件,当年时任公社党委副书记的徐光明同志也亲眼见到过。他说,除了烈属证之外,的确是还有一份特别的证件,由于时间久远,只记得上面有一方大印和朱德的署名。

五、外甥承欢膝下,苦中作乐后继有人

回来后,"光荣妈妈"与黄毛囡一起生活。由于身边没有亲人,加上一直对牺牲了的儿子的思念,更是向往着儿孙承欢膝下的天伦之乐。1957 年,大女儿龚秀英把自己年满 12 岁的大儿子倪凤祥,送到长兴岛,一来为了让年迈的母亲身边有个亲人照应,给她精神上有个慰藉,二来为了日后老两口有个香火继承。在夫妇俩的照顾和抚养下,外甥倪凤祥扎根长兴岛,成家立业,结婚生子。考虑到这个家庭的特殊性,长兴人民公社把倪凤祥安排在本岛县属企业手工业社工作,以贴补家用,尽最大可能来弥补"光荣妈妈"失去儿子的痛苦和生活照顾。

六、渡口是驿站

在鸭窝沙和金带沙之间偏东处,有四五百米开阔的水面。在五六十年代时,这里的交通仅靠三只摆渡船,小船就停靠在"光荣妈妈"宅后面。由于当初金带沙没有像样的小镇,因此,那里的居民经常到鸭窝沙厚朴镇上购物。当时新兴大队(现新港村)在金带沙有四五百亩耕地,整个新兴大队各生产队社员都要到那里去耕种。当初由12队的陈金法、6队的陆才清、8队的黄毛囡,分别负责摆渡社员来去耕种。在农忙时,过往社员络绎不绝,在摆渡高峰时,"光荣妈妈"家成了驿站。由于船只小,一次摆渡不能超过10人,因此,人多时只好等待下一趟船再过去。"光荣妈妈"是个热情好客之人,在生产队里人缘又好,平时等待渡船的人遇到风雪落雨天,都要到她家里去歇脚。老妈妈对他们都能热情接待,冬天有开水喝,夏天有凉茶饮,都会客气地招呼过往社员到她家里坐坐。有一批金带沙八牧农场的职工,也经常乘船路过她家,时间一长对她也熟悉了,大家十分亲切地称呼她"光荣妈妈"。老妈妈也很纯朴地把自己亲手种的各类新鲜蔬菜、农副产品等送给他们,让他们带去上海孝敬家人。他们回来时也总是捎些上海小吃给她,直到他们逐渐调回上海还时有往来。

有一家顾姓的邻居就在她家隔壁。顾家育有七个儿子,家境贫困,那些孩子经常赤脚,穿着破衣服到她家玩。老妈妈见到后非常同情,并不富裕的她,就经常送衣送物,照顾他们,让他们渡过了当时自然灾害的饥荒难关,因此,邻居们的孩子都叫"光荣妈妈"为"好婆"。她在宅后的十棵蟠桃树结出的桃子,大部分送给了邻近的孩子们吃了。她的外甥倪凤祥是长兴手工业社的竹匠,平时周边村民,到她家里修理竹器,如篮子、锅盖、簸箕之类的家用竹器,她都关照外孙照顾好村民,并订了一条不成文的规矩,不收取一分钱。从这些细节中,体现了"光荣妈妈"乐善好施、乐于奉献的崇高品德。

七、二次亮证解万愁

在改革开放之前,国家实行计划经济,尤其在极"左"的"文革"年代,一度推行割资本主义尾巴,农民生产的农副产品是不允许到市场出售的。一天"光荣妈妈"带着自己家里一篮子鸡蛋,乘船回南汇老家去,送给大女儿。可是来到长兴岛码头,码头上的检查人员硬要把她的鸡蛋没收。"光荣妈妈"说,"这是我自己家里养的鸡下的蛋,凭什么要没收?"那检查人员讲:"你知道吗? 这是小生产,是资本主义的尾巴,所以要没收。""光荣妈妈"一听非常恼火,"天底下居然还有这么不讲理的事情!? 自家鸡蛋送给自己的女儿吃,难道这也算犯法?"检查人员说:"我们只是工作人员,有事你跟上面领导去讲。""好吧,请你们领导过来。"于是那个分管的领导来到老妈妈身边,老妈妈自知与他理论也没用,干脆亮出自己身边的那张证件来。当那个领导看到这张证件后,知道这是一位了不起的烈士的母亲,于是十分客气地亲自帮老妈妈提着鸡蛋送上了船,又把老妈妈安排在船长室内,老妈妈也很有礼貌地表示感谢。

每当出远门时,"光荣妈妈"总是将那张证件贴身存放。柳根虽然已经牺牲了,她把党和政府发给她的那张证件,当作自己儿子一样,只要证件在,就代表着儿子柳根一直在身边陪伴着她,出门时贴身带着,在家时就放枕头下,她不允许任何人去碰那张证件,把它视如自己的命根子。一次,她从吴淞乘船回家途中,遇到大风。吴淞码头因大风轮船停航,眼看天色已晚,回不了家,吴淞那边是举目无亲,她寻了几处旅馆,皆因大风停航旅馆内挤满了人,看来今晚要露宿街头了。这时,她忽然想起附近海军部队,心想这是"儿子"朱德总司令的部队,于是她试探着来到了部队门口。门口站岗的警卫上前询问她:"老妈妈,您有什么事需要帮助吗?"她说:"找你们领导。""找我们领导?"警卫打量了老妈妈一眼问道。"你去叫他出来,我有事找他。""您认识我们领导吗?""我不认得。"那警卫又客气地问道:"您把来意告诉我,我帮你传达。"老妈妈直截了当地说:"我家住长兴岛,今天台风回不了家,我想借宿一晚,明天一早就回家。""老妈妈,这里是部队,不可以随便住宿的。""你叫你们首长来见我就可以了。"警卫拗不过老人家,只好打电话请值班长来处理,"光荣妈妈"向值班长说明了来意,又亮出了那张证件,那值班长一看证件上有"朱德"的签名,知道是烈士家属,马上客气地把她领进了部队招待所,安置好她的住宿,又叫伙房为老人家烧了两个菜,招待她吃好晚饭后,又派人为她端水倒茶,热情招待。第二天还派专人将她送到码头,帮她买好船票,送她上船。

这正是:烈士母亲人人敬,军民一家鱼水情;

他乡远行不犯愁,祖国处处有亲人。

八、武装部长认她娘

在以农业生产为主的人民公社时期,公社的领导从党委书记、社长到武装部长,凡是有点职务的领导,在一个大约三万人口,十万亩土地,五万亩耕地这个小岛上的老百姓大多认识他们。只是因为那时的领导,执行着一条严密的纪律,在毛泽东思想的指引下,必须深入群众,密切联系群众,同时以焦裕禄为榜样,访贫问苦,深入基层,为民排忧解难。时任武装部长的徐国辉同志,母亲是个品德皆优的老革命,战争年代,在部队担任文工团团长,徐国辉更是从部队转业回来的干部。他是江西人,此人十分豪爽,又平易近人,喜欢与群众打成一片,老百姓都亲热地称呼他"老徐",从来没人叫过他"徐部长",而他总是笑脸相迎,与群众嘘寒问暖拉家常。

老徐来到长兴岛任职后,把关爱烈军属的工作放在首位,经常到烈军属家访贫问苦。得知"光荣妈妈"儿子为抗日牺牲后,就亲自上门认亲,对"光荣妈妈"说:"您的儿子虽然牺牲了,但他永远活在中国人民的心中,千千万万的中华儿女都是您的儿女,娘,我就是您的儿子。"逢年过节,他总是第一时间来关心和看望她,并送去生活用品和"光荣妈妈"喜爱的衣服、食物等,像亲儿子一样孝敬她,直至1986年8月24日"光荣妈妈"寿终正寝。当时,长兴公社党政领导,新兴大队干部、群众,都去参加她的追悼会,为她送行。至此,"光荣妈妈"带着党和政府的关怀,人民的敬仰安详地离开了人世。

一场"仙水"的闹剧

高学成

    约在 1953 年夏天,在长兴岛上发生了一场"仙水"的闹剧,闹得沸沸扬扬,不但地域范围广,而且蔓延时间长。传说在凤凰镇凤东桥边的福字圩里出现了一个"仙水洞","仙水"不断地从地底下冒出来,喷出的水柱有十几厘米高。人们好生奇怪。常言道,人往高处走,水往低处流。这里的水为什么偏偏要向上冒呢? 一定是神仙在那里显灵,或是老天爷给长兴岛人送来的福祉。有人说,这水还真灵呢,我家的病猪一喝,病就好了。有人说,我家孩子生了一身热痱,浑身瘙痒难受,用这水洗了几次,也彻底好了。还有人说得更玄,说某某地方有一个老人,已病得快要死了,饮了这水,病就好了,没几天就能下地劳动了。于是,人们到处传说这是仙水,是包治百病的灵丹妙药。传言者还添油加醋地把它说得神乎其神。这消息像长了翅膀似的,迅速传向长兴岛的四面八方。岛上人络绎不绝地到那里取"仙水"。出"仙水"的那个福字圩,竟成了热闹非凡的人口集散地。远在崇明、海门、川沙、南汇、宝山一带的农民,闻讯后也提着罐子、拿着瓶子纷纷赶来取"仙水"。路上,人来人往,川流不息,其热闹的景象不亚于赶庙会。有时候,在半夜三更里还会看见取"仙水"的人影。取"仙水"的时候,还有一套规矩和程序:先点香,后跪拜,再祷告,最后取水。农民们表现出来的那种专注的神情和虔诚的态度,真令人叹服。这样的活剧整整闹了三个月。

    那么,"仙水"的闹剧是怎样开场的呢? 话说那年夏天的一个中午,骄阳如火,酷热无比。住在福字圩里的农民汤二郎伯伯领着他七岁的孩子在田间锄草。突然,天空中响起了隆隆的雷声。他抬头往西北天一望,只见西北天乌云滚滚,漆黑一片,还有火蛇般的闪电在乌云中闪亮,一场雷阵雨眼看就要来临。汤二郎急忙丢下手中的农活,领着孩子向家中奔去。当走到福字圩一条明沟沿边的一条小路上时,看到路当中的一个蛸蜞洞里不断冒出水来,喷出的水柱有十几厘米高。他的儿子看到后好生奇怪,问他爸爸:"爸爸,这是什么呀,怎么会喷出水来的?"爸爸不以为然地回答他说:"这是江鳅洞。"江鳅洞,是江鳅打的洞。江鳅,是一种水生动物,形状像跳鱼,褐红色,身体瘦长,约有十几厘米,特喜欢在板结的沙地里打洞,深的可达几米,有时可横穿透一条堤岸的底部。在海边的沙滩上,或是沟、河沿边的沙地里经常会见到江鳅洞,由于江鳅在里面搅动或是洞的旁边有渗水的挤压,洞里常常会冒出水来。所以,岛上的农民习以为常,不足为怪。汤二郎对他儿子说的那句话,可见一斑了。

无独有偶。一天,住在附近的陆茂根大爷正好路过那里,看到那个喷水的洞,还下意识地用脚踩了一下冒出的水,感到水是透骨的冰凉,但也没有多想什么。当他回到家里后,又为那头患病的猪犯起愁来。这头猪已经病了好几天了,浑身滚烫滚烫的,不断地喘着粗气,几天没吃食了,急得陆茂根团团转。忽地,他想起福字圩路上的那个喷水的洞,水又是那样的透骨冰冷,不妨弄点来给猪喝喝,或许能给它降降温。主意打定,他立刻在家里找了一个空瓶子,向那个地方飞奔而去。在那里,他灌了满满的一瓶子水,像拾到宝贝一样快乐地往家走。回到家中,马上把水灌给猪喝。说也奇怪,这猪喝了这水没多少时间,站立起来了,慢慢地走到食槽边,吃起食来。这下子,可把陆茂根乐坏了,这是"仙水"呀,病猪一吃就灵。就这样,"仙水"一传十、十传百地传开了。

无独有偶。汤二郎听到这消息,首先自己责怪自己不识货,自己曾走过出"仙水"的地方,却无动于衷。现在自己的孩子正患着一身热痱,瘙痒难过,不妨也弄点"仙水"来给他擦擦身,或许能治好他的热痱。汤二郎从那儿取来"仙水"后,给儿子擦了几次身,没几天,热痱和痛痒竟消失得无影无踪了。就这样,更加快了福字圩里出"仙水"的传播速度。

再说那个陆茂根。"仙水"救了他家的那头猪,有一种报恩上帝的思想,自觉自愿地从家中拿去了柴草、芦苇、毛竹等物品,还带去了斧头、铁锹、铁搭等工具,在出"仙水"的那个地方,搭起了一间草屋,供人们取水时休息和朝拜用。屋里摆上桌子,桌子上放着烛台和一个小菩萨。还有一个绰号叫牛皮阿三的,几乎每天出没在那里,吸引着众多取水的人。他自小练就一身气功,功夫不凡,他表演的蛤蟆功一下子能起蹲一百多次,人们赞不绝口。这样渲染着气氛,衬托出一种"仙界"的韵味。

科学和迷信的斗争,愿望和事实的距离,现象和本质的差异,在这里表现得轰轰烈烈。尽管当地政府多次加以劝说和阻止,也无济于事,没能制止这场闹剧的蔓延。这倒使我想起了不知哪位革命家说过的一句话：菩萨是劳动人民创造出来的，到头来还是劳动人民亲手把它捣毁。在那刚刚解放的年代，劳动人民贫穷落后，缺医少药，科学知识没有得到广泛的普及，出现这种情况是可以理解的。当遇上重大灾难和严重疾病时，人们总希望有一种巨大的神力——上帝、神仙、菩萨来帮忙，免除苦难，保佑平安。要是这件事发生在今天，我看很少有人会这样做了。要说陆家的病猪治好了，汤家孩子的热痱治好了，也许是事实，它可能符合中医学的平衡的理论，热用冷解。

这场闹剧，对迷信起着推波助澜的作用，对社会安定带来危害，甚至有些坏人也混在其间，煽风点火，挑拨离间，惹是生非。据说原家住横沙岛的黄龙生，新中国成立前在土匪部队里当副官，抢劫杀人，无恶不作，新中国成立后逃避罪责，把家搬到长兴。这次横沙岛上人也到长兴取"仙水"，在凤东桥上碰到了黄龙生，结果报告了上级政府，第二天就被宝山县公安分局捉拿归案。

这场闹剧粉墨登场后演了三个月，终于偃旗息鼓了。因为取"仙水"的人越来越多，那个洞被越挖越大，从洞口一直挖到明沟底，根本分不清哪是"仙水"，哪是河水，那里一片狼藉。从 9 月下旬起，就再也没有人去那儿取什么"仙水"了。

我把这件旧闻写出来，意在引起我们的回忆和思考，从中获得一些有益的启示。我们一定要相信科学，不能人云亦云，要通过事物的现象抓住它的本质，对自然界的各种现象，要给予科学的解释。尽管世界上还有不少未解之谜，埃及的金字塔是怎样建造起来的，飞碟究竟是何物等。但随着科学的进步，总会揭开它的谜底。那个蛸蜞洞里喷出的水，其实是物理学上所说的一种虹吸现象。你不妨做一个实验，拿一大瓶子水放在桌上，取一根橡皮管插入水中，一头垂下，你用嘴咬住橡皮管不断吸气，让水流出为止。然后不断地把出水的那头升高，只要这管子里的水面低于瓶底的话，水会源源不断地流出来。那么，这管子提得多高还会流水呢？告诉你，最高可以提到 10.33 米，只要瓶子里有足够的水，因为瓶子的水面受到一个大气的压力。至于福字圩里路上的蛸蜞洞的喷水现象，就是一种虹吸现象。由于特殊的地理环境，江鳅打的洞正好成了一根天然的管子，因受到旁边堤岸高处沙土渗水的压力和大气压的压力，使水不断地从蛸蜞洞中冒出来。

让我们崇尚科学，破除迷信，在以习近平总书记为核心的党中央的正确领导下，团结一致，奋发图强，开创美好的未来，为实现中华民族的伟大复兴，实现两个一百年的中国梦而努力奋斗！

布衣书记杨金声

徐光明

1970 年,时任宝山县委副书记的杨金声同志,奉命调到长兴人民公社任党委书记。这个五十多岁的"老山东"、解放战争中南下的老干部,来到长兴后,以他朴素的穿着、爽直的性格和特有的气质,出现在人民群众中间。因为我与他共事的缘故,所以更了解他。他是一个办事干练、敢于负责和有担当的人,是一个待人和蔼可亲、平易近人且具风趣幽默的人,他也是一个热情关怀下属、不拘小节的人。他非常喜欢写诗,一旦灵感来了,就翻开笔记本记上几句。尽管杨书记离开我们多年了,但他的音容笑貌,常在我眼前浮现:他常年穿着一件破旧的中山装,胸前的口袋里夹着一支钢笔,下面的口袋里放着一本笔记本。他常常推着一辆自行车下乡调研或检查生产,给人的感觉是浑身有使不完的劲。开大会的时候,他坐在主席台上,俨然是一个久经沙场的老干部,他来到群众中间,便是一个谈笑风生,入乡随俗的普通老百姓。当然,我和他相处的几年里,亲眼看到他身上闹过不少的笑话和有趣的故事,但从这些小事中却看到了他的宽容、大度、理解和人格的魅力,看到了他对事业的忠诚和对同志满腔的关爱,看到了他——一个共产党员在日常生活小事里闪耀着的朴实的光华。现将发生在他身上的几个笑话或者叫作故事,记叙下来,与读者们共赏析。

护庄稼 牵着羊儿往前赶

某年春天的一日,杨金声同志一行,骑着自行车下乡检查生产。当走到北兴大队第六生产队时,突然发现一只山羊正在农田里啃着绿油油的麦苗。这只羊大概是从农民家的羊圈里逃出来的,头颈上还挂着套绳呢。老杨同志看到集体的庄稼被糟蹋,顿时火冒三丈,一个箭步冲了上去,抓住了那只山羊。然后,他一手推着自行车,一手牵着那只羊,吃力地在公路上蹒跚西行。当他走了两里多路的时候,跟他同行的同志感到很奇怪,不解地问他:"杨书记,你要把这只羊牵到什么地方去呀?"此时,老杨才醒悟过来,感到自己的做法有点失当,便回答说:"那好吧,暂且就把它牵在这棵树上,让它在这儿好好地反省反省。待我们回去的时候,再把羊牵到北兴去,告诉羊的主人一定要把羊看管好,别再去糟蹋庄稼了。"

半支烟　点燃殷殷同志情

后天,公社要召开三级干部大会了。杨书记交给我一个任务,要我连夜整理好大会的主题报告。那是一个炎热的夏晚,蚊虫到处飞舞,我找了一双高筒靴穿着防止蚊虫叮咬。在办公室昏暗的灯光下,我奋笔疾书。杨书记耐心地陪伴在我的身边,一股暖流顿时流遍我的全身。他一会儿抽抽烟,一会儿哼哼京剧小调,一会儿在日记本上写些什么,没有半点要回宿舍睡觉的迹象。由于写作的缘故,我养成了抽烟的习惯,且烟瘾很大,写起文章来香烟一支接着一支,写作时要是没有香烟,那简直是活受罪,文思枯竭得像封冻的小河一样。大约到了深夜一点,我的烟抽光了,便心烦意乱起来,东张张西望望地,整理文稿的注意力怎么也集中不起来。身旁的杨书记刚点燃一支烟,"扑嗒扑嗒"地抽着。烟的诱惑力刺激着我的烟瘾,我顾不得什么难为情了,便开口对杨书记说:"杨书记,我的烟抽光了,你身边还有吗?"杨书记掏了掏口袋,说:"有啊!"只见杨书记把衔在嘴里的香烟拿下来,用手把烟一折为二,递给我说:"拿去吧,有福共享啊!"其实,我知道老杨身边也没有"子弹"了。我接过他的半支烟,真是五味杂陈,感慨万千。时间过去将近半个世纪了,但记忆还是那样清晰,仿佛就发生在昨天。

穿着破　惹来聋孩打巴掌

记得有一天,我们公社的几个干部,到石沙大队的"小分队"驻地了解工作情况。杨金声书记外出也好,在公社机关也好,穿着总是十分朴素,常常穿着那件打有补丁的中山装,打扮也不修边幅,岛上不熟悉他的人都误把他看作是"解放圩人"。何谓"解放圩人"?1956 年,上海的一批三轮车工人、摇舢板的船民,响应党和政府的号召,自食其力,来到长兴岛的解放圩,安家落户,当起了新农民。因为他们生活贫困,衣着十分朴素,无论颜色和式样,和本岛人有着很大的不同。

那天,我们刚到石沙大队的"小分队"驻地,准备和"小分队"的同志商议工作时,招来了一批小孩子看热闹。其中一个小男孩,飞快地跑到老杨身边,用小手狠狠地打了他两个巴掌。杨书记对这突如其来的挨打,真是丈二和尚摸不着头脑,心想:我犯了什么法,要挨你打? 我有什么错,要吃你的巴掌? 他抚摸着刚被打过的脸孔,心里很恼火:我在解放战争的年代里出生入死,还没有被敌人打过巴掌,今天倒被你这个小毛孩欺负了,你说冤不冤? 但老杨的脾气是很倔强的,凡事都要弄个明白,这个小孩为什么要打我? 背后有什么蹊跷? 经多方了解,真相才大白于天下。这些小孩子平常很喜欢惹讨饭叫花子的,只要有讨饭的到他们那儿去,总喜欢用手敲敲他们背脊,用脚踢踢他们屁股,甚至用小手打他们一记耳光,这也许是偏僻地区小孩子顽皮的一种表现。这次,几个大一点的孩子唆使这个五六岁聋哑小孩去打杨书记,纯粹是闹着玩的。老杨听了大家的解释后,原来的那股怨气也就烟消云散了。再说,打杨书记的那个小孩是个聋哑儿童,认知能力要比正常的差得多。事情发生的真正原因是,这些小孩都把杨书记看作是乞丐了。杨书记全面了解情况后,笑着说:"看来,我今后出去也要打扮打扮咯,免得穷人受人欺啊!"事后,孩子的父亲知道后,觉得小孩闯了祸,很对不起杨书记,特地到"小分队"驻地向杨书记赔礼道歉。杨书记笑笑,不以为然地说:"没什么的,小孩子嘛,顽皮是一种天性,今后多加教育和引导就好了。"

遭冷落 香烟飞到柜台外

无独有偶。不久前杨书记遭到石沙大队一个聋哑小孩的两记巴掌,今日里又碰到解放圩代销点里一个小姑娘的冷落和捉弄。事情的经过是这样的:老杨路过这个代销点的时候,掏出八分钱,想买一包生产牌香烟。在那个年代,大家都知道,什么都得凭票,抽烟的每月发"三包前门、五包飞马"的购烟票。烟瘾大的人单靠几张烟票是无济于事的。杨书记也一样,只得购些不要烟票的劣质烟。这位姑娘看到杨书记的这身穿着,说话又是外地口音,还买这样蹩脚的香烟,凭她的经验断定他是个"解放圩人",于是她不耐烦地又瞧不起人地把一包生产牌香烟往柜台上用力一扔,香烟由于惯性的作用,落到柜台外的地上。老杨看到营业员的这种服务态度,真是气愤极了,毫不客气地对她说:"你给我出来,把香烟捡起来!"那个姑娘不屑一顾地说:"你这个解放圩里的老头子怎么这样凶,自己拾一拾不就好了嘛,难道还叫我拾?""你拾不拾? 你到底拾不拾?""不拾!"在店堂后屋里的负责人听到营业员和顾客在争吵,从里面走了出来,一看是公社党委书记杨金声,连忙打招呼,赔不是,还把落在地上的那包香烟捡了起来,交给杨书记。杨书记还不想走,对营业员严肃地教育了一番:"你要好好学习学习毛主席的《为人民服务》这篇文章,没有全心全意为人民服务的思想,怎能当好营业员?供销社是服务行业,连接着千家万户,没有好的服务态度和质量,怎样叫顾客满意?再说,解放圩里的老头子又怎么啦,他也是顾客啊,你应该一视同仁的对待他才对……"这个小姑娘红着脸、低着头,在旁边听着。

买香烟风波之后,解放圩代销店里再也没有看见过这位小姑娘。有的说被单位开除了,有的说她自己回生产队务农去了,也有的说她出嫁了。在我看来,这场风波引发的原因,除了这位小姑娘的服务态度不好之外,主要在小姑娘的潜意识里有着不尊重解放圩人的观念,当她看到杨书记朴素的衣着和听到他的外地口音,误认为是"解放圩"人,才做出那种藐视别人的举动来。

倾心谈　两人笑尝"子鱼羹"

杨金声同志在长兴岛奋斗了七八个春秋,在长兴人民心中留下了很好的印象。我和他共事多年,也结下了深厚的革命情谊。20 世纪 70 年代末,组织上又把他调到宝山工作。那年 5 月份的一个星期天,突然打电话给我,要我为他买几斤子鱼送去,还说,大家一起好好聊聊。此时正是子鱼(凤尾鱼)的旺季,我到港口边给他买了十斤子鱼,乘上市轮渡直接送到他家中。老杨见了子鱼,高兴得不得了,连说:"这个子鱼新鲜,这个子鱼好!中午咱俩好好干两杯。"于是,他连忙吩咐老夫人去烧煮。老杨约我到他的小院子里聊天,说是聊天,其实根本不是聊天,他是有所准备的要我去叮咛我几句的。他以一个长者的身份,以满腔的热忱,给我说了许多。他鼓励年轻人要胸怀大志,勤奋工作,不要辜负长兴人民的殷切希望。他说,现在改革开放的形势很好,要乘势而上,不要做小脚女人……当然我们也回忆了两人在一起的战斗岁月,回忆了许多甜酸苦辣的往事。

很快中饭时间到了,他的小脚老夫人催着吃饭了。中饭就在他家的不到四平方米的小院子吃。老杨拿出了几瓶黄酒,他的夫人把烧好的子鱼汤一盆子又一盆子地端到桌子上。我斜眼一看,这是烧的什么菜呀?显然老夫人从来没有烧过子鱼,她把十斤子鱼倒在铁锅里加水煮,煮成了羹,煮成了糊,煮成了面疙瘩,一看就叫人倒胃口。不像我们岛上人做的"红烧子鱼""清蒸子鱼""油煎子鱼""子鱼铺蛋""咸菜子鱼汤"等,吃起来那样有滋有味。尽管这样,老杨还是一股劲儿地给我倒酒、夹菜。因盛情难却,我只得被动地应付着。席间,老杨笑容满面,话题不断,他不讲儿女情长,不言小道新闻,不对人评头品足,主题始终是围绕对年轻人的教育,谈到如何开拓创新、激流勇进、不辱历史的使命等。

这次到老杨家去,虽然菜不大好吃,但受到的教育是难以忘怀的,我更了解到杨书记的朴素、随和、为人和关爱年轻人健康成长的许多闪光的品质,也更感受到老一辈革命者宽广的胸怀和对美好未来的孜孜追求。

下军棋 半夜杀起"回马枪"

20 世纪 70 年代初期,岛上的文娱生活是很枯燥的。机关干部在工作、会议后的空闲时间里,至多下下棋,来娱乐娱乐。老杨很喜欢下棋,还能说出一套套下棋的妙处来。

记得有一个"三秋"的晚上,生产队的社场上灯火通明,社员们忙着脱粒的脱粒,清仓核产的清仓核产。我们在杨书记的带领下,去查访社场,给农民助威鼓劲,直到晚上 12 点钟才回到潘石镇驻地。一到办公室,大家准备洗脸洗脚,只听见杨书记一声令下:"别睡觉,我们再战一战,下几盘军棋。"因为中午休息时间里下过一盘军棋,胜负未决,晚上再来杀个"回马枪"。他们着军棋喜欢着暗棋,需要有一个公证人,于是只好把熟睡中的老张拖出来。"战斗"的双方一个是党委书记老杨,一个是公社生产组组长老胡,战场就是棋盘。他俩既是工作中的好搭档,也是下棋的好对手。在下棋的技艺上他俩各有千秋,老杨考虑比较慎重,布棋上全面设防,能做到"水来土掩,兵来将挡",既注意发挥大将的作用,又注意小兵的力量。老胡呢,敢于猛冲猛打,一路杀到"黄龙府",有时真真假假,虚虚实实,颇显刁计。当然胜败是兵家常事,谁一定赢也说不清楚。那晚,他们拼杀了一个多小时,下了三盘棋,老杨以 3:2 获胜,他喜形于色地总结了经验技巧,振振有词地说:"下棋嘛,像工作一样,一定要考虑周密,才会赢;下棋嘛,还得要有全局思想,注意发挥每一个成员的作用,互相配合,才会打胜仗。"棋下好了,棋瘾也过了,大家才开始休息,迎接明天新的战斗。

附记:杨金生同志在岛上任公社党委书记八年,2015 年去世,享年 91 岁。他怀着生前未能再到长兴来看一看的遗憾,离开了人间。

杨金生同志既是我的领导,也是我的良师益友,我从他身上学到了许多优秀的品质。我和他在共事的日子里,一身泥一身汗地在长兴这块土地上摸爬滚打,建立了深厚的友谊。他的思想、他的精神、他的品格,永远是值得我学习的。特别在当前党员开展的"两学一做"的活动中,杨金生同志的音容笑貌和高风亮节,时时浮现在我的脑海里。现写上这篇短文,权作对他的深深怀念。

"黄文甫话额骨头"的故事

樊敏章

　　多少年来,在长兴岛的鸭窝沙一带流传着这样的一句口头禅:"黄文甫话额骨头。"额骨头原本是指人的额部,但在长兴的方言中却把额骨头引申为"逢凶化吉""化险为夷""有运气"的代名词。比如说,某人患了绝症,遇到了妙手回春的好医生,把他的病治好了,他便说:"我大难不死,真是'黄文甫话额骨头'。"又如某人在大海里遇到翻船,抱住了一块盖舱板在海里颠簸了不知多少时候,后被人救起,一上岸他便说:"好险啊! 我九死一生,真是'黄文甫话额骨头'。"甚至有人买了彩票中了奖,或农民在动迁房分配时"抓阄"摸到了好楼层,也都会说,真是运气好,"黄文甫话额骨头"。

　　黄文甫究竟何许人也? 为何他的那句话竟有这样大的魅力,在鸭窝沙一带流传了七八十年? 故事的出典究竟又在哪里呢?

　　在我小时候的记忆中,黄文甫居住在鸭窝沙的厚朴镇上,他是一个挑货郎担的人,在长兴岛上奔东走西地做着小生意。挑子里主要放着他自己用红糖、白糖熬制而成的糖块,附带还放些香烟、火柴之类的日用品。他每天下午三四点钟的时候开始煎熬糖块,等到第二天早晨,当孩子们上学去时,他笃悠悠地挑着那副货郎担,穿梭在农村的乡间小道上。他手里还不断地摇着拨浪鼓,响着"咚咚咚"的声音。久而久之,认识他的人越来越多了。

　　黄文甫身材高大,足有一米八十,国字型脸孔,高耸耸的鼻梁,直挺挺的身材,实是一条汉子。有人说他是苏北人,也有人说他是海门人,还有人说他是盐城人,他到底是哪里人,谁也说不清楚,反正是一个中国人。他讲着一口带有苏北口音的又很不像样的上海话,直到去世也没有改变他的那种口音。但他讲话非常口吃,开始讲第一句话时的第一个发音,总是"丝丝丝"的,好像小孩子燃放着潮湿的小炮仗——久等不响。因此,和他说话,十分吃力,听他的话一定要有耐心。

黄文甫是一个十分爱干净的人,在厚朴镇上他的那间小草屋里,打扫得干干净净,杂物整理得井井有条,屋内的泥地面刨得煞煞平。屋里的摆设十分简单,只有一张桌子、一张床、一副灶头、一口水缸、一条凳子和一只装有衣服的小木箱,而且床是芦笆做的,这些便是他的全部家当了,这说明他的家境十分贫寒。

听说黄文甫早年也娶过一个老婆,不过是他当年抢亲抢过来的。老婆长得十分漂亮,被称为厚朴镇上的一枝花。人们从没有叫过她的名字,都爱叫她小末姐。小末姐和黄文甫生过一个儿子,只可惜儿子幼年时一连拉了几天肚子便夭折了。儿子的死去,对小末姐的打击是沉重的,不久,她也因病不治而亡,随儿子去了,真是红颜薄命啊! 此后,黄文甫孤单一人,苦度寒秋。

四邻的孩子们因为嘴巴馋,都喜欢到黄文甫家去玩,特别是当他在熬糖时,因为准能吃到一点儿糖块。因为他不厌烦小孩子,脸上总流露出一种快乐的笑容。当他空闲的时候,还喜欢给孩子们讲故事,他能够完整地把《薛仁贵征东》一部书讲完,孩子们总是听得津津有味,竖起耳朵,眼睛一眨不眨。所以他深得孩子们的欢迎,孩子们多想天天能听到黄大爷讲各种稀奇古怪的故事。

随着时间的流逝,黄文甫渐渐变老了,终于抛弃了他那副伴随他多年的货郎担,成了生产队里的一个"五保户"。我们当年的这些小孩子,也都长大成人了,走上了工作岗位。在社会上,我常常听到有人碰到运气时说的那句话——"黄文甫话额骨头"。但我不明其意,不知道黄文甫碰到什么样的"额骨头"? 为什么他的那句话不胫而走? 其间有什么奥秘和缘由? 我猜想着,也许他在长年的货郎担的生涯中,常常向人讲起他的那个故事,也许那个故事的情节和内容特别能引起人们的共鸣,才会一传十、十传百地传开了。

一个"探个究竟,弄个水落石出"的想法,一直在我心中盘旋着。因为读书、当兵、工作等诸多原因,一直没有如愿。1979 年秋天的一个午后,机会终于来了。那时我是新港大队的一名年轻干部,管理着队办企业的一些事情。那天,正好有事找队办企业木工间的木匠高师傅。一走进木工间,只见黄文甫和高师傅谈得火热,只听到口吃的黄文甫说着"番、番、番、番、番茄烧汤也是蛮好吃的"。我打断了他的话,便同他聊起了他的人生经历。我问他:"老黄,听说你在国民党部队里当过教官,你这样口吃,当兵的怎么能听得懂你的话?""懂、懂,当时我一点也不口吃的。"他回答说。我的问话,也许勾勒起他历史的往事,他显得十分兴奋和激动。接着,他一本正经地说"不信,我怎样做教官的扮演给你看看"。他说干就干,雷厉风行,摆出了一副教官的架势,来了个立正、挺胸、收腹,两眼炯炯有神,目视前方,神态严肃而又庄重,并发出口令:"立正,向右看齐!向前看!报数,1、2、3、4……12。"大概一个班有 12 个战士,他报到 12,铿锵有力,声如洪钟,的确一点儿也不口吃。因为我在解放军部队里当过五年兵,我猜想国民党部队里的那套操练和解放军的差不多的吧,于是我想反过来考考他,便问:"老黄,'正步走'的要领是什么?你懂吗?"他不加思索地说:"右脚提起朝前平伸,脚底离开地面 15 厘米,跨步为 70 厘米,两手握拳,甩臂有力,抬手时不超过衣服下面的第二粒纽扣。"讲完后,他又做了一套"正步走"的规范动作。我真没想到一个挑了几十年货郎担的人,表演的军事操练竟如此熟练,如此到位,顿时我心中升起一股钦佩之情。接下来,我就直截了当地问起"黄文甫话额骨头"的来历了。此时,只见他双眉紧皱,脸色凝重,仿佛又回到了那硝烟弥漫、战火纷飞的战争岁月……

黄文甫终于向我介绍了他的人生经历。他说,他参加过国民党的正规军,后来又转入到保安团,曾经在吴淞要塞司令部当过教官。那时,他身背着两把盒子枪,是个非常威武的军人啊。1937 年 8 月 13 日,淞沪会战发生,战斗在宝山一带打响,他也参加了反击日本侵略者的战斗。当时,战场上还有不少逃难的难民。战斗打得非常残酷,在日军炮火的猛烈攻击下,国军虽然进行顽强抵抗,但因实力悬殊过大,阻挡不住敌人的疯狂进攻,战斗陷于被动状态。前方的将士一批批地倒下,其余的战士撤退到街道的民宅中,利用建筑物作掩护,继续进行战斗。正在此时,只见一位逃难的老太太跌倒在地上,爬不起来了,估计伤了脚骨。黄文甫见状后,连忙将那老太太从瓦砾中背起,足足驮了三里路,将老太太安置到相对安全的地方,并叮嘱她躲在这里不要动,等日军过后再见机行事。老太太听后,既害怕后面将会发生什么情况,又感激这位军人的一片好心,泪流满面地对黄文甫说:"官人啊,我今天碰到了你这样的大好人,救了我的命,要不然我一定死在东洋人的枪口底下了。东洋人实在坏透了,见人就杀,见东西就抢。"老太太一边说着,一边用手抖抖索索地从胸口的衣服里掏出三块银圆,对老黄说:"官人,拿去吧,我身边只有三块银洋,日后你好派派用场,战乱中你可要注意安全呀……总之,我是永远报不了你的救命大恩啊!"黄文甫怎么也不肯收下老太太危难之际时身边仅有的三块银圆。因为黄文甫自小失去母亲,今天老太太的这种关切的举动和话语,仿佛是母爱的一股暖流流遍他的全身。此时此刻,他五味杂陈,泪如雨下。他开口对老太太说:"妈妈,您的心意我全领了,但钱不能拿你。我天天在忙着打仗,不知是死是活,这银圆您留着自己用吧。""孩子,这银圆你不收也得收,这是我老大娘的一片心啊!"老太太把"官人"的称呼改称为"孩子"了。

黄文甫见拗不过老大娘,只得退却一步了,他委婉地说:"那好吧,我拿一块银圆留作纪念,留下的两块您老人家自己花吧。"就这样,黄文甫把那块银圆用绷纱布包裹好,严严实实地捆在自己的腰间,那块银圆紧紧地贴在他的肚脐眼上。临别时,老太太又一次关照他说:"孩子呀,你可千万要小心啊!"

黄文甫怀着强烈的民族正义感和爱国心,在反击日本侵略者的战斗中奋勇拼杀。一天,一场战斗打响了,呼啸的子弹似雨点般飞来,只听见"咻"的一声,一颗子弹正好打在他的肚子上。由于子弹的冲击力,黄文甫一个踉跄,仰天一跤,跌倒在地上。这时,他感到肚子一阵剧痛,他闭起眼睛,紧抿嘴唇,紧紧地咬住牙关。心想:完了,我被子弹打中了。等到他缓过神来,用手在肚皮上摸了一下,摸到了那颗发烫的子弹已经嵌入银圆里头。由于银圆的阻隔,子弹才没有打穿他的肚皮。一场虚惊过后,黄文甫浮想联翩,子弹之所以打着我而打不进身,莫非前几日遇见的那位老太太,硬是要送给我银圆,我把银圆绑在肚皮上,才免除一死。难道这位老太太是小说里描写的救世观音菩萨吗?故意下凡安排这样一个场景的,让我大难不死。也许我救了她,好人总会有好报的。但不管怎么说,我黄文甫今天的逢凶化吉全靠那位不相识的老太太。想到这里,他朝着安顿老太太的方向,先仰望了一下乌云翻滚的苍天,然后扑通一声跪在地上,紧握双拳,拜了三拜,磕了三个响头,嘴里还念念有词:"老妈妈啊,我全靠您保佑啊,我得好好地谢谢您啊!……真是老天有眼呀,今日我大难不死,真是我黄文甫额骨头;今日我逢凶化吉,真是我黄文甫额骨头;今日我化险为夷,真是我黄文甫额骨头。"

淞沪会战失利后,黄文甫这个无名英雄流落到长兴岛鸭窝沙的厚朴镇上,干起了挑货郎担的小生意。在漫长的生涯中,黄文甫非常喜欢把自己的这段经历讲给别人听,所以,"黄文甫话额骨头"的话儿就流传开了。因他没有家小,年老时成了生产队里的"五保户",以后,党和政府见他无人照顾,生活困难,就把他安置在乡的敬老院里,享度幸福的晚年,1984年去世,享年80岁。

黄文甫老人虽然离开我们三十多年了,但他那句"黄文甫话额骨头"的话语还在传颂着,这远远不是人们碰到运气后的一种借喻说法,而隐含着对抗战老战士的崇敬和怀念;也包含着对助人为乐思想的高度赞美和对感恩——盛开在人们心灵深处的美丽花朵的热情赞颂;也许还有对"好有好报、恶有恶报"的人生哲学的一种诠释。

故事结束了,但给人的教育、启发、思考和感悟是深远的。

附记:作者在本文的写作中,原厚朴镇居民黄竹梅、沙根才、陆士达夫妇、顾介忠、沙小修等人提供有关内容,在此表示感谢。

《渔港新歌》里的主人公原型
王招娣的故事

周品其

　　说起王招娣,长兴岛上上了年纪的人,都知道她是海星渔业大队一位出了名的女强人,是一名优秀的共产党员,又是一个获得众多荣誉的先进工作者。

　　60年代初期,宝山勤艺沪剧团编排和上演了一出小戏《渔港新歌》,一时轰动了整个宝山地区。著名的沪剧艺术表演家杨飞飞担任主演,观众们被故事的真实性和生动性深深打动了。看了这场沪剧小戏的人,有的至今还能背得出里边的一些歌词,如:"一轮红日照东方,条条渔网闪金光。双手撒下千里网,夺来高产鱼满舱。渔民个个笑开颜,纵情歌颂共产党。"这出小戏是勤艺沪剧团的文艺工作者们深入生活的产物。他们来到海星渔业大队体验生活,与渔民同吃同住同劳动,真实的生活感受以及受到优秀人物的事迹的感染,根据先进人物王招娣的先进事迹创作的沪剧小戏,富有教育意义和艺术感染力。

　　王招娣是海星渔业大队一个普通的渔民,但又是一个与众不同的女性。她的人生经历,深深感受到党的温暖和妇女翻身得解放的幸福,所以她全身心地扑在捕捞事业上,创建了许多光辉的业绩,谱写了一个新中国女性的自强、自立、敢干、敢为、为国争光的美丽篇章。

　　王招娣1907年8月13日生于苏州。父亲名叫王蓝定,以捕鱼为业,还开设"鲜行"(经营水产品的行当)和轧米厂。按说,她家是一个比较富裕的家庭。但因其父亲在外面又娶了一个女人,于是家庭引发"地震"。她性格倔强的母亲,不满丈夫感情上的背叛,带着大女儿王招娣离家出走,过上了漂泊流离的苦难生活。也许艰苦的生活环境,磨炼了王招娣坚强的意志和吃苦耐劳的品格。

　　1920年,王招娣才13岁的时候,就跟着妈妈在江阴一带的长江里捕鱼,不知遇到过多少风浪和困难,也不知吃了多少苦头。她多像一棵风雨中的小草,在艰难中挣扎,在悲苦中成长。为了生计,有时还兼做长江两岸对江摆渡的生意。"穷人的孩子早当家",她懂得生活的艰辛,她拼命地干着,为孤单的妈妈分忧解难。

1926 年,王招娣已经 19 岁了。她跟着母亲来到吴淞蕰藻浜一带的内河里捕鱼。正在这年,她与同为天涯沦落人的渔家小伙陈雪贵结婚成家,以捕鱼为业,以小船为家。王招娣的母亲则回到了家在张家港的两个儿子身边。

王招娣夫妇俩在近 20 年的捕鱼生涯中,过着居无定所的悲惨生活。有时在浦东、吴淞地区的内河里捕鱼,有时也到长兴岛北海边捕鱼。一家六七口人蜷缩在一只小船里,夏天蚊子叮咬,冬天好像钻在冰窟里。小小的渔船怎么也改变不了他们家凄惨的命运,况且渔民的社会地位低下,被人看不起。为了养活全家人,王招娣还乞讨过五年,主要向停靠在江边的宁波船上乞讨,因为宁波船大人多,心肠也好,看着几个嗷嗷待哺的孩子,都愿把一些剩菜剩饭送给他们。

大地一声春雷响,新中国成立了。王招娣一家和千千万万的穷苦渔民一样,生活开始发生变化。在党和政府的关怀下,帮助他们建房,让他们在陆地居住;捕捞做到有组织、有规模,有效地提高了生产力。

1955 年,她的在长兴岛捕鱼的大儿子陈宝度,已经参加了渔业生产合作组织,并动员他的父母亲一起到长兴岛来参加渔业生产。就这样,王招娣一家真正成为长兴岛上的渔民了。

王招娣,这个从小就在风浪中锻炼成长的渔家女,似乎有一种男子汉的气质:勇敢、泼辣、果断、善于动脑筋、想办法。她的丈夫,性格上和她截然相反,胆小怕事,怕冒风险。王招娣从母亲那里接过了航船棒之后,练就了一套操桨把舵、撒网捕鱼的基本功。在海星渔业大队里,她成了唯一的一名女船老大。

"船老大"叫起来容易,当起来可并不容易。至少要有一套看风使舵的本领,还得懂得一些天文地理知识,如风力、风速、风向、潮水流向、流速以及天气的变化等。因而,船老大应该具有随机应变的决策能力,才能达到安全航行和有效地指挥渔业生产的目的。

在长江口捕捞作业,与在黄浦江里捕捞根本不同。黄浦江里江面狭窄,来往船只多,有小舢板,有大轮船,有吨位不一的木船,还有兵舰、拖驳等,如观察不力或处置不当,往往会酿成大祸。在长江口捕捞,活动范围大,要善于观察天气的变化,特别要注意雷阵风天气的肆虐和防范对策。长江里的水产资源丰富,鱼类品种繁多,比如:春有刀鱼、面长鱼、烤子鱼,还有白米虾,冬有长江蟹等。这就要求掌握不同水产的繁衍季节,并熟悉它们在不同的季节、气候、潮汛、水流中的栖身水域,同时要配置合适的捕捞工具,要有熟练的操作技术等。

王招娣通过多年的实践,积累了许多捕鱼的经验。她通过早看日出,晚观日落,夜间观察星斗和月色,预测近日内的天气变化情况,判断鱼类的活动水域,为渔业高产丰收打下基础。王招娣既是一船之长,又是生产上的指挥员,每当渔船出港前,她总是第一个上船,对所有的渔具、人员仔细检查一遍,确定无误后,才下令"拔锚、撑槁、拉蓬",船员们各就各位,有条不紊地按顺序操作,是那样利落,又是那样默契。当船到达捕捞点时,她又下达撒网的指令,渔民们仿佛像战士一样,迅速将网撒了下去。收网时,又在雄壮的号子声里,拉起渔网,船舱里满是活蹦乱跳的鱼虾,胜利返航了。

1958 年,海星渔业大队组建了一艘"三八妇女船",此船是木帆渔船,载重量为10.71 吨。上船的是清一色的女同志,不过,这些都是经过大队挑选的年轻力壮、思想进步、有培养前途的女青年,她们是周金妹、周来娣、徐金妹、徐根娣、吴阿宝、陈老妹共六人。船老大和船长由王招娣担任,此时她已 51 岁。在这船上,有她的两个媳妇和一个女儿。但她能做到以身作则,大公无私,并根据个人的具体情况,安排工作,充分发挥每一个人的积极性。不管是谁,做错了事,都会受到批评;做了好事或有突出表现,都会得到表扬。劳动报酬方面,一律按劳分配,不搞亲疏,她的女儿因为年纪小,在船上负责烧饭和杂务,只记上七分工。在生产技能方面,工招娣一点儿也不保守,尽量把自己的经验和本领传给别人,她说:"高产丰收不能靠一条船,要靠大家的共同努力,才能走共同富裕之路。"

"三八妇女船"在王招娣的带领下,常年产量一直在全渔业大队名列前茅,是一艘出了名的高产船,起到了示范作用和标杆作用,渔民们暗暗地佩服王招娣能干、有本事。她不是须眉胜似须眉,真是妇女能顶半爿天,甚至她比男同志还强。

"三八妇女船"在海星渔业大队的捕捞史上屡次创造高产纪录。一次在长兴岛北面的江面上捕捉面长鱼(形状如银鱼,是长江的淡水特产,味鲜美),一潮水竟捕到 600 公斤;一次在长兴岛南边的江面上捕捉烤子鱼(即凤尾鱼)一潮水竟捕到一千多公斤,还有挂在网眼上的烤子鱼不计其数,船上的姑娘们花了两天两夜的时间把它取下来。还有一次是在长兴岛南面的江面上捕春蟹,一天捕下来装满了七个大草包(草包是用稻草编织起来的一种物品,形状像麻袋,主要用于装土后堵决口用,用它来装蟹,主要是成本低,东西放得多,透气性好)。每只草包可装蟹一百多公斤。王招娣的女儿陈老妹,也在这艘"三八妇女船"上,现今 72 岁的她,回忆起当年捕鱼的往事,还是那样清晰,仿佛发生在昨天一样。

王招娣怀着强烈的翻身感,怀着对党的一片感激之情,在渔业战线上辛勤地战斗着,顽强地拼搏着,无私地奉献着。1959 年 8 月参加了中国共产党,决心把自己的一切献给壮丽的共产主义事业。从此,她更懂得了工作的目的和人生的价值,把自己从事的捕鱼工作和伟大的事业紧紧地联系在一起,对待工作更加认真负责,对待渔业生产的知识,更是刻苦钻研,对待群众更加关心,时时刻刻按照共产党员的标准严格要求自己。因为她工作出色,成绩显著,在她的人生履历表中记载着许多荣誉:1958 年被评为"全国妇联社会主义建设积极分子",受到了国家主席刘少奇同志的亲切接见,并同她握了手。1959 年被评为"全国三八红旗手",到北京参加了建国十周年的庆典大会,幸福地见到了毛主席、周总理等党和国家领导人。1962 年被评为"上海市先进生产者",1963 年被评为"上海市六好社员"等。此外,她还兼任着一定的社会工作,1959 年至 1966 年,担任长兴人民公社妇联副主任(不脱产),1958 年至 1986 年,任历届县、公社(乡)人民代表。她不负众望,努力做好各项工作。

在动乱的"文革"年代,王招娣也遭遇过不公正的对待,理由很简单,因为她受到过刘少奇的接见并与她握手。真是莫须有的罪名。在那黑白颠倒的年代,哪有道理可言?但历史是公正的,千秋功罪,自有评说。

王招娣同志 1997 年 11 月 27 日与世长辞了,但她勤奋工作、刻苦钻研技术、大公无私、不谋私利、关爱别人等许多优秀品质,永远留在人们的记忆里。

"天上来客"

——长兴岛陨石坠落点寻访记

姚伯祥

2007年1月25日下午,上海科技馆举办的科普大片《宇宙大碰撞》首映式上,首次展示了两块总重26公斤的陨石,这是迄今为止在上海唯一发现的两块陨石。这两块陨石是1966年夏天坠落在长兴岛前卫农场北部长江边的,其重量当时在我国发现的陨石中名列第二,目前排名第六。

1966年夏天,那时我在长兴修建队,整日与黄砂、水泥、砖石作伴,没有什么机械,以铁锹钉耙箩筐肩扛手拉为主,其辛苦程度可想而知,但比面朝黄土背朝天农田劳作要好,是多少人向往的去处。那时人们对天象、流星什么的知之甚少。1966年我已二十出头,照理对"天上来客"陨石坠落长兴(如用现在的眼光看是天大新闻,媒体会在第一时间蜂拥而至坠落点,对外界进行铺天盖地的报道)但那时长兴岛金带沙相对封闭,为世人所不知。1966年时,坠落点应该还不叫前卫农场,而是市政府机关事务局筹建的金带沙农场,如今该坠落点已在长兴岛郊野公园范围内了。

初夏的一天,我与几位友人相约,探寻那少为人知的51年前的秘密。

乘车在长兴公交枢纽站下车。这地方1966年时称和平闸。为什么?因为那时金带沙与鸭窝沙刚连起来,在宽阔的小洪里拦坝建闸,闸内(北)至长江边,大堤已由农场职工用人海战术围起来了。闸外(南)朝东南方向直至现在江南造船厂2号门,还是像黄浦江一样的小洪一条,潮来时江水汹涌。老洴园公路只到和平闸为止。

长兴郊野公园大门离开公交站,也就步行10分钟不到。5.5平方公里的公园一期核心区基本上是前卫农场的八、九、十三个连队的土地。北部长江边,站在海堤上远处能隐约看到崇明岛；近处昔日是海滩，芦湾茭白地，围垦后是农田、橘树林，今日是郊野公园的草坪、小桥流水、花溪湖，花团锦簇。

2007年长兴乡志中，对陨石有图片展示和简短的文字解释。当时上海自然博物馆的工作人员，走访发现陨石的农民。该农民老伯说，他家的牛棚被撞破了，当时现场不止两块，应该还有一块搬不动的云云。养牛的一般都是中老年人，因为有经验而且专业，老一辈人称之为"牛郎"。养牛活十分枯燥单调，年轻人耐不住寂寞，多数不愿意干，那时的中老年，加上已过去五十多年，目睹者应该已作古了。

我是本地人，方便些，几经周折，寻到了一个李姓"牛郎"的后代。爷爷大名李大郎，全岛闻名的"牛郎中"养牛世家，女婿本姓张，上门作女婿后改姓李，如在世已百岁开外了。孙子早根，已过花甲之年，继承了祖业，养鸡、养鸭、捞鱼、摸蟹样样精通，一年四季，天天混在海滩上，是有名的"海老鸡"（是一种水鸟的别称）。跟他聊起了往事，那地点未围垦前，是一马平川的"水白滩"，那靠江水边，关草、朴草、茭白草十分茂盛，靠里边是成片芦苇荡，潮水涨落一日两次，来回冲刷自然形成进出水洪槽，日复一日，洪槽变深变宽，沙上人称其为港，因为高地上有牛棚屋，就定名为牛棚港了。被砸的牛棚早已不存在，而且公园的北大堤外，先进村于20世纪70年代围垦了果园圩。大堤筑起了永久性海塘，2005年开建的青草沙水库，就在海塘外围起了边滩水库，70平方公里，有10个杭州西湖大。坠陆点应该是公园内花溪湖景点。

"天上来客"砸向地球坠陆长兴岛并成功被收藏在自然博物馆，郊野公园为此也动了一番脑筋，认定花溪湖就是当年陨石砸向地球的瞬间留下的水坑。湖边的小亭或许就是当年被砸的牛棚。只是那块搬不动的巨石究竟在哪里？

有必要让游客和广大青少年了解50年前陨石坠落长兴岛的史实，了解天象、星空、自然。"天上来客"光临长兴岛，那是千年难遇的幸事。

回程乘申崇五线、申崇四线回市区，我们几个在车站道别。此行，坠陆点是寻到了，是否能得到大家的公认，不得而知。但是陨石坠陆长兴，沉睡了五十多年，我们有责任让更多人了解陨石的形成。天空中的流星雨及碎片砸向地球，其概率是千万分之一，而恰恰又在长兴的海滩边砸成水坑，它应该成为长兴郊野公园的镇园之宝，我的心中还惦念着那块搬不动的巨大陨石，究竟是有还是没有……

精彩人生

　　什么是精彩的人生？这是一个富有挑战性的话题。人生的精彩，不在于官位的显赫，不在于财富的充裕，不在于生活的洒脱，而在于他的人生目标和价值取向对国家、对人类、对社会有无意义。如果他的人生，与祖国的前途和命运紧紧相连的，与人民群众的利益息息相关的，与历史发展的潮流相一致的，那么，他的人生就是精彩的。你读读本篇章一些文章，会领悟到精彩的含义。你读了《入党宣誓的那一天》，仿佛听到一位年轻的新党员在鲜艳的党旗下宣誓的铿锵有力的声音，"……决心为共产主义奋斗终生……随时准备为党和人民牺牲一切……"；你读了《保家卫国是我的志愿》，仿佛看到志愿军战士张德兴在白虎山战斗中，拿起了爆破筒奋勇冲向敌人阵地的壮举；你读了《一个特别的人》，一定会被人民的公务员张涛渔那种忠于职守、全心全意为人民服务的精神所感动。

　　愿大家都有一个精彩的人生。

入党宣誓的那一天

吴春花

那是一个鲜红而又温暖的日子,尽管已过去了多年,但我依旧能清晰地感觉到那一天的心潮起伏。那一天——2012年6月8日,必将载入我生命的史册!

我不知道该怎样形容那一天的心情。是激动?是兴奋?还是有所忐忑中略显一种期待?在充满严肃的想象中我几乎一晚上都保持着内心的虔诚。

清晨,当阳光早早地从窗外射入,我也早早地醒来。我如往常一样坐在了窗前梳妆整理,镜中的我长发依旧,只是脸上多了 抹酡红。我静静地端详了自己许久,一遍又一遍地在内心责问自己:你的过往,配得起那光荣而神圣的称号?你的将来,担得起那崇高而伟大的责任?

我的思绪穿过六月的阳光。我仿佛回到了踏上工作岗位的那一刻,我懵懵懂懂却尽心尽责;我仿佛又是先前那个连创佳绩、勇攀高峰的骨干教师。从初出茅庐到低年级学科教研组长,十几年的教学生涯,如电光火石般在我脑海中一一闪过。这一路走来,有辛苦的汗水,也有辛酸的泪水。但是,当面对鲜花和掌声时,当面对无数的理解和厚爱时,你觉得所有的付出都是值得的!人这一生,不过百年,与其碌碌无为,不如有所付出,有所担当!

待收拾完纷乱的情绪,我拿上挎包出了门。路旁花坛内绿草如茵,繁花似锦。几枝玉兰花俏立枝头,芬芳迷人。凉爽的晨风迎面吹来,耳旁传来鸟雀的欢鸣。目光所及,如同遂了自己心愿一般,是一片快乐和温馨。

这里,早几年还是一片农田,如今成了岛上最为热闹繁华的小区。仿佛应和了我今天的心情一般,路上的行人也熙熙攘攘,川流不息。有挎着菜篮匆匆而归的,有拿着早点赶点上班的。一旁健身区内,一身绸缎舞装的人们随着音乐翩翩起舞;小树林里,一群休闲打扮的老人伸腰、拉腿;门岗边上,一些着装鲜艳的妇女围在一起,家长里短兴奋地说个不停;有坐着听收音机的,有凑在一块下棋的,有低头专心侍弄花草的……他们的脸上无不洋溢着快乐的笑容,一如我此刻的幸福和快乐。这些积极响应党和政府动迁富民政策的、褪去了一身农装的小区"新"居民,把生活过得如此温暖舒适、如此充满情趣!

远处,依稀传来机械的声响。我顺着街道边笔直的林荫大道,向学校走去。比邻的几个新落成的小区工地上,一派忙碌的景象。那整齐划一的劳动号子,瞬间沸腾了我全部的意志和思想:让这份快乐和幸福永远地延续下去! 也一定会延续下去的!

放假后的校园显得格外的静谧。整个上午,时间在忙忙碌碌的室内工作中匆匆流走。内心的那份快乐似乎也随之悄悄地溜走了,我似乎听见了自己的心跳声。我尽量地使自己安静、安静……

下午一点,那个庄严而神圣的时刻终于来临!

在入党介绍人的引领下,我站在了鲜艳的党旗下。我高举起右拳,庄严地宣誓:"我志愿加入中国共产党……为共产主义奋斗终生……随时准备为党和人民牺牲一切……"我抬起头,凝视着那面鲜艳的党旗,她红得如此耀眼夺目! 红得如此正义凛然! 红得如此震慑人心! 我不觉泪光晶莹……

透过模糊的双眼,我似乎看到了南湖上那艘红色的小船,正坚定地驶向风雨飘摇的历史湍流之中;我仿佛看到南昌城头划破天地的一声枪响,正在撕开腐朽反动的重重夜幕;我仿佛看到了三大主力红军会师陕北,欢呼雀跃喜笑颜开的壮志豪情。这面旗帜,出现在金戈铁马的雄关漫道;出现在开国盛典的天安门城楼;出现在十一届三中全会的会场内外;出现在亿万不屈不挠,坚持改革开放的华夏儿女的心中。我凝望着她,我呼吸着从她血脉深处传来的股股热浪,我感受到了她汩汩流淌迸发出的无穷力量。这面旗帜,江竹筠曾亲手绣过。这面旗帜,曾在焦裕禄身上盖过。这面旗帜,多少先辈前辈们曾经珍藏过。如今,她就在我眼前,我是如此地靠近着她!

我挺直了身姿,心潮澎湃。那高举的右拳,至今觉得仍然滚烫滚烫,握紧的手心里已经满是汗水。我的承诺,我的信仰,在这一刻永远地镌刻在了党旗上!

那一天的黄昏,我走在下班回家的路上。夕阳满天,近处的村庄,远处的江河,无不披上了一道道金色的光芒。从工地上传来的劳动号子已然震天响,我的心,却无比的宁静……无比的宁静。

那是一个鲜红而温暖的日子,在我的生命中也必将是永远的唯一。但是,我,从此却把它过成了一天又一天!

非人磨墨墨磨人

顾晓雪

试想，倘若在提笔之前，沐手焚香，泡茗备品，再放上一首天籁般的古筝乐曲，慢慢地撩袖磨墨，心平气和，此时此境你一定会感觉很享受的。现在的书者偷懒者居多，甚至砚也不用了，取而代之的是用一个盘子，倒上"一得阁"或"曹素功"之类后便直接开写了，因而对磨墨的享受渐渐地淡漠了。但是不管你磨墨写字也好，倒墨汁写字也罢，大凡在书法上有点成就的人，都要经历十年甚至几十年的磨砺。

"非人磨墨墨磨人"，是宋代大家苏轼的名句。意思是说，表面上看，是人在磨墨，骨子里却是墨在磨人，人的一生都给墨磨掉了。

当代著名学者余秋雨在其《文化苦旅·笔墨祭》中道："古代文人苦练书法，也就是在修炼着自己的生命形象……""非人磨墨墨磨人"，磨来磨去，磨出了一个个很地道的中国传统文人，只有把书法与生命合而为一的人，才会把生命对自然的渴求转化成"笔底风光"。在我看来，这是一根很高的标杆。

我是一个平平淡淡的书法爱好者，既无法达到余先生描述的那种境界，也无值得称道的成就，但毕竟也经历了四十多年的追求与坚持。我的业余时间，大多与笔墨为伴，在枯燥中提炼笔墨悟性，在寂寞中追寻人生快乐。我虽有许多业余爱好，如书法、摄影、写作、唱歌、跳舞、打乒乓球、策划等，但书法始终是我的第一爱好。

兴趣是最好的老师，兴趣也是最好的伙伴。现在回忆起来，写字这个兴趣是在我念小学时开始的。因为我写字认真，所以常常受到老师的表扬，那种"吃"到表扬后甜滋滋的感受，大概是我喜欢写字的原动力。为了保持这颗虚荣心，我便自觉不自觉地练起字来。开始也是胡乱涂鸦，多写写而已。后来用心收集一些漂亮的书写文稿，如果收到一封字很潇洒的来信，那更是如获至宝。有时看到一个风格出彩的签名，也会琢磨个半晌，甚至用手指在自己的大腿上比画。这一切都是因为那个年代难以找到字帖的无奈之举。

到了我念初中的时候，有一节语文课前，老师给我们每人发了一本《中楷字帖·金训华同志日记摘抄》，封面上是英雄金训华挥手在水中搏击的图片。这本字帖，对其他同学来说，只不过是多了一个加重负担的课本罢了，而我却激动不已，马上自私地签上自己的名字，唯恐弄丢，放学铃一响，便轻捷地赶回家，开始临写起来。这是我学习书法的第一本字帖。让我激动的第二本字帖是周慧珺大师写的《行书字帖·鲁迅诗歌选》。四十多年过去了，这两本字帖我还悉心地保存着，因为那个年代稀缺呀！故而格外地珍惜。哪像现在，只要你去福州路逛一趟，都能买到你喜欢的字帖，要不就上互联网找，"只有你想不到，没有你找不到的"。

说起互联网，那真是个好玩意儿。我认为现代书法人，应该有"互联网＋书法"的理念，找字帖，找名人大家字画，找书法培训视频……若在外受邀当场书法，想写的古诗词什么的背不上来，只要打开手机网上一查，全有了。我们不要羞答答地怕被别人骂你是个抄书匠，妄称书法家。当然，了解一点中国书法史的人都知道，历史上的大书法家，都是大学问家。作为一个普通的书法人，没到那个火候就不要硬撑，老老实实地抄吧。

记得我读高中的时候，我们学校有位教数学的姬传礼老师，他在课余时间经常练书法，他写的楷书非常漂亮，他那秀美中有古趣的风格，舒展中有团聚的结体，平易中有变化的用笔，使我大开眼界。第一次看到"高手"当场写字，有一种赏心悦目之感。

姬老师还给我说："学书法一定要临帖，不临帖是永远写不好字的。"从老师的教导中，我也了解了"入帖容易出帖难""字如其人""端端正正写字，堂堂正正做人"等大道理。在老师那里，我也第一次听到了王羲之、欧阳询、颜真卿、柳公权等历代书法大家的名字，使我学习书法的兴趣又提升了一个台阶。

走上工作岗位以后，我有幸与群众文化工作打交道，并在长兴岛这个弹丸之地，当了18年文化站站长，与文人墨客交往的机会也多了。

1986年的一天，1966年毕业于浙江美院的画家严宗丰先生，给我引荐著名书法家刘小晴先生，并陪我一起去登门拜师。临别，刘老师用小楷给我开具了一张"字帖"清单，要求我照此清单临习，并送给我一幅他亲书的《司马温公真率铭》作品，这两件珍贵的墨宝，至今我还珍藏着。可惜的是，那两件珍藏而今只是我一种"曾经拜名师"的虚荣外衣而已，因为我没有按照老师的指引苦功"磨墨"，特别是1994年以后，弃文从企，被企业管理的杂事所缠，习字之事是"三天打鱼两天晒网"，加之游弋在这个浮躁的社会粉尘中，书法有退无进。但是刘老师却从来没批评过我,每次见面总是问问我企业的情况,并提醒做企业要稳中求进。

直到 2010 年,自己计划要慢慢地淡出生意圈,为 2017 年退休后的业余生活作些铺垫。由此,故有的兴趣又燃起了火花。工作之余闭门习字,或在书法圈交流学习,或在为书法相关的事而奔走。2012 年,在马双喜老师引领和指导下,我的作品入展"伟大时代、风采上海"第四届上海市民艺术大展,次年又在"翰墨书写人生"首届上海市民书法大赛中获"百名市民书法家"称号。凭此成绩,我有幸加入了上海市书法家协会。

加入市书协,不是我的刻意追求,更不是我的终极目标。我是想通过苦练书法,进一步提升自身的修养,圆了自己从少年时代开启的梦想。在书法的风格上靠近自己所追求的"清新脱俗、古朴典雅、平淡天真、渐老渐熟"的境界。

如果说《中楷字帖·金训华同志日记摘抄》算是我学习书法的开始的话,至今,我也被墨磨了 46 年了。不但对学习书法的渴望没变,反而越发能品味书法的甘甜味,越发能品味出中国书法的博大精深。学海无涯,越学越感觉自己是那样的渺小,那样的无知。

路漫漫其修远兮,吾将上下而求索。我相信,书法是我不变的兴趣,书法是我不懈的追求,被墨磨去一生无悔。

（作者系上海市书法家协会会员,上海市宝山区文联副秘书长）

在插队落户的日子里

胡伟晴

在当时的宝山县长兴公社长明大队第四生产队,虽然仅仅生活了五年,但它一辈子占据了我心房的温馨一角,让我有幸感受到人性的自然质朴。

2015 年 10 月,我与插队知青战友及原长明大队老领导相聚在龙友饭店,并饱览了长兴农村发展的巨变,让我激动、让我感慨、思绪万千,勾起我对往事的回忆。

16 岁的少年,充满了对激荡传奇生活的渴望。我在 1969 年 1 月将城市户口转到了长明大队第四生产队农民集体册上,和农民一样靠劳动挣工分养活自己,这就是插队落户。

记得 1969 年 1 月里的一个大雪纷飞的日子,路上都已结冰。在我 17 岁的哥哥的陪送下,我提着简单的行李,撑着一根农田边捡来的江芦竿在泥泞的路上一高一低一滑地向长明四队走去(四公里的路足足走了两小时,摔得浑身是泥)。到了队里后,四队的队长是顾野苟,一个典型的老农民。他五十来岁,中等个、淳朴、黝黑的脸上一道道深深的皱纹,身着一身老粗布做的黑色棉衣、棉裤,腰间系着布带。老队长到驻地看望,因刚到乡下,岛上的土话还不能完全听懂,只能连蒙带猜。老队长说:"侬农村蛮好个,有啥事体侬讲,做勿来生活慢慢来哦……"当时我眼泪汪汪,只是点头。

长明四队是个由四十几户人家的自然村组成的一个生产队。村户都住在堤岸上自然围成一圈,村中间是生产队仓库与大田。干活的田块有远有近,农事内容按节气而定,农业生产是"三熟制",农作物主要是水稻、棉花、玉米、麦子、油菜。农活有育秧、犁田、拔秧、插秧、栽种、松土、施肥、打农药、收割、加岸等。起肥那种臭啊,你就想吐;拔、挑秧苗很具有舞蹈韵味;犁田,开始以为很简单,看别人轻松地在扶犁,但操弄不好,深浅不一;耙田,一般的人都不让靠前,那是水田耕作中具有技术的活,待老把式耙好田,大伙在水平如镜的田里开始插秧;插秧,考验耐力和腰板,面朝黄土、背朝天;拔秧,由于天热长时间手浸泡在水中,手心都烂了,但第二天还得继续下田,蚂蟥爬满脚面吸血,当时很害怕,后也就不管它了;"三抢"(抢收、抢种、抢管)割稻时,是又苦又累的活,七月如火的太阳当头照,躬腰割稻,热辣的汗水流入眼睛,口干肚饿头发昏,人近虚脱;挑担,一开始我就觉得右肩生疼,我只得用双手使劲举着扁担,以减轻肩膀的压力,过了一会儿我不但腰弓了,两腿还直哆嗦,终于盼到了目的地,"啪嗒"一声放下担子,不管脏不脏,一屁股坐在了路旁。

拔秧,都在早上天蒙蒙亮的时候就到田里,路都看不清楚,乡亲们怕我摔跤,扶着我走乡间小道。

歇间,多数情况在长时间的挺身与躬身劳作中,人很容易疲惫,所以"荤"玩笑必不可少,它是年轻人提神的有效佐料,老年人则默不吱声,屏息干农活。有时累了,我话也懒得说,此时我就会不自量力,傻傻地问自己,难道读了这些年的书,就是为了做与泥巴打交道的农民吗?这样的日子不知何年是个头啊!

春天加海堤,夏天防汛防台,冬天挖河道。挖河是一项十分艰巨的劳动,而且又有时间限制。记得有一次队里的青壮年挖河道、挖泥或挑泥(我手关节骨折过,挖泥活使不上劲,只能选择挑泥),一天下来肩上磨出水泡,血水把衣服都黏住了。因为河泥挖起后要往岸上挑,路是陡坡,我憋足了一口气,挑着泥块冲上去,谁知马上就要到顶了,脚一滑,腿一软,左膝一下跪在了地上,肩上的担子也掉了。膝盖皮磕破了一大块,不断在往外渗血,再看看两个红肿的肩膀,不由得眼泪围着眼眶直转。正在这时,我听到了后面又有人上来,赶紧把裤腿放下。跟着上来的是生产队政治队长陆学新,可能看出我累坏了,只见他左肩挑着泥块走到我面前说:"累了吧,你休息休息,给我吧。"等他走过去以后,我的泪水忍不住夺眶而出,这回不是因为累和疼,而是被陆学新一句质朴的话所感动的。我抹去了泪水,重新把担子挑在了肩上,一瘸一拐地继续向岸上"冲"去。

在"三抢"中由于抢时间,往往饭都来不及吃,都让孩子把饭送到田里,乡亲们见我没人送饭,他们就省下饭让给我吃。

多年以后,每当我回想起农村的人和事,久久挥之不去。

农村人喜勤憎懒,我们的表现好坏,全在是否出工干活上。插队时我的勤快、任劳任怨,获得了乡亲们的称赞,"别看这是城里的学生,和吾伲乡下的囡一样还真能吃得起苦!"劳动报酬方面,乡亲们给了我一个女劳力最高工分八分。我基本上一年回上海一趟,其余时间都坚持出工,虽然农活干得不是很好,但我尽心尽力去干好。

那时的我，心里隐约感觉到我们这些知青不可能永远留在岛上，有可能还会回到原来的生活轨迹，但在我心里还是把自己当成了长明人。生产队让我做了记工员，虽然我要比别人早出门到田里干活，但使我熟悉了各种农活和增进了对憨厚朴实乡亲们的了解和融洽；大队让我当上了民兵副连长，虽然学习活动都是业余的，但消除了我与农村青年的陌生感，交上了更多的朋友，学到了他们身上的质朴；公社选我当上了妇联副主任，虽然开会多了一点，但使我提高了管理、处理事务的能力。我还被公社选送参加宝山县知识青年代表大会。这些不仅仅是证明我插队务农取得的点滴进步，更重要的是代表了长明乡亲们对我的认可。

1974年3月，我被抽调到上海市机关事务管理局当了一名干事，结束了五年的下乡知青生活。记得当时组织上宣布时，我整整哭了几天。农村中兄弟姐妹之情，他们简朴、随和、实在，有人情味，使我难以割舍，这是我对乡民们感情的真心实情的流露！虽然离开了淳朴的长兴长明，但那水、那田、那亲情久久不能忘怀。

46年过去了，回忆当年，我青春无悔。与亲朋好友小辈们谈起插队的亲身经历时，他们都会一脸疑惑地问："你觉得那时你们苦不苦？值不值？后悔过吗？"每次我会毫不犹豫地回答："苦，真苦。但是值！"我把五年最宝贝的青春时光献给了长明，也正是这五年的艰苦岁月，通过劳动锻炼，变得成熟了，能比较从容地应对后来在工作、学习、生活中遇到的一道道难题，让我明白了生活的真正意义，初步确立了我的人生观和价值观，使我一生受益无穷。它丰富了我的人生阅历以及对往事的亲切回忆。

（作者系市级机关妇委会副主任、处长，政工师）

保家卫国是我的志愿

张德兴

1949 年 5 月,我们穷苦农民翻身得解放,成了国家的主人。1950 年 6 月,朝鲜战争爆发。1950 年 10 月,党中央发出了"抗美援朝、保家卫国"的伟大号召。作为一个有志青年的我,积极报名参军,1951 年,我终于如愿以偿参加了中国人民志愿军。

参军后,在祖国集训了三个月,于当年的 10 月我们连队奉命开赴朝鲜。过了鸭绿江后,经过 42 天的夜行军,到达朝鲜的开城前线。行军的艰苦,难以言表。例如:敌机的轰炸扫射,气候的恶劣,寒风凛冽,冰封雪冻,生活上缺吃少穿,再加上山路崎岖难行,脚上走出了累累的血泡,身上还背着几十公斤的武器和行李等。到达开城前线后,我所在的 189 师 567 团 1 营 1 连与兄弟部队一起,为保卫开城,苦守了八个月。隆隆的炮声、机枪声此起彼伏。有时敌炮打过来,我们予以还击,把敌人的火力压下去。有时一次歼敌数十人。这样战斗,多得记也记不清了。在白虎山战斗中,敌人的火力比任何一次都凶猛,我们部队的几次反击都无济于事。当时,我拿起了爆破筒,带头冲向敌人阵地。"轰"的一声,敌人打过来的炮弹的爆炸声,震得我当场昏了过去。当我醒来时,我已被战友们送到了我们部队的医院里。由于那颗炮弹的强烈轰响,使我的左耳从此变为残废。

党和政府十分关心我们,没有忘记我们这些参加过抗美援朝的老同志,我感到很幸福。我要把抗美援朝的经历讲给小辈们听,让他们了解我们今天的幸福生活是来之不易的。

特殊的历练

董守疆

　　1970年春,我在长明二队插队落户的时候,业余时间几乎是没有娱乐活动。那天大队部晚上放电影,吃好晚饭就去了。那时候,电影就那么几部,提不起什么兴趣,只不过是想借此机会来会会朋友,聊聊天。看了一会电影,没看见认识的朋友,实在不耐烦,干脆,走吧。去六队玩,那里有我一起下乡的同学姚俊其。其实我和姚只是校友,并没有多少话题可以聊,去玩了没多长时间,便告辞回家睡觉了。太无聊了,那时候刚刚下乡,农村小伙伴还不怎么熟悉,大队里其他知青也不认识,十六七岁的大孩子,正贪玩呢,有一种孤苦伶仃的感觉,可怜兮兮的,没哭鼻子,就应该算我坚强啦!

　　谁知道半夜里,有人敲我房门,并且大声嚷嚷,"快起来,队里开会!"我心里很恼火,大半夜的,有什么大不了的事要开会,明天白天不能开吗?我没好气地也大声嚷嚷,"我不去!"那几个人走了,可没多久又来了,还是大声嚷嚷,而且说了那个时代最有威胁的那句话,"队里开会,不去的话,一切后果自己负责!"听了这话,反而激起我的反感,我也不客气,恶狠狠地回答"我就不去!"嘿,那几个又走了,一会工夫又来了,这次是两个跟我比较熟悉的农民,不说开会,只是叫我开门,我心里那叫一个烦,开会难道就差我一个吗?我又不是什么重要人物,缺我就开不成会啦?满脸不高兴地开了门,那两个农民笑着说,去开会吧,走走走。我坚持不去,他们架起我,好像是开玩笑地说,去吧,去吧,所有的人都去了,你不去,不大好!我想想也对,穿上衣服,就走了,那两个走在我的后面。

　　转眼间到达会场,说是会场,其实就是一户农民家的房子,我跨进会场,就感觉不对,屋子里已经坐满了队里的社员,我一进来,所有的目光都集中在我身上,那目光,让我终生难忘,那目光,充满了敌意、怀疑、鄙视……还有很多我不懂的东西,真的把我吓住了！呆呆地站在那里，不知所措，可能脸色都变了。直到有人叫我坐下，我才木木地找了个角落坐下了，到底是嫩啊，少不更事，这场面就被吓倒了。其实我还不是最后到的，还有比我晚来的。趁着等人的时间，我好好地回想一下，我这段时间有没有犯过什么错误，前思后想，我没干什么呀，紧张什么呀，到这时候，我放松了，脸色可能也好了。

　　为什么一定要半夜开会呢？原来是，大家看电影的时候，队里会计家里被盗了，可能损失不小……会议决定，每个人都要说明，放电影这段时间在哪里，都干什么了。会议指定我第三个说，我这时候已经很镇定，一一说明清楚，只见会议主持人使了个眼色，立刻有人出去，过很长时间回来，在主持人耳边嘀咕几句，他向我看了一眼，会议继续，直到会议结束，我以为事情到这里结束了，其实没那么简单。我真的是太年轻了。从那天开会以后，队里的小青年都疏远我了，可是我还不知道。直到我妈妈来看我，被她看出问题来了，她问我："你是不是在这里出什么事了？""没有啊！""不对，以前出工前开会，你周围都有几个小青年，怎么现在你一个人坐在角落，没人理你呢？"我想了想，还真是这么回事，到底怎么啦？我弄糊涂了。我妈妈是个很认真的人，她仔细地问我这些日子发生什么事了，我说没发生什么事，连会计家里被盗的事都没和妈妈说。我妈妈觉得这里面一定有事，看我说不清楚，她自己找队长了解情况，好半天才回来，告诉我了解到的情况：原来那天半夜开会，我说自己电影没看完，到六队去玩，马上就有人去六队了解情况，了解到我说的是真话，排除了我盗窃会计家的嫌疑。但是，六队知青房间里，吃了一地甘蔗渣，可巧的是，队里有人家里的甘蔗被偷了，大家便怀疑我偷了甘蔗，都认为我手脚不干净，都对我避之不及。我妈妈和队长去调查后，姚俊其说是守疆走后，他们队里某人拿来甘蔗与知青分享的……我妈妈当时就和队长说：守疆这孩子，从小就特别顽皮，但是从来没有偷过任何东西，插队以后，怕他出这方面的毛病，所以家里每个月给他20元（超过了青年工人半个月工资），想吃什么可以买，他根本犯不着去偷！

　　知道了来龙去脉，我气得够呛。怀疑我是贼？凭什么？就因为我是新来的？这简直是奇耻大辱。怪不得一定要我开会，怪不得两个人走在我后面，怕我逃跑，怪不得去六队调查人回来汇报情况后，主持人看我一眼，那目光……我简直气得快发疯了，大大地发了一顿脾气。妈妈在我平静以后，慢慢地开导我说：因为大家不了解你，怀疑你也很正常，看你的目光犀利，有些敌视也正常，说明他们比较正直，疾恶如仇。但是通过这件事，大家可以了解你是什么样的人，也未必不是件好事。再说，身正不怕影子斜，你没干过坏事，就没什么可担心害怕的，这只是你一生之中发生的一件事。这辈子坎坎坷坷，不知道要发生多少事呢，你该把它当作一次特殊的历练,千锤百炼才能成钢。

有道理,有道理啊!我慢慢地平静下来,仔细想想,怪不得人家的想法,几次叫你来开会,你不敢来,进入会场变颜变色的,一定有什么事,即使没偷会计家钱,甘蔗一定是你偷的。弄清真相的第二天,那些小青年又回到我的周围,聊天中,他们说,那天晚上,你的样子真的像贼,脸色发白,缩在角落里,眼睛都不敢看人。我告诉他们,我从来没有遇到过这样的事,不知道怎么处理,以后不会了。

长明乡亲们真是淳朴可爱,以后见我有吹笛的一技之长,推荐我参加了长明大队文艺宣传队,与部队战士同台同演、同吃同住,1973 年,还推荐我参加了光荣的人民海军。

这件事真是我一生中一次特殊的历练,直到现在,我几乎能做到处变不惊,泰山崩于前,不形于色!前提是:我从来不做亏心事!

一个特别的人

渔　夫

　　关于一个人的姓名,其实真的只是一个符号,但放眼芸芸众生,姓名特别的人不多,姓名特别且特立独行的人就更不多了。

　　工商崇明分局长兴所的所长,姓张,名涛渔,一个号称中华人民共和国境内为数不多的、没有重复的姓名。细推敲,确实也是,既没有冷僻的字,又没有晦涩的义,或许是反复斟酌,或许是信手拈来,但有一点可以肯定,那就一定是高人所赐。

　　特别的人,有其特别的思想境界,有两件事可以印证,当然也欢迎各位考证。

　　其一,2005 年,原隶属宝山区的长兴岛要划转崇明县,当时上级部门来征求意见,所里八位同志七位选择了回宝山工作,唯独他张涛渔,这个出生海岛,户口、房子、家属都在宝山的干部,却义无反顾地要求留下来。要知道,能回宝山却留在崇明,这个举动,相当于 20 世纪的支边、支内,更像如今的援藏,让人肃然起敬。他的理由很简单:虽然在宝山干了 22 年,有着许多的眷恋,但作为一个出身海岛的人,对于生于斯、长于斯的海岛,更有着不了的、难以割舍的情结。况且,长兴划转崇明,他理解为是一种回归,因为长兴、横沙和崇明本来就是一脉相承,同祖同宗,有着相同的语言,相同的地理环境,相同的人文风情;再者,长兴、横沙划转崇明,是国务院、上海市人民政府具有战略意义的重大举措,作为一名国家公务员,理应坚决拥护并积极响应,焉有计较个人得失之理? 张涛渔义不容辞地留了下来,并不断地坚持着他的信念,不断践行着他的承诺,这也正印证了毛主席老人家说的话,在农村这块广阔的天地是可以大有作为的。

　　其二,长兴岛上元沙镇,有一家小小的理发店,店主叫马思明。作为当时的一名工商个体专管员,张涛渔对于他的家庭情况了如指掌。60 开外的老马患有慢性病,老爱人长期卧床,儿子因违法犯罪判刑入狱,女儿远嫁他乡,老两口生活极为困难。生就悲天悯人的张涛渔，每逢节日，总要去老马家探望。买两袋米，带上几瓶老马爱喝的黄酒，塞一点零花钱，让老两口顿觉人间的温暖。在元沙镇，理发店既是老马的营生场所，又是他对外发布消息的窗口。人们常常在那听说，某某时候工商所小张又来看他了，给他带来了什么好吃的，自豪里透着幸福和满足，说到最后，就是一通"共产党好，人民政府好"。最要命的老马的哥哥是国民党军官，在大陆解放前跟蒋介石一起逃到了台湾。有一次政府出资让老马去台湾跟他哥相认，哥俩抱头痛哭，之后就是老马反复念叨共产党好，人民政府好。把党的宣传工作做到了台湾老蒋身边，绝了，张涛渔应该是功不可没。

特别的人，有其特别的处世风格。

记得在上任之初，张涛渔所长送全所干部这么几句话，"我会关注每一位干部的喜怒哀乐，我会认真倾听每一位干部的意见和建议，我会尽可能地对每一位需要我帮助的干部及时地施以援手"。张所长是这样说的，也是这样做的。在工作生活中，他总是主动关心每一位同事，把他们当成兄弟姐妹，视他们的困难为自己的困难。所里外地大学生遇到住房困难，他把自己一所旧房低价卖给年轻同事，而且声明在先：房款不急，有了再付；大学生过年回家买不到火车票，他托人辗转帮忙购票；所里同事小孩要上幼儿园，他也帮忙联系本地最好的幼儿园……搬到新所以后，办公场所变大了，又没有配备保洁人员，张所长主动承包2楼楼道、会议室和卫生间的清洁工作，每天从繁忙的工作中挤出时间打扫，保证了办公场所的整洁卫生。作为所长，他深深感到自己肩上责任的重大，时时刻刻关心着所里每一个细枝末节。所里电器坏啦，水管漏水啦，停车不方便啦，安全隐患啦，门窗有没有关好啦……事无巨细，像一个管家一样照顾着所里的方方面面。所有的节假日，他每天必到所里巡视一番，这才能稍稍安心。对于工作对象、普通群众，他更是没有半点"官架子"，与他们拉家常、讲政策、问寒暖。因为他长相比较年轻，办事对象经常不认为他是领导，而亲切地称他为"小张"。张所长有一句话经常挂在嘴上："我出身卑微，我知道我是谁，从哪里来，最终到哪里去。"他的言行深深影响着每一位干部，特别是年轻干部的成长。

特别的人，当然有着特别的工作作风。

随着大型企业的相继入驻，外来人口的大量涌入，在长兴岛，许多黑网吧应运而生。张涛渔一面积极向上级部门力陈黑网吧的危害，期待得到县级层面各职能部门的支持，一面积极组织力量，不定期地开展定点清除行动。黑网吧的业主，清一色的外来人口，都是些地痞流氓甚至是黑恶势力，所以，黑网吧的清除行动，总会碰到不少的阻力、威胁或利诱。没有强硬的作风不行，没有坚定的立场更不行！

2014 年 8 月的一天,工商所行动小组在张涛渔带领下,直扑辖区新港村某民宅,迅速锁定一黑网吧。光着膀子、胸前文着青龙的业主把张涛渔拉到一边,拿出厚厚一沓人民币,希望能放他一马。张涛渔厉声呵斥并断然拒绝。眼看电脑被扣留,业主面目狰狞,冲进内房,举着一把明晃晃的砍刀冲将出来,眼明手快的张涛渔顺势操起旁边的一根木棍,挥棍而上,只见棍起刀落。当然最终的结局没有悬念,货扣工商所,人进派出所。还有一次,在辖区的先锋村 322 号,当黑网吧业主看到我们的工商干部,迅速关上了大门。他们知道,让工商干部进了门,这里面的电脑可就要易主了。冲在最前面的张涛渔在警告无果的情况下,倒退几步,飞身跃起,门连着框,顷刻轰然倒地。凭良心说,放在一般干部,断然不敢,当然整治也就没有效果了。

特别的人,自有其特别的情趣。

假如你把张涛渔看作一介草莽,那就大错特错了。当代人估计宁愿提刀也不愿提笔了,常说"文革"过后再无文化,说的是没有了文化的氛围,没有了对文化的敬畏。可张涛渔这位仁兄不一样,外面霸气完了,回家就爱泡壶茶,点支烟,然后一头扎进书堆,颇有些旧时文人雅士之遗风。当然,看书多了,必然会闹出一点动静出来,我们上海工商系统出版的《上海工商》刊载的散文,经常署着张涛渔这个名字。记得有篇叫《上坟》的纪念文章,发表在《崇明报》上,当时编辑的回信上有八个字:"视角独特,很见功力。"要知道,这种评价,不是每一个投稿人都能领受得到的。

特别的人,还有着特别的情和义。

2013 年 2 月,张涛渔妻子确诊为三期乳腺癌。经过短暂的调整,张涛渔迅速从沮丧中振作起来,在繁忙的工作之余,推辞所有的应酬,投入到艰辛而漫长的抗癌斗争中。每天买菜、洗衣、熬药,整夜整夜地陪护。由于劳累过度,又承受着巨大的心理压力,张涛渔一向正常的血压开始上窜,脸色也迅速憔悴,但他从不叫苦叫累,特别是在病妻面前,就是再过分的要求,也毫无怨言。我不知道诸位是否听说过"上钟"一词,那是推拿、按摩业的行话。张涛渔为了缓解病妻的痛苦,每天晚上要给妻子按摩。入夜,妻子的一声"上钟啦",例行按摩就开始了。一边按摩,一边聊天,身体按摩和心理按摩同时进行。把温暖留给妻子,把悲伤留给自己,一年多来,不离不弃,天天如此。

有个数字向大家透露一下:在长兴工商所工作的 30 年当中,张涛渔荣立三等功两次,被授予"优秀共产党员"称号两次,上级部门嘉奖 15 次。仔细探究,没有惊天动地,没有可歌可泣,一路走来,脚踏实地,积小胜为大胜,只因为长兴岛这里,是他梦开始的地方。

书写文史是一种责任

黄元章

　　位于长江口的长兴岛，因为迁入两家大型企业（振华港机厂、江南造船厂）后，市政府决定建造上海长江隧桥经过长兴岛。从此上海最贫困、最落后、交通不便的小沙，87.85 平方公里四周环海的一个行政乡，变成四通八达的长兴岛。原是一个小小的海岛，由于不断的建厂、建房、建路，又建居民点、住宅区，目前只剩下三十多平方公里仍保留着农村、农民、农宅、农田的"长兴旧面貌"。

　　说是"长兴旧面貌"，其实在 30 年中经过改革开放后，虽然仍属农村农业，但是

电视台采访作者

在我童年时代天天时时看到的东西已经消失了。比如：祖辈挑崇明三岛的泥络扁担不见了；挑成一只一只圩的像蜘蛛网的岸消失了；那时农田上潮灌水的水剅消失了；原来住的环洞舍、茅草屋已无影无踪。原来长兴五个小沙互不相连隔海相望，现在连成一片成为——长兴岛。这许多许多的往事都被工业化了，当人民生活水平提高后，很多工具、农具、家具，还有走村串户的货郎担都消失了！

真像台湾作家杨渡的自传小说《一百年漂泊》中所说："西方工业化用了四百年，(我国)台湾用三十年，而祖国大陆更快，由于工业化，很多东西都消失了，很多过去的事情被遗忘掉。应该记录下来，否则子孙后代将来无法作对比。大陆也应该尽快记录下来，留给下一代人的记忆。"

在这一工业化的感召下，我左思右想，日夜缠绕在脑子里，如何把乡景、乡愁、乡情的往事记下来。但我的文化程度太低，只读到六年级未毕业。记得在农业合作社运动中，国家号召高小毕业生回到农村去。记得山东有一位叫徐建春的，成绩优秀，高小毕业生回到农村去，那时全国各家报纸大张旗鼓广泛宣传，比现在大学生回农村当农民还隆重，我也在那时提前两个月停学。

我虽学校不去了，但我喜欢看书看报，碰上生字马上查词典。我用的是《四角号码新词典》，在我一生中用破了四本，这次因写《长兴沙往事》我买了第五本。有了词典尽可能减少错别字，尽可能使用乡土语言、乡土文字。比如在一集《长兴沙往事》中有一篇《草头腌齑腌咸瓜》。那时我们崇沙帮人家家有腌齑，人人吃腌齑，但这个"齑"字怎么写，那是不知道的。如果乱写一个字那也不好，那就根据拼音 ji 字的同音字中查，凡已知道 ji 音用途的放一边，凡不知道的逐个翻查词典，最后知道农村农民天天吃腌齑就是这个"齑"；又如这次写续集中"古代水剅"，但这"剅"字怎么写的，过去一直写白字"楼"，这次出书可不能再写楼字，又通过 lou 的发音，找到这自古以来使用的水剅，所以加"古代"两字。

1971 年我收集到在鸭窝沙一百七十多年前开拓者定下的各圩名，"长兴增福寿，永固庆康庄，门地莲金槐，田园艺稻粮"。20 只圩名，在民国初期，宝山县府要把长江口五只互不相连的小沙设一个区，需要定一个区名。因为最大的沙是鸭窝沙，就这鸭窝沙有这一首农谚诗词的各圩名，最后确定"长字圩、兴字圩"作为长兴区名，也就是代表着五个小沙的地名。

我虽然收集在手中，如何告诉更多的人，那当然通过报刊才有更多的人知道。但不会写文章，这一拖拖到 2010 年见到《上海老年报》的"往事"版，抱着试试看的心理投去稿件，结果给我登出来了。这一登，我脑子里的"往事"像堤岸决口似的涌出来，这才有续集《长兴沙往事》又一本问世。

第一本书虽然出版了，但我还不清楚我写的千把字一篇短文属哪类体裁，确实不好意思问人家。因为只知道把每一件消失的事、人记下来。在读小学时知道这是记叙文。后来当郭树清老师一下送给我四册散文集，翻阅后，这才知道我写的也是散文。

散文体裁一事一写、一事一议、一事一篇，易写、易看、易记、易懂，不像其他文学作品那样错综复杂。在散文体裁上，我写出了《长兴沙往事》的乡愁，第一本花去两年半，这次续集正好一年，也即将问世。

群众的冷暖挂心间

——记长兴镇先进村党支部书记胡均

姚伯祥

　　提起胡均书记在先进村那是妇孺皆知，众口称誉的好书记。胡均从接任村主任开始，后来担任村党支部书记，至今已有近 20 年的时间了。这期间，2003 年个人荣获上海市"十佳村主任"；2006—2008 年，所在村党支部被市委评为市级"五好"党组织；2007—2008 年，个人被评为镇"优秀党务工作者"；2007—2008 年，所在村被县政府评为"文明村"；2010 年个人被评为上海市劳动模范；2015 年被评为全国劳动模范。在本镇三十多个村民委员会和政府部门的基层领导中是任职时间最长、资格最老的一个了。

　　多年来，他带领全村党员干部群众抓发展、保民生、促和谐，在新农村建设中充分利用本村特有的地段优势，争资金，上项目，使村集体经济实力快速增强，从年可用财力数十万元上升至 2014 年的 811 万元，农户人均年收入达 1.8 万元。长兴岛的功能定位为海洋装备岛、景观旅游岛、生态水源岛后，在建设过程中先进村有大量农户要搬迁。胡均坚持公平、公正、公开的原则，化解各类矛盾，既成功稳妥地完成了五百多家农户的动迁工作，又推进了农村的城镇化建设。他坚持以民为本，在村内大力推进医疗保障、创建优美环境等八大民生实事工程。他深入农户，听取群众意见，积极调解该村因处于长兴大动迁重点区域而带来的一系列矛盾纠纷，努力做到纠纷不出村，确保社区的和谐稳定。他积极探索新形势下的农村基层党建工作，在崇明县首创了村级党员服务中心。

全力抓城镇化建设求发展

　　胡均常说，"科学发展观中发展是第一要义，如果没有社区经济的发展，为民谋利只会成为一句空话"。他寻思只有抓好农村城镇化建设,才能真正为民谋利,才能有效提高居民的生活水平,才能为村子的长远发展奠定坚实基础。因此,胡均充分利用先进村特有的中心地理优势,积极争资金、上项目,与班子成员并肩战斗、同甘共苦,给力新农村建设。在工作中,他一方面内引外联,提升管理服务水平,完善招商网络,改进服务措施,扩大招商成果;另一方面巩固发展租赁经济,全力为镇上开发好17万平方米配套商品房建设。通过这样给力的举措,打造了村里的经济增长新亮点,有力地保障了农村城镇化建设的进行,增强了新农村建设的发展后劲。近年来,村的可用财力每年以25%的速度递增,从以前的年数十万元上升至2014年的811万元,农户人均年收入也达到1.8万元,成了远近闻名的农村城镇化典范。

尽力以民为本办实事

"一个共产党员,时时刻刻都得增强角色意识、宗旨意识,必须时刻把群众的冷暖挂在心间。"这是写在胡均笔记本扉页上的话。在几十年的村支部书记岗位上,他是这样写的,也是这样做的。先进村集体经济壮大后,为改善村民生产生活条件,近年来,胡均把注意力投向关注民生方面。他带领村党支部一班人,认真深入群众调研,然后安排投入大量资金,解决村民在用水、用电、道路交通安全和农田灌溉等方面的难点热点问题四百余件。现在,投资五百余万元,长达两万多米的水泥路已建成,实现了乡通村、村通户、户户通的目标;投资八十余万元的四圩河环境改造工程已竣工,为每户村民接通了排污管。他关注保障民生,关心困难群体。对村里医疗费在万元以上的患者,除在合作医疗范围内报销外,又安排资金另外给予报销总费用的20%,以减轻他们的负担。如村民徐某,需要高额手术费截肢,胡均想方设法为他筹集了14 600元爱心款,让他及时得到救治。村里还有位中风患者,生活不能自理,又是胡均,联系村里筹资一千多元,为他购买了便捷式残疾车。在胡均的建议下,村里每年用在走访困难群众、探视病残人员方面的钱款,达到三四十万。近年来,胡均在先进村又推出了医疗救助、助学奖励、阳光之家建立、低保覆盖、创建优美环境、文化惠民、关注老人健康、平价粮供应八个工程,让全体村民真真切切地感受到新农村建设给他们带来的看得见摸得着的实惠。村里阳光之家的建立,更让60岁以上的老人每年享受到了体检的待遇,也让他们每月有了50元钱的零用补贴。针对村里口粮不能自给的现状,胡均组织购来质量可靠的大米,以每人每月25斤、低于市场的价格卖给村民,让大家的食用米既有了质量的保证,又减少了开支。此外,他个人还在汶川地震后每年出资1万元资助都江堰灾区的两个贫困学生。组织村里每年 2 万元资助延安地区的贫困学生。

竭力调处矛盾保平安

先进村是凤凰新市镇中心,镇政府所在地,外来人口多于本村居民。它又是长兴大动迁、大开发、大建设、大发展最前沿的村子。由于动拆迁启动时间最早、持续时间最长、涉及范围最广、牵扯利益最深,矛盾纠纷时常发生。摆在胡均和先进村党政班子面前的"维稳"任务压力大、责任重。在他的建议下,先进村针对自身情况制订了三个"及时"措施:隐患及时排查、纠纷及时调处、矛盾及时化解,努力做到纠纷不出村。如村里吴姓兄妹,因为动迁的利益,天天争吵不休,到了几乎动手打起来的境地,并扬言要吵到县里、市里。胡均得知消息后,多次上门不遗余力地调解,终于解决了问题。近几年来,胡均光是动迁户的矛盾,就化解了 14 起。为加强居民相互沟通了解,促进邻里和睦相处,胡均还通过会议的形式,向村民组长、群众与党员代表宣传党和国家的方针政策、法律法规;还把村内大到土地征用,小到邻里纠纷等一系列村民关注关心的事情与他们沟通,及时梳理情况,在最短的时间解决问题。在外来人员和本地居民发生矛盾时,胡均总是第一时间到场,不偏不倚,合情合理地调解。正因为如此,近年来,先进村和谐安定稳步发展,村民安居乐业,从未发生过一起越级上访的事件。

胡均的父辈们响应政府号召,从上海市区搬迁到长兴。他 1958 年出生时应该是在长兴了,中等身材,壮实的个子,阳光的脸庞。那天我在他办公室聊起了家常。我同他父亲老胡早年在公社参加各大队单位负责人会议时经常见面,他的姑母是我中学同学及乡政府工作时的同事。我同胡均偶尔见面他总是很客气地叫我一声"爷叔",他们家风严谨,治理有方,熟悉的朋友,有时对胡均开玩笑说你在村里是书记,在家里可以成立党小组选个小组长。

按照常规他也近花甲之年,到了交班退休的年龄,但组织上和村民们执意留他继续干。我问他,你做了近 20 年的老支书有什么体会。他如是说:村支书是班长,是领头人,打铁必须自身硬,工作上突出一个敢字,敢干敢负责敢担当,纪律上突出严字,严己律己。记得前几年镇里的动迁房有门路的可以平价买一套,经办人极力推荐胡均也来一套,他坚决拒绝说那是碰不得的。事后,好多人因此而落马。日常生活中不能有松字,面对金钱视作粪土,美色在身坐怀不乱。待人处世责己严,对人宽。他从工业主任、村主任着手,2000 年接任村支书。他的前任们虽然离开了岗位或调职或退休,但还关心着先进村,这对后任者是压力也是动力。胡均经常说,要向你们学习,争取把先进村的事做得更好。村干部在百姓面前,为百姓办实事,做好了老百姓感谢你,说你是好人。吴均做了,做得不差,但众口难调,好人也是不好做的。先进村地处长兴岛中心地带,镇政府所在地,百年凤凰小镇河东边,到处是市口、商机,历来是淘金者们垂涎之地,为分这改革开放三十年带来的蛋糕而使尽手段。适逢区域调整,长兴从宝山划到崇明换了爷娘,一切得重头来过。凡此种种,实际上好人难做。但更要做能人。平庸之辈,如何能统领一方土地,发展经济,生活向上。面对纷繁的日常事务处理,人来客往的迎送,村民的诉求,三教九流各色人等,流言蜚语在所难免。间或还有品头论足,胡均是应对如流,我们的吴均书记那么多年在风风雨雨中长袖善舞,游刃有余,成功地走过来了。

临分手时,我问他今后什么打算。他说个人能有什么打算,组织上村民们还信任我,照目前身体状况再干他个三五年也没有什么多大问题。那么多年也不是没有机会,胡均没有向上级领导提过要求,没有去争取事业编制,至今还是个地道的农民身份。现行体制下农民和干部事业单位编制,退休后的待遇还是有很大差别的,胡均说还是希望接班人尽早接手。

好书记黄雷宾二三事

施唯一

长兴镇凤辰乐苑社区始建于 2006 年,总建筑面积 18.6 万 m²,有 1 814 套居民住房,安置了 10 个村的动迁居民。目前共有居民 3 508 人,其中外来借住人员 1 709 人,实际户籍人员 366 人,存在着严重的人户分离现象,给社区管理带来了较大影响。

由于业主大多为拆迁农户,原有生活习惯未能适应新的居住环境,导致乱堆乱放、毁绿种菜、拒交物业费等现象较为普遍。从 2009 年入住到 2013 年 3 月,先后有

凤辰乐苑社区内景

奖杯

两家物业公司因难以运作被迫抛盘撤离。由此，一方面造成社区"三多三少"现象日益严重：主要是虫草多、垃圾多、违章搭建多；居民感情少、手上资源少、社会公信少。另一方面，居民"三愁三怨"现象也在社区中蔓延：一愁地下管道容易堵塞污水横溢环境差，二愁技防设施设备损坏偷盗现象多，三愁高层电梯故障频发险情多；一怨拖欠物业费企业抛盘无人接，二怨物业公司管理服务质量差，三怨政府对管理不到位。发生以上顽疾归根结底是居民陋习难改，观念转变滞缓，从农民向市民转化意识淡漠。

社区党支部书记黄雷宾自 2012 年上任以来，面对社区乱象和治理困境，忧居民所忧，想居民所想，急居民所急，办居民所需。为了化解社区矛盾，他倡导凤辰乐苑社区先行试点居民自治管理，在物业公司选聘中又充分听取业主意愿，不仅解决了长期困扰居民和政府的物业管理混乱难题，改善了居民生活环境，也为区、镇文明系列创建工作奠定了坚实基础。通过广泛发动居民积极参与社区治理，提高了居民参与自我管理的意识和能力，也为社会加速转型中创新社会治理加强基层建设提供了新思路。主要做法如下：

一、坚持党建带群建，积极发挥居民自治作用

在物业缺失近两年的时间里，通过黄书记的努力，社区党支部发挥核心作用。一方面，组织社区党员、居民骨干成立了多支志愿者服务队伍，积极开展社区志愿服务活动，担负起环境保洁、清除杂草、治安防范等职能。另一方面，黄书记积极寻求镇党委、政府的支持和区房管中心的业务指导，于 2013 年底在长兴镇动迁安置小区中率先成立了凤辰乐苑业主委员会，为推进居民自治进程迈出了第一步。

但是，由于缺乏专业的物业管理队伍，造成社区公共设施疏于管理，破损率高，急待维护。如电梯关人、消防铁门倒塌、道路窨井盖缺失等现象严重威胁社区居民的生命财产安全。同时，地下人防工程因污水流入，废气严重超标。另外，有 80% 的绿地被种上各类蔬菜，严重影响居民的居住环境。2014 年，凤辰乐苑被崇明县列为住宅小区综合治理最差、亟待改革的试点小区之一。

面对居民的呼声和日益恶化的社区环境，黄书记组织社区党支部在做好社区

维稳的同时,带领业委会成员积极推动居民自治管理进程。一方面,组织他们走出去到崇明静南小区、杨浦众和新苑,学习他们业委会、物业管理的先进经验和管理模式。另一方面,先后组织与包括杭州高盛集团在内的五家物业公司进行业务洽谈。然而,物业公司均对社区恶劣的环境和居民普遍存在的拒缴物业费意识望而却步,业委会积极性也因此遭受重大打击。

社区党支部在黄书记的带动下,不畏艰难、不断努力,通过镇党委、政府主要领导的高度重视,终于在2014年底引进上海汇虹物业公司入驻凤辰乐苑并与业委会签订了四年的管理协议,开始走上了良性循环的轨道。

二、"三驾马车"凝合力,综合治理显成效

随着物业的引入和社区综合治理试点工作的进一步推进,黄书记悬着的心逐渐放了下来。他通过社区党支部、社区工作站制定"一小区一方案"到宣传发动,从物业开始大刀阔斧进行综合整治到党支部以网格化片区为中心,组织区域内的党员、居民组长等骨干全程跟进做好宣传发动,落实防控措施。虽有部分居民采取极端抵制行为,但因方案制定全面,措施落实到位,并没有引发恶性事故和负面影响,顺利进入后期的整改阶段。

业委会在长兴是个新生事物,维修基金的管理和使用牵连到千家万户,如有不慎直接影响到社区稳定。怎么办才好呢?黄书记就是社区的定海神针,面对难题,他总是能在关键时刻想到行之有效的解决办法从而对化解矛盾起到决定性作用。

(一)建立社区管理例会制度

随着居委会的建立和业委会、物业公司机构的运作逐渐完善,每月的例会制度成为构筑社区管理和交流的平台。按照例会内容的需要,邀请区、镇相关职能部门参与会议,共同探讨社区管理中存在的难点、热点问题,解决管理瓶颈,取得事半功倍的作用。

(二)不断探索、优势互补、努力提高

居委会、业委会在物业管理方面都是门外汉。资深的物业经理无论是在物业管理职能,维修基金合理使用,包括工程招标,事后业主分摊标准和公示等事项上都卓有经验,起到了参谋作用。两年来,通过定期召开三方例会和其他途径相互之间指导、监督和沟通,对各自的管理水平有了较大提高,而且三方不约而同提出同一个问题进行探讨交流,并找出共同解决的办法,形成心往一处想,劲往一处使的良好局面,使社区各项管理能力有了较大提高。

（三）巩固整治成果，促进长效管理

两年来，居委会、业委会、物业公司团结一致、齐心协力，顶住了物业引进时的排斥，维修基金使用时的不理解等引发的不稳定因素，力挺业委会、物业公司的工作坚持整改整治，在人防、技防上整改到位，公共设施设备正常运作，社区环境面貌大为改善，社会治安达到历史最好水平，居民的向心率、满意度得到较大提升。2015—2016 年物业费收缴率达到 90%。但是，要巩固整治成果不仅要加强，而且还需要更大的力气。黄书记不断创新基层管理方法，提高居民自治的参与率，确保社区管理从常态化到精细化方向发展，确保"三驾马车"各自长效管理职能的有效落实。

三、党建引领促发展，齐抓共管惠民生

居委会作为基层的一级自治组织，在黄书记为核心的社区党支部的坚强领导下，依托各群团组织，促使居民在社会管理、文明系列创建中发挥着积极作用。同时，居委会在社区治理惠及民生方面也发挥着主体作用。如目前社区有停车位不到 650 个，但是居民车辆有近千辆，乱停车现象突出，给创文明城区带来不利因素。因此，一方面加强对乱停车辆的管理，制止乱停车。另一方面，在社区宽敞道路路面增设临时停车位；在中心广场增设挡车石球，防止外来车辆随意停放；新增电子道闸，不仅加强了车辆的有序管理，而且增加了业主的公益收入，有效地改善了社区居住环境，得到了居民的肯定。社区环境面貌的大转变也使得凤辰乐苑的房价成了长兴整体房价的一个风向标，居民得到了真正的实惠。

功夫不负有心人。在黄雷宾书记的不断坚持和不懈努力下，凤辰乐苑社区经过两年的综合治理，不仅拓展了居委会、业委会、物业公司"三位一体"的社区共治管理模式，而且提升了居民广泛参与社区自治的眼界和能力。现在，居民发现社区存在绿地种菜、楼道堆物、违章停车、乱张贴等不文明现象时能在第一时间向居委会和物业公司反映。说明在良好的居住环境下，居民的法治意识、维权意识、自治意识也在不断地提高，从而促使居委会、业委会、物业公司在今后的社区管理中不断加强管理能力，持续增强创新能力。得益于"三驾马车"联动职能的融合，2015 年底，凤辰乐苑综合治理模式荣获第二届崇明社会建设十大创新项目。

继往开来，2016 年凤辰乐苑社区党支部、居委会又在长兴地区率先创建了凤辰乐苑党建服务站、综治工作站和凤辰乐苑为老服务日间照料中心及助餐点，并逐渐向社区党小组活动点和居民睦邻点延生，扩大对社区高龄老人、重残对象送餐服务

功能,使居民对党的向心力,对居委会的满意度得到较大提高。

如今,凤辰乐苑成为崇明动迁安置小区管理的优秀典型,这也是我们长兴生态岛建设发展的一个缩影。我们坚信,社区在黄雷宾书记的带领下将继续以贯彻落实市委创新社会治理加强基层建设1+6文件精神为契机,逐步完善内部整治,不断巩固居民自治意识,规范居委会、业委会、物业公司三方之间的相互指导、监督、协作机制,使社区整改成果成为今后的管理常态,夯实文明小区、平安小区创建基础,为崇明创建全国县级文明城市和全国文明城区助力。

难忘乡情

乡情，是铭刻在人的记忆中，融化在人的血液中的一种牢固的情感。无论你走到天涯海角，或异国他乡，心中时时思念着那块曾生你养你的土地，总有着一种割舍不断的、梦绕神牵的情结。中国人对家乡的观念一直很重，比如"离土不离乡""落叶归根""父母在不远游"等传统意识，是根深蒂固的。家乡情结，乃是人之常情也。

台胞蔡金虎千里迢迢从台湾来到长兴岛寻亲圆梦的故事，令人感动；86岁的老人长品郎寻到了阔别半个多世纪的崇明娘家人，其激动的心情和热烈的场面，令人感慨万千……

愿大家不忘乡情，发扬中华民族的这一优良传统。

我与长兴岛的"三缘"

徐 兵

2016年11月，长兴岛文友、前辈徐惠忠来电告知，长兴岛的几位老同志拟在出版《崛起的长兴岛》姐妹篇三册的基础上续编《多彩的长兴岛》专辑，仍将以真情实感续写长兴岛的百年发展史，我不禁为之欢欣鼓舞。喜的是，我可以断言这桩事情在不久的将来必将获得成功，因为有这么一批热爱这方土地的老同志，他们已经取得了前期卓越的成绩，他们仍保持着难能可贵的精神意志和状态……

在我(60后)童年的印象中，长兴岛(俗称阿窝沙)有我的亲人。所谓亲人，指祖母(虽是继祖母，却视为亲祖母)的妹妹一家。祖母姓李，妹妹及妹夫也均姓李。直到近年来才基本上搞清楚，祖母本姓吕，崇明城西北沟头镇(今属港西镇长生村)人，自幼孤贫，早年丧父，因母改嫁而随迁至鸭窝沙。谁曾料想，那个年代，鸭窝沙的居民，生活贫困，有的甚至连"养媳妇"(收养童养媳)都养不起。祖母被迫返回崇明西三江口(今属庙镇宏达村)，依靠堂姑母，在她家当童养媳。相传祖母的一个姐姐，名叫李才清，当年也是童养媳，嫁给崇明谢家镇袁小狗，因琐事被袁母耳朵也撕裂。再说姨婆，她的母亲叫黄沈郎，姨婆的男人本姓吴，入赘后改姓为李。我的祖母与姨婆年龄相差悬殊，因是姐妹关系，故往来较勤。特别是逢新年或子女婚嫁，时常人情来往，虽然大家居住的都是草屋，部分是瓦房，经济条件都较差，但充满着亲情交流。祖母去世于1984年7月1日，就死在长兴岛妹妹家中，据说是去探望妹妹，顺便为她家帮助干农活，终因中风(已第二次)而在洗澡时倒地不醒，就这样一命呜呼了。那时我还在大学读书，尚未放假，接到电话后急忙赶回家中奔丧。因长兴岛当时还实行土葬，而崇明早已实行了火葬，祖母的尸体被用小船运回崇明。那天是在新开河镇南边的港口下的船，雇了崇明电器二厂的一辆车子，将祖母的尸体运回徐家前头屋内。母亲随同阿叔、妯娌、小姑等人一路上历尽颠簸，备尝辛苦。

事后,祖父与叔父还因误会一度与姨婆家发生不快。若干年以后,双方才逐渐消除误会,重修旧好。随着双方经济生活条件的改善,时有电话等往来。毕竟是亲戚关系,血肉之情是无法割断的。我作为崇明岛人与长兴岛之间有这么一份亲戚来往,这是我与长兴岛难得的骨肉之缘。

我与长兴岛还有史志之缘。2014 年,通过接待来访我结识了长兴岛的黄元章同志,通过相识开始深入关注长兴的史事与民情。后来承蒙他信任,请我为他的文稿进行通篇校阅,并请我撰写了一篇序言。只是他坚持将鬼写成"乩",将骨殖鬃写成"骨髓鬃",在该书中留下了小小的遗憾。2015 年,长兴岛的几位老同志要我写一篇介绍长兴岛历史的文章,我草就了《长兴岛名称的由来》一文。我是 10 年前进入县编史修志工作部门,从事这一岗位工作的。工作中,我很是喜欢寻根溯源,关注细枝末节,梳理变化脉络。我想,事物在发展,事物也必有源头,我从县图书馆保存的清光绪《宝山县志》卷首地图上查找到长兴岛的前身——"鸭窝沙"这一名称及其含义。最近,我又从光绪年间刻印的《江南舆地图说》一书中查找到这一名称。佐证了这一名称早在清光绪之初就已命名的史实。沙洲的形成,当在更早。翻阅光绪《崇明县志》,早在清代中期,城南就有"长兴沙"等沙洲,或涨或坍,忽明忽暗。原沙洲命名的地名往往被后来涨起的沙洲取代命名,想必长兴岛的长兴因此而来,"长、兴、增、福、寿"等圩名的命名寄托了当年围垦者美好的愿景。长兴沙也好,鸭窝沙也好,地名很俗,不登大雅之堂,但屈指算来,它的得名已有一百三四十年历史了,不能说它短暂。百年变迁,天翻地覆,昔日沧海,今日良田。长兴原属宝山,2005 年,崇明、长兴、横沙三岛合并,实现三岛联动大发展。紧接着,长兴撤乡建镇,江南船厂整体搬迁至长兴岛,长兴岛辟建崇明县域第一座郊野公园……今天,踏上华丽的对江轮渡码头,能不忆起当年跑班头的艰辛?搭乘便捷的申崇专线,能不思量当年先人的运输工具独轮车和小扁担?入住高层小区,享受完善的安居养老保障,能不感念政府和社会的大爱?年轻的一代,将永远告别祖辈在当年自然环境遭遇的种种苦楚,安享美好的都市现代化生活。饱经沧桑的前辈,却永远也无法割断世代生于斯、养于斯的乡愁和印痕。

从 2014 年起,我相继认识了长兴岛的黄元章、徐光明、徐惠忠、蔡德忠、樊敏章等老同志,在崇明文史研究会与长兴岛老同志们之间多次相互"沙龙"式的交流切磋中,增进了双方情谊,这是难得的友朋之缘。"有朋自远方来,不亦乐乎""人不知而不愠,不亦君子乎"。在著名作家叶辛、郭树清以及《上海老年报》记者董昊等的大力支持下,先后合作形成了《崛起的长兴岛》第二辑、第三辑,以及黄元章执笔的《长兴沙往事》《长兴沙往事续编》。论篇章,约计 300 篇,论文字,约计 80 万字。成果是丰硕的,收获是满满的,并取得了良好的社会效益。如今,这些精神食粮已通达各种流通渠道,或进入社区、进入学校,或进入市区图书馆、档案馆等公共文化部门。希望今后更多地拾遗补阙,更好地传帮带,继续推出讴歌长兴之美的好作品。更希望创作的作品能在下一步借助公共媒体宣传平台,让更多的读者感知和利用,得到更好的传承。

来自长兴岛的亲情

张中韧

　　小伯张诚宝幼年跟随叔婆在徐家汇我家生活,他管好婆叫"大姆妈"。当时在我家一起生活的共有三家孤儿寡母:有母亲去世父亲另娶的表姑潘徐音、五岁丧父的小伯与叔婆(我们随表姐叫外婆)章大宝、出生三天即失去母亲的表姐叶忆茜,好婆好爹和父母亲对他们真诚关怀、亲如一家。

　　当年这个大家庭多达 12 人,仅靠我祖父和父母亲的有限工资,未免生活拮据,虽然家中请了个保姆干点力气活,但是大部分家务由好婆和外婆承担着:好婆尽管右脚跛足,仍带着中行,主持烹饪;外婆带着年幼的中祥,并外出采办日用品,协助厨务。妯娌俩有商有量、亲如姐妹。

　　后来小伯初中毕业后考上第三师范,毕业后立志像苏联电影《乡村女教师》中的功勋教师瓦尔瓦拉·瓦西里耶夫娜一样,奔赴艰苦地区长兴岛当一名杰出的人民教师,毅然改名张杰。他敬业爱生,文理兼通,音体美全能,二十七八岁就当上了宝山县长兴中心小学副校长。他知恩图报,常常说:"没有大姆妈、大伯伯和阿哥、嫂嫂,就没有我诚宝的今朝。"1961 年秋,他见嫂嫂(我母亲)上班辛苦,教育孩子力不从心(除中慧较懂事外,中行成绩不佳,中祥纪律松弛,连红领巾都未获批准),便将小侄子中祥领到长兴中心小学读三年级,竟然半年见效:"淘气包"加入了少先队,还戴上两条杠,从此成为品学兼优的好学生。

　　1968 年初,好婆因脑血栓瘫痪在床。先是中行中祥两兄弟护理,中行下半年分配去地处闵行的汽轮机厂后,16 岁的中祥一人挑起了护理好婆的重担,中慧白天在黄浦中心医院实习,晚上学以致用,回家给好婆针灸。但此时政治风云突变:"最高领导"号令上山下乡,极左的上海市领导马上跟进宣布 10 年不招工,68 届高中初中毕业生一个不准留城,全部到黑龙江、吉林、内蒙、云南、贵州等"老少边穷"地区上山下乡！我们全家顿时陷入极度的尴尬：作为68届初中毕业生的中祥如果下乡，好婆一旦失去护理将无法生存；而且当时连保姆都不敢请（怕被视作资产阶级）；若不下乡，在当时的高压政治下我们这些"非红五类"子弟将永无天日。就在这时，小伯与婶婶朱兰芬商量后，专程来我家，提出了"两全"方案：外婆章大宝来徐家汇照顾好婆，中祥去长兴岛"投亲"插队落户。而且岛上人少地多，允许少量接纳劳动力。小伯很有远见：天赐良机，事不宜迟！小伯为此还专门走访宝山县和长兴公社的上山下乡办公室，疏通了"接收"的关口；中祥的班主任杨文老师在宜山中学毕工办负责人丁玉茹老师帮助下向徐汇区上山下乡办公室提出申请，解决了"放出"的难题（当时中心城区毕业生只能去外地、不准去郊区）。中祥终于在小伯婶婶的鼎力相助下奔赴长兴岛插队落户，外婆带着四岁多的毓华堂弟来好婆身边护理。小伯婶婶一片亲情，不顾自家困难，每天教学课余还要料理家务、照顾六岁多的堂妹毓麟。他们全家为好婆生命最后半年多的生活护理，作出了很大牺牲！同时，第二次改变了中祥的命运，他在长达九年的插队日子里，得到了外婆、小伯、婶婶以及婶婶的九位兄弟姐妹的关怀和帮助，真正感受到"投亲"的温暖。我将永远记住他们的名字：朱荣根、陈考郎、大娘舅朱毛林、大舅妈施柄川、大好妈朱兰英、大姨父黄宝法、二好妈朱金兰、二姨父李和尚、二娘舅朱木郎、二舅妈陈木青、三好妈朱翠兰、三姨父王元祥、三娘舅朱育能、三舅妈范慧芳、七好妈朱兰香、七姨父郁汉模（才郎）、八好妈朱兰芳、八姨父孙忠良、小娘舅朱育成、小舅妈倪小芳，还有长明九队的亲戚：娘舅朱阿明、舅妈施银凤、队长姚生才、大队支委张富英……

1984年，小伯又一次为大姆妈、大伯伯（好婆好爹）做了件大好事：他为二老在长兴前卫农场的橘园旁找到了合适的墓地，还特意觅来一棵苗壮的杉树苗栽在墓侧。春冬祭祀，恭敬到位；日常照看，尽力尽心。几十年间，这棵杉树竟然成为墓区的"第一高度"。

几十年来，我父母和小伯、婶婶就像亲兄弟亲姐妹，下一代也情同手足，互相关心、互相帮助。毓华考上北大，我父亲怕他吃不惯面食，常常塞给他米票；中祥见小伯的职称评审和住房分配遭遇不公，多方奔走相助；中祥买商品房了，毓麟、毓华当作自己的事，又赠挂毯，又联系设计装修；贝贝天资聪颖，中祥从小学、中学、大学尽力相助，使其减少障碍；父母在世时，毓麟、毓华每次赴京，都要看望大伯伯大姆妈，父母在沪养病期间，更是得到了他们姐弟俩及其配偶的亲情关怀……

2016年5月，中祥（中韧）同毓华（中懿）兄弟联手做成了一件大事，促成了一件美事：中环集团全力支持书法家、教育家林仲兴老师在上海图书馆举办了"林仲兴书法艺术展"、编印了《林仲兴书法集》；林老师将其中的80幅精品力作捐赠给中环集团,加强企业文化建设,中行、中祥、毓麟、毓华兄妹四人到场见证。这一双赢的盛举享誉海上艺术界、教育界和企业界。当林老师知晓我们正撰写《永远的好婆》,便欣然挥毫,以他古朴厚重的隶书题写书名,又以"当今沪上第一篆"的高古雄浑的笔触,写下张氏家训,用作封面背景。

今日长兴岛已发生很大变化,小伯、婶婶一家迁出长兴近 30 年,好婆、好爹和我父母的墓地也已迁葬青浦,但是当年来自长兴岛的浓浓亲情依然令人动容,张氏亲属团结互助的家风生生不息、代代传承,并将不断续写动人的故事……

蔡金虎圆梦记

沈士兰

　　蔡金虎老人骨肉分离 54 年后得以团聚,其激动、喜悦、感慨之情溢于言表。

　　1999 年 10 月 12 日的下午 2 点,住在长兴乡丁丰村一组的村民秦志芳,正在家中忙这忙那。突然,离她家不远的新建村村民顾阿毛喜滋滋地来到她家,他还没进门就高声喊着:"秦志芳,我给你送个大哥来啦!"

　　秦志芳嗔怪道:"你这一把年纪了,还开什么玩笑?"

　　但当她往外一望,只见有一位跟自己丈夫长得有点相像的老先生和一位 50 多岁的女士正慢慢地走进宅来。此时,秦志芳被这突如其来的情况弄懵了,张大嘴巴愣在那里。只听见那位老先生无比激动地喊着:"弟妹,我终于找到你们了。"说罢,他已经泣不成声。秦志芳此时乱得六神无主,一边请他们到屋里坐,一边请邻居帮忙把在工地上干活的丈夫蔡小狗叫回家。

　　当蔡小狗急急忙忙赶回家,来到老先生面前时,老先生一把抱住了他,两眼闪着泪花,声音颤抖地说:"二弟,我是你大哥金虎啊!多少年了,我想你们想得好苦啊。"说着,老先生再也控制不住自己的感情,号啕大哭起来,使闻讯赶来的几个乡亲也纷纷落泪。

　　老先生名叫蔡金虎,已经 72 岁了。1945 年的时候,他才 18 岁,为了糊口饭吃,和几个同乡靠一条小船给人家搞运输过日子。可是哪里知道,一次货物运到安徽时,被抓壮丁弄到台湾。从此,几个同乡失散,家里骨肉分离,一去就是 54 年。漫长的 54 年中,思乡之情时时在他心中翻卷。

　　80 年代初期,他听说大陆已经开放,台胞可以去大陆探亲观光。于是他开始写信寻找自己的亲人,但不知什么原因,多少信件被退了回来,不知是写错了地址,还是原先的家乡被海水冲光了。但蔡老先生还是不死心,一定要寻找到自己的亲人。

他的子女看到他这样折腾，要伤身体的，劝他以后再说，或者子女帮他查找。蔡老先生听后大发其火："我的年纪一年比一年大了，身体也一天比一天差了，现在不去找，还等到什么时候去找？"

其实，蔡老先生信件被退的原因，主要是写的地名不对，圆圆沙的地名已经不复存在。长兴岛上原来的六个小沙，如今早已连成一片。只有上了年纪的人，才会知道六个小沙原来的分布情况。再说，地方的归属也几经变化。他的老家坐落在长兴岛的丁丰村，已属长兴乡人民政府管辖。

当蔡老先生多次信件被退，并托有关部门查找也无音讯时，他再也按捺不住寻找亲人的迫切心情，决定亲自动身，一定要找到亲人，即使不如愿（或许原先的老宅坍光了，或许亲人都搬场了，或许漫长的岁月中发生了重大变故），也得捧一捧家乡的泥土带回去。于是，他带上夫人，趁着祖国 50 周年大庆的日子，加入了赴大陆观光旅游团，踏上了阔别 50 多年的祖国大陆的土地。

旅游团一到上海，他被上海的巨大变化惊呆了，东方明珠电视塔的高耸，上海长江大桥的雄伟，让他感慨万千。但他寻找亲人、寻访故居的急切心情一直绕在心头。他不停地问导游小姐，问身边的人：你们知道不知道圆圆沙究竟在什么地方？他们听后都摇摇头，说不知道。当蔡老先生突然说出记忆中的吴淞码头时，导游小姐马上领悟了他的意思，知道吴淞在什么地方。于是，她欣然答应开车把他送到吴淞码头去。

到了吴淞码头，蔡老先生夫妇俩在售票窗口要买两张去圆圆沙的船票，把那个售票员弄得莫名其妙：哪里有圆圆沙的船票？老先生思索了片刻后又说道："那我买两张到横沙岛旁边那个地方的船票。"售票员告诉他说，那是长兴岛，要买的是马家港码头的船票。

正在此时，长兴岛新建村村民顾阿毛也在那儿买票，听到了他和售票员的一番对话，便与这位老先生攀谈起来。蔡金虎把自己的身世经历都说了出来，顾阿毛不住地点头称是。原来顾阿毛也是圆圆沙人，已经 60 多岁了，他认识顾金虎的父母亲及弟弟。于是，他便对这位老先生说："你跟着我走吧，保证把你送到你弟弟家。"这就有了本文开头的一幕。

那时，我在乡里负责通讯工作。当乡政府负责台胞接待工作的同志获得这一信息后，要我去采访。于是在 13 日下午，我带上了摄影机等工具，一行来到了蔡小狗家。只见他家笼罩在喜庆的热烈气氛中，墙上还贴着大红喜字。他们现有兄弟姐妹七人，已有六个相聚在一起，还有最小的一个弟弟，在宝山大场工作，也已得到通知，下午就赶过来。还有那个和他一起放牛长大的表弟也来了。村里的许多乡亲,听到这个喜讯,也纷纷赶来,分享他们亲人团聚的欢乐。

蔡老先生离家时,他最小的弟弟和妹妹还没有出世,所以连他们的名字都不知道。蔡老先生非常健谈,谈到他在家时的许多回忆,谈到大弟被大潮淹死的那种心情,谈到因思念亲人常常食无味寝不安的感觉。他看到家乡的巨大变化感到无比兴奋。他说,我们原先的那个宅,我还清楚地记得是两间低矮破烂的小草屋,现在二弟盖上了三上三下的楼房了,一切都在变,家乡已经不认识了。

谈话间,他的弟妹们还谈起了这样一件撕心裂肺的事情:因为大哥离家后,杳无音信,家人们总以为他遭了不测,所以每年在祭奠故世亲人时,都要摆上他的一份祭品,以示怀念。特别在母亲弥留之际,老娘反复叮嘱二弟:在为母亲烧祭物时,也要烧一个大纸箱(一种传统的纪念方式)给大哥,可见母亲思子之情多么强烈,至死不渝。蔡老先生听到这番话后,顿时心痛如焚,泣不成声。他深为自己未能见上父母最后一面而感到痛心,也责怪自己不早点亲自寻找而造成终生的遗憾。因为母亲去世是 1989 年,祖国已经改革开放了,如果早一点奔赴大陆寻找亲人,母亲也会少一点遗憾了。

正当我们采访结束要离去时,他最小的弟弟蔡小金赶到了。蔡老先生还是抑制不住离家多年的心酸和亲人相见的喜悦,走上前去,紧紧地抱住了小弟,眼泪夺眶而出。我们赶快拿出摄像机,拍摄了这感人的一幕。

张品郎老人寻到了娘家人

徐忠如

长兴镇原跃进村民张品郎已经86岁了,始终没有了却一桩心愿:寻找崇明的娘家人。经过几番周折,在2016年的最后一天终于寻到了自己的娘家人。当崇明三个侄子来到现在的住处,农建九队看她的时候,心里有说不出的高兴。

张品郎,出生在崇明向化镇春光村二堡五队,在崇明向华镇高宅蔡天主堂(现更名为"进教之佑堂")附近有名的唯一一家施家。因生父母重男轻女,将刚刚生下来的她,送到了高宅蔡天主堂的育婴堂。

八天后,来了一对年轻善良的张官郎夫妇,他们16岁结婚,到21岁还没有孩子,来到高宅蔡天主堂,准备领养一个孩子压压胎。看到张品郎很灵活,于是就抱回家。孩子胸前放着一张写有出生时辰月生和身父母家庭地址姓名的纸,等她长大了可以去认亲生娘家,就当自己的女儿看待。几年以后,这对年轻的夫妇生了三个子女,其中一个中途夭折,现在还有一个妹妹和一个弟弟,姐妹三人如亲生兄妹。

张品郎九岁时,随养父母由崇明搬到了圆沙同心村,后同心分出一个跃进村。早年亲生父母通过高宅蔡天主堂,打听到张品郎被养父母收养,前来看过,问她的养父:"你们将张品郎当女儿养呢,还是当童养媳妇养?"她的养父母说:"我们是把张品郎当亲生女儿抚养的。"听到把自己的女儿当亲生女儿养,张品郎的亲生父母放心了,也就再也没有来寻过亲。如果养父母说当童养媳妇来收养的话,那么她的亲生父母会认亲的。寻亲这件事深深地印在张品郎的心上。

随着年龄的增长,寻亲的思念越来越深。张品郎总共生育12个子女,中途夭折1个,现在有11个子女。60年代正好是"文化大革命",对阶级成分看得很重。当时想去崇明认亲,一打听,崇明亲生父母的施家是富农家庭,考虑到自己生了好多男孩,如果当时认了亲,自己就是富农子女的家庭,会影响孩子参军当兵的前途,就没有敢去认这门亲。

这几年,张品郎想想现在已经动迁,生活条件也好了,也不讲什么阶级成分,认不到自己的娘家人,会终身遗憾。认亲这件事就成了张品郎的一块心病。

2016 年的 11 月上旬,张品郎的第五个儿子季云昌,来陪老母亲张品郎一个星期,张品郎天天讲述自己小时候怎么被领养的经过和自己的身世。儿子季云昌听在耳里记在心上,下决心一定要为自己的母亲寻到亲生的娘家人。

2016 年 11 月 17 日那一天,天上下着雨,季云昌乘坐陈凤线公交车,经过上海长江大桥,来到崇明陈家镇交通枢纽站。在那里漫无目标地徘徊,人生地不熟,到哪里去寻找母亲的娘家人呢? 正在这个时候,驶过来一辆载客的小车,驾驶员过来问季云昌:你要到哪里去? 说实在的季云昌也不知道自己要到哪里去。他就问这个驾驶员,你知道陈家镇附近有没有天主教堂? 驾驶员说:"附近最近的天主教堂是有个,在向化镇,来回 25 元,办好事再送你到这里。"于是季云昌乘上这辆小车直向向化镇天主堂进教之佑堂开去。到了这个天主教堂,打听这里有没有姓施的人家? 被打听的当地人说这里有姓施的人家,并找来一位 82 岁的老太太。经过一番细说,老太太高兴地说以前听说过这件事,带季云昌去施家,找到了现在说起来是季云昌的表嫂。这位表嫂以为他是骗子,连家里也没让他进,但还是当即留下电话,答应第二天给以回复。

现在崇明张品郎的大侄子施士杰,知道这件事以后,与两个兄弟商量,决定先到长兴岛来看看,都说很好。认亲这是人间真情,当年是有 个姑娘送给人家,在长兴岛的圆沙。当大侄子施士杰来到圆沙看到眼前的张品郎老人,很像自己的父亲,心里已经有底了。而张品郎第一次看到向化镇来的施士杰,一眼就认出像自己的侄子。"自己的亲人像血脉连着根。"

施士杰说:"季云昌来崇明说:姑妈从天主堂被抱走时胸前有一张时辰月生的纸,讲地名的时候也很认真,认到老姑娘很开心,八十多个春秋她像一棵松柏枝繁叶茂,养育了这么多子女,体现了生命的顽强。"

当 2016 年 12 月 31 日上午,崇明张品郎的大侄子施士杰带着其他两个弟弟,正式来看失散 86 年老姑娘的时候,张品郎不知有多高兴。当崇明的娘家人三个侄子一进门,张品郎依偎在大侄子施士杰的怀里,笑得像一个小孩子,心满意足。张品郎对着自己的三个亲侄子,再一次讲述着自己的身世。施士杰对季云昌表示:今后我们就像亲兄弟一样来往。在采访的最后,双方告诉我一个信息,不管是在崇明还是在长兴,施家不管是男方还是女方,延续三代了都有生双胞胎的基因。

我的知青岁月

陈洁云

长兴岛对我来说并不陌生,外婆家就在这个岛上。

1972年我毕业于上海市吴淞中学,1973年投亲插队于新港大队(原新兴大队)第五生产队。

记得那是一个初冬的早晨,我拎着行李跟随着父亲从吴淞乘船来到长兴岛,从而开始了整整七年的知青生涯。

去新港村的路设在离地面高达数米的江岸上,这是一条泥路,高高低低、坑坑洼洼,拖拉机的车辙印深深地嵌在那翻起的淤泥上。路两侧江芦割尽,略微枯黄的芦根在它的枝叶陪伴下犹如两条浅黄色的绸带向漫长的江岸线展开,岸下翠绿的田野,错落有致的民房,高高的铁塔呈现出一幅宁静自然的农村景象。江面上波涛翻滚,浪不停地冲击着滩涂,浅滩上江草时隐时现,不知名的海鸟在水面上盘旋。

父亲是干部,早年曾围垦过长兴,为前卫农场的建设贡献过微薄之力,对长兴有着特殊的感情。一路上父亲叮嘱道:"在农村不要怕苦,做一个积极向上受欢迎的人。"

因知青费用未及时拨下,生产队住房也未得到落实,只能借住在舅舅家,为给我加铺,四口人挤在了一张床上。舅妈是个很能干的生产队妇女队长,她身上有一种坚韧的吃苦劲对我影响很大,可以说是一生受益。按照生产队的要求,我参加了老人孩子组学农活。工分从四分半开始,第一次出工我记忆犹新。一早舅妈拿出一把大锄头交给我:"今天你们组倒油菜,好好向老人学。"就这样,我扛着锄头跟着舅妈一起去社场报到。只见队长马士良早已站在了社场路口,不停地瞅着手表,盯着陆陆续续走来的社员。突然,他严肃地指着那位只差一步就能掐上点的社员说:"你迟到了!"我被他的举动震住了。舅妈觉察到我的心思说队长天天如此,对谁都不讲情面,但他有一套自己的管理方法,所以我队年终分红一直属于整个大队的中上水平,队里的社员都服他。集合完毕,老人们带着我们这群大孩子走到田间,油菜种在稻田里的,土壤很硬实,稻根都还依稀可见,大家拿起锄头在一棵棵油菜中间除掉杂草,刨松土地。我也按照他们的样子学起来,但稍不留意油菜就被我刨掉了。

农村是个锻炼人体力的地方,劳动未使我消瘦反而身体比原来更健康,臂力也增加了,手上的泡磨成了老茧。我坚持每天出工从不迟到,在家里什么活都抢着干,就这样我的农活渐渐上去了,老人们常夸我说:"不像城里孩子,干活像样,作拍。"

冬天的长兴岛一直有开河、加江岸的农活。不久大长凤圩要开河了,跃跃欲试的我想尝试一下新的农活,不听劝阻执意要去。那天我头戴三角巾,脚穿防滑靴,兴致勃勃地拿起扁担挑起泥箩加入了开河队伍。大长凤圩视野开阔,良田有百亩之多,主要种植大麦和油菜,一条条南北走向的小河有间距地排列在大田中。要挖的河道水已抽干,河底淤泥表面已干裂,男人们拿起又长又重的阿锹先把河坡挖成梯状,阿锹挖出的河泥湿漉漉的,一大块约有 20 斤。然后,男人挑四块,女人挑两块,开锹的人照顾我,泥块明显比别人小了许多。他们身姿敏捷,肩上的扁担随着轻快的脚步上下起伏,爬河坡几个一蹬就上去了。我爬坡却成了难事,挑着担子一步一滑上不去,几次险些滑下坡,满身是泥,浑身是汗。大家看我狼狈的模样笑道:"我们是土生土长的农民没办法,小妹侬是不应该来吃这份苦的。"这才是开始,倒河泥就更难了。别人倒出的河泥顺溜地滚向泥堆下方,可是我的泥块就不听话,要么是倒不出来,要么是倒在自己的脚背上。植保员王龙英看到后走了过来,手把手教我:"拉住泥箩后绳慢慢转,把泥箩口对着要倒的方向,把绳轻轻一提泥就会出来了。"按照他的指点倒泥顺多了,紧绷的心松弛了许多。挑了一天河泥晚上躺在床上浑身酸痛,第二天起床发现下肢僵硬,走路一瘸一拐。舅妈关心地说:"刚开始是这样的,农村干一样农活都要换一次筋骨,今天就不要去了,好好休息。"我懂舅妈的弦外之音,一直坚持到开河完工。说来也怪,以后每逢开河、加岸我都会参加。

一年后知青房屋盖成了,我和另外两位女知青一起搬进了新居,队里也为我配齐了必需的生活用品和劳动工具。我们住的地方地理位置不错,大队办公室、卫生室、新开港水闸近在咫尺,水闸边有社办企业和代销店,每天当水闸门打开,来来往往的机帆船好热闹。为了解决日常吃菜问题,我在屋前的自留田里种上了各种时令蔬菜。屋后自己开荒填坑整理出一片田,因不会种棉花,十队吴品郎、七队马文静、九队徐品英三位小姐妹闻讯后结伴赶来帮助种上,并作了间距、转枝、施肥等指导。当看到一朵朵棉蕾含苞待放时,喜悦的心情无法言表。同那些老知青相比我是幸运的,没吃过粗粮,没住过草房,生活上不仅有亲人们的照顾,左邻右舍对我也十分关心,队里的小姐妹和我相处得不错,一队王静娣,本队沙彩琴、顾良妹、高忠英,家中有好吃的总会留我一份或拉着去她们家,这份真情永远铭刻在心中。

一次横沙炮兵训练改变了我以后劳作的轨迹,当时连队中急需一位宣传干事,团支部书记樊敏章推荐了我。我利用空余时间写稿,用诗歌散文等形式完成了每期的黑板报和广播稿。训练结束回生产队后,大队副书记顾来妹找我谈心,方知樊敏章同志再次推荐我到大队搞宣传工作。从此,我成了新港大队的土记者、总辅导员兼民兵连副连长。农村的宣传工作并不简单,我把学校里用的一套全搬上来,再根据每个时期的宣传要点,制作携带方便,比较言简易懂的教材。带着宣传员深入田间地头,为各生产队社员们讲解。大队领导对宣传工作十分重视和支持,尤其是农忙。为及时掌握各队农忙进度和农忙中涌现出的好人好事,14队政治队长胡志荣成了我的搭档。这位博学多才、落笔成章的老知青正好弥补了我文化上的不足,他的出现对我帮助很大。在他的建议下创建了每天为一期的大队三夏、三抢、三秋战报。新港村共有16个生产队,范围很广,如走路采访完成不了每期的任务。没有自行车怎么办?"借!"每天向邻居和亲戚借车奔走于各生产队,白天编写晚上打印,两人经常忙到月亮挂在树梢头。当一份份战报如期送往各队和广播站时,我们是欣慰的。

1980年,我作为知青返城,上调到宝山月浦供销社。从营业员做起,渐渐成了进销一体的柜台负责人。我认真负责,努力经营,做到了零损耗,为我以后经商打下了良好的基础。为了达到业绩考核的要求,我对每位客户都和睦相待、热情接待。出于工作需要,在我不知情的情况下,经领导暗中考察,择优录取,将一个十分重要的工作岗位交给了我,让我担任了煤炭行业的经销人员。煤炭是国家计划经济时期的紧缺能源,对每个生产企业至关重要。我以一颗平常心,面对踏破公司门槛的客户,急他们所急,想他们所想,为宝山的经济建设出一份微薄之力,为企业创利无数。

多少年过去了,长兴岛不论它以前有多贫穷和现在有多壮美,在我眼里永远是那么美,因为我是家乡的女儿。我情系着长兴,每年我都会回去看看村里的变化,看看长兴岛日新月异的发展,更经常会魂牵梦萦,好像回到新开港河畔的知青小屋,回到了亲人和朋友中间,回到了自己曾经奔跑过的各生产队的田间小路上。这悠悠的故乡情永远难忘。

我 的 长 兴 我 的 岛

周早根

翻开长兴岛的历史画卷,变迁的过程中历经沧桑。那么,让我们从长兴岛的先辈们围垦的数百个圩中领略一下他们与天斗、与地斗的豪迈气概,顺应自然的伟力吧。

在那苦难岁月的年代(1844),我们的前辈拓荒者蔡纪峰等人粮户出钱、四处招人组织长兴岛的穷苦百姓出力在鸭窝沙上(今丰产村境内最南端)围垦第一个圩——老圩。东西长 1.12 公里,南北宽 700 米。总面积约 640 亩。从那以后,在长兴岛的瑞风沙、石头沙、潘家沙、鸭窝沙、金带沙、圆圆沙六只小沙上陆陆续续地先后由黄志石、陆吉恒、刘洪奎、陆贞松、倪小毛、张关荣、杨鸿兴、沙玉珍、朱竹舟、周二良等三十多名有志者组织围垦了大大小小的自然圩岸共计 298 只。最有名气的圩岸就是新中国成立初期由中国人民解放军组织围垦的解放圩,岛上的男女老少几乎都知道。你也许不会领略和感受我们祖辈们是那样地勇敢、执着、勤劳、艰苦奋斗、脚踏实地,硬是用泥络扁担两头挑土,在那潮来一片白茫茫,潮落一片水汪汪的滩地上围圩造田求生存。那种执着又艰苦的劳动场面,正是古人描写的"白浪茫茫与海连,平沙浩浩四无边,暮去朝来淘不住,遂令东海变桑田"。简洁而有力的诗篇展现了祖辈们经历磨难的历史沧桑。直到 1973 年隆冬季节,长兴公社组织了两百多名生产队的青壮劳力,从岛的四面八方汇集到围垦泮家沙至瑞丰沙,瑞丰沙至石头沙之间的两条大坝的工地上,三月十四胜利合龙。共计用泥络扁担挑土24.17万立方,围垦滩地一千两百多亩。至此岛上的六只小沙这才连成了一片。那时,万人挑大坝的劳动场面真是十分壮观。如果你身临其境的话,一定为这前赴后继、你追我赶的劳动场面而惊叹不已。也许你没有生长在那个年代,但你应该想象得到那时的工地上日夜不停、轮番上阵有的父子兵,有的娘俩齐参战,还有的兄弟姐妹齐上阵。吃住在工地上,挑灯夜战。我现年 70 岁了,也有幸参与了这个举世无双的劳动场景。住的是临时搭的环洞舍,吃的是大锅饭。浩浩荡荡的劳动大军都驻扎在工地上,日夜忙个不停。如果你也有这次挑大坝的亲身经历,至今一定会记忆犹新,感慨万分。

是呀,长兴岛的祖辈们都是崇明、海门、启东、南通、南京、句容、昆山、浏河逃荒搬迁而来,他们为人忠厚淳朴,勤劳善良。在历年抗击自然灾害的斗争中,邻里之间总是互相帮助,共渡难关。记得我小时候,岛上到了冬春季节,海潮就比较小,到了阴历六、七、八月份,潮水就大。遇上台风、暴雨、大潮三兄弟同时到来,整个长兴岛就一片汪洋。因此,长久以来,岛上的老百姓为了同自然灾害做斗争,大家总是联合起来,积极发挥自己的聪明才智,与水斗,与风斗,与天斗,齐心合力把圩岸加高,加实。并在圩岸上植树种草来护堤护坡。到了哪一家造房挑宅基地的时候,一般都选择地势较高的地方,或者在田间挖一个几分地大的宅沟(水沟),把宅基地填高造房。那时,宅沟里的水,一是用来饮用,二是可以养鱼,三是可以取来灭火。这种一宅一沟的科学抵抗方法得到了广泛应用,也成了长兴岛各个村落特有的风景线。

现在条件好了,海塘坚固,永不坍塌,交通方便,四通八达,处处红绿灯为你保驾护航,整洁宽敞的水泥马路,到处绿树成荫,四季花香,高楼林立。家乡的美丽,让我们流连忘返,驻足欣赏。我们不论男女老少,生长的时代虽然各不相同,但都有一个共同的挥之不去的深切感受,那就是这块热土养育了我,我也不能忘了我的老前辈。传承好前辈们的垦拓精神,艰苦奋斗永远是我们的传家宝。什么时候都不能丢。

是呀,或许你现在感受不到这块土地跟你有多么密切的联系,当你一旦离开了这个生我养我的地方时,你就会产生一种魂牵梦萦的感觉。因为,这里有你曾经熟悉的田园风光,村落民宅,河流田埂,甚至是一草一木。现在,这块热土已变成了祖国的海洋装备基地,生态休闲基地,上海饮用水基地,全国重点城镇。家乡儿女为你点赞,为你自豪!我的长兴我的岛。

乐为家乡添锦绣

徐光明

《多彩的长兴岛》是我们编委会向党的十九大敬献的一份礼物，也是奉献给长兴岛父老乡亲的一片心意。

"崛起的长兴岛"编委会自 2013 年成立以来，先后编辑出版了《崛起的长兴岛——长兴儿女话长兴》《崛起的长兴岛——长兴岛的故事》《崛起的长兴岛——情系长兴》三本书，得到了广大读者和长兴人民的欢迎。《多彩的长兴岛》则是第四本，可以把她当作姐妹篇来读。我们在总结编辑前三本书的基础上，对本书的篇章结构、文章内容作了适当调整，因而使她更具海岛特色和可读性。

说起编委会，他们都是一些古稀、耄耋老人，且大多是共产党员。他们为什么要痴心于编写关于家乡的书呢？这全为了一个"情"字——那种爱党、爱国的深厚感情，那种热爱家乡的诚挚感情，那种为展现长兴岛人征服自然、改造自然的豪迈气概和憨厚、善良、勤俭、胸怀宽广的优美品质而涌动于胸中的激情，才知难而上，一发而不可收。因为我们一路走来，是长兴岛发展的见证人。我们也经历过苦难，与海岛同生死，共命运，因而对家乡有着一种割舍不断的情结；因为我们看到海岛解放前后两重天，看到在中国共产党的领导下，长兴岛发生了翻天覆地的变化，一种强烈的翻身感、幸福感时时在胸中涌动，一种对党和祖国的热爱之情溢于言表；人生的阅历，我们常常被长兴岛人的那种征服自然、改造自然的豪迈气概和顽强奋斗的拼搏精神所震撼；长兴岛上流传着许多优美的传说和神奇的故事，涌现出不少为国捐躯的烈士和英雄模范人物，需要搜集和整理；还有丰富的岛域文化资源需要挖掘，许多有价值的文史资料需要抢救……出自一个共产党员的历史使命感和责任感，"自不量力"地干起了编书的工作。这正如一位编委同志所说：我们即使夕阳西下，也要把最后一丝光亮奉献人间。

这些老同志毕竟不是专业人士，对语法学、修辞学、逻辑学知之甚少，更无编辑工作的经验，在工作中遇到的困难是可想而知的。但他们不气馁，虚心求教，刻苦努力，迎着困难上，敢于啃"编书"这颗酸果。就是这样，我们凭着一股闯劲、干劲、韧劲，在理想的山峰上奋勇攀登。在当地党委和政府的亲切关怀下，在有关部门的专家、学者的热情帮助指导下，在广大作者和海岛人民的关心支持下，编书任务才得以圆满地完成。

《多彩的长兴岛》一书，从不同的侧面和角度，展现了长兴岛的概貌和历史的发展轨迹，展现了长兴岛人的那种宽广的胸怀和豪迈的气概，展现了海岛的美丽风光和富有地方特色的风土人情，展现了许多优秀人物的美好心灵和高尚情操。本书共有八个篇章——传奇掠影、逸闻趣事、精彩人生、难忘乡情、育人之歌、海岛风光、美好回忆、诗情画意。你读了之后，对长兴岛有一个比较深刻的了解，了解她的过去，更了解她的现在；了解海岛人的宽广胸怀和顽强拼搏的精神，了解长兴岛的风土人情和特有的美好风光；了解长兴岛丰富的文化资源和许多美妙的传说和故事；了解长兴岛人在中国共产党领导下斗志昂扬、意气风发向前进的那种精神状态。

（作者系曾任长兴人民公社党委副书记）

育人之歌

　　教育是传播文明的摇篮,播种希望的园地。长兴岛的教育,在国家"科教兴国"国策的指引下,得到了飞速的发展。"最漂亮的地方,应该是学校。"这已成为现实。优美的教育环境,一流的教育设施,再加上高素质的师资队伍,正为培养社会主义事业的有用人才不断作出贡献。

　　本篇章中的文章,都是教师们撰写的。深刻地反映了海岛教育的面貌,充分展示了教师们的那种为人师表、爱岗敬业、无私奉献的崇高品质。他们把"追求教师的职业,就是追求崇高;选择教师的职业,就是选择奉献"当作座右铭,在长兴岛的教育史上谱写了绚丽多彩的育人诗篇。

攀登之歌

——献给崇明县长兴中心校百年华诞
（录像片解说词）

蔡德忠　罗永灵　梅湘瀛

序

　　这是一方沃土,流风遗韵,文脉灵秀;这是一方热土,兴师重教,胸怀博大。崇明县长兴中心校就是从这里起航,走过了整整一百年的光辉历程。学校位于长兴岛的中部,创建于1912年。一百年风雨兼程,一百年沧桑巨变,如今,长兴中心校成为岛上一道亮丽的风景。让我们穿越时空,重温那些镌刻在历史记忆深处的感动和辉煌。

攀登之歌——献给崇明县长兴中心校百年华诞

　　滚滚东流的长江水,裹挟着巨量的泥沙,在长江入海口沉淀,淤积成几个荒凉的小岛。一些穷苦的农民,来到长兴,筑堤造田,种粮植棉,寻找生存的空间。

　　凡有人群的地方,总会有教育。1912年秋天,文化人孙思翰在长兴岛办起了第一所小学,名叫"宝山县私立新民小学",她,就是长兴中心校的前身。

风雨兼程　教育情深

　　辛亥革命的风云,"五四"运动的风暴,抗日战争的烽火,共产党领导的革命战争,以及老师忧国忧民的情怀、正义感和激进思想,无不影响着学生,在孩子的心田中燃烧起求真理、盼解放、作主人的强烈愿望。

　　"同学们,落后是要挨打的。因为我们国家穷,所以到处受人欺负。我们要自小树立志气,发奋图强,努力学习科学文化知识,长大后为国家的富强贡献力量。"

　　盼星星,盼月亮,穷人盼来了共产党,长兴人民得解放。

1949年夏天,长兴遭遇特大的水灾,六间校舍全被潮水冲走。长兴区委、区政府马上发动群众,捐资捐物,迅速建起七间教室。充分体现党和政府对教育的重视和关心。

春华秋实 桃李芬芳

新中国成立后,学校焕发了青春。穷人的孩子真正成为学校的主人。学校严格按照国家的教育方针办学,努力把学生培育成为德、智、体全面发展的有社会主义觉悟的劳动者。

到了八九十年代,学校更是注重德育教育,始终把育人放在首位,通过多渠道、多层次、多形式、全方位育人,取得了显著的成绩。1982年被评为宝山县"五讲四美"社会主义精神文明建设先进集体,1993年被评为宝山区文明单位。2004年被评为宝山区四星级行为规范示范校。

在改革开放的年代,学校领导发动教师,制定了校训:勤奋好学、求实创新、文明礼貌、开拓进取。制定了校风:勤奋的学风、严谨的教风、求实的作风、奉献的新风。在学校的发展中起到了奠基作用。

学校坚持师德教育,通过各种有效的途径达到铸师魂之目的。演讲会是师德教育的一个重要抓手,有效地提高了教师的思想素养和职业道德水准,涌现了一大批市、区(县)的优秀教育工作者。

学校十分注重学生德智体的全面发展,体育运动是学校的传统项目,领导重视、制度健全、措施落实、训练有素,每年进行一次运动会、一次冬季迎春比赛。80年代初期,学校体育显露头角,县小学生运动会上中、长跑常获第一;90年代中期,在区小学生冬季迎春长跑比赛中曾获三连冠。1996年荣获上海市中小学体育先进单位称号。

100年间,学校培养了五千多名小学毕业生,他们活跃在各行各业的各条战线上,为祖国的繁荣昌盛作出了贡献。

勇攀高峰 超越梦想

2005年,在三岛联动和建设长兴海洋装备岛的进军声中,长兴中心校跃上了发展的快车道。学校面貌焕然一新,楼舍建筑错落有致,绿化设施美观得体,教育设施设备齐全,办学水平不断提升。学校在发展中不断壮大,如今是上海市小学阶段唯一的一所由中心校和三所分校组成的学校。分校分别是位于长兴岛东部的元沙小学、西部的平安小学和中东部的前卫小学。学生总人数近1 500人、教职工141人。

长兴中心校历经百年风雨,是"自强不息、艰苦奋斗、永不言败"的精神,成就了昔日的发展与光辉。今天,站在这百年之巅,学校年轻的领导班子,以他们敏锐的洞察力和永不懈怠的进取心,不断挑战自我、超越自我,精心培育、提升校园文化精神,赋予校园文化新的时代气息,使之成为学校的精髓、师生的灵魂,铸就今日长兴中心校的卓越风采。

学校请来了三破世界女子登山纪录的我国著名运动员潘多女士,一次次的报告、演讲、座谈,诠释着"在苦字面前不低头,在难字面前不摇头,在死字面前不回头"的攀登精神。

学校将攀登精神作为学校文化的内涵,确立了"以人为本,构建和谐校园"的发展总目标,并提出了"依法治校、以德立校、质量强校、科研兴校、特色活校"的办学新思路。

如今,攀登精神已成为学校文化的鲜明特色,浸润着全校师生的心田,并且渗透到学校的各项工作中。学校承担了国家级的"十一五"科研重点课题"学校文化建设与策略",论文获全国优秀教育科研二等奖。拓展型课程校本教材《勇攀高峰——养成学习好习惯》四册,已供二、四年级使用。学校文化精神的实践、提升和发展,为学校办成"县品牌学校、窗口学校、人民满意学校"提供了不竭的动力。"勇攀高峰,追求和谐"已成为学校的人气、正气、风气。

学校坚持"以师生发展为本、贴近生活,工作务实、形式创新"的人性化管理方式,以极大的人文亲和力、凝聚力,引发师生对学校的归属感,对工作和学习的使命感。全校师生心齐、气顺、劲头足,共同谱写学校和谐发展的新篇章。

为造就一支高素质的干部队伍,几年来,学校坚持实行竞聘上岗,使一批年富力强的骨干教师走上学校领导岗位。他们有理想、有激情、肯吃苦、善创新,有70%以上的行政人员担任毕业班主课,教学质量优异。他们严于律己,坚持做好"三走进"工作。在教职员工中树立了很高的威信,每年的民主测评中群众满意率都在95%以上。他们的辛勤劳动迎来了学校的和谐发展。

学校十分注重师资队伍建设。经过几年的打造,已形成一支以大专、本科学历为主、中级职称以上为主体的骨干教师队伍。随着人才机制的改革,学校自2002年始,相继引进了八十多位本科以上学历的青年教师,为学校的可持续发展引来了源源活水。骨干教师传教引领,青年教师虚心好学、勇于创新,一支结构优化,富有活力的教师队伍在磨砺中形成。学校更是在人力、物力、财力上给教师全方位的悉心呵护,使他们安居乐业,静心为海岛教书育人、建功立业。

学校注重师德建设,用攀登精神塑造教师灵魂,使教师真正做到为人师表,教书育人、无私奉献,近年来涌现出一大批市、县、局级的先进人物。《文汇报》《解放日报》《崇明教育》等报纸杂志介绍了他们的先进事迹。据统计,七年间受到局以上表彰的教师有 38 人次。他们在"树长兴教师新形象、创海岛教育新业绩"的壮丽事业中,不断创造新的辉煌。

体育是学校特色项目,学校从制度、措施、经费等方面严加落实,取得骄人的成绩。学生的手球项目,屡次在市级比赛中荣获冠亚军,田径运动比赛在县里多次获得第一名的好成绩。

本着对社会、对家长、对学生极端负责的精神,学校领导始终把"质量强校"看作是学校的生命线。近几年,教学质量处于崇明县的领先地位。五年级数学两次名列县第一名。在县教育系统年终考核中,学校连续多年获得优秀奖。

在攀登精神指引下,全校师生顽强努力、积极进取、勇于创新,取得了令人瞩目的成绩。曾获得全国优秀科研成果二等奖、华东六省一市数学课堂教学评比一等奖,在县的各项教育教学竞赛中屡创佳绩。学校自 1991 年以来,连续 18 年被评为区、县文明单位,2009 年被评为上海市文明单位,2011 年,被评为上海市文明单位。此外,还获得"上海市教育系统先进集体""上海市安全文明校园""上海市依法治校示范校""上海市规范收费诚心建设学校""崇明县五好党组织""崇明县体育先进学校""崇明县体育传统项目(手球)特色学校"等荣誉。

结束

百年风雨,岁月如歌。长兴中心校在艰难中起步,在曲折中前进,在困境中崛起,在发展中壮大。100 年厚重的校史,是一份喜悦,一种荣耀,更是一份期待,一种责任。当岁月的斑驳已成印痕,历史将继续见证,今天的长兴中心校将在攀登精神的激励下,探索集团式办学的新模式,以"永不懈怠、勇攀高峰"的英雄气概,以"仰望星空、超越梦想"的追求精神,奋发努力、与时俱进,为百年老校续写华彩新篇章,使永恒的教育事业再现时代新风采。

攀登之魂
——长兴小学十年发展回眸
（录像片解说词）

蔡德忠　罗永灵

一所百年老校,历经时代风雨的洗涤,呈现出一派英姿勃发的景象。欧式的建筑,典雅别致的造型,浓郁的文化氛围,一流的办学设施,优美的校园环境,井然的教学秩序,勾勒出一幅现代化学校的美丽图画。这就是崇明县长兴小学,现有教职工 226 人,学生 2 481 人,占地 43 亩,建筑面积 17 000 平方米。

自 2005 年春崇明实行二岛联动后的十年间,学校跃上了飞速发展的快车道,创建了许多辉煌的业绩,获得了诸多的荣誉。学校曾获得上海市依法治校先进集体、上海市行为规范示范校、上海市教委系统先进集体等荣誉。学校连续十年获得崇明县教学工作优秀奖和年度考核优秀奖,崇明县五好党支部,自 2010 年起连续四届被评为上海市文明单位。

十年前,长兴小学还是一所十分普通的农村小学。可是十年间,学校发生了翻天覆地的变化,取得了令人瞩目的成就。这不禁令人发问:是一种什么样的梦想吸引他们去追求、去奋斗? 是一种什么样的精神鼓舞他们去拼搏、去攀登? 是一种什么样的力量激励他们去探索、去超越? 让我们循着长兴小学十年走过的路程,去领略学校领导的艺术,去感受教师追梦的情怀,去展示学校发展的风采。

2005 年春,学校面临着许多困难。当时正遇崇明三岛联动,不少教师对三岛联动的发展新形势认识不足,人心浮动,许多骨干教师纷纷要求调动,想寻找自己的发展空间。随着海岛大中型企业的落户,外地民工的大量涌入,民工子弟求学人数占了极大比例,他们的学习习惯、卫生习惯和家庭教育等不甚理想,再加上流动性大,要全面提高办学质量,谈何容易。学校还带着三所分校,管理上需要花时间、花精力。正在此时,老校长又退休了。一副沉重的担子落在年轻的罗永灵同志身上。

这真可谓他"奉命于危难之际，接任于艰难困苦之中"。他面对困难，没有退缩，怀着改变学校落后面貌的强烈愿望和不辜负长兴父老乡亲的殷切期望，心中勾勒起一幅"长小"发展的灿烂图景。

首先，学校领导班子形成共识，决定把攀登精神确立为学校文化建设的内涵，扎扎实实地落实到学校的各项工作中去。聘请三破世界女子登山纪录的我国著名的登山运动员潘多女士为学校的顾问，她多次来校演讲、座谈、作报告，诠释着"苦字面前不低头，难字面前不摇头，死字面前不回头"的攀登精神。她还为学校题写了含义深刻的"勇攀高峰"四个字，寄托着她的一片深情和殷切期望。领导班子多次学习、开会，解读攀登精神的实质，它是拼搏精神、奉献精神、团队精神、牺牲精神的综合表现，是对梦想的执著追求和顽强不懈的努力。学校首先创设渲染攀登精神的校园环境，烘托气氛；学校开展形式多样、行之有效的演讲活动，把攀登精神熔铸到教师的灵魂中去。学校精心组织力量编写拓展型校本课程教材《勇攀高峰——养成学习好习惯》四册，已供二、四年级学生使用多年，从课程制度上保证了小学生对攀登精神的学习和培育，从而养成良好的学习习惯。学校结合百年华诞庆典，在总结学校办学经验的基础上，创作了校歌——《攀登之歌》，鼓舞全校师生永远奋进。如今，攀登精神已成为学校文化的鲜明特色，浸润着全体师生的心田，人人思进，个个向上，学校不断从胜利走向新的胜利。

其次，学校领导班子站在历史发展的高度和改革开放的前沿，确立了"以人为本，构建和谐校园"的发展总目标，并提出了"依法治校、以德立校、质量强校、科研兴校、特色活校"的办学新思路。充分体现了国家的办学方向和培养新人的时代要求。为实现其目标，从制度建设、评价机制、人文关怀等方面，力求落实到位。经过努力，办学质量跃入县先进行列，毕业班数学质量几度名列全县第一。体育特色手球在全市的比赛中屡获冠亚军。教科研荣获全国教育科研成果二等奖。

学校领导坚持"以人为本"的人性化管理，积极施行"事业留人、待遇留人、感情留人"的策略，把学校创办成师生温馨的家园、生活的乐园、求知的学园。早期引进的外地大学生，在学校空余的楼房里，按照星级宾馆的标准，配备了 12 间房间，生活设施一流。2008 年又争取乡政府的支持，分配了 8 套廉租房。他们安心从教，在岛上建功立业。有的已在岛上结婚，成为名副其实的长兴人。学校领导还经常和教师谈心，鼓励他们为学校"攀登，点亮梦想"增光添彩。十年间，学校先后引进外地大学生 90 名，他们融入海岛，积极进取，快速成长，现已成为一支中坚力量。

学校十分重视团队的建设，各支队伍在攀登中目标一致、齐心协力、拼搏奋进。学校领导以身作则，身先士卒。坚持实行"三走进"，走进课堂、走进群众、走进课本。干部实行竞聘上岗,事业性强、有责任心、群众满意。

学校为培养师德高尚的教师队伍,深入持久地开展"树长兴教师新形象、创海岛教育新佳绩"系列活动,每年都有一个鲜明的主题,十年间从未间断过。为树立身边的榜样,先后评出了"感动长小十大人物""十大攀登之星""教学之星""教学新星""育德之星""最美教师"等。

学校为促进青年教师的迅速成长,实施三大战略:"筑巢引凤"——以真情换真爱;"龙飞凤舞"——锤炼青年教师教学能力;"龙凤呈强"——为他们搭建成长的舞台。

只有勇于攀登的人,才有可能领略世间的旖旎风光。长兴小学十年奋斗,换来累累硕果。2011 年春天,学校荣获上海市文明单位的光荣称号,这是对学校精神文明建设、物质文明建设取得巨大成就的最好注释。2012 年 10 月 20 日,学校高质量、高品位、高水平地举办了百年华诞庆典活动,受到社会各界的高度评价,实现了"真情回眸话百年,携手攀登创未来"的初衷。2013 年 9 月 10 日,在上海市庆祝教师节的活动中,长兴小学作为市普教系统唯一的一个代表,参加在市东方艺术中心举办的"教育点亮梦想"的访谈活动,谈梦想、谈追求、谈奋斗。学校的掌舵人罗永灵同志,因办学业绩显著,2013 年获得上海市教育年度新闻人物提名奖,2014 年被评为崇明县最美教育工作者。这不仅是他的光荣,更是学校全体教职工的光荣。2015 年春,学校又编辑出版了《攀登之歌》十年回眸文集,这是一座长兴小学发展史上光彩夺目的里程碑。

战斗正酣未有穷期。长兴小学的领导和教师们决不沉湎于小小的胜利之中,他们朝气蓬勃、斗志昂扬地奔向未来,肩负着历史的使命,担负起育人的重任,决心在攀登精神的指引下,续写学校发展新篇章,唱响"攀登之歌"新辉煌!

薪火相传自辉煌

黄玉昌

　　岁月葱茏，总能在回眸间，俯拾一串串的往事写意于内心深处。

　　亦如那江畔的芦苇，日日驻足与凝盼，看定脚下的潮涨潮落，伸展着苇叶与之迎合起舞，直至飘零。我惊讶于这份天地之间的守恒律动，也为之于生命的轮回中那份淡定与从容所折服。

　　这平静的岁月长河中，谁又能，舒展长袖随风舞？

　　和他的交集并不算多。只是在中心校的每一天都能远远地见到他的身影。印象中，他每天都如此风风火火般忙碌着。去食堂的路上，他能低着头，一路沉思着从你身旁经过；开会的时候，他能托着腮，凝神好长一会而身影不动，若轮到他开讲，则一定是字字句句直入你的心底。他能静下自己的思想，也能成为一群人的中心，在口若悬河地演讲他的观点和见解。

　　我在中心校工作了17年，他做了17年的副校长，也做了我们这般年轻教师17年的业务楷模。他就是施兴老师。

　　那一天，去二楼的办公室向同事取一点资料。推开门的刹那，不觉愣住了。整个办公室的老师都静坐在座位上，眼神游离在各自的方向，而神情之间，却又绝对无比专注着。

　　他们如此虔诚的聆听姿态引起了我的好奇。静下心来，斜对面教室里，正传来他上英语课的声音：时而激昂，时而顿挫，时而热烈，如狂奔的野马飞驰在辽阔的原野，似倾斜的山泉摔落在深峡的山谷。不由得，我也深深为之吸引。这种上课的方式和激情莫非就是传说中的"李阳疯狂英语"？此刻，在他引领之下，整个教室里的孩子或读，或答，或争论，早已沸腾开来。

　　若非亲眼所见，亲耳所闻，你又怎能想象他如此壮观的一面！又怎能想象，几十年的相厮相守,与这所校园、与这份工作,他始终没有退却的热情! 他如同江畔那一株会思想的芦苇一般,静看长兴小学风起云落。

我想,那的确是一种坚守,一种来自人格深处的坚守。也只有怀揣这一份执着的坚守,才会永驻这一份虔诚的热情。谁能舒展长袖随风舞,一定是他!

踏着九月的阳光,我来到了前卫分校。

这所传奇已久的学校,无处不在印证我的慕名缘由。干净齐整的校园校舍,凝聚热情的师生氛围,别致新颖的各种布置,都浸透出另一种温馨的、含蓄的校园文化。

幽处不乏胜景。校园的南墙边,随意地立着几处香樟,星星点点的小黄花点缀于枝头,高低错落,隐没在苍枝翠叶之间。不显张扬,却又独自散播着芬芳。与其身旁灌木丛下盛开着的野菊花相互呼应,缀饰着整座校园。

这份淡雅与朴素,时常感动着我这样一个新来乍到之人,以至于我在晨间黄昏之时,在迎来告别之际,都要与它遥相守望半歇。

数周过往,我不再仅仅感动于它,我更感动于与它远远对望的,从那间教室里透出的一抹灯光。每一天,那一刻,它都会准时地亮起,于四周静谧的夜色中,独显一份甜蜜的温暖。亦如江畔的渔舟晚唱般诗意契合,也如阑珊夜色中渐启的明星,照亮了我的心头。

灯光下,讲台边,一人端坐,俯身、批改、讲解;灯光下,讲台边,几个孩子,订正、排队、交作业。窗户旁,一群家长静静地望着屋内;过道上,我感动地看着他们。

每一天的晚上,我都感动于这幅画面。画面中央,邢忠老师都在为身边这群一年级的孩子讲解数学。他每一句轻柔的话语,每一个细微的动作,每一个温婉的表情,都如那盏明亮的灯光一般,注入了每一个从我身旁走过的年轻教师的心里。我不知道,他是怎样驱赶一群抽象的数字,如跳舞般进入这些幼学稚子的心田,然后生根、发芽,长出无数盛开着的花朵。

谁展长袖随风舞? 我分明看到了他眼眸中一丝柔和的光芒。那是只属于坚定的中年汉子独有的光芒,朴实、含蓄中自然地融合一种成熟、稳重的光芒,比之灯光让人更踏实、更温暖,更有生命的活力。亦如淡雅素洁的香樟花,于这寂静的夜色中感动着周围无数的人。

在瀛升的酒桌上,我再一次见到了邢忠老师,以及在他身后的蔡雨萍老师。作为学校领导,他正在给小蔡老师分析前不久赛课失利的原因:没有掌握借班教学的学情,还缺一些高年级控堂能力……不过瑕不掩瑜,都感觉你的教学思路清晰,对文本的处理也可圈可点……

　　小蔡认真地聆听着,不时地点着头。脸上丝毫不见折戟归来的沮丧,反倒是笑容灿烂一片:这次比赛,我从各位前辈身上学到了不少,对那位"木雕少年"的人物形象挖掘得还不够深入,不过,我觉得我的收获蛮大的……

　　张开的笑脸上,嵌着一对浅浅的酒窝。那是一张年轻的、有无限活力、充满青春靓丽的脸,那份绽开的笑容不染一丝尘俗。是对未来充满希冀,是对生活、对工作的乐观开怀,抑或兼而有之?

　　不知怎地,如此纯净的笑容,不得不让我想起婷婷、佳佳、晶晶、秦秦……那一张张盛开的笑脸不正如一丛丛盛开的野菊花那般灿烂自信!

　　帕斯卡尔说:人不过是一根苇草,是自然界最脆弱的东西,但他是一根能思想的苇草。的确,在岁月的江海之畔,人确实如一根苇草般渺小。但无数根有思想的苇草,薪火相传,又怎不能展现一片浩荡宽广的生命绿色!

　　在改革腾飞的长兴校园春天里,谁能舒展长袖随风舞?是一代又一代的"长小"人!因为一份执着、一份朴素踏实、一份乐观自信,他们必将创造并迎来属于他们的辉煌!

在"特别"中历练，在"特别"中成长

肖　霞

　　大学时，我的一位教师朋友曾对我说过一句话——"做老师，千万不要做班主任，因为它真的很特别。"2008 年 9 月，带着对这句话的困惑，我走进了家乡的一所学校——欧阳修小学，做了一名语文老师、班主任。

　　在一次作文课上，我让学生以"我爱我家"为话题完成一篇 400 字作文。话题一抛出，学生立刻陷入沉思。五分钟后，开始交流了，课堂一下子沸腾起来，学生们都举起了小手。这时，一只右手颤巍巍地举了起来。"官珍珍，你来说说吧！"我心中窃喜，这可是我们班最不爱发言的女孩了，今天居然举手发言，等会她说完我一定要好好表扬表扬她。

　　"我是被爸爸妈妈丢弃的孩子，他们把我送给了别人，只有在过年的时候才可能来看我一次，我很想念他们……"官珍珍话说到这里时，话语哽咽，泪湿眼眶，头埋得很低很低。此刻，整个教室里瞬间安静下来，似乎能清晰地感受到每一个孩子的呼吸声。我走到官珍珍的身边，摸着她的头，安慰她说："孩子，不要难过。你的爸爸妈妈肯定是有不得已的苦衷才会这样做的。"

　　"不，不是的。他们是嫌弃我，嫌弃我和别人不一样！"

　　我心中一愣，不解道："怎么会呢？你是一个多么可爱，漂亮的小姑娘呀！"

　　官珍珍摇摇头，慢慢地抬起她的左手。"老师，您现在还觉得我漂亮吗？"

　　"她六根手指呢！""嗯，我看到过。""怪不得她总是不和我们一起玩。"同学间传出轻微的讨论声，有些孩子还偷偷擦拭着眼角。此刻的我也震惊了，我从来没有遇到过这种事情。那一刻，时间仿佛定格，我不知所措，真不知道该如何应对这突发的状况。我像一个犯了错的孩子，努力想要去弥补些什么。可是，面对满眼泪水的官珍珍，我却一句话也说不出来。

　　我不知道自己是怎样结束的这一堂课,我回到办公室,满脑子都是那只特别的手,满心的懊悔。此时的我对官珍珍有的不仅仅是同情,更多的是愧疚。

　　作为一名教育工作者,我也许尽心做到了"传道授业",可是作为班主任,我又做到了什么呢? 我深刻反思着自己的行为,如果在当初接班时对她多一些了解;如果发现她不爱说话,性格内向时能去她的家中看看,了解她的家庭状况;如果平时课余时间多和她谈谈心……作为班主任,只要我多一点留心、用心,也不至于我快一个学期了,才发现她的"特别"。当她伤心难过,想念爸爸妈妈的时候,我能给她一个拥抱,做她的倾听者,也许能让她冰凉的心得到一丝的温暖。

　　官珍珍的事情发生后,我才深刻地体会到那位教师朋友所说的那句话的深刻含义。班主任工作真的很特别,它活跃在教育一线,零距离接触形形色色的孩子,这份"特别"让我感受到班主任工作不易,也让我对这份工作更多了一份小心翼翼。

　　2014 年,我来到了崇明县平安小学,成了一名一年级的班主任。为了让自己更快地记住这群天真可爱的孩子,第一次见面,放弃了点名制的一贯做法,要求孩子到我身边进行问答和互动,一切进行得十分顺利……

　　"你叫什么名字?"

　　"我叫×××。"一个低落、模糊不清的声音传入我的耳中。

　　"叫什么? 大声点,老师没有听清楚。"我有些不悦地再次大声询问。

　　"×××。"虽然这次的声音提高了一个分贝,但还是那样的模糊不清,明显不自信了许多。

　　我停下手中的笔,缓缓抬起头,想要看清是怎样一个孩子,都上一年级了,还说不清自己的名字。一张清瘦的脸映入我的眼帘,紧闭着双唇,右手的手指不停地揉搓着衣角。啊! 等等,这个孩子怎么啦? 左眼怎么不太对劲,明显比右眼小了一圈,眼眶中看不到一丝黑色,更没有半点光芒。看着这个孩子,那一刹那,管珍珍举着左手的画面突然在我脑海中浮现。"难道是上天让我来弥补以前的过错?"我的心中暗自道。刚才心中的那一丝不悦瞬间消失不见。我努力让自己平静下来,小心翼翼地对孩子说:"对不起,老师刚才太忙,没有专心听你的回答。很抱歉,你能再告诉老师,你的名字吗? 我想记住你。"

　　孩子的嘴唇微张,声音比刚才再次提高了好几个分贝。"老师,我叫×××。"我根据孩子的发音,努力地在班级学生名单中搜寻发音相似的名字:三个字、第二个字好像是"人"……几番筛选确认后,"窦仁豪"三个字映入我的眼帘,我像发现新大陆似的兴奋道:"你叫窦仁豪。"

　　孩子嘴角上扬,右眼中闪烁着光芒说道:"是!"那发音不太标准的声音却显得如此坚定。我知道，我的一个眼神，一个微笑，让孩子放下了戒备，感受到了老师的关爱。我郑重地对他说："嗯，你的名字真好听，老师记住你了。请找个空位坐下。"

课后，我赶紧找到孩子的妈妈，想要更多地了解这位特别的孩子。仁豪妈妈眼含泪水地向我诉说起来："窦仁豪左眼天生没有眼珠，因此也完全没有视力，而且从小说话不清。可是去很多医院检查过，医生说孩子声带没有问题，找不到他语言问题的原因。因为他的这些身体缺陷，从小到大身边很多孩子看到他这个样子都不愿意和他玩，甚至嘲笑他，他从小就很自卑，不爱说话……"送走了妈妈，我对孩子充满了同情，更想着怎样能更全面地照顾到他。

从那天起，我对仁豪关注更多：他视力不够好，我将他的座位往前调，让他更清楚地看到黑板；打扫卫生不方便，我特意安排他做最轻松的活；担心他因为语言缺陷不敢发言，特意课堂中鼓励他积极发言，并且大力表扬他的勇敢；每学期的视力检查中，我会提前偷偷告诉医生他的"特别"；担心在班级里孩子们会疏远他、嘲笑他，我在班级里安排"互帮互助""尊重他人""和睦共处"的主题教育课……

尽管我做了很多，尽可能地去保护他，可是，自己还是疏忽了……

那是新学期的第一次全校性的消防演练，警报声一响，孩子们按照疏散路线有序向操场跑去。几分钟后，我仔细检查每一位孩子，很好。都安全撤离。咦！窦仁豪呢？我发了疯似的沿着撤退路线寻找他，拐弯处，一个熟悉的身影出现了，孩子一瘸一拐地朝我走来，新校裤的膝盖上破了一个大洞，洞口周围被鲜血染红。我赶紧掏出纸巾帮他擦拭伤口，扶着他往医务室走去。从他断断续续的叙述中我了解到，原来刚才疏散时他太着急了，没有看到台阶，一下子踩空了……来到保健室，医生给他进行止血消毒。然而整个过程，我发现孩子没有落下一滴眼泪，对于一个六岁的孩子，他的坚强让我吃惊。

我蹲下身，关切地问他："怎么样？疼不疼！"

他微微地点点头，淡淡地说："一点点。"

"可是老师发现你没有哭哦！你真棒！要不以后的安全演练你就不要参加了，万一又受伤怎么办？"

他抬起头，坚定地告诉我："不，我要和同学一样参加，我是男子汉，我不怕受伤。"那一刻我给了他一个深深的拥抱。

是呀！他在努力成为和其他孩子一样的人，他不希望别人对他特别对待，我应该尊重孩子的选择，并且帮助他尽快适应校园生活。于是，在接下来的每月一次的安全演练中，我都特别留意他，悄悄地跟在他的身后，尽可能地去保护他，万一出现问题时我希望自己能第一时间出现在他身边，去安慰他、搀扶他、照顾他。非常幸运,他再也没有出现摔倒现象。

那次的社会实践,把我们俩的心,拉得更近了:

2015 年 4 月,孩子们最期待的社会实践要来啦! 那天,天阴沉沉的,虽然凉风习习,但这丝毫没有影响孩子们激动兴奋的心情。孩子们像一只只快乐的小鸟,在教学楼下排好队等待着大巴。在巡查时我发现窦仁豪右手拎着书包,也许是今天准备的食物太重了,孩子时而拽着书包向上提拉,时而双手捧在怀里,时而放在地面上甩甩双臂……我赶紧上前询问情况,孩子心情低落地说:"老师,我的书包背带断了。"这可如何是好? 总不能让孩子这一天就拎着这么重的书包参加活动吧! 想让孩子妈妈再送一个过来,可是马上就要出发了,时间根本不允许;想要给背带打个结,无奈带子太短。正当我心急如焚之时,同事给我提了个醒:"不知道后勤阿姨那里有没有针线?"

我一边把书包送回窦仁豪怀里,一边说:"赶紧先上车,在车上等我。"车子发动那一刻,我跳上了车,来到他身边,拿起书包,一针一线地缝补起来。

"来,试试看!"孩子接过书包,嗯,很结实! 我满意地坐下来。

一个半小时的车程,我和他聊了很多,最近学习有什么困难吗? 在班级里有没有好朋友? 你的理想是什么? 那是他入学以来,和我说话最多的一次。社会实践结束后,我让孩子们回家用几句话写一篇日记,记录今天印象最深刻的一件事或一个画面。

第二天,我翻开了窦仁豪的日记本,他写道:"今天,是我最开心的一天。肖老师像妈妈一样帮我缝书包,还和我聊天。肖老师是我遇到的最好的老师。谢谢您,肖老师!"虽然只有简简单单几句话,满满的拼音,我却泪湿眼眶。

在我的精心呵护下,我发现孩子变了:他变得开朗了,每次见到我都会笑着和我打招呼,用不太清晰的却十分有力的语气说"肖老师好"! 他爱交朋友了,课间总能看到他和孩子们一起做游戏,一起画画,甚至还能帮助有困难的同学呢! 他爱发言了,课堂中总能看到他高举的小手,表达越来越清晰;更让我惊喜的是在期末的检测中,他成绩名列前茅,获得了我们班"学习达人"的称号。

转眼间,两年过去了。回忆起这两年与他的点点滴滴,一切的辛酸在这张幸福的笑脸面前都是那么地不值一提。两段工作经历,两个特别的孩子,让我在这"特别"中历练,在"特别"中成长,成长为一名更合格,更有爱的班主任。当我告诉朋友要把这些故事分享出来时,她满脸同情地对我说:"天哪! 你咋碰到的都是一些残疾的孩子,你都可以去特殊学校了。"我笑而不语。因为只有我自己知道,他们不特殊,只是和其他孩子相比,有一点点的"特别"而已。孩子,上帝为你关上一扇门的同时,定会为你打开一扇窗,老师希望,我就是那扇窗……

2016 年 8 月 31 日,一位转学生蹒跚地走进我的教室,他是一位脑瘫患儿! 特别的故事还在继续,我在"特别"之路上继续历练、成长……

挥洒汗水静心耕耘
倾注心血潜心育人

——记上海市教书育人楷模孙志琴

茅兴昌

　　2016 年 9 月 26 日,长兴小学隆重举办道德讲堂。聆听施兴与刘海红两位校领导感人事迹后,与会者又陶醉在孙志琴老师教书育人的小故事中。深受感动的青年教师纷纷表示要发扬光大,为学生成长、学校发展奉献青春年华。教育局党委、区委宣传部领导高度评价长兴小学弘扬身边楷模精神的举措,充分肯定道德模范见贤思齐、崇德向善的榜样力量。普通教师的凡人善举,怎么有如此强的震撼力、感染力、穿透力?

　　她平凡,可散发着高贵的人格魅力;她普通,却折射出高尚的道德情操;她简单,但彰显着高山景行的师德风范……

　　2015 年 9 月,长兴小学五(4)班还是个令人头大的问题班,数学科更是垫底。翌年 6 月县毕业考,该班一跃而为全县一百多个平行班的第四名。短短一年是怎么破茧成蝶,不经意间超越包括城堡两地老牌名校优秀班在内的众多遥遥领先者?

　　其实,如此华丽转身对任教老师孙志琴来说并非鲜见。不说教育生涯中屡屡上演的一幕幕"逆袭",只说十多年来每年"承包"这所集团化学校几乎最差劲毕业班数学教学,亲友每年都为她提心吊胆捏把汗:体弱多病优秀资深教师的一世英名会不会坏在这又一个积重难返班? 可一年后经全县统一检测水落石出:她的班总变魔术似神奇地绝地反击,由"副班长"当仁不让一跃而为排头兵。更使人赞叹的是孩子们的精神面貌、行为习惯等脱胎换骨。是什么灵丹妙药,使孙志琴每年六月都精彩演绎惊鸿一瞥的传奇神话？

　　被罗永灵校长冠以"超女"雅称的孙志琴，从教三十多年如一日，以坚定的理想信念、高尚的道德情操、良好的师德风范、扎实的学识素养、博大的仁爱之心，在平凡岗位默默耕耘。爱生如子的她始终铭记着教师的责任与使命，把关爱每位学生视为天职。学校外来务工人员子女多，学业基础差的调皮鬼多，本着不让一个学生掉队的坚定信念，坚持面向全体助推全面发展，对学困生不放弃，对家贫生不遗弃，对行偏生不嫌弃，一个个用心交流、用情沟通、用爱感染，思想教育、行规训练、家教指导、班集体建设等多管齐下使懵懂的孩子逐渐领悟知识改变命运、读书成就未来，一点一滴地激发兴趣、端正态度、点亮梦想。

　　思想教育也不是万能的，没有规矩不成方圆。孙志琴并不完全是和稀泥的好好先生，爱而有度、严而有格是她的教育艺术，宽严相济才能使要小聪明动歪脑筋的也心悦诚服地收敛并改弦更张。如对个别不思进取、作业不做并常说"忘"在家的，孙老师"一而再"后不会眼开眼闭听之任之"再而三"，而是通过请家长将"遗忘"在家的作业送到校等，使偷懒加说谎的因拗不过老师的认真劲而只好回心转意改邪归正，使无论起点怎样低下、基础如何薄弱的都较快地旧貌换新颜。

　　为使学生增强集体观念实现群体提升，孙志琴注重建班育人打造优秀班集体，用良好舆论氛围成风化人。为使面广量大的后进生共同"脱贫致富"，她倡导"一帮一"活动。可个别成绩较好的为怕拖累自己而不太乐意，孙老师就耐心启发鼓励，摆事实讲道理使他们渐渐感受到在提高同学的过程中既能更牢固掌握知识，还能锻炼多方面能力，利人利己一举多得。于是，争先恐后积极投入，比学赶帮中抱团取暖、水涨船高，班级风貌日渐改观。孙志琴深有感触，个人力量总有限，一旦把学生聪明、才智和热情激发出来，就集体智慧能胜天。

　　随着海洋装备岛的崛起，长兴岛导入人口剧增，务工人员大多文化程度低下、家庭经济拮据、家教意识淡薄，家庭教育指导势在必行。孙志琴就义不容辞地两代教育齐抓共管。无心向学的强强暴躁倔强，稍不顺眼就拳脚相向，同学们唯恐避之不及。孙老师一接班发现端倪就上门走访，原来根子在家庭：调皮的孩子一旦犯错简单粗暴的父亲非骂即打，久而久之条件反射：孩子皮肉受苦后有样学样"现炒现卖"向同学"转嫁"……孙老师找到症结就对症下药：多次家访倾心交谈使信奉"拳头底下出孝子"的其父明白自己不良行为潜移默化中形成孩子思维定式和与人交往模式，下决心改掉家暴恶习。在堵截不良模板的同时，孙老师常找孩子谈心，引导其由"切肤之痛"将心比心，轻声细语中春风化雨；还舍得用放大镜捕捉闪光点，抓住契机大力表扬并及时向家长通报孩子点滴进步……精诚所至金石为开。一个个暖心举措让强强感受到老师的真情关爱与大家庭的温暖,与人为善、和睦相处等在心田潜滋暗长,犟头倔脑的逐渐依头顺脑,变我行我素为循规蹈矩,还被评为行为规范示范员。家长常对人说:以前最厌烦老师电话最怕老师家访或被请到校,现在最希望孙老师来电话聊聊来家里坐坐。绵绵师爱感化着顽皮生,温暖着两代人。

师生同甘共苦、家校和衷共济方能攻坚克难。孙志琴一直践行"爱的教育",苦口婆心使顽劣的学生渐渐地走上正道大步向前。因忙于打工疏于管教的家长宠溺,小朱怕苦畏难不求上进而红灯高挂。孙老师可惜又着急,主动和家长沟通但被告知常加班没时间精力管。一腔热情被冷水当头浇,但孙老师"变本加厉":放学前叮咛、暖心话鼓励、个别化帮教、完成后奖励……温馨的"组合拳"下小朱渐渐明白学习意义也逐渐感到数学其实并不难学。孙老师又特地安排他负责收作业等,使"精力过剩"的他激发责任感调动积极性增强自觉性。当上升途中出现反复时,孙老师自我告诫孩子成长并非一帆风顺、习惯养成不会一蹴而就,"反弹"可属正常。于是,没有一味批评而是语重心长开导引导,深受感动的小朱情不自禁流下了悔恨的泪,渐渐"固化"再也没有"三番四复"走回头路。

孙志琴就是这样把教书育人当作塑造心灵的高尚职业,把转化后进生作为雕琢艺术品,以浓浓爱心融化顽石并一步步引领着向善向学向上,以倾情付出满足学生所需、家长所求、领导所托,为父老乡亲及农民工子女的人生填上斑斓色彩:

> 用绿叶情怀演绎温馨课堂,用无私奉献诠释教师本色,用清澈心泉润泽纯洁心灵,用高尚师德感染家长师生,用辛勤汗水采撷金秋硕果……

毕业班成绩通常是检验教育教学成效的试金石,重要关口由重量级人士把守理所当然。集团化学校的平行班总有高低首末,孙志琴渐成肩负应届薄弱毕业班数学科"扭亏为盈"重任的不二首选。

连奏凯歌后理所当然该缓口气歇一歇了,学校领导也实在不忍心把在平行班末位轮流坐庄的新一届两个班翻身仗的重担再压在羸弱的她肩上。可孙志琴想学生所想、急家长与学校所急,主动向进退两难的领导请缨,还振振有词:这是最后一届使用老教材,以后想教也教不到了。

虽对争取而来的两个班知根知底,但摸底测试还是使她瞠目结舌:61个学生中不及格就过半。短短一年如何交出一份满意答卷? 殚精竭虑、夙兴夜寐导致心力交瘁、面容憔悴……可当她走进教室站上讲台面对纯真的学生,总是笑语盈盈、春风阵阵。她告诫自己,不能退却不能放弃,要竭尽心力引导学生知难而进、迎头赶上，而饱满的精神才能诱发高昂的斗志……在师生共同努力下终于如愿以偿：两个垫底班双双唱响翻身道情，携手名列前茅。当然，比佳绩更喜人的是为孩子们进初中乃至整个人生打下扎实的品行、习惯等基础。

无独有偶。不，或许是更有甚者：春节前夕，领导突然要求连教毕业班后终于上低年级"喘口气"的孙志琴下学期到凤凰校区"救急救难"——那里的两个毕业班数学因故欠债累累举步维艰，亟须老将出马火线支援。多次迎难而上越是艰险越向前的她，这一次不免犹豫纠结：多年累积的差距一年补回尚且分秒必争十分够呛，一个学期要使两个垫底班显著改观提升谈何容易？"亚历山大"但从没拈轻怕重、挑肥拣瘦先例的她，顾不得爱人对她健康等的担忧，顾不得很有可能的"翻船""倒牌子"的危险，顾不得任何后顾之忧，在一双双疑惑、担忧目光中再次把个人成败得失置之度外，义无反顾地走马上任……

一学期转瞬即逝，临危受命后有否力挽狂澜？毕业检测结果使人大跌眼镜：两个如此"不堪一击"的"不堪回首"班，居然双双起死回生跃入全县前十。虽然学年末孙志琴班大步赶超遥遥领先习以为常，但百来天就把两个最底层班同时"托举"到闻所未闻的高度，能不称神乎其神？匪夷所思的咸鱼翻身令多少人目瞪口呆：难以相信甚至不敢想象的佳绩竟然实实在在降临。

令人目眩的花环由荆棘编成。人们在叹服知人善任的校长好钢用在刀刃上的同时，真想不到这个孙老师除了火热的情怀、拼命三郎的干劲、点铁成金的金手指，莫非真的有本家前辈的如意金箍棒在手——要不然何以创造如此奇迹？可知情者记得最清楚的是：永不言败、勇于争先的她，在这寸金寸光阴的四个月哪一天不是早出晚归、争分夺秒？哪一晚不是冥思苦想、辗转反侧？哪一堂课不是精心准备、精彩演绎？哪一次作业不是用心设计、潜心批改？哪一位学生没享受到知冷知热、嘘寒问暖？哪一个"问题生"家没"三顾茅庐"、促膝交谈？哪一日不是腰酸背痛、口干舌燥仍在不遗余力地循循善诱、谆谆教诲？

舞台上闪亮一瞬背后必有无数艰辛的脚步。长兴岛凤凰镇街头一个个不可思议的凤凰涅槃，是以创先争优为不懈追求的孙志琴在科学发展观引领下苦干加巧干的心智凝成！正是如履薄冰的她深知时不我待更需想方设法凝心聚力，使师生家长捏成拳抱成团共绘同心圆，演绎了一个个化腐朽为神奇的经典。爱拼才会赢，不一样就是不一样；不搏不精彩，校长冠名的"超女"从此传开。

孜孜不倦、乐此不疲。孙志琴对事业忠心、对工作尽心、对同事热心、对家长耐心、对学生更关心，敞开爱的大门温暖稚嫩的心。那尊重、理解、宽容和坦诚赢得了所有学生的心，被感化的渴望爱又懂得爱的孩子们知恩图报，以勤奋好学、尊师守纪等使辛勤耕耘的恩师吐尽芬芳、拥抱灿烂。或许一个数据就可窥斑见豹：全县每年一百多个小学毕业班,十多年来她那生源不佳的一个个薄弱班全都名列前茅且有三个是第一名——如此"习惯成自然",能不使人唏嘘、赞叹? "超女"美名,名不虚传!

犹如春雨,滴滴甘露滋润心田;好像春日,缕缕暖阳普照心房;恰似春风,阵阵和煦惠风抚摸大地吹醒万物催得百花绽放……

众所周知:"问题生"多寡与班集体优劣密不可分。孙志琴明白抓差补缺使学困生转化是薄弱班脱胎换骨的必由之路,矢志不渝地拖着拉着推着拽着赶着一个个后进生披荆斩棘奋力向前的故事一抓一大把。

新学期第一堂课,那"火眼金睛"就发现这个成绩低得可怜的学生常眼光飘忽、神思恍惚。职业的敏感性使她明白:无风不起浪,事出必有因。那心绪不宁、坐立不安后面总有缘由,就及时寻踪探迹。原来该小茅同学是四年级时从外地转过来的,教材版本的差异等导致有很多知识点是脱节的空白的,缺漏多多基础太差成绩太低受尽冷眼而造成担惊受怕抬不起头……事态严重,事不宜迟。孙老师就以多年历练中磨砺的极大耐心,从零起步从头开始慢慢梳理,帮其逐一建立知识结构、建构知识网络。浇树要浇根、帮人要帮心,她一回回开导、一次次鼓励、一番番赞许,点滴进步都舍得小题大做……心病心药医是成功之本。一个个前所未有的被关爱被包容被夸赞的温馨体验,让本来"水深火热"中死猪不怕开水烫的渐渐找回了自信心,开始喜欢起数学来,兴趣日渐浓厚,成绩节节攀升,不经意间从二三十分跨越及格线后大步挺进七八十分行列,毕业考居然为 92 分。小茅们平步青云让师生感受到了付出的收获学习的快乐。

孙志琴犹如一名花匠,以爱心呵护每一株蓓蕾;又如一支火苗,用热心点燃孩子们心灵之火。对有畏难情绪的学困生通过一些浅显易懂的问题提供发言交流或上黑板做题等机会,点滴进步都给予表扬,使他们逐步消除"脑子笨"等潜意识,树立自信心,激发内驱力、产生成功感。那个小倪进入五年级可 26 个英文字母仍背不全,三门总分只有五十多。基础太差与无心向学导致上课心不在焉,家庭作业不做其实也无法做,课堂作业只做最基本题还是盲人摸象张冠李戴差错百出;医院"多动症"的结论使父母十分伤心也失去了信心耐心。可孙老师始终不离不弃还给予更多关爱,课堂上最简单的提问为他私人订制并不断鼓励……渐渐地被一个个暖心细节击中的小倪由喜欢孙老师而喜欢上数学,小动作减少了注意力集中了,下课总爱往办公室跑和孙老师聊,放学后主动到老师处要求补。一旦排除了障碍进入上升通道尝到甜头就一发不可收，主动缠着老师讨题目做，七八十分也开始与他攀亲结缘了，毕业考竟也为天方夜谭般的九字头，前所未有但势所必然。孩子立下"军令状"：进了中学定会好马不吃回头草而且开弓没有回头箭……是无私而真挚的爱，使灰心失望的孩子重新振作，扬起了奋进的风帆。

孙志琴长年累月见缝插针义务补习，蚂蚁搬山似的助一个个"千疮百孔"的学生一点点补缺漏填窟窿。肖老师透出一个小秘密：某个午间偶尔听到一间不引人注目小屋里传出师生交流声，好奇地走近才知是孙老师在热情耐心地为学困生辅导。这间"神秘小屋"似乎透露了孙志琴屡屡化腐朽为神奇的一大秘籍——并不是有天赋异禀神力，而是事业心责任感驱使下锲而不舍的俯首耕耘。难怪那个王老师感慨：曾有幸与孙老师同处一室，但她似乎缺失宅在办公室的坐性——课间常泡在学生中谈笑风生；午间、傍晚总与学困生携手并肩砥砺前行。非同寻常的"小灶"使消化、吸收功能紊乱的学生也品尝到菜根香而体能智能学业与日俱增。有时，津津有味的师生沉浸之中、陶醉其间而"小灶"开得晚，公交车脱班只得徒步回家。孙志琴无怨无悔还自我夸耀有意外惊喜：万家灯火风景美心情爽，披星戴月回家路上顺便家访更容易，和家长交谈一番后回到家泡包方便面使辘辘饥肠不再唱空城计就又开始筹划明天了……她说：省下交通费又锻炼了身体，还融洽和学生、家长情感，一举数得附加值多，何乐而不为？

孙志琴坚信平凡的岗位一样可以成就辉煌，一样可以让生命焕发异彩。勤于察言观色、善于寻根问底的她对每个学生了如指掌，从而因材施教、因势利导。日积月累中摸索出的成功之道多多，坚持面批中有的放矢点拨辅导是其中之一。谁都知道面批的时间精力无疑会成倍增加，劳民伤财、得不偿失也有可能。可她的见解别出机杼：面批看似少慢差费，实际上更加知生善"教"而短时高效。因为把教学与教育、知识与智力、解题与解惑等有机结合，特别是哪怕微不足道的进步也得到当面鼓励表扬，就能有效消解畏难情绪、激发学习兴趣、开发多元智能、产生喜爱之情，特别是有利于构建良好师生关系、密切师生情感。学生一旦亲其师信其道，就会产生不可估量的能量。

孙志琴深有感触：世上真的没有教不会的学生，教师的爱才是举足轻重的。她在十多年坚守的毕业班不变岗位不断演绎着不变的爱心：一视同仁并对后进生倾注全部心血关爱有加，开小灶补缺漏实现全员堂堂清、日日清，使"金凤凰""丑小鸭"都在温暖大家庭里引吭高歌出美妙乐章——功夫不负苦心人！

在这块希望的热土上，用汗水挥洒青春，用热血演绎激情；在平淡中追求卓越、在寻常中呈现教育真谛、在关爱中让生命充实而张扬……

　　或许难以置信：在长兴教育沃土上辛勤耕耘中荣膺县十佳教学之星、三岛七千多教师中第二个市教书育人楷模的孙志琴，起点仅是半路出家的初中生。可想而知屡获殊荣必须加倍付出。丰厚积淀、深厚底蕴，离不开如饥似渴的好学勤钻研。同仁们赞叹："超女"勤于学习、精于业务、勇于探究才为乐于奉献打下坚实的底。艺无止境，学海无涯。多年勤学不倦使孙志琴的教育教学自有风格、自成一家，可轻车熟路游刃有余的她仍像初出茅庐的一样不断自我施压充电，临近退休依然精细琢磨、精心备课，学以致用把新理念新思路新方法应用于实践，以严谨而不失幽默积极营造平等和谐轻松活泼氛围，个人或团队小竞赛等变枯燥乏味为生动有趣，成功的情感体验下孩子们兴趣盎然、事半功倍。而她自身从洼地攀上高峰的壮举与一个个垫底班后来者居上的奇迹同频共振，如此相得益彰、齐头并进的佳话不可思议但感人至深。

　　当然，天上不掉馅饼，一个个"神话"是要花费代价的：孙志琴倾心尽力使得父老乡亲及农民工的子女获得感多多幸福感满满。彼长此消，为师的她多年一贯全身心投入、超负荷劳作而身体疲惫健康透支，此病那症相继侵袭；长期绷紧的弦使得常彻夜难眠，喉咙水肿疼痛难以发声，但她坚守岗位不下火线还从不愁眉苦脸、叫苦喊累。那天刚下课她突然昏倒在讲台旁人事不省，学生见状大呼小叫找来老师，同事把她送进医院，医生说幸亏及时，要不不堪设想。但想不到吊完盐水她竟不顾医生劝阻，归心似箭坚持回学校。她说，我已同学生和家长说好，放学后继续补习；孩子的积极性很高，我要趁热打铁而不能轻易停下……

　　说身体是革命的本钱也好，说健康是工作的基础也罢，反正，在三尺讲台书写了一个个"神奇"的数学名教师心头的天平上就是学生利益高于一切，精打细算的是学生的健康快乐成长而不是自身"本钱"的多寡。每天踏着悦耳的上课铃走进教室站上讲堂，总是神采飞扬。她说：教师有精有神才能使学生聚精会神；确保35分钟课堂效率才能减负增效。平实话语彰显高尚情怀！学生感受到看得见摸得着的真挚师爱，体会到被爱之乐就学着去播爱施爱，体悟到老师是真正为自己好而爱上了老师及老师上的课，师生关系由警察与小偷变为唇齿相依、鱼水情深，学习态度等发生喜人的质变，往往第一学期趋稳止损上升，第二学期反弹并飙升。爱满天下才换来桃李芬芳。

　　对学生关怀备至当牛做马心甘情愿的孙志琴，其实进得了厅堂下不了厨房：这个在优越家庭是被娇生惯养而高高在上五谷不分四体不勤三不管的二掌柜，一向家里事无巨细由里里外外一把手的任劳任怨夫君当全权大使——人的时间精力总有限,学生成长至高无上,分身无术只能顾此失彼:抓大放小丢卒保车。可天有不测风云,一向身强体健的默默地呵护爱妻当坚强后盾的丈夫突然被查出绝症缠身。晴天霹雳,撕心裂肺!习惯于大树底下好乘凉从不知愁滋味的孙志琴,顷刻间感觉天塌了!顶梁柱将倾怎能不让她灭顶之灾前锥心泣血刺骨痛透心寒?为了让她安心陪伴丈夫,学校安排老师顶课。但悲痛欲绝且自觉对家人亏欠太多而深怀愧疚的她,茶饭不思、寝食不安、悲伤不已。可"嗷嗷待哺"的孩子时刻在心头挥之不去,人在医院心系夫君的她仍牵挂心念课堂,她和视如己出的掌上明珠心头肉们约定:有困惑尽管联系,老师始终为你们开机!

天不假年。长年累月保驾护航的丈夫撒手人寰驾鹤西去。正当大家为遭受天打雷轰的她担忧时,想不到这个弱女子刚料理完英年早逝夫君的后事就谢绝领导休息一阵的建议,身心疲惫但咬紧牙关强忍悲痛,擦干了眼泪红肿着双眼坚定地走上了讲台,依然课内课外没日没夜,恨不得把那送夫君最后一程而缺失的一家伙弥补回来。她说:只有站在课堂上泡在学生中,才能弥合伤口忘却悲苦振奋精神前行。人们惊叹更感佩:天底下竟有如此化悲痛为力量的!

孩子结婚父母忙昏是当今社会现象。孙志琴的儿子今年5月2日喜结良缘,有多少事需要作为唯一家长的母亲去操持。可她竟横竖没请过半天假,甚至从没迟到早退连本该享有的公休假都一如既往放弃,依然每天废寝忘食坚守讲台,像一部拧紧发条的机器不停地运转着。用她的话说自己没三头六臂只得让儿子儿媳独立自主了。可怜天下父母心,可天底下竟有如此为了邻家孩子而顾不上亲骨肉的。能不令人钦佩敬佩感佩赞佩?

可孙志琴却真诚感谢领导同仁驱云破雾的给力:在积劳成疾和丧夫之痛等多重打压下,喉咙出血、气管堵塞,过敏症越来越重,抑郁症愈发厉害,常心烦、焦虑、压抑而整宿难入睡且多次几近崩溃,夜深人静想跳楼走绝境的冲动时有冒出。多个三更半夜在绝望透顶中向校长发信告别,校长一次次电话中通宵达旦情真意切劝说安慰,心理按摩精神抚慰转移注意力,才屡屡化险为夷,使她从深深的难以自拔的抑郁中渐渐艰难地挺过来,也正是在溢于言表的关爱下以中国女性独有的坚忍与坚韧全神贯注投入崇高事业中,终于走出阴影告别抑郁,栉风沐雨中勇攀高峰!

　　学生口里,她是慈爱和蔼好师长;家长眼里,她是贴心可敬好朋友;同事心里,她是温柔热诚好大姐;表彰词里,她是勤勉尽职好园丁……

孙志琴,这个不知疲倦的工作狂特别严谨、执着,可鹤发童心、剑胆琴心,教育民主、师生平等意识特强。凭人格魅力不怒自威,轻轻一句话就使皮大王都心悦诚服听命的她,善于设身处地换位思考,还不耻下问虚心听取意见并及时修正调整,从而情通理达、教学相长;有时批改中发现普遍性问题,就及时询问学生的思考方法、推理路径,寻找症结所在然后顺水推舟使问题迎刃而解。

"方法很重要""习惯利终身"是孙志琴的经验之谈。她热情指点、严格要求,切实培养独立思考、大胆发言、端正书写、认真计算、自觉检验、及时订正、分析错因并总结反思等良好习惯。终生从教可从不知职业倦怠为何物的老园丁,授人以鱼更授人以渔,使同学们知"然"也知"所以然",使视数学为畏途的也很快喜欢上数学,使不知及格为何物的考个七八十成家常便饭,真正享受到学习的快乐成功的喜悦。苦与乐相生相伴,师德之光照亮了一片清纯的天地。

别以为终年沉浸在全力以赴打翻身仗的孙志琴,对班级外的不闻不问。其实,常年在贫瘠的一亩三分地上呕心沥血精耕细作力争稳产高产的她,教艺精湛,教学能力爆表;师德高尚,人格魅力爆棚。获荣誉无数但虚怀若谷,为人低调谦和,待人亲切随和,潜心本职种好责任田的她大局观分外强,乐与老师们商讨切磋,悉心把丰富经验传递分享,激励、感染、影响和带动着同事们争先恐后。

那年孙志琴刚把一个在底层挣扎的毕业班理顺引入上升通道,看到下一届同样负债多而任课教师束手无策,就在率领着本班弟子埋头大步追赶的同时,不时为一筹莫展的同事出谋划策,又主动忙里偷闲为该班几个"满目疮痍"可无动于衷的学困生义务补习……如此师德师风、襟怀情怀,怎不广受赞誉爱戴?

大音希声,静水流深。这个资深教师对学生耐心教育对同行热心相助,近年蒸蒸日上的学校招录一大批新教师,她热情相授悉心传帮带:以扎实灵动的课堂等示范辐射,对慕名讨教的来者不拒,为可造之才脱颖而出倾心尽力。她的"不能照本宣科,品行成长与学识增长都要关注"等经验之谈言简意赅,使初出茅庐的茅塞顿开。她对后起之秀的关爱体现在细枝末节。阔展老师绘声绘色地介绍温情一幕幕:踏上工作岗位听的第一堂课,孙老师就使自己真切感受到什么是耐心细致,什么是为了每一位学生;在学校食堂第一顿工作餐,孙老师帮自己打的那碗热汤至今氤氲在鼻尖留香于齿颊。行胜于言,这位偶像般超女像隔壁阿姨那样平易亲切,让异地他乡新来乍到的第一时间感受到大家庭的温暖而找到了归属感。

带教的爱徒更对恩师赞不绝口。高足之一黄丹称有幸成为德艺双馨又毫无保留指教的孙老师弟子,无疑是最大福分。美术专业的改上数学,师徒俩分别上毕业班和一年级,带教难度可想而知。但为师的不辞辛劳一次次主动找徒弟耳提面命,手把手指点使自己增强自信、快速成长。闻名遐迩的"超女"是一面旗帜一张名片，德高望重的良师是成长历程一块路标一盏明灯。

三尺讲台，一颗爱心。师爱，是她爱岗敬业的精神支撑，是付出汗水智慧浇灌心灵的源源甘泉，是清贫苦累也要育人成才的潜在动力。正是这份慈母般的爱细雨润物般滋润着每个稚嫩的心田，使心灵放飞、生命燃烧、梦想成真。

教书育人是天职，爱岗敬业是本分。比起成绩，多年的坚守更动人；比起声誉，不倦的探究更可贵。恪尽职守、不懈追求的孙志琴三十多年来用爱心与智慧在这片沃土培桃育李，用一举一动诠释着为人师者在乡村学校的使命和担当，用一言一行谱写着普通教师在神圣杏坛的辉煌乐章！

附：孙志琴简介

被全校教职工尊称为"超女"的孙志琴，从农场广播站工作人员转型为教师以来，她对学生耐心关心，对同事真心诚心，对家长贴心热心，曾获县、市优秀园丁奖及"感动长小"十大人物等荣誉。强烈的事业心责任感驱使下，她在自身体弱多病，爱人身患重疾不幸离世等重大打击前逆境奋起，连续十多年愉快地接全校最薄弱毕业班，有时还中途接后进班。爱生如子的她对全体学生关怀备至，用心孕育希望，用情呵护成长，用爱灌溉未来，演绎了一个个惊奇的"神话"。

爱学校，从我做起

黄　虹

2009 年的夏天，我作为一名应届毕业生回到了我的母校——长兴中心校，有幸成为一名人民教师。教师，是我儿时在这里上学时便已有的梦想。我现在依然清晰地记得那时的老师们上课时娓娓道来，讲解题目时循循善诱，陪我们游戏时如兄长、姐姐一般，当然也有批评我们时的谆谆教导，我们这些学生都喜欢他们、尊敬他们。从那时起，我便悄悄地立志做一名像他们一样受学生喜爱、尊敬的优秀教师。

刚到教师的岗位上，我原本以为只要有对教育事业的热情就能解决所有的问题，现实却并非如此。除了对教育事业的热爱，还需要扎实的业务工作能力，对学生的细心、耐心、关心，有时还需要智慧和勇气……还记得第一次上课的情景，我将教材看了几遍，然后按照示范教案备课，我想流畅地上完这堂课应该是手到擒来的。可没想到上课并非我想象得那般容易，我提出的一个问题，学生的回答完全出乎我的意料，着实让我措手不及，一下子乱了阵脚。担心继续出现这种难堪的状况，我便照本宣科草草结束了这堂课。第一次上课便尝到了失败的滋味，心情郁闷。这时那些曾经教给我文化知识的老师们再一次无私地将他们的教学经验方法传授给我，是他们让我明白了备课不仅要备教材还要备学生的重要性，课堂是教与学的互动，主体不是教师是学生。我不禁感叹道：老师，你们就像是大海中的明灯，在我迷失方向之时，又一次为我指明了方向。你们将在教育海洋中积累的经验无私地传授给我，帮我张满人生远航的船帆。从此，我认认真真备好每一堂课，真正做到"有备而来"，踏踏实实上好每一节课，同时在课堂上都充分考虑每一个层次的学生学习需求和学习能力，让各个层次的学生都得到提高并感受到学习的快乐。

教师有别于其他的职业，我们所要面对的是学生，是一群性格不同、心理不同以及家庭背景不同的学生。曾经所教的班级就有这样一部分学生，他们有的性格比较内向、有的学习成绩不够理想，有的身上有一定的残缺，这一切都使得他们有些心理自卑。为了让他们能像其他学生一样开心、快乐，在了解了每一个学生的特点后，我采用了不同的教育方式去对待他们，不能一概而论。对于性格内向的学生，我会经常找时间和他聊天，了解他的心理，并安排班级内外向的学生主动找他交朋友，逐渐培养他对外沟通的能力；对于学习薄弱的学生，我会耐心为他们一遍遍反复讲解，利用课余时间给他们补习，直到他们掌握；对于残疾的学生，我没有用异样的眼光来看他，冷落他，而是为他讲残疾人成功的励志故事来帮助他树立自信心，引导他正确看待人生的挫折和不如意，让他感受到其实自己和别的学生一样，也是老师关注和关心的对象。通过我的努力，这些学生对学习更加有动力、对生活充满更多的希望。他们的成长与进步又是我每天快乐的开心果，是工作与学习的动力。这使我感到我们教师用爱心和热情去拥抱学生，去理解他们、信任他们，善良而可爱的他们也会同样发自内心地、主动地和我们交心，慢慢地喜欢上我们，喜欢上学习。

现在我还是世界上最小的主任——班主任。在当班主任期间，我非常注重家校联系。苏联教育家苏霍姆林斯基曾把学校和家庭比作两个"教育者"，认为这两者"不仅要一致行动，要向儿童提出同样的要求，而且要志同道合，抱着一致的信念"。但是班中仍有不少家长还没真正认识到自己就是教育者。为了让家长了解家庭教育对学生的重要性，提高家长对家庭教育的认识，我真诚地与家长沟通，希望家长也担负起教育者的责任，形成合力，共同帮助学生进步。印象最深的是一位家长对学生的教育漠不关心，学生的学习成绩也始终不见起色。与家长电话沟通时，每一次得到的答复都是我们太忙了，没有时间管学生，学生交给你们就是你们的事，家长管不了那么多。为此，我多次到这个学生的家里进行了家访，和学生的父母交谈，努力让他们了解家庭教育其实和学校教育是同样重要的。告诉家长，因为他的漠不关心，学生感受不到父母对自己学习的重视，也感受不到父母对自己的关心，根本无心学习。家长只有配合学校引导学生，才能让学生养成好的学习习惯，给学生营造良好的成长环境，让学生能更健康地成长。如果缺失任何一方，我们的教育都是不全面的。通过一次次的家访，终于让学生的父母转变了观念，在双方共同努力下，不仅学生的学习成绩有所进步，学生的性格也更开朗、阳光了。

曾经在这里——我的母校，流过泪水，淌过汗水，有过微笑，但这一切都将是我成长路上宝贵的财富。我爱我的学校，也爱这份职业，享受着她们所带给我的一切。

做一名有责任、有担当的德育工作者

印燕俊

当起草自己的三年奋斗目标时,我站上这三尺讲台已有一年半的时间了。人不能一直埋头赶路,有时要停下脚步,回顾过去、谋划未来,对自己的人生路有所规划。2007年我终于如愿以偿地踏上我梦想的岗位,成了一名小学英语教师。任教以来,在领导和同事们的关心、帮助下,我爱岗敬业,刻苦钻研,快速适应工作环境,逐步胜任岗位角色。值此长兴开发建设、快速发展的关键时期,作为一名青年教师,我要勇敢肩负起时代赋予的使命。"千教万教教人求真,千学万学学做真人。"教师的使命不只是教书,更重要的是育人。所以,作为教师首先是要有过关的专业技能,还要有一份爱学生的心,因为一切教育从爱开始。教师要用爱去浇灌每棵幼苗,要用心灵去培育心灵,用人格去塑造人格。我的梦想是成为一名有责任、有担当的德育工作者,一个既能教好书,又能育好人的教育工作者!所以,我将自己的第一个三年奋斗目标定位为:做一名有责任、有担当的德育工作者。

为了实现三年奋斗目标,我将脚踏实地、立足本职,用以下三句话来向我的奋斗目标挺进。

一、心系学生重责任

十年树木,百年育人。教育的目的不只教书,更在育人。要想教好书、育好人,时刻怀着一颗心系学生的责任心,显得尤为重要。当前,随着长兴的快速发展,大企业的不断入驻,大量外来建设者涌入长兴,学校借读生日益增多,生源又良莠不齐,这势必增大了我们教师的工作负荷,但这也是对我们长兴教师的一种考验。为此,我积极调整工作策略,加倍关心外来民工子弟,让他们在长兴快乐地学习；耐心辅导学困生，让他们重拾学习信心；精心培育尖子生，让他们能更上一层楼。我们班的小豪，他是一名留级生，平时一直不肯做作业，成绩也很差。在经过耐心教育以及和家长沟通都无效的情况下，我一度也对他失去了信心。但是，我觉得教育应该对每一个孩子负责。于是，我几乎每天晚上都留下来陪他一起做好作业，顺便也辅导一下他在课堂中遇到的问题。经过一个多学期的努力，现在，他不仅已赶上了其他同学，而且在这次期中考试中取得了 87 分的好成绩。为此我虽然花去了不少时间，但孩子们的每一次进步，就是我最大的欣慰。在平时的工作和生活中，我能认真处理好教书与育人的关系，严于律己，以身作则，给学生们灌输正确的人生观、价值观和道德观，努力培养学生积极健康的品行和素养。在繁忙的工作中，虽有坎坷与艰辛，但我始终心系每个学生的健康成长，念念不忘教师的责任重于泰山。我能积极调整工作的节拍，努力克服困难与压力，全身心地投入教学工作。我对工作认真负责的态度本身也是对学生的一种最好的示范。

二、优化方法促质量

教学质量是教师教学水平的体现，更是学校的立校之本、发展之基。好的教学方法是提高教学质量的有效途径。通过一年半来的教学实践，我深刻认识到 35 分钟的课堂效率，对提高教学质量尤为关键。为此，我要精心备课、认真上课，以简单易懂的方式为切入点，以生动活泼的课堂场景来吸引学生的注意力，使学生们能够认真主动地听课，快速掌握课堂知识。在平时的教学实践之外，我还要留心借鉴、虚心学习其他老师教学中的长处和亮点，认真思考、勤于总结、不断优化符合自己教学实际的方法，尽自己最大努力提升自身的专业素养，从而提高教学质量。我们学校的小朋友都非常热爱英语，学校还特地请来了外教提高学生的口语。在我们班人人都有做小干部的机会，谁英语读得好我就让他做晨读员，谁背书背得快就做背书管理员，谁写字写得好就做写字小标兵，谁在月考中拿小组第一就做小组长。在潜移默化中，学生们的学习兴趣提高了，学习习惯也改善了，与此同时，他们的学习成绩也在不断上升。在上学期的期末考试中，我任教的三(3)班和四(1)班英语，分别在长兴辅导片取得了第一、第二名的好成绩。我希望自己能把这两个班级带到五年级，也很有信心使他们能在县里的毕业考试中取得优异的成绩。作为一名新教师，我一定会勤练教学基本功，苦抓教学质量关，成为一名既能教好书，又能育好人的好老师。

三、超越自我圆梦想

著名教育家李镇西曾说,"做最好的老师,虽然最好永远达不到,但一个比一个的更好便汇成了一个老师整个教师生涯的最好"。人生和事业的追求是永无止境的,贵在要有不断超越自我的精神。两年不到的时间里,我在同仁们的热心帮助和自身的不懈努力下,渐渐褪去了新教师的稚嫩,并取得了些许的进步和成绩。工作以来,我的教学质量稳步提升,带教的两个班级英语成绩能保持学校前三分之一。2008年,我在两次县英语课堂教学能力评比中均获得了一等奖,还被评为崇明县青年岗位能手。"路曼曼其修远兮",比起老教师丰富的教学经验和纯熟的教学技巧,我深知自己在教学上还有很多的不足,今后学习和成长的道路也很漫长。因此,想要以"最好的老师"为最终梦想,首先就要认真制定奋斗目标,规划自己的成长之路,脚踏实地、扎实工作。做有责任感的老师并时刻铭记自己的职责;做有担当的老师并履行自己使命;做最好的老师,能勇挑重担、超越自我,追求自己的梦想,实现自我的价值。

教师这个职业是以强烈的使命感和责任感为基础的,有责任、有担当,才能为人师表,教书育人。现在,我还只是一名普通的英语老师,我要不断超越自我,在这三年里我将主动挑战自我,积极申请担任班主任、年级组长、骨干教师等职务,不断提升教学能力及育德能力,努力成为一名有责任、有担当的德育工作者。

长兴的经济在飞速地发展,长兴的面貌也日新月异,作为一名长兴的青年教师,我会勇敢地担当身上的使命。我要将青春奉献给长兴的教育事业,并坚信长兴的教育一定会盼来美好的春天,这其中,将会有我们的泪水与汗水,更会有我们欣慰的欢笑。年轻的我们已经在路上,我们的三年奋斗目标也在这里扬帆起航!

梦想，前行的方向

方　方

一转眼，我走上教师岗位已经八年了。在这八年中，微笑过、哭泣过、感动过、彷徨过，甚至怀疑自己能否胜任教师岗位。不断的尝试，可又接二连三地陷入失败，不断的失败，又不断地总结分析，我终于找到了教师工作中最重要的东西，那就是需要一颗充满爱的心。一切因爱而生，一切从爱出发。

2007年8月，我怀揣着一份属于自己的梦想来到了长兴小学，开始了我寻梦之路。刚走出校门的我，还没有脱去学生的稚嫩，来到一所远离家乡的学校，陌生的环境，陌生的人，一时间我迷失了方向。朋友、家人都远在天边连倾诉的对象也没有。每天都要打电话回家，跟父母倾诉对家的思念，对父母的依赖。我不知道我要做什么，我该做什么，我能做什么，我该往哪走……这时，学校领导仿佛看到了我们刚毕业的新教师的彷徨，为我们出了一个题目《我的三年奋斗目标》，这让我开始静下心来重新思考自己的价值。很小的时候不是就梦想着当一名人民教师吗？那时还会很有趣的把家里的娃娃放在沙发上排排坐，然后我来给它们讲课；大学毕业的时候，还骄傲地憧憬着自己的未来，梦想着自己能有一番作为。现在呢？难道就这样把梦想丢失了么？多亏了那次活动，让我重新找回了自我，找回遗忘已久的梦想。那时我为自己制定的三年奋斗目标是由一名新教师转变成一名合格的教师，由一名合格的教师转变成一名优秀教师。今年已经是我来到长小的第八年了，回头看看这八年，一直都在朝着我的目标、我的梦想前进，并且离它越来越近。

然而寻梦的这条路走的并不是一帆风顺，梦想与现实总是有着矛盾，总是有着难以逾越的距离。初涉社会的我对任何事都充满新鲜感，一心想做出成绩，想尽快地能胜任自己的工作。记得第一次的汇报课，我作了充分准备希望万无一失，也希望给自己这一年来的学习交上一份优异的答卷。试教后师傅对我的课提出了修改意见,我一一修改。但是在作品展示的环节中我保留了自己的想法,师傅指出会有隐患,我却不以为然。在汇报课上,前半部分稳中有序地进行着,可到后面的展示环节果然出现了状况。由于一年级的小朋友对双面胶这样的粘合工具的不熟悉导致完成好的作品失败,课堂教学就在一片杂乱中结束了。课后我流下了泪水,师傅温柔地安慰我,总结我的优点和不足之处,让我羞愧难当。80后的我们,总会有点清高,总会有点骄傲。可清高和骄傲总会被现实击倒,特别是在竞争激烈的今天,人在历史的潮流中总是显得苍白无力和渺小,从温馨的家到远离家乡的漂泊游移,从恬静安然到嘈杂喧嚣,时代快速的发展让我们每个人撕心裂肺地品尝到了快节奏的生活,人才辈出的时代,使我们时刻感觉到竞争的无情,淘汰的威胁。不知道从什么时候开始,周围的人越来越多,感觉自己越来越无力。在这样的环境中,为了自己的梦想,我必须脚踏实地,步步为营,不断向前。在这四年的时间里,始终秉承着"认真"二字,认真对待自己的工作,抓住每一次能让自己进步的机会。

2010年,学校的主题是"攀登,点燃梦想",文明单位的目标成了我们每个长小人的梦想。2011年4月,我们终于实现了梦想。然而梦想应该是一座不灭的灯。应该庆幸学校为我们点燃了这样的灯,让我们不会迷路。在2011年的长兴小学校园十大"教学之星"的评比中,我汲取之前的经验认真备课、考察学情。努力付出是有回报的,我从罗校长手中接过这沉甸甸的奖杯时,内心无比激动与感慨。之后,仔细一思忖,却也明白了好多深含着的道理:一个成功的人背后一定有许多人在默默地付出,在默默地支持。我要感谢给予支持和帮助的老师们,是他们才能给我无穷的动力与上进的心态。2013年9月,罗校长和我带着两名孩子登上"教育点亮梦想"上海市庆祝教师节的舞台,当孩子们把自己的美术画作展示在全国小朋友的面前时,我的内心充满了幸福与自豪。因为这是我们长小人团结进取的结果,这是我在美术教育中辛劳耕作的最好收获与回报。2014年这所百年老校又迎来搬迁与重整的时代,典雅大气的教学楼、设施一流的教学设备、清雅秀丽的教学环境,教师们的教学热情空前高涨。在市、区赛课中,有不少教师获得了奖励。

一个一个的梦想,给人生铺垫了一条五彩斑斓的路途。飘逸的梦想,温暖着苍凉的人生。圆梦,是人生最高终结,也是生命的真谛。任何成功都要付出不同程度的代价,否则,人生还有什么色彩?

实施"龙凤"战略,打造和谐团队,攀登优质学校高峰

崇明区长兴小学

长兴小学位于长江入海口的长兴岛,创建于 1912 年,是一所具有时代特色的百年老校,也是崇明区集团化办学试点学校,下辖三个校区(元沙校区、凤凰校区、前卫校区)。学校学生多,且 67.3% 的学生为随迁子女,因此流动性比较大,流动率约 50%。随迁子女家长的学历普遍较低,具有高中及以上学历的家长只占 10% 左右,家庭教育缺失导致学生的学习习惯较差。随着分校的独立及凤凰校区的重新启用,教师引进力度较大,平均每年引进 20 人,2015、2016 年共引进了 92 人,因而教师的平均年龄小,约 32 岁。正因如此,教师流失现象也较为严重,大约每年五人,占教师总数的 3%。基于以上种种原因,学校领导认识到教师团队对于学校发展的重要性,"龙凤"战略应运而生。

"筑巢引凤"——为新教师提供稳固的成长平台。学校对引入的新教师给予无微不至的关爱,解除生活后顾之忧,进而充分挖掘潜能、发挥作用,从而招得进、留得住,更用得好。学校投放资金在凤凰校区和前卫校区改建了标房式公寓房,为交通不便的教师提供住宿,为新教师解决了租借房屋的麻烦。学校多次与岛上的振华港机等大企业组织开展未婚青年联谊活动,为他们牵线搭桥……为了新教师的快速成长,作为培训基地学校,学校制订周密计划,组织专题培训,请成长快速的教师现身说法,又别出心裁为每位新教师配备三位师傅,以此提高新教师职业道德素养和专业化水平。

"龙飞凤舞"——促进班主任专业化成长。要想形成良好的教学管理秩序,提高教育教学质量,让学生健康、全面、和谐发展,建设好班主任这支队伍是至关重要的。德育室在班主任队伍建设上不仅走出去、请进来,学习上海市区的一些成功的做法和经验,请崇明的专家来校指导,还开展了富有特色的班主任沙龙活动。在沙龙活动中插花、作画、写书法、学舞蹈、做手工、心理放松训练,班主任们在一个个沙龙活动中放松了身心,提升了人文素养。

"龙翔凤翥"——提高年级组教师的凝聚力。元沙校区改建,原凤凰校区和元沙校区合并,教师人数增加,各个年级组的教师也随之增加。为了融洽教师之间的关系,提高年级组团队的凝聚力,学校开展了以年级组为单位的年级组风采展示、年级组国旗下展示、年级组最美教师展示活动。在展示过程中,教师们各显神通,群策群力,为组室的展示活动积极准备,唱歌、跳舞、朗诵、歌舞剧、小品……在一个个活动中,教师们心往一处想,劲儿往一处使,为自己的组室荣誉团结协作、拼搏努力。

"龙凤呈祥"——搭建专业成长的舞台。为了树立榜样,促进教师的专业发展,学校开展了系列评比活动:2009年度学校组织评比"感动长小十大人物",树立师德楷模;2010年度学校组织评比"长小十大攀登之星",树立攀登中的先进人物;2011年度学校组织评比"长小十大教学之星",发掘教学能手;2012年度学校组织评比"长小十大教学新星",激励教师建功立业;2013年度学校组织评比"育德之星",指引教师认清育人的重要性;2014年度学校组织评比"最美教师",发现身边师德美、责任美、工作美、奉献美、行为美的楷模;2015年度学校组织评比"感动长小服务之星",旨在让志愿服务的活动成为学校亮丽的一道风景线。在一次次评选中,学校行政、骨干教师、党员教师积极参与,用自己的课堂教学、自己的育人故事引领教师们如何教好书、育好人。评选中,有教师忙碌的身影,评选之外,学校更多的是扎扎实实的工作。我校的行政干部冲锋在前,勇挑重担,活跃在毕业班、主课教学的第一线,在忙碌的工作中,提高业务素养、提高服务意识。

夯实师资队伍,内化"攀登精神",精心地进行团队建设,相信学校定会呈现出更加精彩纷呈的良好局面,成为一所优质的学校!

美丽的学校

舒适的宿舍

优秀的班主任

精彩的课堂

出彩的团队(长小十大攀登之星)

用爱点亮学生心中的灯

谢　燕

高尔基曾说过："谁不爱孩子，孩子就不爱他，只有爱孩子的人，才能教育孩子。"师爱是每位教师必须具备的美德，只有一心一意善待每个学生，用爱点亮学生心中的灯，才会收获为人师表的快乐与幸福。

他是个"孩子王"

2015 年 9 月，我成了长兴中学的一名新教师，担任六(6)班的语文教师和班主任。六年级的学生，初来乍到，对任何事都有着一种新奇感，在课上大多喜欢积极表现，唯恐老师对自己印象不深刻。因此，我很快就掌握了本班学生哪些上课爱举手回答问题，哪些喜欢调皮捣蛋，哪些学习用功等基本情况。其中有一个学生引起了我的注意。

他叫王小龙，是班里年龄最大的学生，也是个子最高大的男生。分班时，他的成绩在班上是中等。按理说，他应该是成绩还可以的，但经过一段时间的接触与观察后，我发现他平时很爱调皮捣蛋，上课时不是身子扭来扭去和周围的同学说话，就是嘴巴自言自语说个不停，或者趴在桌子上睡觉。最令人头疼的是，他在同学中很有影响力和号召力，有时候他一起哄就会有一伙"小跟班"。

我决定找他谈一谈，便把他请到了办公室。谈话时，我耐心地询问他对于学习有没有一些目标。他很直爽地告诉我，他也想好好学习，但就是坐不住。这时，我知道要想改变他的课堂表现，首先应解决他的思想问题，改变他的不良习惯。但一个人的习惯并非一朝一夕就能改变的，于是，我给他制定了一份日常行为规范测评表，帮他制定了月考的目标，他表示愿意配合我。谈话之后的几天里，他在上课时基本上能做到听课和记笔记,更不会去干扰别人了,但有时仍会趴在桌子上睡觉。

谈话意外失败

有一天写字课上,学生们都在认真地练字,突然,原本安静的课堂爆出一阵笑声,教室里开始骚动起来。正在指导学生的我循声望去,发现王小龙的手中拿着一根"棒子",得意地向邻桌炫耀自己的"成果"。我迅速走到他面前,这才发现"棒子"原来是用透明胶带将三个空矿泉水瓶子粘连起来的。虽然我佩服他的创意,可此时此刻,由于他的扰乱课堂,我心里更多的是生气。我伸出右手让他把"棒子"交给我,他不肯交,把它往抽屉里塞。我双眼紧紧地盯着他,提高分贝,严厉地喝道:"交出来!"班上的气氛顿时变得凝重起来,经过一分钟的"对峙"后,他终于把"棒子"递给了我。

"棒子"事件深深打击了我。原本以为上次的谈话已让他决心转变了,没料到他很快就恢复了"本性"。我和他的第一次谈话宣告失败了,我意识到若要让他真正改变,绝非易事,还得拉好长期的"战线"。于是,我叫他课后来到办公室进行第二次谈话。

他一脸不服气地站在我面前,嘟囔着要我还他"棒子"。我克制住怒气,一脸严肃地问他:"为何要在课上做小动作,难道你忘了之前答应过我的要求了?"他答道:"没忘啊,我不想写字,就拿矿泉水瓶来玩了。"我叹了口气,心想到底怎样他才会改呢? 沉默了几分钟后,我耐心地说:"很欣慰你记得上次的谈话,其实老师打算明天课上表扬你的,因为我看到了你最近在进步中。你为什么不想写字呢?"他说感觉写字很无聊。我灵机一动,提出想和他"交换条件":如果以后他能做到课上不捣乱、不睡觉,那我就把"棒子"还给他,还会给他一份小奖励。他有些怀疑:"此话当真?""君子一言,驷马难追。""好,我试试。"我微笑着说:"那老师期待你的表现!"

之后的一段日子里,我欣慰地发现他上课时安静了许多,虽然不能完全认真听讲,但不会再做一些扰乱课堂纪律的小动作了;作业方面也由之前的不做,到开始会做一些了。只是,他有时候还是会趴在桌上睡觉。

"一个人"的烦恼

再一次谈话时,我先是表扬他最近在课堂上的进步,他听后露出了惊喜的笑容。接着,我开始询问他为何上课时容易趴在课桌上睡觉。他说自己晚上玩手机玩到很晚才睡,所以第二天就犯困了。说完,他突然问我:"老师您也是一个人生活吗?"我很诧异,心想他怎么会突然这样问呢?我说道:"我一个人在这边啊!可是你不是有自己的家人一起吗?"听到我的疑问,他却露出一副很不屑的表情,令我疑惑不解。

经过交流,我才知道原来他的父母亲都不在长兴岛,一直在上海做水产生意,他和爷爷奶奶生活在一起,可是他一般不和爷爷奶奶说话,因为他觉得奶奶总是误会他。他感觉到自己多年来一直是一个人生活,光小学就转过好几次学,甚至在河南的一所武术学校学了一年。他很想回到那所武术学校去,可是父母亲不同意,让他转学来到长兴岛。他说自己一直很想和父亲一起吃顿饭,可都未能如愿以偿。当他说这话的时候,我诧异地发现,他的眼眶里竟然涌出了泪水。没想到他这个年龄竟然经历这么复杂,经常转学想必给他的内心带来了不少伤害。这是一个缺少父母关爱的孩子,虽然看上去高高大大的,但其实内心比较脆弱。于是,我耐心开导、安慰他,主动提出打电话劝他父亲同意陪他一起吃次饭,并劝他晚上控制玩手机的时间,不要因晚睡而影响到第二天的学习。他欣然答应了。

之后的一段日子里,我发现他上课不再睡觉了。有一天,我惊讶地看见他开始戴着一副眼镜上课,而且课上明显认真了许多;有时我提问一些思考题,其他同学的反应甚至都没有他快,只是他不大爱举手发言。某一次课上,我特意点他起来回答问题,他回答对了部分。我特意在全班同学面前表扬了他,他略带羞涩地笑了,之后有时也偶尔会举手回答问题了。

多宽容多期待

有一次早自习他迟到了,当时我上第一节课,上了一刻钟后,他出现在教室门口报到。课后,我叫他来到教室外,问他迟到的原因。他说自己的闹钟坏了,爷爷奶奶以为他已经去学校了,他被锁在了家里,因此迟到了。起初看到他不在时,我以为他逃学了,顿时心情变得沉重起来。当问明白缘由后,我心中的沉重反而轻松了许多。我笑了笑,没有责怪他,提醒他以后不要再迟到了,他连连点头。突然,他有些调皮地问道:"老师您有没有吃的啊?我早饭还没吃,好饿啊!"我有点吃惊,于是叫他跟我去了办公室,把我仅有的小点心和牛奶送给了他,他很开心地道了谢回去了。望着他的背影,我突然想到,如果当时我不问原因就批评他迟到,没吃早餐的他可能会因此而讨厌我,那我对他的教育与引导恐怕要失效了,幸好我选择了冷静、宽容与期待。

虽然他的学习成绩不好,偶尔仍会犯一些小错误,但他在同学中很有影响力,因而有时候我会请他帮我管理班级纪律,他往往能不负所望。这一点让我很是欣慰。运动会上,他一人参加了几个比赛项目,而且他参加完这场比赛马上就投入到下一场,不怕苦不怕累,为我们的班级争取了不少荣誉。这一点让我非常感动。他使我深切感悟到:即使是班上最调皮捣蛋的学生,他的身上也会有闪光点,只是需要我们老师善于去挖掘和肯定。对于"大错不犯,小错不断"的这些后进生,我们更应多一些宽容、多一些期待,这样才能让他们觉得自己不被歧视、轻视,从而对自己也多了一份自信和肯定。

升入七年级初,王小龙仍然在我的班上。他不再像以前那样喜欢调皮捣蛋了,有时候会安静地拿出课本来听讲,有时候会帮我管理班上的纪律,有时候会在课堂讨论中活跃一下。原本以为渐渐懂事的他能这样不断转变,未料到后来因为家里的缘故,他不来上学了。这让我颇感遗憾,也有些怀念曾经和他"斗智斗勇"的日子,他让我在反思自己的教育之路上有所感悟。

教育学生是一项长期的重任,需要足够的耐心、细心与爱心。当我们在平时的工作中发现了学生尤其是后进生的错误,应该坦诚地和他交流,以一种平等友善的心态去对待、去宽容,相信他们其实是能够接受的。人民教师的责任是点亮学生心中的灯,只有关爱自己的学生,学会欣赏学生的闪光点,才能收获为人师表的快乐与幸福!

爱与责任

——浅议随迁生教育

吴明明

　　2014 年 8 月，当我得知需要带一个随迁班语文课时，我有些担忧。因为，在这之前耳中充斥着"随迁班"学生的诸多负面消息，而今我也要面对这样问题种种的学生，能行吗？我有些不确定，但这是我的工作必须面对，权当挑战吧！

　　开学第一天我想象着无数种可能的不良场面和应对方法走进了教室。然而，走进教室的瞬间让我稍稍松了一口气：教室里虽然有些吵闹，可那是期待老师的声音；有些动作，那也是准备上课的行动。课堂上我与他们谈关于语文的学习，他们也能听得进去。这第一堂随迁班的课，至少让我感到这个随迁班学生并没有我想象的那么糟糕，我开始尝试与他们相处交流。

一、寻找学生的可欣赏之处

　　我想任何人都不会拒绝被欣赏，学生也一样，很多学生的一些不恰当的行为和语言，其实就是自我表现，目的就是博得周围同学的注意，获得他人的欣赏。好在第一堂课的印象还不错，我跟他们说："今天，你们留给老师的印象非常好，不管你们有怎样的过去，我现在眼中看到的都是优秀的你，请让我保持对你的好印象。"当然，我心里非常清楚哪些学生一定会经常犯毛病，也非常明白哪些学生是"大名鼎鼎"，可是我还是故作从未知晓。当我说这句话时，我注意到有些学生眼睛紧紧地盯着我，似乎在期盼着什么，也似乎在疑惑。

　　宫泽辉，是一个典型不学习的学生，语文考试成绩只是个位数，默写从不得分，课堂上他只是会偶尔听一听。可有一次，课堂上他突然接过我抛出的问题，而且分析的很到位。这一发言虽然没有举手，却让我很吃惊，"非常棒，你的回答很精确，你的理解能力非常强"，我很激动地走到他面前拍了拍他的肩膀对他说，全班同学也都投来赞赏的目光，那个时候的他似乎像是一个学霸般自豪。后来的课堂中，我发觉他听课比以前更认真了，但是，默写仍然不得分。仔细看，他写的字的结构永远是反的，然而，他背书很快，比一般的同学都要快。我对他说：老师又发现了一个秘密，那就是你背书很快！那为什么不会写呢？他告诉我，从小学起，就不做作业，不会写字。我想，不会写就不会写吧，能够听得进去，理解了也比什么收获没有好得多。能够坚持听课就值得欣赏。我相信好的习惯坚持下去，就会习以为常，坏毛病坚持摒弃，哪怕是装，只要装一段时间，也会渐渐忘却，况且他们是可塑性极强的初中生。

刘年勇，虽然学习不用功，但是体育却很棒，足球踢得一流。他加我 QQ 后，我称他为"足球小王子"。他很认真纠正打错的字，他说"老师在课下比在课上好多了，喜欢课下的老师"。再次走进课堂，看得出他在努力地听课。12 月 11 日在给几天不来学校上课的他的 QQ 空间里留了言"不回学校？老师都想你了"，周一再次回到学校的他见到老师微微地笑，作业在努力地完成，课堂努力地听。其实，我也不指望他们能学多少，只希望他们能够健康成长，能够感知来自老师的关注与善意，能够感受到一些温暖。

二、让学生忙碌起来

不管是怎样的学生，不学习、无事做，就容易滋生事端，课堂上不听课、无事做就说话。因此，如何让他们都能忙碌起来、有事做，是我课堂上要解决的问题。然而我发觉无论是听课还是互动讨论，他们的注意力都不能长久，且讨论问题容易混乱。于是，我想了个办法：让他们一会动动嘴巴，一会用用耳朵听，一会再动手写写。如，学习一首古诗，我先给他们讲解，再让他们自由朗读，朗读过程中，发现有借机会讲话的，就让他们再齐读，然后检查个别背诵，在背诵过程中仍有学生趁机说说话时，就让他们再齐背一篇，全班在这整齐划一的节奏中再进入默写阶段。课后我会故意让他们帮我拿一本书、放作业本，安排他们打扫卫生。到了九年级，他们的活更多了，会去文印室拿试卷，会帮助老师一起出学习园地，每周固定时间来到办公室打扫卫生、整理办公桌、帮助老师打开水等做一些力所能及之事。也许"宝山撑伞"事件之后，会让我的做法打个问号，但我认为，安排他们帮助老师做一些事情，既能锻炼他们的能力，也能够让学生在做事中找到存在感，知道老师心中是有他的存在的,还能够让他们在忙碌中逐渐摒弃不良习惯。正如一位哲人所说:"要想除掉旷野里的杂草,方法只有一种,那就是在上面种上庄稼。"

　　爱也好,责任也罢,我想我们都是用自己的方式在自己的一亩三分田上辛勤耕耘、种庄稼的人。

教学故事：一片叶子的启示

闫　妍

一、故事背景

小学升初中是人生的重大转折,而预备年级正是学生提前适应初中学习环境的准备阶段。在批改预备年级学生的周记或作文时,我经常发现如下问题：大部分学生们不善于观察、留心生活;写作缺少材料,更不要提有真情实感了。正在我一筹莫展之时,班级植物角中的一片叶子给了我启示,为我提供了教育契机。

二、故事描述

在最初,我们六(1)班布置温馨教室时,我买了一袋虞美人花种子,和班级里的同学们共同在课余时间细心地把它种入了花盆中。两个月里,我和班级里的同学们共同经历了种子发芽时漫长的等待、植物破土的惊喜,这些小小的种子和班级里的孩子们共同成长。慢慢地,它长成了一株小小的植物,亭亭玉立,为班级里增添了一抹绿色,我由衷地欣喜。

一天,几个学生告诉我,不知道班里哪个"捣蛋鬼"把植物中的一片叶子折断了。可是没多久,我发现它又逐渐地愈合了伤口。

我惊讶于它神奇的愈合力,又望了望眼前这些很少关注生活的学生,这不正是让学生们学会观察、学会联想、深化立意的好机会吗？我真是如获至宝。马上回到办公室写下了自己的观察与感受。

写完了之后,我又陷入了思考。究竟怎样才能利用好这棵植物,利用好自己的文章从而让学生来学会观察事物、养成留心生活的习惯呢？如果再能从中引发出自己的一点思考,体会到小植物的品质,那就更有收获了。

我想到,具有观察能力是写好作文的第一要素。一个掌握了善于记忆的要领、词汇量丰富的学生也许能够模仿出精彩的句子和段落,但只有学会观察的学生才能写出具有真情实感的好文章。那就从观察开始,引导学生抓住事物的特点、运用多种角度描写,同时用心思考。

于是,课上我把植物拿到了讲桌前,找到了那天向我报告的学生,我问道:"是谁最早发现叶子折断的?"学生们指向副班长小范。接着我让小范走到讲台前:"那你看看和之前有什么区别吗?"

小范看了看说道:"那片叶子不见了。"

"你再仔细看看。"

她又睁大眼睛仔细地看了看,接着更加放大了瞳孔,吃惊地说:"在这!又长好了。"全班同学都跃跃欲试想要一看究竟,前面的同学都伸长了脖子,后面的同学甚至有些站了起来。

看到他们如此积极,我就顺势说道:"接下来,给大家几分钟时间,请你们上前来观察这株植物,特别观察它的叶片、叶柄。"教室里沸腾了起来,同学们争先恐后地奔到讲台前,仔细地看了看,又逐渐地回到了座位上。

教室再次恢复了宁静,我又说道:"请同学们拿山练笔本,用一两句话写下你刚刚看到的画面。"一些同学拿出了本子和笔,一些同学虽不太情愿,但也都写了起来。几分钟后,一些同学的初稿形成了,我叫了几名同学来分享他的文章:

他的叶子却很顽强,在折了的地方长出了两个小包,好像是新生的婴儿在吮吸着母乳。(刘梦悦)

整株植物翠绿翠绿的,非常挺拔,而这株小小的植物在原本受伤的地方长出了结,那株叶片也向我们亲切地招手。(康高巍)

我表扬了两名同学,又请了一位同学评价一下。学生说到他们两个人都写到了那个叶柄上的结,同时都用了修辞手法。

我总结道:"你的观察也很仔细!首先他们能够抓住特点来观察事物。在生活中一切有用的东西都会被敏锐的眼光捕捉住。这两个同学都注意到了我们要写的这株植物的最有特点的地方就在于它的叶柄上的结。就像是想写生机勃勃的春天,就要关注正在抽芽的小草,潺潺流动的河水;要写热火朝天的运动会,就要关注运动员的拼搏努力、同学们的呐喊助威一样。同时除了抓住写作特点之外,这两个同学还注意到了修辞,都使用了修辞手法,使句子更生动形象。"

"当然,生活中在观察时还有很多方法。观察不仅仅可以使用眼睛,它是多种器官参与的复杂的活动,它还可以用耳朵去听、用舌头去尝、用鼻子去闻、用身体去触摸等。这样你才能多角度地去描写这个事物。那观察这株植物最有特点的结,你除了看,还可以……"

前面的同学说"可以摸一摸"。

我让平时一名比较调皮的男生,走到前面摸一摸,他小心翼翼地摸了摸。我又问道:"什么感觉?"他回答道:"很硬!"

"那和叶柄别的地方相比呢?"

"更硬一些。"

"你们可以把你们观察到的写上去,同时我们观察不应该只观察这株植物本身,更应该写出这件事的起因、经过、结果来。请大家继续拿出本子来,写一写这整件事,把你刚才所描写的句子用进去。"

班级再次陷入安静之中,只能听到学生的笔刷刷的书写声。十分钟之后,有一些学生开始放下了笔,我看了看时间,快要下课了。我在投影中出示了自己的文章,和大家一起分享:

一片叶子的启示

还记得,最初和孩子们种下这株虞美人时心中的期待;还记得,孩子们发现它破土而出舒展着它嫩绿的芽儿时的喜悦。不知不觉中,这株虞美人已经长到了一尺高。说来惭愧,这是我第一次种植物,更是第一次和孩子们一起种植物。这里凝聚着我们班级同学共同的付出,所以,每天总要看上几眼,总是把它当作心肝宝贝般呵护着。

一天早上,我照旧到教室中看看这株虞美人。呀!茎上的一片叶子不知道被哪个淘气包弄折了,只有几丝脉络仍旧在那连接着,几乎要断掉。想象那刚发芽的常夏石竹、翠绿欲滴的宝石花都不免惨遭毒手,我不禁火冒三丈。可是又想一想,一片叶子而已,查是谁的恶作剧,再去批评他未免有些太兴师动众。想把这片叶子摘掉,又怕枝干显得光秃秃。算了,让它自己慢慢枯黄掉落吧!

忙碌的期中复习开始了,几天时间一眨眼就过去了。那是一个下午放学后,我又在整理着植物角,我惊讶地发现那被折弯的叶子竟然没有枯黄,反而越发翠绿。顺着它的茎看过去,那原本只有几根脉络的叶子的伤口,竟然奇迹般地愈合了。只留下了两个圆珠似的伤疤。

看到这样的景象，我疑惑、讶异、叹服，也如获至宝！这片叶子不只是一抹绿，一些清新的氧气。它不正是我们一直寻找的坚强的精神力量吗？受伤了，默默地生长，坚强地疗伤！在其他人都放弃了自己，但自己始终不放弃自己。都说叶子的离开，是风的力量，还是树无法挽留。而这片叶子，战胜了风、拥抱了树。那叶柄上留下的结，则是它坚强努力的最好佐证。

孩子们呀！多希望你们像这一片小小的叶子，在未来的道路上，当你受伤时，当你失败时，在挫折中成长，在疗伤时愈加坚强！

读到淘气包时有几个学生在下面偷偷地笑了起来；读到圆珠似的伤疤，我看到了好几个同学在下面点了点头，似乎有很强的认同感；读到最后的一段，许多孩子都坚定地看着我，好像是对我做出回答。

随着下课铃的打响我总结道："同学们写作文时经常说写不到 500 字，这件事是我们共同经历的事，老师写了 600 字左右，我相信很多同学可能会有更多话要说。作文源于生活，只有仔细观察生活，才有丰富的写作材料。我的这篇文章题目并不是'一片叶子'，而是'一片叶子的启示'。所以，老师除了写出事情的经过，你的观察还要有什么？对了，就是自己的感受。今天回去请大家以'一片叶子的启示'为题写不少于 500 字的文章。如果你们觉得写不够字数，还可以再增加一个自己和这片叶子相似的经历。这堂课就上到这里。下课！"

在第二天，等练笔本交上来的时候，我在曾经一些写作平平的同学的作文中也发现了许多亮点：

学期初我们一起种下了那棵小盆栽，也不晓得是哪个同学折断了它柔弱的叶子。哎！真是叫人惋惜不已，这么漂亮的盆栽，怎么就成了残缺的美了呢？但令人叹为观止的是，几个星期后，它竟然在原本受伤的地方长出了结。你看它，在经历风吹雨打、千磨万难之后，没有选择倒下而是顽强抵抗，长出成长的结晶。（忻佳怡）

在一次失败后，不能因此而一蹶不振。生活从来就不会放弃谁，只有人自己放弃自己。再大的困境也不能作为我们放弃的借口。只要我们心存希望，坚持努力，生活定会给我们实现愿望的机会。（叶帆）

每一次生命的绽放，都是一次惊喜；每一个生命的成长，都是一个奇迹！不知何时，一个在被一盆大植物所笼罩的花盆中，一片叶子在花茎的衬托下，慢慢地长大，仿佛命运斗争似的，小小的叶片傲然挺立。不知是不是被学生的吵闹，还是被老师的批评低下了头，整片叶子托弯了经脉。同时又被人遗忘在角落里。风儿不知道，花儿也不知道，人们也不知道，可是它自己知道，自己要坚持，决不放弃。我曾经认为，那便是生命的终点了。然而，没过多久，它竟然仍然坚韧不屈地生长着。

百折不挠的品质是人们走向成功之路的一个必不可少的条件，这种品质值得我们去学习，去深思："不经历风雨，怎能见彩虹？"（王安硕）

看着他们这些观察仔细、有思想火花的精彩文章，我觉得自己是幸福的。在平时的生活中我也应该总是抱着欣赏的眼光去观察生活、用美好的心灵去感受生活、用诗意的语言去描述生活。同时引导学生也这样去做，多去进行下水写作，让自己的一块"砖"引出学生更多的"玉"。

三、故事后记及反思

1. 善于观察生活、运用教育智慧，把握教育契机

"生活中不缺少美，只是缺少发现美的眼睛。"作文源于生活，只有仔细观察生活，才会有丰富的写作材料。丰富多彩的生活为我们提供了取之不尽、用之不竭的材料。如：大自然的花草树木、鸟语花香；亲人、朋友、师生之间的情谊；人们心灵的真善美；成长中的苦乐收获……这些都是可以观察到的内容。这种善于观察的习惯，要靠老师的不断地引导。教师也应该用一颗善于观察的心灵去感受生活，及时记录下来，与学生共同分享其中的乐趣，让学生也能更加真切地感受到、掌握到生活的多姿多彩和人生的丰富意义。

同时，在上文的教学案例中，我抓住了发现这片叶子的机会，及时书写自己的感悟，并把这些感悟分享到课堂中来。在教学中善于把握教学契机，正如商人把握住商机，经常有事半功倍的效果。

2. 利用片段写作训练提高写作水平

预备年级方便了学生在升入初一年级时更加自然轻松地学习，不会有因为学习环境转变产生太大的压力。而不同学段的学科教学要求也有所不同。在写作方面，每课时的写作字数由 300 字提升到 500 字左右。同时，三年级到五年级的学生写作要求"能注意观察生活中的事物，能写自己感兴趣的生活内容"，六到九年级的学生要求有了明显的提升。"能调动已有的生活、知识积累，选取符合题意的材料"。除了记录自己的所见之外还要有自己的所感、所思等。

让对写作没有兴趣、基础较弱的学生一下子写一篇大作文，很容易有畏难情

绪。从小的片段入手,可以降低写作的难度,或化整为零,有计划地逐步提高学生的写作能力。上文的教学案例中是以先描写一片叶子的片段写起,再联想到叶子给自己生活的启示。所以,平时的写作训练可以先从小片段写起,再由片段或直接组成,或层层递进、由表及里地组成一篇大作文。

3. 下水写作,抛砖引玉

好的开始是成功的一半。经过初次的下水试探,我发现这种下水写作能够在学生中引起波澜、提高学生的写作兴趣。有针对性的下水写作指导,也能提高教学效果。语文教学中作文教学是重点也是难点。大多数学生不喜欢写作文,写作也缺少实际内容、缺乏真情实感。作为语文老师有引导学生发现作文的美、激发写作兴趣、提高写作能力的义务和责任。教育家叶圣陶先生曾说:"语文老师教学生作文,要是老师自己也经常动动笔,或者做跟学生相同的题目,或者另外写些什么,就能更有效地帮助学生,加快学生写作的进步。经常动动笔,用比喻的说法说,就是'下水'。"下水作文后教师就能深知作文的甘苦,无论取材布局,遣词造句,知其然又知其所以然。

后记:这次下水写作之后,我又尝试了很多次下水写作。写作的形式小到造句、片段,大到整篇的作文。通过下水写作,不仅可以通过抛砖来引玉,加强学生的写作兴趣、提高学生的写作水平;更能通过写作的沟通,交流彼此的见解、感受彼此的情感,达到思维的共振、理解的共鸣,增加心灵的沟通,增进师生感情。与此同时,自己的写作水平也有了一定的提高。"纸上得来终觉浅,绝知此事要躬行。"我在这从一片叶子开始的下水写作之路上,也会和学生们一起,共同学习,共同进步。

爱，从尊重开始

邹慧芝

　　从事了多年的政治教学工作，教学反思有助于教师改进教学方法，提高教学效果。当学生在学习遇到困难时，针对不同的学生，教师应采取什么样的方式予以帮助，并能收到实效。同时自己在教育教学中的行为究竟可能会给学生带来什么样的影响。我认为面对现在的学生，教师需要投入和付出的不仅仅是时间、精力和脑力，还有感情，也就是教师的关爱。关爱学生是和尊重学生、信任学生连在一起的。学生需要老师的抚慰鼓励，盼望老师的理解，同时更害怕受到来自老师的伤害。所以和学生相处，必须用真心去接纳学生，用真情去投入，并且对象是全体学生。我相信扎实的基本功、高尚的敬业精神，加上教师自身的人格魅力，那么这样的教师一定会被学生所承认，一定会受学生爱戴。这一定是每一位教师孜孜不倦所追求的。前途是光明的，但过程中需要进行不断反思，并且在反思中逐步成长并走向成熟。

　　美国学者波斯纳曾提出过这样一个公式：教师的成长＝经验＋反思。试想一下，如果一个教师仅仅满足于获得经验而不对经验进行深入的思考总结，那么即使具有20年的教学经验，也许只是一年工作的20次重复。因此，作为教师必须着眼于自己教学行为的改进，通过自己对教育教学活动的自我反省，来达到或提高自己的教育教学效能。在从教的时间中我一直严格要求自己，一直在进行教学反思，以求促进自己的教育教学工作。

　　有人说："课堂教学是一门遗憾的艺术"，再好的教学总有它不足的地方，总有须待进一步改进、进一步优化的地方。因此在课堂教学中，我们"不追求平平淡淡的完美，而追求有突破性的遗憾"就是这个道理。平时在教案书写中，除了符合学校要求外，我力求形成自己的特色。每份教过的教案，我都会认真地回顾并进行诊断,开出教与学的"病历",并且对这些"病理"进行分析、交流,最后发现并提出解决这些教学"病理"的"处方"。学校远程教育培训也为广大教师提供了一个学习提高的平台,通过学习既提高了理论水平又获得了一些具体的教学指导。"他山之石,可以攻玉",平时我还非常珍惜并利用进修等渠道观摩其他教师的课,并争取与他们进行对话交流,学习他们的教学思想,分析他们是怎样组织课堂教学的,他们为什么要这样组织课堂教学。同时与自己的课进行比较。通过这样的反思分析,从名家名师的教学艺术中得到启发,得到教益。

时代呼唤教育创新。传统的政治课堂存在许多弊端,如:教师讲授多,学生思考少;师生一问一答多,学生探讨研究少;教师启动问题多,学生启动问题少;强求一致多,发展个性少等。这些倾向妨害和限制了学生与生俱来的个性和潜能,不利于创新人才的培养。作为教师,应该充分地正视和严肃地对待这一问题,要在课堂教学中突出创新意识和创新精神。从每一节课做起,要敢于在师生关系的改善、教学内容的处理、教学设计的研究、教学策略的运用等方面"另辟蹊径""独出心裁",让课堂教学活起来。

我作为一名政治教师,感受最深、领悟最深的,也是最成功的感言,就是:"沟通,从'尊重'开始,用爱与学生交流。"只有在沟通过程中,心灵与心灵的对话中,心与心才能交融,情与情才能共鸣,老师的爱才能真正温暖每一个学生稚嫩的心,激起学生对老师的尊敬、爱戴之情,从而信任老师,乐于接受老师的教导。在我的教学生涯中,有一个女孩给我留下了极其深刻的印象。在新学期的第一天,她走过来一句话未说递给我一张纸条,我打开一看,上面写道:"邹老师,这是新转来的学生王丽,请接收到你班上。王校长,2008 年 8 月 30 日。"哦,原来是转校生。我想初步了解一下她的情况,问道:"以前在哪个学校上学?""不知道。""你以前学习怎样?"我连问道,"不知道。"我突然恼了:"你怎么什么也不知道?"这时站在她旁边的妇女才回答说:"她曾经在东北某中学读初二,没有读完,在家休息了半学期。现在准备降一级再读一个初二。"从她的回答中,我马上意识到王丽一定有什么特殊原因辍学在家。我告诉她:"若想在我们八年级一班读书,这样的态度可不行。"我心里暗自想:这样的学生分到我班上来,真是倒霉!

果然不出所料,一周下来,到我这里来告状的人络绎不绝。"王丽满口脏话""她上课不听讲,还老讲话""下课主动与男生握手,还说我喜欢你,……完全跟我们与众不同",我这才意识到她辍学的真正原因。清楚地明白她是别校无法教育、调皮的无可救药的学生,在我班或许将被"流产"。于是,我在班上含沙射影道:"班上有个别同学,很不注意自己的言行,还不懂得自尊自爱,完全没把班规、校规放在眼里。"我痛快地训斥了一通，本想这会儿应该有点效果吧。

可还没有两个星期，不妙的消息再次传来。在一节物理课上，王丽无理顶撞物理老师，还说我学不学关你什么事，一副不学无术、桀骜不驯的样子。当时就把老师气急了，"啪"一下就把书拍在桌上，还让全班同学静站了几分钟。班干部和其他同学当时极力劝她给老师道歉，这才暂时平息了这件事。作为班主任的我只好把她叫到办公室婉言相劝道："老师提问你回答问题是为了了解你的学习情况，便于更好地有针对性地教学。你不仅不明白老师的用意，还说了一些伤害老师的话。……你要自尊，老师又何尝不需要尊重呢？你说是不是？"我只顾自己喋喋不休地说，也没有顾及她是否听进去。

两个月后，我搞了一次民主测评：让每位学生在纸上写上你认为近半个学期来在班上表现最好的或最差的同学的名字，并注明原因。根据统计，全班49名学生，就有44名学生都写道：王丽爱说脏话，死不悔改，有早熟倾向……列了很多"罪状"。我突然感到像她这样的学生再留在班上，将是班上永远的祸根，将会给整个班的班风、学风，造成难以估量的危害。渐渐地她成了班上同学、老师的眼中钉，肉中刺。我也曾想到把她调整到别的班上去，但在我准备做出决定的时刻，我突然想到了陶行知先生的一句名言："你的教鞭下有瓦特，你的冷眼里有牛顿，你的讥笑里有爱迪生。"它告诫我们不能以简单粗暴的方式对待学生，要充分尊重学生的人格，相信每个学生都能在今后的社会生活中找到自己的位置。我开始反省自己的教育方式和方法，冥思苦想如何才能让王丽改头换面。

经过深思熟虑后，我决定先了解一下她的家庭背景。一个星期六的上午，我一人突访王丽家。原来王丽寄居在她姑姑家。她从屋里走出来，结结巴巴地说："我在——做作业，老——师您怎——么来了？"她对我的突然来访，甚感意外，言行不畅。我从她的瞬间变化的脸庞解读到她的内心：惊讶——一丝淡淡的喜悦——无限的忧虑。这一刹那间我毅然决定不把她在校情况告诉她的亲人，只了解她的家庭背景和在家的生活状况和表现。交谈中得知：她五岁时父母就离异，没有得到太多的家庭温暖，那天陪她来的妇女是她后妈，如今她爸和后妈一起到东北打工，现把她寄居在她姑姑家里。可以说没有人管她。平常喜欢独自一人做事，少言寡语，时常帮着她姑姑做家务事。这时我的心突然觉得有些酸楚，同时有一种负罪感。我不由地想到了："教育，长善而救失者也。"我得找机会与她坐下来好好地谈一次。

回到学校，我把她叫到了办公室，她以为我肯定又有什么事要批评她，她静静的站在那里好像是在等待狂风暴雨的到来。我却语重心长地问道："你这一个多月来在我们班上还习惯吗？"我突然看到她的表情变得有些轻松起来。"习惯。""在你姑姑家过得好吗？""好！"我温和而真诚地说："你姑姑不知道你在校的不良表现，我家访没给她说。她说你在家爱学习，还爱做家务事，是一个懂事的孩子。"这时在她脸上挂着一丝丝笑容。我又连忙说道："祝贺你！"她很惊讶地看着我："什么？""你期中考试成绩在全班排名第十。"她脸上顿时露出了灿烂的笑容。"你其实是一个不错的女孩，头脑聪明，领悟力也强，若能在习惯上改一改，定能成为我们班的骄傲！其实我并不在乎你的过去，只想关心你的现在和将来。从这里重新开始，好吗？"一句铿锵有力的话："老师相信我吧，我一定会改的！"我的心顿时震住了，从她的眼神中，我看到了她对老师的敬佩和信任。

从那以后，班上再也没有听到王丽的种种劣迹，在班里，她因为数学学科成绩特别突出，被选为了数学课代表。我从此看到了另一个王丽，她聪明、能干、热心，对工作认真负责，对老师充满了敬爱。她曾在日记中写道：老师，您尊重我，不伤我自尊心，使我重新找到了自信，您是我最尊敬的人，我一定不辜负您……心灵沟通碰出美丽的火花，真挚的爱让她重回甜蜜的可爱。我第一次感受到爱的伟大力量。正如法国凯恩斯说："真正的爱是夜的花香，是黑暗中的宝石，是医生听到的第一声心跳。它是异常的奇迹，是用柔软的白云织成而撒在夜空的满天星斗。"

"爱"，让我们从相互尊重开始吧！

爱与责任同在

——谈随迁生教育

施磊蕾

我校现有 18 个班级，六百余名学生，其中 40％为本岛学生，60％为随迁子女。学校随迁子女的人数已经超过了本岛学生，作为教师不得不重视随迁生的教育问题。在这 60％的随迁子女中，有部分随迁子女是由长兴中心校升入我校，在行为规范和学习习惯上与本岛学生相差无几。还有部分学生是由光辉、前卫等小学升入我校，这部分学生在行为习惯及学习成绩上与本岛学生存在较大的差异。往往这部分学生给教师的教学和学校的管理带来了一定的问题。他们就是我们口中常说的随迁班学生。

细细想来随迁班学生，都比较的可怜。中国非常地重视教育，每个学生都有接受平等教育的权利。但是这部分学生由于父母是外来务工人员，所以在上海没有参加中高考的权利，在本身应该接受良好教育的阶段，因为家长的疏忽、学校的不重视，而蹉跎了岁月，这在某种意义上对学生来说是不公平的。当然，对于参加中高考的政策问题，我们老师能做的微乎其微，我们能做的就是当他还是我的学生时，我能够尽我的绵薄之力帮助他。

在上随迁班心理课的时候发现了这样一个现象，一个学生忘记带课本，他在门外扭捏了半天不敢去本地班借书。什么原因？原来隔壁是本地班。也曾想起，随迁班某学生无意跟我说起："我们不和本地班学生玩，因为他们不和我们玩。"为什么不敢去本地班借书？为什么不和本地班学生一起玩？因为自卑，这种自卑心理，若得不到及时的调适和引导，就可能产生逆反心理或封闭心理，加上同学或多或少的排斥和鄙视，甚至会产生仇视的不良心理倾向。这就导致了后期随迁生不愿意听课甚至到处捣蛋的现象。那我们应该怎样去帮助他们呢？

首先,教师应为人师表以身作则,消除等级观念和城乡歧视,帮助他们认识自身的优点,引导他们培养积极向上的人生观、价值观;同时还应不断地向学生传输平等、团结、友爱观念,转变本地班学生的偏见;教师要主动与随迁子女的家长交流,使学校、家长和老师更好地配合,及时了解学生动态,注意和掌握学生的变化。

其次,学校可以多创建一些让随迁生展现自己的平台,能够在全校师生前,展现自己的一技之长,是增加学生自信的好方法。我校已在随迁生中开展了拓展性课程,可以尝试让学生将拓展课上学习到的内容在其他学生之间进行一定的交流及展示,增加随迁生与本地生之间的良性交流。很多学生都是很有想法,而且非常愿意帮助别人,如果能够提供适宜他们的平台,他们也会让我们感到惊喜。就像我们在运动会开幕式中被九(3)班某女生的一段独舞惊艳到一样。

第三,随迁生由于学习基础差,所以学习进度常常落下本地班很多,教师的教学重心一般都在本地班。在这样的情况下,学生的学习积极性就更低落。一个学生不愿意学习,或者说一点都学不进去的时候,上学对他而言就是可有可无、无奈之举。我认为教师不如就将课堂讲的有趣点,拿物理举例子。通过生活中的例子,让他们对学习有跃跃欲试的心理,让他们觉得课堂能够让我感受这个奇妙的世界。比如我们在学习热机这一课时,由古代的人力时代开始娓娓道来,到蒸汽机的发明将人类从繁重的体力劳作中解放出来,让学生感受蒸汽机的出现在人类发展过程中划时代的意义,紧接着再到内燃机,一步步引起学生的兴趣。我认为对于随迁生学科教育的目标并不是我要让学生会做多少题,而是我又让学生了解了多少新知识。

对于随迁生的教育,需要教师的尊重、学生的尊重,慢慢地了解他们,有耐心地帮助他们,给他们提供机会与平台,相信他们在很多方面都不会输给本岛生。

海岛风情

    风情者,风土人情也。不同的地方,有着不同的语言特点、文化氛围、生活习俗、礼仪规矩等。长兴岛是长江口中的一个淤积岛,由于独特的地理位置和自然环境,形成了许多特有的地方色彩和人文要素。长兴岛的风土人情,很具韵味,同时也有含蓄性、幽默性、哲理性等特点。

    长兴岛人粗犷、宽容的气质,也许是长江水长期养育的结果;长兴岛人勤劳、坚韧的品格,是长期与大自然的搏斗中磨炼起来的;长兴岛人的聪明、智慧、幽默和富有创造性,是战天斗地的劳动实践的产物。

    你读了本章的一些文章,会有许多独特的感受和耐人寻味的思考,可以领略长兴海岛特有的风土人情,从中可以感受到许多美好的东西,懂得"一方水土养活一方人"的道理。

酒　仙

——长兴岛风情录

吴建国

这里原来是一个港汊,朝南几十丈就是长江的深水区,围圩后,港湾变成了主河道,又一条朝西走向的横河成了避风港,潮来潮落,这个丁字口上正好泊船,于是,便有了树荫人家,有了酒馆药铺,有了一个叫"三民镇"的名字。往返上海苏北的船家,在瑞丰沙的东侧抬手一望,喊:"落帆——"三民镇到了,三民镇有最好的米酒。

船家中有一人,因为恋着这里的米酒,喝完酒以后再也没有回到船上去,在镇西搭草屋一间,住下了。每天,他是酒馆开门后第一个食客,也是天黑打烊了最后一个离开的客人。是什么菜,他不讲究,点的酒是50斤1甏的米酒,放在酒桌边,用一只吊子提酒。他喝酒不像有人小口慢品,咂咂滋味,他是大口喝,中号的酒碗,最多三口见底。直到打烊站起身来,绝不会摇摇晃晃,脚步如早晨一样轻捷。这一甏酒,不出三天就空了,更多的时候,上岸来的船家挤到他的桌子上,那可能两甏三甏也不够。

短褂吊脚裤,脚上一双木拖鞋,这是他一年里三个季节的穿着。上海镇江南京,启东南通扬州,船能到达的地方,没有他不认识的人,办不成的事。潘家沙产的稻米渔货,经他的手,样样都能卖出去,样样都有好价钱。三民镇上的人,渐渐喜欢上了这个满脸通红的汉子,请他喝酒的人多了,听他说道的人多了。

新中国成立后,因为曾为新四军做过接应,他领到了津贴,政府给他定的成分是小业主。小业主没有店铺,他要做的事情就是喝酒,靠在供销社的柜台上喝酒,盘腿坐在船上的舱房里喝酒,提着瓶子坐在自家的门槛上喝酒……潘家沙人相信,他虽然地无一垄网无一张,但他却是三民镇上经济物品活泛的跳板。

"文革"开始后,供销社里卖的酒淡了,到年底时干脆没有酒供应了。甲级黄酒,特加饭,葡萄酒,五加皮,他把供销社的角落里能找到的酒都买来喝光了。停船闹革命,吴淞码头也被上钢五厂的造反派占领了。酿酒的酒药已经被控制,用粮食酿酒已是违法的事情。没有酒的日子,他立刻变了一个人。这是一年里最为寒冷的几天,天还没有亮,他穿着大衣颤颤巍巍走过街路,手拎着酒瓶等在了供销社的门口,当听到"没来酒"时,因为强烈的企望而闪闪发光的眼睛,顿时暗淡了,鼻涕流淌到了嘴边他全然不知。

"救人呀——"

人们寻着喊声跑到了河边。晨曦里,是刘裁缝读初中的女儿踩着河边的冰淘米时落水了。水闸里正在放水,冰层的断裂声响彻三民镇的上空。他脱了大衣从岸上跳了下去,游了十几丈才把孩子推到了岸边。刘裁缝居然忘了谢过救命的人,背着女儿就朝家里跑去。当他爬上岸时,两腿打颤,摔倒了。早已有人把大衣裹在他的身上。寒风里,这个65岁的老人在抽搐!——危险,快把他送回家吧!供销社的女售货员机灵,拉着他的手喊:"酒来了,酒来了!"

哪来的酒呀?许多人不解地寻找着,当知道售货员的用心后,几十个人一齐喊:"酒来了! 酒来了——!"

他的脸渐渐上红了,继而全身都红透了,站起来,抬起手撸了一把结了冰的头发,朝镇西头的家里走去。药铺的陆郎中拄着拐杖也站在人群里,惊呆了,"喝酒从来不醉的人,我这辈子算是看到了;没有酒的时候,听一个'酒'字满脸通红,胜似喝酒的人,我也看到了,真乃酒仙也!"遂命晚辈,将日后用在百岁生辰家宴上的两瓶"西凤"酒,火速给他送去。

街上又有人齐声喊:"酒来了! 酒来了——!"

锁

——长兴岛风情录

吴建国

　　江边滩涂上围的百亩地,成一个自然的小村落,这里,离临安的老家已经很远很远,却离东海的潮汐很近很近。大明朝的子民已经变成了清朝的人了。光阴荏苒,亡国的悲情却没有被人淡忘,大明的风俗习惯还在这个名叫江村的小村里传承着。北方是蛮夷,北方是刀枪血污,从此,江村人盖的房子都没有后窗,有的人家甚至连后门也不留。他们起居、种植等几乎所有的生活习惯,都是面朝南的,特别是每天起床后,必定要面朝南站定了才穿衣服。

　　现在,坐落在长江南岸的江村,已经有上百户人家了,这里已经成了鱼米之乡。这一年冬天,村里出了一件事情,几乎每家每户都被贼偷了。江村北边是长江,南边绕西是一条大河的入口,除了鸟以外,没有一个陌生的人能进入江村。贼是内贼,整个江村顷刻间沉浸在了无限的恐惧和愤怒中。原本都是有着相同血脉的人逃难在此,相依为命,因此,江村不闩门,门上不挂锁。在愤怒和猜疑中,有的垒起了围墙,有的筑起了篱笆,家家户户都跑到常州去买锁了。这样的愤怒和猜疑,就要使江村走向家族的对立和角斗! 就在这个时刻,清兵突然来到了江村,他们要抓一个兵丁送往边关。江村有一个名字叫浩的青年从人群里走出来,说:"我去吧。"说罢便朝渡口走去。船还没有靠到对岸的田螺港,来抓人的四个清兵已经落水淹死了。浩带上艄公来到官府,自首并证明艄公的清白,只求两件事:一求官府不在江村抓丁,二求死在江村。官允了,行刑在江村的北岸上,是日,他跪在江村的父老乡亲面前:"贼是我,贼今天死了,让江村的锁和我葬在一起吧!"

　　80 高龄的私塾先生,他也是浩的叔公,他当然最知道学生浩的品行,他仰天长叹:"江村有浩江村幸——!"江村的男女老少都知道,浩不是贼,但浩的用意他们全都明白了,当晚,全村的锁,都拿来和浩葬在了一起。

最明白的当然只有一个人,这个人从此不偷了,江村从此无贼了。

从此,江村又开始了无锁的日子。

第三年清明前后,连续一个多月风雨不止,浩的老师善观天象,他提议江村人应该为浩举行骨殖入瓮仪式。棺柩并没有完全腐烂,陪葬的一把把铜锁却已经烂如泥土! 就在这天晚上,长江上游突然来水,江村人带着可以带走的一切和浩的骨殖,离开了江村。——长江改道了,江村被洪水冲走了,但江村的所有人都相信,江村是不会沉没的,江村是不会消失的,她一定只是搬了一个场。

这个场搬到哪里了呢? 江村人找到了,就是东边 200 多里路外的潘家沙,就是今天长兴岛的一个部分。

今天……潘家沙已经有一百五十多年的历史了。45 年前的一天,是初夏的景致,因为房子没有后窗,屋里已经很热了。午睡后,五岁的重孙子被抱到门口,面朝南,站好后可开始穿衣服。凳子就放在门前的莲树下,83 岁的太奶奶又给五岁的重孙子讲故事了,今天讲的是锁的故事。

重孙子问太奶奶:"什么是锁啊?"

太奶奶答:"锁嘛,我也没有见过。"

福高扁担

——长兴岛风情录

吴建国

　　莲树的扁担光滑,就像表面涂过桐油,太阳下挑一担重物走在田间地头,扁担上下颤动,那光亮闪闪烁烁,仿佛你肩头挑的是太阳,但它性脆,容易断;杨树的扁担过分柔性,分量稍重了点儿,便弯成了弓;杉木的扁担硬性,再重的分量不会变形,挑在肩上不会有物我合一的感觉,就像耕田郎驾驭一头犟脾气的牛,走不了多少路就让你气喘吁吁。毛竹的扁担是 20 世纪 70 年代初期供销社里出售的,那是科技的进步,将毛竹削刨成形,里对里用万能胶黏合在一起,这种扁担轻巧,但它吃不了多少重量,长兴岛人称它为"知青扁担"或"女人扁担"。

　　在中国几千公里的海岸线上,海岛星罗棋布,但像长兴岛这样泥沙堆积成型,地平面低于天文大潮高潮位的岛,为数很少,因此,决堤后围堵缺口加高堤岸,是长兴岛上所有人的立命之本。不管你是男是女,十三四岁的时候,会有一根扁担放在你的肩上,那时,你可能还没有扁担高。

　　1972 年盛夏的一天,石头沙和长兴岛连接的大坝就要合龙,潮水开始上涨了,掘出的泥块越来越大,几千个人挑着泥箩在大坝上快步奔跑。缺口越来越小,水流越来越急,紧张到了连高音喇叭里播放的《社会主义好》的歌曲也停下来了,所有的人都在奔跑,能听到的只有"叭、叭!"扁担断裂的声音。

　　……长兴岛的堤岸、河道、路基,都是扁担上挑出来的,长兴岛人的日子,都在扁担上。一定是这样的情景,扁担总是断在危急的关口!

　　断扁担对于挑担的人,有的是切肤之痛的记忆,也只有肩上的扁担经常断的时候,你才成了一个真正的长兴岛男人,从这个时候起,你才会为了得到一根好的扁担而苦恼,而日思夜想:

最好是软性的白榆树，最好有十年以上的树龄，最好削皮后直径有三寸三分，最好在宅沟里浸泡过两个寒暑，最好有自然的弯曲。刨好的扁担平放在肩上，两头上翘起一个拳头的高度，挑上 200 斤的重量后，向下弯曲到半个拳头的位置，这样的扁担前后 10 个稻捆也不挡眼睛的视线，走田埂跨田缺(田埂上放水的缺口)，颤悠悠几里路也不觉得累。——这是一个名叫吴福高的老人讲的扁担，是他经年挑担中，心里惦念的最好的扁担。

这样的扁担有吗？有，但也断了。

在长兴岛，一顿能喝两瓶 65 度熊猫大曲的人，不用稿子作两个小时报告的人，已经有了很响的名气，但还有一个公认的标准，就是数一数你一生中挑断了多少根扁担！长兴岛人同样相信，扁担负重，是吃苦耐劳的标志，是长兴岛的存在和这个名字的标志。今天，城市化吸引着许多年轻的目光，那些肩上扛着扁担走过来的人，还在坚守着土地和他们自己的创造。一个叫徐亚彬的老人正用他的亲历，在撰写着长兴岛的乡志，他一定会记录一根扁担，记录这样一代人伟大的创造能力和承受苦难的能力，成为乡志里不可或缺的一章。

金度圩

——长兴岛风情录

吴建国

退潮了,这条送金度一家来潘家沙的帆船,顺流驶回了长江的北航道,侧风逆水,船和帆倾斜着直插西北方向的老鼠沙,回青龙港去了。

金度站在潘家沙的北大堤上。刚才满潮里靠船时的景象已经没有了,浑黄的江水衬托着湛蓝辽阔的天空,此刻,眼睛能看见几十里外崇明的东北角,看得清长江口落潮的一波一涌。这落潮就像有人在赶放一个巨大的黄牛群,黄牛群扑向长江了,它们身后顷刻间露出了黛青色的芦苇和墨绿色的莞草,这两种颜色交替着向长江里绵延着!这位启东客年轻时在吕四港做过水手,他熟识的是黄海退潮后荒凉的海滩,眼前这样长江口的落潮,和落潮后浅滩上展现的绿色和生机,让这个曾经的水手心里激动着,让他忘了身后来接应他全家的表弟。

住在潘家沙的表弟,已经习惯了潮涨潮落潮音轰鸣。他的眼前是表哥酱油色的脊背,这脊背上有几处正在脱皮,宽松的免裆裤用一根搓得很实的草绳扎紧着,让站在他身后的表弟看得惊奇:这一门一族的亲戚中,传说的力大如牛的表哥,腰怎么这样细?再看脚下那些从船上卸下来的东西,除了扁担泥锹等十几样农用家什外,就几件布袋里装的棉絮衣衫和一张桌子五六条凳子……这是搬家吗?

表弟走到表哥的身边,眼睛也跟着看在长江里,问:“还有船来?”

金度听懂了表弟的意思,他转过身扫了一眼女人和两个孩子,“我的家当就这些,全搬来了。”

“哦——”潘家沙没有嫌贫爱富的人,表弟说:“这个地方好啊,有水坑水坑里就有鱼虾,能种的地地上就有收成……饿不死人。只是这兵荒马乱的日子,来潘家沙的人多了,地就变得金贵了。等今年稻子收获后,我到大户人家那里说说,匀几亩地给你们种。"

现在时节刚过立秋,等稻收还要两三个月。金度把全部的家当都搬到了表弟赶来的牛架子车上,指着堤内大片的稻子问:"这个圩是啥时候围的?"

"前年冬天里。"

前年冬天?两年不到就成了熟地!金度的眼睛又看在了退潮后的浅滩上,许久,说:"今年冬天,我要围这个圩,到明年开春,种自己的地。"

表弟没有怀疑哥哥的决心,在潘家沙这块土地上,生存的环境每时每刻都在改变着人的行为。初来乍到的金度也知道,在长江入海口的大潮里围圩造田,搏的是命。

可这搏命的事情,竟然引来了很多人的响应——潘家沙的规矩是现成的:出人出力,分田分地。

整整一个冬天,潘家沙的北大堤上搭满了环洞舍垒满了泥涂灶,连浆洗缝补的老妇也来了,连接骨推拿的郎中也来了……在泥络扁担的断裂声里,在气喘吁吁的咯血声里,圩围成了。

这个圩叫金度圩。

金度圩的大堤成了潘家沙新的北岸。从初夏到中秋,东北风从长江里吹来,那低沉洁白的云朵从大堤上爬过来后,就在金度圩里的稻绿上游荡,农人们看着绕在身边的云朵,就像是自己家放养的羊和鹅,所有因围圩和劳作而积的沉疴似乎就此痊愈了,他们心里唯一念想的,就是到大堤外长江的浅滩上再围一个圩。

圩让潘家沙膨胀。

圩是人和人心膨胀的产物。

新中国成立后,金度圩的外面又围了几个新的圩,大的永隆圩,小的宅沟圩。现在新的圩外面又围了一个长江入海口最大的圩,这里不种蔬果粮食,这里盛放的是水!上海这个一千多万人口的大城市多了一个水源地,长江入海口又少了 70 平方公里流动的水面……

香烟缭绕

——长兴岛风情录

吴建国

　　他是在麻雀叽叽喳喳的叫声里起床的。

　　早晨,天空是透明的,像柳絮一样飘落的是雨,雨声很轻,只是一袋烟的工夫,太阳就从云缝里露出来了。这是暮春时节,葱茏的树木围合着这个偌大的宅院,门前的老榆树上,白头鸟的巢又多了两个,几只彩色的追鱼鸟在晶亮的绿叶间跳跃着嬉戏着。"嘎、嘎、嘎。"鸭子的叫声从宅边的小河里传来后,这群芦花母鸡开始下蛋了,"咕咕哒——咕咕哒——"

　　这是早晨,和平常一样的早晨。不同的是,这些天的空气中,飘浮着油菜花开的香味。28 年前油菜开花的时候,他的父亲去世了,到今天,已是第 28 个忌日。他已经 77 岁了,每年,分别要为他的爷爷奶奶父亲母亲分别做一次祭奠,不用别人提示和翻看月份牌,这四个日子,早已印在了他的心里,而先人们,有时也会托梦于他。

　　巳时到了,他把供桌放在堂屋中间的前梁下,看桌子凳子都放平稳了,便开始摆放碗筷,除了他的爷爷奶奶父亲母亲,还有他的太爷爷太奶奶和岳父岳母。他的老伴和儿媳已经把烧好的供菜端来了:一条翘头翘尾的白莲鱼,红烧肉,红烧蛋饺,全鸡一只,全鸭一只,油盐豆腐和新鲜的时蔬八样,糕点若干。

　　酒是醇香的崇明米酒。

　　他点亮了红蜡烛,又在蜡烛的火苗上点燃了一把檀香。祭奠的仪式就这样开始了。酒香檀香弥漫在静默的时辰里。猫伏在门槛上,黄狗在院门口昂着头看在远处,甚至飞鸟也落到宅后的竹林里去了。他给先人们第二次斟酒后,靠着门框坐下来,香烟缭绕在他的眼前,他看到了父亲,满脸汗水的父亲像是在稻地里,还有他的母亲也在一旁劳作;他看到了推着独轮车逃难的爷爷,独轮木架车上是祖传的金银器皿,好几年,东洋兵也没有追上这辆独轮车,后来,这些金银器皿和他们辛勤劳作的积攒,变成了长兴岛几处雕梁画栋瓦房。第三次斟过酒后,他的心里也有了酒醉的轻松和舒坦。太爷爷去世的时候,他只有四岁,那天爷爷抱紧他,把他的手放在了太爷爷的手里,他只是感到太爷爷的手冰冷冰冷的,扁扁的嘴里反复说:香火有了,香火有了。那句话,他是几十年以后才明白的。

听到黄狗的叫声,门槛上的猫窜了出去。不一会儿,院门口传来轿车摩托车电动车的声音,儿子孙子女儿女婿都回来了。他把备好的稻草垫子放在供桌前,率领儿孙依次给先人们磕头,重孙子潮潮已经满月了,他被抱着来给祖宗们磕头,小手上的金铃铛响得好听。最后,有锡箔纸钱化给先人们,那是上海城隍庙买来的真锡箔,淡淡的青烟在堂屋里缭绕着,又慢慢地从门里飘出来,顺着屋檐依附在瓦片上,攀缘在树木的枝丫间,偌大的宅院,沉浸在芳香的青烟里。

午时到了,祭奠的仪式结束后,照例请新老亲戚几位邻居和家人吃一顿饭。席间,他总要谈到先人们,一条河,一条岸,一只圩的筑成,都有他们的汗水和功绩,还有那些先人们为人处事的点点滴滴,都被儿孙听在耳里记在心里。

一切都是那样的静谧安详。这天夜里,东厢房里的小宝宝没有啼哭,一夜无声,到早晨,叫醒他的,还是这群叽叽喳喳的麻雀。

带着泥土去远行

——长兴岛风情录

吴建国

在封闭的岛上圩里,远方是每一个长兴岛男子必不可少的人生经历。

十三四岁、十五六岁,已经学会了挑泥筑岸,学会了拔凌沟做边章;已经熟悉了长江入海口的潮汐的规律,可以用橹或者竹篙掌握船的方向了……这个时刻,一颗年轻的心,就会想到很远很远的地方,去当兵或者学手艺做生意。

远行的畏惧早已消失在远行归来者的荣耀里,外面世界里所有的故事,如泥络里倒在堤岸的土,早已把人和人的决心垫的既高远又坚实。不能忘却的只有一件事,从宅前屋后的土地里捧一捧泥土,用写信的毛边纸包一层,用母亲纺织的土布毛巾再包一层,和着父母长辈的嘱托,轻轻放在自己的行囊中,这样,就可以走上跳板,走向远方了。

带着泥土去远行——这一把泥土,是你的血地你的家,是你生命的组成部分;

带着泥土去远行——这一把泥土,从今天开始的日子里,每一天都在你的身边,每一个夜晚都在你的枕旁。

真实的远方实际上就是一道道变换着的风景,一个用心的远行人,最疲劳的首先是眼睛。这个时刻,人深切的感受是,家和家乡并没有远离你,她时刻作为标准,对照着眼前闪过的每一道风景,验证着风俗人情中的每一个细节。谦让和敬崇是无私的表现,会让你得到他人的肯定和信任;真诚和勤奋,让你远行的日子里,每一天都有成功喜悦和与人融洽的快乐,唯一不能摆脱的,是水土不服的困扰。

这不是病。湿润和零海拔的长兴岛,米饭和鱼鲜蔬菜的长兴岛,自然环境的改变,一定会影响到人的生理机能。但是,水土不服确会演变成真正的病,肠胃功能的紊乱,会让你食无味夜无眠,让人精神萎靡,意志消退,病到极致,一定客死他乡。

长兴岛人认为,水土不服本质上是一种思乡病,此刻,把带在身边的泥土少许用开水冲泡,在热气升腾中闻一闻,喝一口,顿时,就让人觉得又回到了家里,奇迹是病情也因此开始缓解了。

远行的人,时常会在睡梦里惊醒,东海日出大漠日落,南国的烟雨北疆的风雪,景象万千中风情万种里,唯一相同的只有月亮,到哪里,都和家乡的月亮一样明亮一样皎洁!这样的夜里,捧出这把干如粉状的泥土,看一看,让你心潮澎湃;闻一闻,让你泪流满面。而在生死决战的当口,捧起这把泥土,你就会力量百倍,就会义无反顾,你知道,即使自己化为了灰烬,也会融入这片泥土中——因为你就是她的化身,因为你代表的就是她的光荣!

阿祥老大

——长兴岛风情录

吴建国

　　船老大盘腿坐在舱房里喝酒,他打量了一番从跳板上走下来的一老一少,问少的:"叫啥名字?""阿祥。""多大了?""13岁。"船老大随手拨过来一只大碗,倒满酒,"喝吧,喝完了从舷边走到船头上,来回走十趟,不掉到水里,你就住在这里。"他把端在手里的酒碗放在矮桌上,略微重了一点,有些声响,这就是他说的"这里",——因为舱房就是晚上铺床睡觉的地方。然后,转过头对阿祥的父亲说:"要是掉到水里了,你就把他领回去吧。"

　　阿祥捧起碗,喝了,放下碗,在五寸宽的弦边走了十几个来回。就这样,立一张字据,把一条生命交给了船和船老大后,阿祥的父亲头也不回地走了,忍在眼眶里的眼泪洒落在回家的路上。剩下的就要看这个孩子的造化了,或者他会沉尸江海里,或者他会在20后,成为一个操舵使帆的船老大。

　　家里给他算的命,说他命里缺水,只有在水里才能长命百岁。13岁的阿祥不知道什么是命,在船上,有吃有喝不会饿肚子,因此,即使在大风大浪里行船,阿祥也从来没有害怕过。

　　一次台风来了,他们的船靠在了吴淞猪行码头上,师傅和其他船的老大们上岸去了,只留下他一个人看船,风刮了三天三夜,他把一甏50斤的高粱烧喝得没剩一点底。那年,阿祥18岁。师傅回到船上,捧着这只空甏哈哈大笑。两年后,师傅把舵柄交给了他。行船的经验也在于自己不断总结,师傅只是交代说:"在船上,要多喝酒,酒气足了连鬼都怕你。"对于酒,他渐渐有了新的认识:即使三伏天,长江里的水也凉得让人抽筋,船在水里行,船家要时刻准备着落水自救,因此,光背赤脚,一条没膝的棉裆裤就是船家一年四季的穿着——落水的一刻,急流里容不得你脱鞋脱衣,第一个漩涡里抬不起头来的人,那一定要见阎王爷的。因此,即便数九严冬里,只要肚皮里是酒,只要光背赤脚,落到水里也有半个时辰的熬劲。

阿祥老大30岁那年,打造了一条能载300担的大船,拔升主帆就需要七八个水手。这一年到江苏吕四港装一船黄鱼到上海公平路码头,那是春节前滴水成冰的季节,船老大和他的水手个个光背赤脚,引来吕四港外几千人围观,"这是哪里来的船家?"

"鸭窝沙马家港的。"

"是阿祥老大。"

酒不光对于长江入海口的船家,乃至鸭窝沙的所有男人,都是生命的组成部分。阿根老大更是特别,他一年四季以酒当茶,江海里航行,腰间的酒葫芦里从不断酒。船靠码头,上岸后先要去的地方就是酒馆,上船时必带的物品就是酒。新中国成立后不久,航风船全部实行了公私合营,他的这条300担的大船,为鸭窝沙区的建设作出了巨大的贡献。60年代初期,上级号召将全部的航风船改成机器船,他仰天叹道:"那突突屁响的机器船也叫船吗?"

他毅然选择了退休。

放牛郎之死

——长兴岛风情录

吴建国

抱在怀里的驮在背上的牵在手中的,除了三个孩子,还有大小两个包袱——这是每一个逃难来潘家沙的人共同的景象——唯一能看得出他身份的,是他肩头挂着的布包里,那把斧头和几件木头雕花的工具,他的名字叫李水明,但潘家沙人都叫他李木匠。

一个人的怜悯之心,大都来自他(她)自己经历的苦难。潘家沙的居民,事实上都是逃难来的,他们把李木匠全家安排在岸边的一个牛棚里住下,柴米油盐,过日子用得着的东西大家都凑了。但接济的日子不能长远,况且潘家沙人都不富裕,哪家会有雕梁画栋的活计? 有人出主意:还是求马家港的赵家,匀一个牛群来潘家沙让李木匠放养。

很快得到了赵家的回应,匀牛六头,其中三头仕牛每年产仔一头归东家,第二头以上归放牛的人,另从出租牛耕田的钱款中,分一半给放牛郎作为酬劳。李木匠心灵手巧,放牛这活学得很快,圩里的人都夸他有灵性,连他自己也觉得,他已经是一个放牛郎了。

今年春旱,房前屋后只收了几斗麦子,七月初二北外圩决堤,大水五天不退,仅有的两斗麦种煮成汤水吃了,这个时刻,向谁开口借粮,都是一件为难的事情,眼看着老婆孩子都要饿死了,李木匠下了狠心,将今年春天里三头仕牛下的五头牛犊中,用他的木匠斧子,杀了一头。

是夜,门前牛汪里的牛群彻夜哞叫,这个叫声凄惨悲悯,周围十几里包括东边的鸭窝沙和西边石头沙的人都听到了。这个夜晚是恐怖的,连啼哭的孩子都把头蒙在了被单里。牛群凄惨悲悯的叫声里,一定隐匿着人的灾难和世间的重大变故——这是一个常识——是什么让这个牛群在这样的黑夜里哀声不绝？就近几个圩里号称剥了皮都是胆的放牛郎耕田郎，谁也不敢在今天这样的夜色里循声走向牛群，去探听事情的真相，去制止灾难的发生！

李水明听到了牛的叫声。因为无知，他还是在小牛肉汤鲜美的饱嗝里睡着了，醒来已经四更天。他似乎感到了有些异常，为了壮胆，他习惯性地把桌子上的斧子拎在了手里。就在他拉开门的瞬间，一个巨大的黑影猛烈撞来，牛的犄角穿透了他的胸腔！

天亮了，女人的哭声淹没在了牛群的哞叫里。十几个放牛郎耕田郎在进宅的高岸上看到了惊人的场景：岸边一棵粗壮的苦莲树上，一头母牛前脚高提，牛头卡在了枝丫间，牛已经气绝身亡！岸坡下的草棚门口，李水明躺在血泊里，那血已经凝固，在初升的太阳投来的阴影里，血色黎黑。让所有人毛骨悚然的还有门前牛汪里发疯的牛群……

之前，牛伤人只是在传说里，今天，潘家沙人要做的事情是化解人与牛的仇恨，消弭圩里的罪恶。放牛郎和耕田郎们商量着，有凭经验出的点子，也有迷信的作法，他们虔诚而神秘。牛通人性，拉豁了鼻孔从牛汪里跑出来，报仇的代价是付出自己的生命，这样的牛，在他们的心里，已经变成了神。

潘家沙的男女老少都来了，他们怀揣着祈福消灾的心情，走在送葬的队伍里。埋葬了放牛郎后，送葬的队伍从北大堤上返回来，用两丈红布包裹着树上放下来的母牛，把它深埋在牛汪的一侧。事毕，牛的叫声停止了，牛拥到牛汪的围栏前，它们抬起头和几百双人的眼睛对视着，每一双牛的眼睛里都冒着血，夕阳里，如一簇簇火苗在燃烧着。

不呼救命

——长兴岛风情录

吴建国

危难时刻不呼救命,是长江入海口船家的规矩。

浑黄和湛蓝两个色块,挤压成长江入海口的一条分界线,船家的眼睛里,湛蓝是东海,浑黄是长江。在这条色彩分明的分界线上穿梭航行,靠的是船家对于潮流风向的判断能力和船的驾驭能力,而任何人为的力量和经验,在这片水域里,都显得万分渺小和无奈。

帆船最忌风向突变、暗礁浅滩,但这里风向无定,流沙成岛只要一个潮汐过程;长江上游的雨季里,突然下泄的洪水和上涨的潮水对冲时,掀起的巨浪高有两丈。这些不可抗拒的外力,任何一样,对于木壳帆船,结果都是船翻沉,人落水。

不呼救命,拒绝别人的救助接应,也是船家对于这片水域深刻的了解。行船中遭遇不测,人入水后会顺着潮流的方向漂流,即使同方向的船,也无法落帆救人,深水里不能沉锚,风向不可能就是潮流的方向,逆着涌浪侧风里驾船救人,结果一定是人没有救上来,自己的船也翻了。这是一百多年前鸭窝沙开埠时的一个故事:东南角上,马姓的渔夫在这里置了一张朝天大网。那天是农历腊月初三,午时头里,潮涌如牛,斜对面的圆圆沙方向,驶来了一条木帆船,吃水很深,看得出是重载。船过这张朝天大网后,就是长江的主航道了。岸上西北风,江里突然刮了东南风,鼓胀成半个圆的主帆,"叭"一声打在了桅杆上,桅杆折断的同时,船朝岸的方向侧翻了。马姓的渔夫没有犹豫,脱了棉袄就跳了下去,渔夫游近三位船家时,船家把竹篙推了过来,渔夫接住竹篙的一头,拼命往岸边拉⋯⋯在看网的草屋里,渔夫生火烧水,让船家喝姜汤烤衣裳,可是船家并不领情。"不应该呀,兄弟。"船老大甚至要渔夫摆酒赔罪。——船家都是重义之人,何来如此悖论,马姓的渔夫怏怏找到凤凰镇上的刘郎中评理。郎中笑笑,告诉渔夫:航风船上的船家,个个都有好水性,个个都对前事后果有所准备,岸上的人定是比不了,你跳下去救人,大都会成为累赘。好的结果只有一个,不好的结果是跳下去的人上不了岸,那船家如果活着,怎么对得起这家人,如果大家都上不了岸,那船家死了却还要背那么重的人情债……陆郎中裁定:这酒该摆。

只有把生死置之度外的人,才能在这片水域里搏风斗浪,因此这是一群被称作"剥了皮都是胆"的人。处于危险之中,他们始终保持着警惕,船上的竹篙从不系绳,腰间的酒壶里从不断酒,一旦危难来临,他们沉着不惊,不呼救命。潮汐有规律,这片水域里,每一片可以立足的岛屿滩涂都在他们心里。一根竹篙一壶烧酒,人在水里,命在天上,特别是严冬时节里,真正能够在岸边浅滩上站起来的人,数一数,没几个。但在他们的生活中,行船或喝酒,向别人传递的都是快乐的情绪,他们深邃的眼睛里面,让人看到的都是宽阔和沉静。危难之中,独自承担,这不是一个时代里所有人都具备的品格。

阿玲的月亮

吴建国

阿玲是个盲女,她是我的同学阿鑫的姐姐。

我们读书的平安小学有七八间砖墙瓦房,没有围墙,放学后,我们沿着东山墙边的河岸走回家。长江里涨潮的时候,长江水从潘石水闸里涌进来,宽阔的河面上鱼儿跳跃,也会把河面上的游弋觅食的鸭子飘得很远很远,那时,我们会追逐流水的涌浪,一路跑到阿鑫的家里。

南北走向的河流在阿鑫家的门前拐了一个弯,改道朝东方向流去,顺着河沿冉往前走,就到自己的家了,但我们都喜欢在阿鑫的家里盘桓许久,有时做作业,有时听阿玲讲崇明的故事。阿玲12岁了,她是崇明的外婆带大的,春天里外婆去世后,她回到了长兴岛的家里。每天,爸爸妈妈出工弟弟上学后,阿玲总这样坐在自家的门槛上,太阳光透过柿子树的枝叶,把片片光亮照在她的身上,河面上吹来的风掀动着她的留海儿,她的眼睛永远看在一个方向,一眨也不眨。和多动的我们比,阿铃是那样的文静。也因为阿玲,外面的世界,除了一年级课本里的北京,我们还知道了崇明。

这是深秋的一个傍晚,生产队里所有劳动力都到很远的新圩里拾棉花了,我们在阿鑫的家里等待大人们回来,因为饥饿,我们望眼欲穿。这时,一轮圆月从河面上升起来了,这么巨大这么明亮的月亮我们好像第一次看到。河面上细碎的水花在涌动,月亮好像在洗澡,又好像船一样在河面上漂游,海岛农村的小儿郎不懂得美,我们只是表示惊奇,七八个人同时喊:

"哦——月亮!"

"哦——月亮!"

阿玲手扶着门框站起来,她看不见这轮美丽的月亮,只听到了"砰、砰"作响的声音,她自言自语地说:"月亮,月亮来了。"——那由远而近的声音,是生产队里的那部拖拉机。拖拉机回来了,大人们收工了,"哦——!"我们欢快地跑回家。

阿铃的世界是有声的。

贫穷使儿童少年有了愁滋味。以后的很多年,直到高中阶段,我们放学后到阿鑫家的时候,都变得非常沉默,很少写作业,更多时候在讲哪条泯沟里有鱼,哪段海堤上可以放羊,潘石镇上的黄鳝多少钱一斤,凤凰镇上的螃蟹多少钱一串。这个时候,只要听到"砰、砰"的拖拉机声音,阿玲总会说:"月亮来了!"

阿玲是为了让我们高兴,她说完"月亮来了",便在等待我们的欢呼声。我们不再欢呼,也不再纠正阿玲……十年前那轮美丽的月亮已经变得十分遥远,那份欢乐也已经被我们淡忘了,只有阿玲,她把别人快乐,一直牢牢记在自己的心里。

"解放圩"与解放圩人

姚伯祥

　　1948年的冬天,淮海战役已基本结束,中国人民解放军百万雄师屯兵长江以北,日夜操练,只待党中央毛主席、朱德总司令一声令下,就要横渡长江,解放全中国。1949年三四月间,一支从淮海战场溃退下来的国民党青年军208师残部登上了长兴岛(当时叫鸭窝沙)。在岛上北沿,现今泮园公路一线滩地上构筑防御工事,东西长好几公里。四月的一天,突然这支残兵败将卷起铺盖登舰往浦东高桥方向去了。据说解放上海的战事十分激烈,1949年6月1日,由宝山县(已先期解放)派出的一支解放军部队,比崇明县的部队早几天上岛,长兴岛就归属宝山县了。岛上已无国民党驻军,少数地主恶霸土匪已逃往大小洋山,所以未经战斗就解放了全岛,受苦受难的老百姓从此翻身得解放,开始了幸福的新生活。

　　解放军上岛后除了打土豪、斗地主、分土地建立乡村人民政权,同时发挥延安时期的"南泥湾"精神,于北沿滩地上国民党青年军208师残部废弃工事的基础上,围圩造田。这是新中国成立后围起的第一只圩,也是解放军为主围起来的圩,所以定名为"解放圩",面积有上千亩,地权归区乡政府。

　　1956年,上海市政府成立公交公司和轮船公司,把旧上海遗留下来的依靠"三轮车""黄包车"、黄浦江里"小舢板"生存的市民进行分流。有进机关的,进工厂的,进商店的,也有回苏北安徽老家的,其中共488户(乡政府另一登记为605户)1 721人,安排到长兴落户,具体在解放圩落脚。

　　在市县乡政府的重视下,一个冬天,集中全岛的芦笆匠,泥水木匠,利用本地产的芦苇,浙江运来的毛竹,建造起了近千间芦笆草房,按人口多少分房,把他们安置了下来。五六百户,2 000来人,来长兴岛前,分散住在黄浦、闸北、虹口、普陀等区,他们的祖籍在江苏、安徽、浙江等多个省市,满蒙等少数民族也不少。长兴的原住居民对这批从上海外来的新农民自然而然根据他们现在的住地称其为"解放圩人",这个称呼沿用至今。"解放圩"变成了他们的出生地,他们离开了灯红酒绿的闹市区,放弃了熟悉的谋生手段,当农民,学种田,可想而知是多么艰苦。但解放圩人没有只依靠政府的补贴,而开始了艰难的创业,老老小小齐上阵,围起了"工人圩",同本地农民一起围起了"联合圩"。

1963 年 1 月,乡政府(当时还是人民公社)考虑到这么多人集中居住,生活配套、消防安全、治安问题等多种因素,而且外行种田,庄稼长不好,决定把他们分散到全公社 23 个大队,223 个小队,每个小队安置 2—3 户人家,由政府出钱重新造好房屋,第二次安家落户,真正的同原住民融合在一起。

解放圩地处长兴的中心位置,以后的岁月里建起了长兴卫生院、宝山区敬老院、上海福利院、平安小学等。长兴六个小沙连起来,200 年间围起了三百多只圩,各有名号,多数圩名已淡出人们的日常生活,唯独"解放圩"还被大家熟知,解放圩的农贸市场、综合商店历经几十年长盛不衰。

"江南长兴"

姚伯祥

"江南长兴",是江泽民同志为江南造船厂从黄浦江畔搬迁至长兴岛的题字,看似风马牛不相干的两者紧密地联系在一起。

江南造船厂如此规模的央企,从晚清李鸿章开始,就是中国造船业的鼻祖,军工生产的摇篮,怎么会到小小长兴岛落户? 如此之大的项目,高层决策和专家论证的过程我们当然无法了解,我是长兴岛土生土长的人,从一介平民草根的角度谈一下偶然中存在的必然结果。

21世纪初,我们国家为申办世博会作了充分的准备和努力,终于成功取得了举办权,从此上海乃至全国上下开始了紧锣密鼓的筹备工作。百年老厂江南造船厂所在的黄浦江地段是首选之地。江南造船厂对面的上钢三厂已搬迁至宝山区与宝钢相邻,江南造船厂也必须尽快腾出土地。到哪里去落户? 成了一个天大的难题。不是随便找块土地就能解决的问题,造船要良港,水深需达标等。

2002年初夏的一天,时任中船集团老总陈小津,带领麾下精兵强将在外高桥造船厂考察,看看外高桥周边能否容得下江南造船项目。那天天高气爽,陈老总偶然看见对岸长兴岛马家港附近集装箱桥吊林立,绵延数里的码头边停靠着万吨巨轮正在装载桥吊准备起航,一片繁忙景象。他就问手下,对面那是什么地方? 怎么一下子冒出来如此这般的规模。当他得知那是振华港机从江阴搬迁到长兴岛的生产基地时,当即改变行程,隔天专船赴长兴岛考察。考察团规模之大前所未有,中船系统处级以上干部三百余人,一齐上岛。振华港机在江阴已有数年发展,在行业中崭露头角,由于江阴长江大桥建造,限高影响了它的发展。2000年11月28日,振华港机长兴基地开工,建设第二年夏天就投产,当时《解放日报》整版做了报道。考察团详细了解了水深、水流、气象、潮汛、台风等诸多情况,实地考察了岸线,滩地和建造船坞的腹地，三百多人分门别类进行了现场办公，初步探讨，下午打道回上海，方案也就定了个八九不离十，得天独厚的自然条件是必然的结果。

话再说回来，小小的长兴岛东西长二十多公里，南北宽 3—4 公里，陆地面积也就八十多平方公里。常住人口四万人左右，一个乡一个国营农场建制，有人居住还不到 200 年。如此名不见经传的地方，为何有此造船和海洋装备制造的良港，还得感谢大自然的恩赐。万里长江出海口分三支水流，长兴岛和浦东之间是南支，是主航道，宽约九公里，主航道靠浦东那边；主航道北与长兴岛之间，有一暗沙，低潮枯水时，吴淞口还隐约可见，暗沙呈东西向，从吴淞口延伸到马家港东，暗沙与长兴岛之间，由于潮汐水流的冲刷，形成了一深水道，俗称外沙里洪。水深一般在 12 米以上，比主航道还深，几十年来不淤，不改道；而且深水道紧靠长兴岛岸边。从潘石水闸开始，振华重工四公里，中海修船从马家港码头以东四公里，接下来江南造船八公里，最东端沪东造船三公里，深水岸线已所剩不多。深水岸线是造船、修船、海洋装备生产必备的条件。岸里是农田和农户，征地动拆迁的成本低廉。建设大军继续开进，生产工人不断涌来，各路商家不请自来，长兴岛的人口一下子超过了 10 万。

振华重工生产的桥吊占据了全世界 70％份额，他们的船员在索马里勇斗海盗、他们在美国旧金山造大桥、管老总的传奇人生一时成为人们的热议话题。不久的将来，中国航母将会从江南长兴驶出，驶向伟大祖国的万里海疆，江南长兴将是实现中国梦的又一个好地方。

前卫农场的变迁

姚伯祥

1961年以后的几年里,正是国民经济经受三年困难时期。我刚初中毕业,粮食供应十分紧张,到处食品匮乏。当时的市政府为了解决暂时的困难,动员市级机关、市属单位,组织人员来到远离市区的长兴岛海滩围堤造田办农场。我记得市机关事务管理局在金带沙西北角滩地上围了几千亩,那时鸭窝沙与金带沙还未连接起来要摆渡过小洪,定名金带沙农场。市劳动局在现G40高速加油站东边的滩地上围堤挑泥加岸围了几千亩,办了三高农场。上海电力局在鸭窝沙东南角与圆圆沙隔江相望的滩地上肩挑手抬筑堤造田,名为上电农场。虹口区政府在元沙西北角鳗鱼港北侧芦苇茭白荡里用同样的办法赶走了海水。市外贸局在解放圩北侧,三村于外档办了外贸农场,市物资局再在外档也建起了物资局农场,市商业局在金带沙东南角圈地办起了商业局农场,还有宝山区政府的农场、解放军部队的"八一农场"也在金带沙的滩地上办了起来。

小小的长兴岛,一下子办起了八九个农场,云集了各路人马,住柴篷窝棚,吃咸菜啃馒头,手拿铁锹,肩扛箩筐,踏冰蹚水,其辛苦程度可想而知。他们可多是来自市区坐办公室的,现时叫白领阶层,还有不少女同志,他们从未干过如此体力活,你能理解吗?

那些年,他们一月一次的回城休息,春节元旦的与亲人团聚,领导们回单位述职,主管单位领导下场指导检查,进进出出小码头上热闹非凡,本地农民适时把新鲜蔬菜和土鸡、鱼、虾在车站码头摆摊,形成了独特的一道风景线。

除了机关干部、职工,各个农场也陆续迎来了一批又一批的城市知识青年,这其中就有现任中共中央政治局委员、中央政法委书记的孟建柱同志,当时职工们昵称他"小孟"。小孟来场安排在运输连工作,不长时间他驾船开汽车样样精通,工作认真好学,不久在农场入党,提干,后又任职场长党委书记,并在前卫农场结婚成家。几代农场人流下多少汗水,留下了辛勤劳作的足迹,留下了终生难忘的回忆。

随着国民经济的恢复,生产的发展,农场进入了常态化生产,市政府适时考虑要让上述这些分门别户的农场兼并在一起统一领导管理,前卫农场就是这样呱呱落地。场部驻地在三高农场,现时的前卫商业小镇,元沙的虹口区干校为一大队、二大队,商业二局农场为五大队,三高农场为三大队、四大队,金带沙农场为八大队、九大队、十大队。外贸农场和物资局农场与宝山区五七干校置换为六大队,上电农场为七大队,运输队机耕队一应配套齐全,商店、医院、影剧院应有尽有,全盛时期耕地两万亩以上,职工超一万人。以后的车灯厂、气洞厂、软木厂、电器厂产品销售全国,品牌也很有名气。经过多年的试种,解决了柑橘不过长江,江南为橘,江北为枳的历史难题,改水稻棉花种植为全部种植柑橘,个大味甜,略有酸味的前卫蜜橘,畅销大江南北并出口北美,还带动了长兴乡集体、个人大面积种植。"柑橘节"曾与南汇"桃花节"齐名。

进入 21 世纪,前卫农场曾离开农场局管辖进行属地化改革归宝山区领导。随着江南造船厂登陆长兴,前卫农场的一大队、二大队、五大队、六大队、七大队等相继被征用变成了特大型船坞和现代化车间,50 米跨度的龙门吊,高高地矗立在原来的橘树田里,海洋装配工业园区的车间厂房陆续建起。长兴岛郊野公园——5.5 平方公里的园区在八、九、十大队的土地上经过三年的建设,于今年 11 月开门迎客,天天人流如织。前卫农场的归属再次调整,现归属市城投公司,海洋装备岛管委会领导下的前卫实业总公司。

我不是农场人,但从初中毕业开始,看到第一批建设者提着网线袋、车船劳顿从市区赶来。几十年过去了,前卫农场的风风雨雨,前卫人的风起云涌,那些日子的酸甜苦辣,不是我这一篇短文拙作能描述清楚的,有智有志者是能写出一个长篇的。今天我已耄耋之年,只能从地域和构架角度,以邻居的身份,几十年来见证了前卫农场的前世今生。不妥之处,也望认识的、不认识的前卫人谅解。

诗情画意

这里刊载了一些诗作,虽说不上精美,但绝无矫揉造作之意,全是作者真情实感的流露,或是对家乡美景的歌颂,或是对美好生活的赞美,或是对伟大时代的讴歌,或是思想火花的闪耀……

这里选登的一些描写海岛风光的散文,作者用细腻的笔触描写长兴岛特有的美。如今,长兴人民在党的领导下,齐心协力为把长兴岛建设成为"海洋装备岛、景观旅游岛、生态水源岛"而奋斗。长兴岛美丽如画,简直就是一座海上公园。

这里有诗,这里有画,真会令你有诗情画意的感觉。

郊野春风扑面来

——记长兴岛郊野公园

夏　城

　　人间四月芳菲尽,山寺桃花始盛开。迎着春日的暖阳,我们一行来到风光旖旎、景色秀丽的长兴岛郊野公园。只见湖面碧波荡漾,清水悠悠,银光闪亮;湖边树木茂密,嫩叶吐芯。从繁华的都市来到这充满野趣的公园,只觉得阵阵春风扑面而来,置身其间,令人心旷神怡。

　　长兴岛郊野公园位于长兴岛中部,北临生态水源地青草沙水库,总体规划面积29.69 平方公里,是上海规划建设的 21 个郊野公园中面积最大的一个,仅目前已对公众开放的一期工程就有 5.56 平方公里,相当于 1.5 个崇明东平国家森林公园,即

橘园

郊野公园之一

使乘坐电瓶车绕园一周也要半个多小时。公园分为森林涵养、橘园风情、农事体验、文化运动和综合服务等五大功能区。

公园是在原前卫农场的基础上建成的,保留了95%原来的农场防风林,并在防风林间别出心裁地开辟了很多林间小道,试想哪怕是夏天最热的时候,在林间行走也必定能感受到丝丝凉意。我们一路走去,合欢树、水杉树、香樟树已然成林。"梦幻花海"区域里种植着食用玫瑰"墨红",到了花期就会争相盛开;400亩"百果天地"里,一年四季果香四溢。公园和上海市农科院、上海交大农科院等果蔬研究所合作,精心选种了樱桃、黄桃、葡萄、梨、无花果等水果,游客在不同季节均可体验到不同的采摘乐趣。原有农场的大片橘园都被原封不动地保留,种植着柑、橘、柚、橙等五十多个品种的果树,形成橘园风情区。600亩"柑橘采摘园"内建有休憩长廊,游客可驻足休憩、品橘赏橘。今后,公园内还将开辟专门的帐篷营地,供游客搭帐篷露营。在"农事体验区",里面有一个"农场菜园",有"蔬菜加工和售卖""我家菜园"等创意体验项目。"我家菜园"是"农场菜园"的主打项目,每块菜园面积约50平方米,认领之后就可享受园方提供的从品种选择、种植、栽培到配送的一条龙服务,在蔬菜生长过程中还可以实时监测自家菜园里蔬菜的生长情况,体验农耕乐趣。在园子里,有依据农历二十四节气建造的"节气拱桥",游客不但可以了解二十四节气的相关知识,还能感受不同节气拱桥带来的别样韵味,如刻画着玉米图案的芒种桥、刻画着麦穗图案的小满桥……可谓"一桥一特色,桥桥生意境",充分体现了公

郊野公园之二

园文化的内涵。"野趣"是公园的重要特色。长兴岛郊野公园是在土地整治基础上,按照土地性质不变、土地权属不变、经营主体不变的原则,将郊野地区生态、生产、生活要素融合打造成生态休闲健身场所。"万米步道"是其文化运动的体现,步道宛如一条红黑相间的缎带,将郊野公园的景点项目串联起来。走在步道上你能看到绿树成荫、鸟语花香的景象,也能看到"花溪湖"碧波荡漾,一股自然郊野的韵味扑面而来。占地面积约150亩的"阳光草坪"是公园的主要景点之一,在这里游客可以感受杉林叠翠,体验林下烧烤。这片草坪上是见不到"请勿践踏"的牌子的,你可以随意上去走走坐坐,要是愿意,在草坪上翻跟斗都可以。更难得的是,你可以带着你的宠物在草坪上尽情撒欢,这在很多市区公园是不被允许的。在综合服务区,游客还能体验到最纯正的农家风味美食。公园里有一家"农场食堂",菜肴以江浙沪农家土菜及本帮菜为主打菜品。时令蔬菜来自郊野公园的"农事体验区",鸡、鸭、鹅都是橘园里散养的,鱼虾则来自长江。

游走在长兴岛郊野公园,笔者感叹大自然的神奇与伟大。这里的自然生态条件得天独厚,一片片错落有致的田园碧绿苍翠,在暖阳下暗涌着勃勃生机。这里到处是宁静闲适的环境,秀美的自然风光,没有喧闹与嘈杂,云迹无声,水静无声,淡淡的微风在身边萦绕,清脆的鸟鸣在耳边回响。举目远眺,映入眼帘的是蓝天、绿地、净水、美景。万顷碧波的长江,波光粼粼,水天相接,渔帆点点,鸥鸟飞翔;蓝天白云下长江大桥近在咫尺,气势恢宏;造船基地的塔吊,昂首挺立,与旖旎风光交相辉映。

这里是海岛儿女的骄傲,这里是镶嵌在祖国山河中的一块无瑕美玉,这里更是摄影家和绘画家的天堂。独特的四季景致与丰富多彩的光影,让无数摄者和画者久久驻足,他们用镜头、用画笔,更是用心灵去捕捉那人间极致的美景。

孙玉琴杂诗集

① 端午节，忆母亲

记得儿时端午节，母亲围着灶台转。
瞬息烟囱冒白烟，满屋飘香唾液咽。
生菜烧饼赤豆粽，馋瘾未解盘底空。
母亲虽已驾鹤去，粽香饼糯味犹存。

② 赞 园 丁

教坛耕耘数十载，青丝染霜终不悔。
言传身教勤为径，为人师表德重行。
万卷诗书融细雨，一窗日月化和风。
枝头硕果情满怀，桃李芳菲两袖清。

③ 海岛秋色

秋分时节秋意浓，数树深红出浅黄。
篙米飘香雁南飞，芦花绽放蟹脚痒。
莲静荷思留香郁，蝉鸣声稀蝶影远。
千姿百态风骨迥，万紫千红海岛秋！

④ 送 轩 轩 的 诗

铅笔描绘着放飞的梦想，
让童趣和风筝一起飘扬；
墙上稚嫩的蜡笔图画，
蕴含了彩色的奇思妙想；
画中翩然的千只蝴蝶，
寄托了宝宝纯洁的梦想！
你圆睁清纯透彻的双眼，
杂色斑驳的混沌变得清亮！
你开启无暇心灵的窗户，
整个世界涌进小小的心房。
畅想未来，畅游太空，
让梦想与鸿鹄一起飞翔！

注：外孙的美术作品题目是《游太空》。四岁的小外孙轩轩的美术作品获得了全国少儿书画一等奖后，我这个做外婆的给他写了一首诗。

⑤ 月 夜 游 园

月色洒满清池，星光朦胧青堤。
秋水波泛涟漪，寒塘荷花香郁。
苇丛鹤影绰约，林梢惊鸟扑朔。
游人意态闲悠，风景这边独好。

⑥ 老同学小聚感言

元宵小聚御岛轩，鹤发童颜神采奕。
一杯清茶幽香郁，三盘时蔬滋味醇。
齐叹长兴变化大，畅谈圆梦终成真。
盛世和风民心暖，友情再叙六十春。

⑦ 赏　荷

为徐忠如先生从微信中传来的金岸路湿地公
园拍摄的一组荷花而题

　　一池绿波绽笑颜，数万红润比娇艳。

　　蜻蜓款款迷芳草，游客悠悠赏香荷。

⑧ 昙　花

为徐忠如先生从陈云新家拍摄的昙花而题

　　　　静夜悠悠展玉姿，

　　　　唯君凋落最香时。

　　　　余芳且伴清风散，

　　　　岂肯缠绵恋旧枝。

⑨ 秋　花

为徐忠如先生拍摄的秋花而题

　　　　清香习习随风漫，秋花烁烁展玉姿。

　　　　或红或紫群芳聚，或蓝或白漫金秋。

⑩ 游长江第一滩有感

东游长江第一滩,江水奔腾万象收。
迈道雄堤凭浪拍,绿洲三岛任逍遥。
湿地荒滩成景点,丛苇杂畦变乐园。
拱桥曲径迎宾客,碧水蓝天嬉鹭鸥。
怡然踱步心陶醉,流连长滩忘返归。

（摄影：高贤）

⑪ 壹街区河畔断想

绿荫帘半揭,斜桥水浅清。
群楼笔白云,密叶罗青烟。
荷圆浮幽泉,馨香独暄妍。
凉爽林间道,悠闲华池边。

2016 年 7 月 29 日下午,本人一边在壹街区河畔
林荫道上溜达,一边构思,一边将此美景拍摄了下
来,并凑了诗一首。

⑫ 窗外雨中秋色

在陈茂松老师家拍摄随笔

开窗远眺满目新,雨侵尘世万物清。
风染丛林数树红,群楼鳞比展欣荣。
几层黄绿垂珠滴,秋色满月随飘香。
怡然踱步心已醉,无限风光一举收。

⑬ 红 梅 赞

为徐忠如先生拍摄的红梅美图而题

绽红独映横空月,吐白烂漫暗香来。

丽质誉居群弄上,英姿不与牡丹争。

⑭ 过上海长江大桥

从崇明过上海长江大桥途中构思

大江浩瀚向东流,长桥飞跨两岛间。

铁索斜牵似巨琴,车辆穿梭如流星。

开窗遥望江心处,水光云影白鹭飞。

霞晖烟波万点金,夕阳西下几船归。

⑮ 无 题

人至无求品自高,浮名只当烟云飘。

赏心唯有书诗画,闲时洒挥"狼毫"墨。

我俚长兴种橘子(童谣)

柴焘熊

手里拎只小凳子，
排坐一起唱橘子。
长兴橘子有名气，
三名两字挂在嘴。
皮薄汁多真甜美，
吃得人人直喷嘴。
上海市场侪晓得，
前卫蜜橘好牌子。

果林里面种橘树，
到时年年挂满枝。
绿叶片片挡好仔，
一只一只红橘子。
又大又圆好分量，
压来宕弯树杌枝。
红绿相间真好看，
风景呒得话头势。

人从树边来经过，
要防头爿碰橘子。
人从树旁来路过，

注意衣裳绊橘子。
人从树下来走过，
小心地上掉橘子。
人从树林来穿过，
当心看花眼乌珠。

秋来忙着采橘子，
全园个个乐滋滋。
咔嚓咔嚓剪刀响，
女工高兴笑歪嘴。
手勤眼快忙不停，
一只一只进筐子。
要想赚钱奔小康，
功劳也有这橘子。

男工更是劲头足，
朝里朝外忙不住。
一筐一筐肩上车，
哩哩啦啦唱号子。
多亏政策顺民意，
又是丰年好日子。

经营果园不外出，
岛上也能赚票子。

我俚小倌最开心，
棵棵树下跑不止。
接橘子，递筐子，
外加还要扶梯子。
大声喊，高声叫，
这里那里忙着指。
偷空还要尝橘子，
啊呀一咬流口水。

园外停满大车子，
一辆一辆装橘子。
送上海，运苏北，

电话催仔无数次。
长兴特产侪晓得，
处处抢手囤不住。
有多少来卖多少，
销售不愁呒路子。

土壤洁净空气好，
全靠生态作标志。
更有科技作指导，
种植致富好法子。
实现美丽中国梦，
果园成了摇钱树。
都说我俚长兴美，
全靠生态好风水。

长兴外来女工的心里话

柴焘熊

我生在江西丘陵的山脚下，
那里大片的农田低低洼洼；
我住在洪湖芦荡的岸旁边，
门前宽阔的湖滩很湿很滑；
我长在河套边上的宁夏，
草匋上有牛、有羊、有马；
我居在桂北大地的漓江，
江两岸如锦、如绣、如画。

老家的房前有桃树、枣树，
还有那浓密开花的豆角架。
故乡的河边有宽大的水桥，
还有陈旧的马车一挂。
在家时，我常常看到乡亲们扶着犁铧，
从公鸡报晓一直犁到夕阳西下。
在家时，我常带着弟妹放猪打草，
还在家里养过成群的鸡鸭。

那里还有我的老爸老妈，
他们的裤腿上终年沾着泥巴；
那里还有我的儿时好友，

我们曾一起尝过山桃采过野花；
那里还有我的老师同学，
是他们让我牢记苦乐年华；
最难忘那里还有我的那个他，
不知近来在田中忙个啥？

自从上海海洋装备岛开始建设，
我们便告别了水桥马车告别了久居的乡下。
自从来到这位于长江口的宝岛，
我们便离开了桃树枣树豆角架。
看着那奔腾不息的浩淼江水，
曾使我心内感到十分惊诧；
听着汽车喇叭一声声鸣叫，
也使我觉得有点眩晕害怕。

但是，当我在塔吊上纵目远望时，
便忘却惊诧而把激情挥洒；
但是，当我在车间里举起焊枪时，
便不再害怕而把感情倾泻。
那振华港机园区的幢幢建筑，
是我们在为你添砖加瓦；
那映照天宇的朵朵绚丽焊花，
是我们在为你梳妆描画。

歇工时我们会将故乡思念，
那家中的大黄狗、小山羊和田头蹦跳的蚂蚱……
过节时我们会把老家挂惦，
那家乡的小路、年迈的爹妈和我的那个他……
让江口明珠变得更加美丽，
这愿望常驻在我们外来女工的心窝；
让魅力长兴变得更加迷人，
这心愿镌刻在我们外来女工的脑瓜。

啊,当我们的港机遍布五洲四海,
啊,当振华的名字响遍整个天下,
我们将和 70 万崇明人一起高歌,
我们将和 2 400 万市民一起自夸,
因为我们也是这座宝岛的一员,
因为我们也曾为它培过土、浇过花!

携手共建生态岛

陈进修

"绿水青山"是真宝，
"森林花岛"称富饶。
"生态立岛"确立好，
"长寿之岛"百姓笑。
蓝图开启新起跑，
日新月异变面貌。
一茬接着一茬干，
携手共建生态岛。

月夜观赏上海长江大桥

樊敏章

夜潮起，明月升，遂见惊鸿掠影飞。

春乍寒，人影无，渺邈江涛淹空滩。

独孤舟，无帆影，欲将鱼儿一网收。

观大桥，望斜索，形影弯弓碧空挺。

灯如织，车似蚁，繁星拱月不夜天。

高眺远，如画展，疑似神毫留重笔。

波斯菊花海美如画

徐忠如

　　6 月 11 日端午假期的第三天,迎来了长江流域黄梅天气,时阴时雨。乘着午后还没有下雨,驱车与老伴了却看草原花海的心愿——前往长兴横沙渔港老码头停车场西侧的花海观赏区,一赏那尚未被市民认识的大片波斯菊花海。

　　顺着潘园公路向东前行,一路伴着徐徐清风,让人分外惬意,公路两侧花木成荫。车至合作路左转在渔家乐路右转向南 800 米到达渔翔路,车停了下来,一眼望去,五彩缤纷的波斯菊,犹如一只只彩色蝴蝶迎风飞舞,这里就是我心中梦寐以求的草原花海。

　　站在长兴横沙渔港的渔翔路上,向南望去大片大片明艳的五彩色波斯菊早已竞相开放,如端庄的少女,静静地候着人们的到来。这恬淡舒适的感觉,与我想象中的草原花海一模一样。眼前缓缓起伏的花海,高低错落,翠色如染的花叶,叶叶轻翻,粉色、红色、橘红等八瓣花朵频频向你微笑,让人宛如置身仙境花海。其间,不时有游人进入花海拍照留影,有家长带着孩子来的,这中间看到比较多的是二孩孕妇在丈夫和孩子的陪伴下一同赏花的,这里可能是胎教的一个好地方。我深深地陷在其中……作为长兴人,看到家乡正以她郁郁葱葱的蓬勃生机,向所有人展示着她的动人风采。

　　就在我还沉浸在花海的壮阔时,前面的游客惊呼了起来。原来,就在不远处,他们发现了这片花海而不由自主的发出感慨,游客三五成群置身在这五色之中——波斯菊花海真美! 有的游客迫不及待地走到高处堤岸上,尽情地欣赏,也有游客在花海里不时回望着,那么近,又那么远。

　　波斯菊的美,不消说,红的、紫的、黄的,每一朵都彰显着它花语里的自由,粉的、橙的、白的,每一朵都呈现着它的多情与高洁。游人们赏花的美,也不消说,站着、跳着、蹬着、笑着、美着,恨不能将这花海生生地就装进自己的相机里或者手机里。

我已无心拍照,被这花海的独特布局深深吸引了。原来,这片波斯菊生长在一个荒芜的动迁地里。充满生命力的波斯菊,星星点点,不计其数,却像色彩的使者,给这原本荒芜的动迁地带来了颜色与生机。原先的堤岸有防浪墙、防风林为证,用它生硬的线条,充当着"护花使者"。新与旧,灰与橙,柔美与线条,刚柔并济又相得益彰,远看就像浑然天成的一幅风景油画,别有一番风味。花海由两大片和三个小岛组成,在三个小岛不远处是一片湿地,白鹭已经在此安家觅食,又给这片花海带来另一种生机。

"秋英遍地撒星辰,随风逐波春潮涌。如不置身秋风里,疑在春风细雨中。"都说波斯菊是秋季的使者,她的盛开装点着秋季的苍茫。在长兴岛,在长兴横沙渔港老码头,这盛开在端午节的波斯菊却给人们带来了迷人美景,让人沉醉其中。要我说:端午的波斯菊,像豆蔻年华的少女,被野风吹成一朵云,形成了一席彩色浪阵,隐约呼唤着,唱着,向着前方的原野……

长兴岛郊野公园古船木馆参观记

徐忠如

　　初春的一天上午,一个偶然的机会,走进了长兴岛郊野公园花溪湖北面的古船木馆。古船木馆是由长兴岛郊野公园与民间收藏家万方忠先生共同创办的一个展示古船木和奇石的展示馆。里面的每件古船木展品都是根据每块船木的特点,精心设计制作,纯手工打造,具有不可复制的艺术创造特征,也正是古船木家具的价值所在。里面的每一块奇石都是天然丽质,为爱好艺术与追求自然的人群营造一方天地。

　　据工作人员介绍,古代造船时,工匠们到原始森林去选木材,通过精挑细选,再从木料中选取最完好、最致密、最厚实的木方进行使用。这样,就保证了木料的强度、弹性度及伸展度,加上优良的制作工艺,使船木可经受住成百上千年的磨炼。古船木家具,都是选用上等的船木,如数百年精致的楸木、昆甸木、檀木、铁力木、柚木等。古船木家具所使用的主要是进口的楸木,比国内的木料更为坚韧和耐磨。

　　古船木特点:经过长时间风雨洗礼和海水浸泡过后的船木,获得了更多普通木材所不具备的功能。一个明显的特点就是比一般木材沉重很多。这些船木家具普遍具有防水、防虫、耐高温、抗腐蚀等功能,质地更加坚硬、不易开裂和变形。一些地区,人们还赋予了船木家具辟邪与吉祥的含义。

　　人们喜爱船木拥有特别的纹理与颜色,例如那些有着像被火烧过的黑色块,以及分布不规则大大小小的钻孔,因为它们是自然形成的,船钉经过海水长期浸泡发生氧化反应,形成的锈斑会不断地渗透到木材中,日积月累就形成了自然而又美丽的黑色斑纹。

　　想要更详细直观地了解古船木和古船木家具,长兴的郊野公园内的古船木馆是一个普及古船木知识的理想场所。在那里你还将看到各种珍贵奇石组成的满汉全席、奇石宴上演,让人馋得滴口水的"菜肴"均由各种天然石组成。现场不少观众好奇地观看拍照,有的还假装滴口水状。各种石头组成惟妙惟肖的菜肴,还有各种各样的奇石。

工作人员说,这些菜肴所用的石头均未进行加工,此番上演的奇石宴独一无二,即使再收集也会因为石头天然色泽不同而有变化。奇石文化发展到一定程度,就有了这样的奇石荟萃产品。

长兴岛郊野公园珊瑚馆参观记

徐忠如

初春的一天上午,一个偶然机会,走进长兴岛郊野公园花溪湖北面珊瑚馆。珊瑚馆是由长兴岛郊野公园与民间收藏家万方忠先生共同创办,是以介绍珊瑚藏品和珊瑚文化的展示馆。

据工作人员介绍,长兴岛郊野公园珊瑚馆,是 2016 年 10 月 1 日正式对外开放,总面积 450 平方米,主题陈列各种各样的珊瑚标本,其中人妖珊瑚和珊瑚岛是整个展馆的亮点。具有科普性、教育性、趣味性,是一个普及海洋知识和海洋文化的展示馆。

走进珊瑚馆,海洋珍宝珊瑚品种各异,琳琅满目,仿佛进入了海洋世界。里面的每件珊瑚展品都是精挑细选,每一块珊瑚都是天然丽质,为爱好珊瑚与追求自然,了解海洋文化的人群营造一方天地。

据工作人员介绍,浩瀚的海洋是孕育生命的摇篮,在那里有着丰富多彩的生物群落,生活着形形色色的海洋生物。科学家研究发现,海洋中的生物多样性要比陆地上丰富,现已知道的海洋生物共约 20 万种,估计最少 100 万种在大洋以及深海中的海洋生物我们还不认识。我国是一个陆地大国,更是一个海洋大国。除了 960万平方公里的陆地面积外,还拥有 300 万平方公里的海洋国土,1.8 万公里的海岸线,6 500 多个岛屿。人们说起海洋,津津乐道的是海洋中那些藻类、鱼类、甲壳类、贝类、珊瑚类等各种海洋生物。长兴岛郊野公园展示的珊瑚是珊瑚虫群体或骨骼化石,名字来自古波斯语 sanga(石)。珊瑚虫是一种海生圆筒状腔肠动物,食物从口进入,食物残渣从口排出,它以捕食海洋里细小的浮游生物为食,在生长过程中能吸收海水中的钙和二氧化碳,然后分泌出石灰石,变为自己生存的外壳。在中国,珊瑚是吉祥富有的象征,一直用来制作珍贵的工艺品。红珊瑚与琥珀、珍珠被统称为有机宝石。清代皇帝在行朝日礼仪中,经常戴红珊瑚制成的朝珠。珊瑚还有养颜美容、活血明目的功效,是中药名贵药材。

珊瑚形象像树枝,颜色鲜艳美丽,可以做装饰品。宝石级珊瑚为红色、粉红色、橙红色。红色是由于珊瑚在生长过程中吸收海水中 1‰ 左右的氧化铁而形成的,黑色是由于含有有机质。具有玻璃光泽至蜡状光泽,不透明至半透明,折光率 1.48—1.66。硬度 3.5—4,密度 2.6—2.7 g/cm³,黑色珊瑚密度较低,为 1.34 g/cm³。性脆。遇盐酸强烈起泡,无荧光。

想要更详细直观地了解珊瑚,长兴岛郊野公园内珊瑚馆是一个普及珊瑚知识的理想场所。在那里你还将看到各种珍贵珊瑚石组成的珊瑚岛,让人目不暇接。现场不少游客好奇地观看拍照。

马鞭草的浪漫情怀

徐忠如

    5 月 19 日,《长兴岛渔港老码头惊现紫色马鞭草与波斯菊花海》微信推出后,到 5 月 23 日引来 4 710 位朋友关注此文。周末迎来无数游客拍照留影。再过几天就是端午节了,在渔港老码头旅游休闲区,将迎来紫色云霞迎端午,五彩缤纷留贵客的美丽景象。

    紫色的马鞭草和薰衣草同显浪漫,由于气候的关系,马鞭草先于薰衣草开放。经过朋友介绍才知道原来真有马鞭草这种植物,我还一直以为是《吸血鬼日记》里面虚构的呢,这顿时引起了我的好奇心。如果没有介绍,光看植物,很多人都会以

渔港老码头一角

为是薰衣草吧。

五彩缤纷的波斯菊,去年已经向游客展示妖艳迷人的景象。查找了一下有关马鞭草的知识:虽然它名字叫"草",但其实是一种非常有特色的小花。渔港老码头的马鞭草——柳叶马鞭草,是马鞭草的种类之一,原产自南美洲,小筒状花着生于花茎顶部,成聚伞花序,花色主要为粉紫色。

渔港老码头的马鞭草已经完全盛开,而薰衣草将在这个端午节能够一见它紫色的风采。到那时还能一见去年波斯菊花海的景象。紫色的马鞭草和薰衣草、随风舞动色彩斑斓的波斯菊三花怒放,渔港老码头华丽篇章正在打开,花海欣赏家门口的草原风光,已经摆到了端午观景的日程。

5月21日傍晚时分,天空湛蓝,白云朵朵,我再次来到渔港老码头,看看那里观看马鞭草紫色花海的游客数量情况。一进去就被好多游客认了出来,说我们是看了你的微信赶过来看马鞭草的。里面有结伴而来的,有一家三口正专心致志的拍照呢。

渔港老码头的马鞭草规模还挺大,一片紫色的云霞,令人震撼,真是大饱眼福了。没看过薰衣草的人,看看马鞭草解解馋也不错啦。远看,一大片的紫色花海令人震撼;近看,一朵朵的小花也煞是迷人。这种既神秘又浪漫的粉紫色,可是女孩子的最爱哦!

看来不仅我们喜欢马鞭草,蜜蜂们也爱不释手呢。整个花海中,有着许许多多勤劳的蜜蜂,在辛勤劳作的同时,还能欣赏到这么美丽的景色,这生态环境也太好了。

夕阳的余晖渐渐散去,人们才依依不舍地离去,马鞭草在夕阳下更加妩媚浪漫。

崛起的长兴岛

解华朋

　　因为工作的缘故，几年间我几上长兴，与长兴岛结下了深深的情谊。长兴岛妖娆的美丽风光，长兴岛人的纯朴、热情、务实和敢为人先的开拓精神，在我心中留下了极为深刻的印象。

　　今年6月16日，浙江千岛湖御立农业发展有限公司（上海）分公司在美丽的长兴岛成立，有幸遇见了《崛起的长兴岛》主编徐惠忠先生，约我写篇短文，谈谈对长兴岛的感受。我尽管工作繁忙，但还是不揣冒昧，浏览了一些关于长兴岛的资料后，勉强凑成拙文，不辜负老徐的一片诚意，也算作我对长兴岛的抒怀。

　　滔滔长江东流水，入海醉恋长兴岛，龙含宝珠耀乾坤，崛起世界造航母。

　　长兴岛位于长江入海口，被誉为长江巨龙口中含着的一颗尊贵的明珠，寓意是让长江高兴的宠爱，同时也有长久兴旺发达的人间天堂、长寿王国的含义。

　　长江如一条巨龙蜿蜒贯穿西东入大海，如母亲哺育中华民族的繁衍生息，在融入大海的那一刻，在长江与大海交汇的入海口，经年累月把博大的母爱凝聚成爱的结晶聚沙成洲，在清道光年间沙洲相继成陆，在1972年六个沙洲连体成就现在的长兴岛。

　　2009年10月经上海市政府批准设立长兴镇，面积约155平方公里，根据规划到2020年新增陆地面积5平方公里，累计突破160平方公里，其中青草沙水库面积约67平方公里，岛内现状实有人口约12万人。

　　长兴岛主要种植柑橘面积达20平方公里，素有"柑橘之乡"的美誉。得天独厚的自然环境，孕育了品佳质优的长兴岛柑橘，口感甘甜水润，果实外观美，果肉丰，好看又好吃。在采摘季节置身长兴岛橘园之中，吃着甜在嘴里的蜜橘，一丝丝蜜意沁人心脾,如入仙界圣果园,让人流连忘返。

2002 年以来,长兴岛南岸先后有振华重工、中船一期、中海工业等大型国有企业落户发展,形成了实力雄厚的海洋设备生产集聚区,仅 2008 年工业产值已达到 370 亿元。造船综合技术领先的优势,为诞生国产第一艘航空母舰培育了肥沃的土壤,完全自主知识产权的在建国产航母就诞生在这里。长兴岛在为中华民族的伟大复兴积极践行一带一路的国家战略,充分发挥造船技术优势和产业集群优势,率先为中国航母实现完全国产化做出特别的贡献,中国由一个海洋大国转变升级为海洋强国,拥有自己国产化的航空母舰,是国家强大民族复兴的重要标志,因此长兴岛被业界及世界军迷爱好者称为孕育中国航母的"母岛"。"母岛"又为长兴岛增添了一张光耀中华的新名片,并借力国家战略优势,顺势把长兴岛打造成世界级海洋装备产业基地,其意义深刻,影响深远。

2009 年 10 月 31 日长江桥隧建成通车,长兴岛成为上海联系崇明三岛和苏北地区的"桥头堡",长兴岛距上海市中心仅 30 分钟车程。

2009 年 2 月上海市政府批准《长兴岛岛域总体规划(2008—2020 年)》,让长兴岛的开发建设全面启动并规范有序、科学推进。长兴岛牢牢把握产业是根本,水源是命脉,生态是关键。长兴岛的开发建设事关国家战略和上海未来发展,并对支撑崇明生态岛建设具有重要作用。因此,长兴岛的开发建设要实现三大目标:即国家战略得以切实落实,地方经济得以快速发展,居民生活水平得以不断提升。

到 2020 年长兴岛总人口为 23 万至 25 万人。其中,户籍人口约 4.5 万,户籍人口城市化水平将达到 85%。

长兴岛岛域规划总用地面积约 160.6 平方公里。规划城镇建设用地约 55.6 平方公里,其中产业用地约 28 平方公里,城镇和村庄建设用地约 22 平方公里;规划非建设用地约 43 平方公里,其中基本农田约 20.7 平方公里,林地和水系面积约 17 平方公里,新增湿地面积约 5 平方公里;青草沙水库面积约 67 平方公里。

根据长兴岛规划布局,南部为产业基地,中部为城镇区,北部为生态空间,形成"一镇三组团,四大产业基地,两片生态区"的空间布局结构。城镇三个组团包括凤凰小镇、橘园小镇和渔港小镇;四大产业基地包括中船基地(一期、二期)、振华重工基地、中海工业基地和海洋装备产业基地;东片生态区包括大兴中心村和北部湿地,西片生态区包括创建、长征、光荣三个中心村和北部水源涵养林。

在城市设计理念上实施因地制宜,充分发挥本地特色资源优势,挖掘长兴岛特色优势文化,形成特色分明又相映成趣的城市设计风格。

长兴岛郊野公园位于长兴岛西北部,东至长江隧桥、南靠凤凰镇和长江、西至中央沙、北临青草沙水库,总用地面积 29.69 平方公里。其设计理念是"自然、生态、野趣",即在注重现状肌理保护的同时,规划形成丰富的水系、适度变化的地形、厚重的植被、自然的田野风光。长兴岛郊野公园将围绕生态、健身和游憩等核心功能,努力营造充满野趣的生态环境、区别于都市化形态的特色酒店和度假村、时尚的体育健身设施、回归自然的田园生活体验等功能。

长兴岛泰禾大城小院

横沙渔港综合功能区规划范围西至合作路、东至横沙通道、南至动迁基地和潘圆公路,占地 100 公顷。横沙一级渔港承担渔船靠泊避风和补给、水产品交易及适量加工、特色餐饮和景观旅游。横沙渔港综合功能区将包含港口、商业及配套设施、餐饮、文化娱乐、自然休闲运动五大板块,形成现代化的渔业码头、宜人的街区式商业、以海鲜为主题的特色餐饮、独特的水街体验餐饮、融合海文化与创意体验现代化滨海区、童趣乐园街区、令人沉醉的静谧小镇、原生生境的自然体验八大特色功能分区。开发将突出海鲜餐饮优势的唯一性,以海港休闲体验游为主题,打造成为具有渔港特色的,集聚人气、充满活力,满足各年龄层次、各消费层次需求的,具有国际性、多元化吸引力的现代化港区。其中,长江第一滩以渔港功能为核心,以生态滨江景观为特色,形成集餐饮休闲、旅游观光、海洋文化展示、零距离亲近长江的空间平台和综合性公共休闲项目。

长兴岛马家港公共活动中心区规划范围西至凤西路、东至凤凰路、南至长江、北至南环河,用地面积约 144 公顷。规划形成两轴(马家港水系与凤凰路东侧两条绿轴)、五区(老城区、凤滨路沿线区、凤凰路轴线区、沿江门户区以及混合街区)、多核(结合绿化景观与重点开发项目形成各区域的核心)的城市空间发展构架,融休闲娱乐、餐饮、社交活动、文化表达及知识共享于一体,包含公园和广场等公共空间、宾馆、会议中心、高质量的餐饮、购物广场、大中型商业文化设施、体育设施等,将成为长兴岛城镇商业、文化、休闲服务中心。

橘园小镇位于长兴岛中部,长江隧桥东侧,将以良好的生态环境和便利的交通条件为基础,重点发展特色商业服务、休闲娱乐、办公科研、居住生活等综合功能,成为富有活力、环境宜人、品质高雅的现代化海岛小镇,成为上海新一轮郊区新市镇建设的亮点。橘园小镇城市设计最大限度地提供了区域内各地块的友好邻里关系,确保街道、开发空间与交通系统的连续性,通过中央绿地形成功能齐全、形态丰富的中心区,并促进整个区域的多样性与活跃性。

此外,潘圆公路既是东西向贯穿全岛的交通干道,又是南部城镇和产业区与北部生态区的主要分隔界面,起到了功能轴和景观轴的双重作用。

长兴岛明确定位将打造成为"世界级的海洋装备岛、上海的生态水源岛和独具特色的景观旅游岛",并且明确产业发展、基础设施、城镇建设、社会配套、生态保护是长兴岛开发建设"五位一体"的基本任务和方针。

在中华民族伟大复兴的战略机遇期,长兴岛肩负责任和使命,为国家战略做积极贡献,为上海市的美好未来增砖添瓦,一个迅速崛起的长兴岛必将华丽蜕变出彩世界。

(作者系浙江杭州千岛湖御立农业发展有限公司董事长)

回忆往事

　　回忆，是一种很好的思维活动方式。回忆，可以使我们正确地看待过去，更好地展望未来；回忆，可以使我们从别人的人生经历中汲取经验教训，从而更好地漫步走向新的生活。

　　本章中一些回忆文章，会把我们带到流逝的岁月，了解长兴当时当地的情景和人间冷暖，感受到社会的变化和人间真情。你可以把它当作社会史来读，当作地方志来读，是很有兴味的。

岁月沧桑话人生

徐惠忠

人近暮年,往事如烟。但一些刻骨铭心的记忆,时时在我脑际萦绕……

我出生于 1938 年 10 月,家住长兴岛的鸭窝沙,今先进村 15 组。新中国成立前,我的家庭十分贫困,父亲是一个田无一分、地无一垄的穷苦农民,靠租种地主的地,养活一家人。租地主的田有三种交租方式,一种叫作分收田,一种叫四六田,一种叫三七田,这是根据土质的好坏、田块的远近确定的。我父亲租了地主的三亩分收田,收成的一半要交付给地主。到了水稻收获时,将捆好的稻个子摊放在稻田里,等待地主派账房先生来,把稻个子一个隔一个地取出,再差使我父亲把稻子送到指定的地点。然后我父亲把剩下的一半,挑回家去。由于收得少,仅存的一点粮食根本养不活家里的八口人。在万般无奈的情况下,父母亲只得将两个孩子送给了人家,一个是我的弟弟徐三毛,被人领走了;一个是我的妹妹徐国宝,被人抱走的,后来也不知去向。一家人真是悲痛万分,伤心至极!

哪知道"屋漏偏逢连夜雨",灾难一次次降临到我们的头上。1945 年,我的姐姐才 15 岁,因为家里吃粮有困难,为了弥补粮食之不足,姐姐和邻居家的小姐妹们趁秋收后的空闲,乘着小舢板到金带沙去拉蒿米(野茭白结的果实),不料船在航行中遇到了大风,顷刻间船翻人亡。同船的三个小姐妹全都淹死。父母亲又失去了一个大女儿,全家人犹如晴天霹雳,心如刀割般的疼痛。大姐平时对我特别的疼爱,她死后我排天倒地的哭着,姐姐呀,你就这样甩下我们弟妹走啦!

虽说家贫如洗,但儿时的童趣总还是有的。记得在我 11 岁那年(1947 年),鸭窝沙厚朴镇出庙会(一种迷信活动),正是放暑假时间,我和表哥高学成一起去看热闹。看过庙会之后,我和表哥来到他的姐夫顾老末的茶馆内玩。茶馆的内屋里摆有一口寿材,当我第一眼看见那口黑棺材时,内心不免一忤。表哥是经常来的,他却无所谓,还告诉我这寿材内藏着东西。我伸手往寿材上一摸,感觉到这板上特别的冷。当"出会"的人要取东西抬起那寿材盖板时,我踮起了脚尖去看,只见里面装着冰,冰里放的都是鱼呀、虾呀、肉呀等海鲜。原来这口寿材是当作冰箱用的,是一台不用电的"土冰箱"。当出庙会人取出东西放下那块盖板时,我的一根食指被压住了,只觉得钻心般的疼痛,这就是人们常说"十指连心"呀。我手指上至今还留着伤疤。一阵痛苦之后,我便躺在茶馆里的桌子上睡着了。不曾想到从此以后得了一种怪病,睡在床上整天迷迷糊糊、神志不清,再也起不了床。父母亲见状,急得团团转,到处为我求医看病,但不见好转。几个月下来,父亲把所养的二潮鸭子(两次放养的鸭子,约400只)卖光了为我看病,仍不见效。家里穷得实在没有钱给我看病了,我只有等死。当时有的老人说,这个小孩的病久治不愈,莫非遇到邪了。还有人说,人家的棺材是不好碰的,碰了之后要倒霉的等。既然我的病看不好,父母想不妨到凤凰河西边的小师娘(巫师)那里去看看,或许还有一线希望。于是父亲请了四个人用一张藤椅把我从河里抬过去。那时凤凰河上虽有桥,但只是一根独木桥。后来听父亲说,他们来到小师娘家后,小师娘开始"做法"。只见她搭起了三张高台,高台底下用土布串通环绕,形成一条所谓通往天际的圣路,名堂叫"串圣"。只见小师娘闭起了双眼,口中念念有词,声音轻得几乎听不清,嘴唇飞快地"咄咄咄"地叫个不停,一番奏念之后,大约过了十分钟,小师娘睁开双眼长呼一口气,似乎是从神间又回到了人间。她说,她与神灵沟通过了,这个小图确实无法救了,要不了三天就会死去。你们还是赶紧回去准备后事吧。当时我虽然迷迷糊糊,但还能隐隐约约地听到她说"准备后事"的那句话。回到家里,父亲一脸茫然,虽不见他落泪,但他的内心充满着痛苦,又将面临要失去一个儿子的不幸。在万般无奈之下,父亲为我做了一口棺材,以便三天后备用。此时,我已是奄奄一息了,全家人都沉浸在大哭小喊之中。说来也巧,住在离我家不远的地方,我的一个过房爷(干爹)沙青郎听见我家哭声后,对着那天正好从上海来到他家的亲戚说:"我的一个寄儿子,恐怕不行了。我已半个月没有去看他了,今晚无论如何要去看他一下。"那上海的客人就问我寄爷:"这小孩得了什么病?"寄爷把我的症状跟他讲了一下,那客人便说:"这个孩子能救的,我同你一道去看看。"于是,他们来到我家。上海客人一看,他说,这种病医院是看不好的,像我的女儿前两个月也得了这种病,上海也有好多小孩得了这种病。你们只要将他放在棕蓑(在旧社会,棕蓑是农民在田间劳作时穿的一种雨具,岛上不少人家有)上,不要去碰他,他会慢慢地自然而然地好起来的。要是碰他,反而加重他的病情。他说他的女儿就是这样被弄好的。我的母亲就按他说的那样做。我夏天躺在地上,冬天睡在床上,整整三个月,我的病情开始有了好转。等我能够起床时，已经瘦得皮包骨头了，一点力气都没有，只能拄着拐杖走路，但还是奇迹般地活了下来。如此我已停学一年，恢复健康后继续读书上学，一直读到了小学毕业。那时，农民的孩子能读书，实在是一件不容易的事。说起我的"起死回生"，究竟害了什么病，自己至今也说不明白，也许手指受伤以后，不知感染了什么细菌得这种怪病。至于躺在棕蓑上治这种病，也许是民间治病的一种绝招，不知有没有什么科学根据。至今在我的脑海中还是一个"谜"。

1949年5月28日，中国人民解放军踏上了长兴岛，长兴岛随即解放了。穷人分得了土地，父亲再也不会去种那地主的分收田了。我的身体自从那次磨难过后却越来越健康，已同正常人一样也能分担父母亲的一部分家务劳动，还时常跟着父亲一道参加田间劳动，如：插秧、收割、挑担、捣荞麦、笃草、盖灰、挖土等。在农闲时，还同表哥一道捞鱼、摸蟹、挖螃蜞、打港坎（在海滩的港汊上打坝，以后放水捉鱼）、钓尖沙鱼、推面鱼等，以换取零钱补贴家用。

1950年，朝鲜战争打响，为了保家卫国，我的哥哥徐惠民参加了抗美援朝，四年服役回来后，我也已经18岁了。哥哥常常讲起抗美援朝的英雄事迹，我很受感动，并在心里产生了当兵的念头。因为哥哥回家后，父亲就有了帮手，在1957年10月的征兵运动中，我积极要求参军，父母亲也非常支持，想不到我体检时验上了甲级身体，相当于空军飞行员的体质。我光荣地参加了中国人民解放军。由于我有小学文化程度，去安徽滁州集训了三个月后，安排到南京军区装甲兵独立坦克教导团学习坦克驾驶一年，毕业后分配到北京第一坦克学校教导团，继续深造装甲兵知识。经过一年学习，我入了党，做了一名坦克教练，专门培训坦克兵，还为胡志明领导的越南兵担任教官。由于我刻苦钻研技术，在部队多次受到嘉奖，并荣立了三等功。1965年我从部队复员分配到宝山联合运输社，后又调入宝山交通运输局管运所，再到长兴调度站任站长。长兴岛上建设所用的物资乃至于吃喝拉撒所需物品，均靠岛上船只往返回于上海、长兴之间的运输，因此工作十分繁琐。特别是遇到台风，经常出现物资告急的情况，尤其是遭遇强台风侵袭，一些圩堤缺口，需要大量救灾物资，必须要按潮水日夜抢运。我像是一个海军舰队的指挥官，调度着全岛所有的船只，为长兴的建设作出自己应有的贡献。

当年送走亲骨肉，若干年后又相认。我母亲时常念叨着送给人家的两个子女，每当想起此事，她总是暗暗地流泪。是旧社会造成了母子离别，而现在穷人翻身得解放，生活条件不断改善，逐步走上了幸福生活的道路，越发思念送给人家的两个孩子。我的一个弟弟三毛是送给鸭窝沙厚朴镇蔡青郎前妻的，而蔡青郎前妻领养我弟弟后跟着一个姓陈的人到了南洋（印度尼西亚）开搪瓷厂去了。在50年代后期,由于印尼政府排挤华人,大批的华侨被他们赶回到中国。我的弟弟回国后被党和政府接纳,并分配到厦门集美侨校读书,后又分配到福建永安水泥厂当了一名工人。"文革"期间,弟弟带着弟媳前来认我的母亲,母子相认相拥而泣,母亲终于幸福地笑了。就这样我弟弟为了陪伴母亲,一住就是半年,真是骨肉难分啊!一个弟弟寻到了,但母亲还有心结,就是还有一个女儿没有找着。母亲她思念着,一定要设法把女儿找回来。母亲记得女儿是送给浦东杨园那个地方的一户人家。我母亲是浦东三叉港人,一天她和我女儿到吴淞乘摆渡船到浦东兄弟家,在轮渡上与一个老人闲谈,偶然谈起了自己曾有一个女儿送给浦东人家,但至今不知下落。那老人正好是浦东杨园人,他说:"我们村里有一个人,听说她自小是领来的,要不,我带你去问问。"母亲寻女心切,哪怕是一丝希望也要跟那老人去看看。于是她跟随老人直奔杨园,连弟弟家也不去了。来到了那户人家家里,见到了那户领孩子的老人。于是,母亲把当年女儿离开时穿戴的衣服、裤子、袜子、帽子是什么颜色、什么布料都说得清清楚楚,还把年龄、属相也说得明明白白。两位老人一交谈,全部对上号了。真是老天有眼,"踏破铁鞋无觅处,得来全不费功夫"。这时,这位领娘马上去找在棉纺厂上班的女儿,让她们母女相见。此时母亲的心情真是五味陈杂,无以言表。母亲认着了女儿后,和我的女儿在她家住了整整三天。我妹妹见侄女衣服已旧,就从厂里为她特意挑选了当初十分时髦的布料"的确良",做了一件新衣裳。由于我这个妹妹的爱人是个渔民,常年在外海捕捞,因此工作非常繁忙。待到次年春节,他携带全家人,搭乘长兴岛开往三叉港卖甘蔗的船,由那个认得我家的船老大,带到我家,终于见到了久别的兄弟姐妹,热烈而又幸福的情景,充满屋子。吃饭时,我陪着会喝酒的渔民妹夫相互敬酒问候,其乐融融,享受着天伦之乐。后来妹妹盖房子时,我为她从启东、嘉善等地采购了造房子所用的一切建筑材料,帮助她盖了新房;当我出版文集在经济上遇到困难的时候,我的外甥张滨慷慨解囊赞助一万元,体现出了兄妹、亲人之间的浓浓的亲情、真情。

如今,我们一家人同所有的长兴人一样,过上了幸福美好的生活。近年来,我一直思考着如何将过去发生在长兴岛的往事记录下来,作为留给社会、留给历史、留给后人的一份宝贵的财富。于是萌发了编写关于长兴岛文史的想法,并得到了有关领导和众多朋友的支持和鼓励。自 2013 年以来,我主编了《崛起的长兴岛——长兴儿女话长兴》《崛起的长兴岛——长兴岛的故事》《崛起的长兴岛——情系长兴》三本书,最近忙着准备编辑《多彩的长兴岛》一书,旨在让更多的人对长兴岛得天独厚的地理环境和自然风光有更多的了解,对湮灭在历史烟尘中的许多有价值的东西,经过搜索和整理,让读者看到光鲜亮丽的一面,把长兴岛的一些美好传说、动听故事和富有教育意义的典型挖掘出来,对后人是一份很好的教材。从而让后人不忘过去,努力发扬长兴岛人的优良传统和优秀品质,在中国共产党的领导下,同心协力,努力奋斗,为把长兴岛建设得更加美好而贡献力量。这是我的期盼,也是我追求的目标:

> 岁月沧桑话人生,生死誓做党的人。
> 老骥伏枥志千里,乐为海岛献忠诚。

回忆在前卫农场的那些事

田根华

  自长江隧道通车后,去长兴岛上的前卫农场就更加便捷了。前卫农场是我战天斗地改造世界观的"广阔天地"。尽管几十年过去了,但那份情愫总是忘却不了。一天,我趁着空隙,踏上了阔别多年的"老土地"。

  和平闸站是申崇公交线的终点站。下车后我立马向朋友借了辆自行车到附近兜了一圈。马家港、凤凰镇、八大队、运输连(站)、一号桥、电影院、菜场、气筒厂、车灯厂……学校、水闸、大坝……原先熟悉的老牛、水田、河边芦苇、连队宿舍、学校、水闸、大坝,都不见了踪影。曾经是我的"根据地"的八大队,竟然变成了消防队。真是"人是物非",记忆中的那些景物竟消失得干干净净。取而代之的是一片片葱绿的橘园,还有那些不规则的新房子。那里,既没有原始的田园风光之美,也没有现代化气息的繁华和喧闹。当我走进前卫农场场部,看到几排白色的平房时,我的眼前突然一亮,那是前卫农场场部办公室和教师宿舍。多么熟悉,多么亲切!流逝的往事在我眼前浮现出来……

  记得当时农场子弟学校招考教师时,我语文考了第一名,数学考得不够好,但学校的魏校长,坚持要录取我。可我们连队的支部书记却不肯放我走,理由是连队里需要有一个会写写弄弄的。情急之中,我跑到了坐落在连队附近的场部。正在午休的场长孟建柱接待了我。他认真地听了我的诉说后,收住了笑脸,马上说:"好,你放心,我来帮你解决问题。"于是,当着我的面,拨打放在桌子上的那台黑色电话。就这样,快刀斩乱麻似的解决了我的任教问题。他雷厉风行的工作作风,我从心底里感到佩服。我终于告别了"面朝黄土背朝天"的种田生涯,我真有缘遇到贵人相助,"华丽脱壳"成为农场子弟小学的一名语文教师。

  幸运的是,语文教研组长周允明老师的父亲是活跃在 20 世纪 30 年代上海文坛的古典文学作家周楞伽先生。(当代大文豪鲁迅也在日记中多次提到。)周楞伽先生留下了一千多万字的文学遗产,其中长篇历史小说《李师师》、"哪吒"等最为著名。周允明老师平时总穿着一件深色的中式攀扣罩衫,天冷时戴顶绒线帽子。他为人谦虚,文学功底扎实。他写的蝇头小字,端庄漂亮,备课笔记写得井井有条。我和他在一起,学到了不少知识。

当时的小孟,分配在运输连,常到相邻的八大队来玩,我们都认识他。瘦瘦的,戴副眼镜,脸上总是笑嘻嘻的,有点儒家风度。

他当场长时,每次连队召开大会或者农忙前的动员及农忙后的总结时,他都会到场,坐在台上,发表讲话,不用稿子,口若悬河,掷地有声。孟场长的"快人快语"给我们留下了很深的印象。

不久,我搬到了场部机关大院的教师宿舍,紧邻场部办公区域。孟场长结婚后,住在电影院附近的叫作"鸳鸯楼"的地方。有时候我们会在场部的走廊里,或在食堂里,或在厕所里碰面,常常是彼此微笑着打个招呼。偶尔也会站着说说话,记得当时转播世界杯足球赛,谈到了贝利、马拉多纳……

记得还有一次,我端着打好饭菜的搪瓷碗从他身边走过,他看到了我碗中的大肉,风趣地跟我开起了玩笑:"你看,你这块肉比我的大多了,那个学生的家长,又在照顾你了。"接着,"哈哈哈哈"一阵笑声。当时,一角三分的一块红烧肉的确是很诱人的。俗话说,"县官不如现管"。那个学生的家长确实有点拍马屁,因为我是他儿子的班主任呀。

我们前卫农场有着得天独厚的自然环境,非常适宜种植柑橘。当时引进了日本的柑橘品种"宫川",日本专家来岛传经,孟场长知道我在学习日语,积极地鼓励我参加接待工作。

以后,孟场长进了市委党校,去了川沙、嘉定,又到了市里,上了江西做了省委书记。我们一些老同事、老部下,在过年时联名写贺年卡给他,开始时还能接到他秘书打来的电话,表示感谢之类的话。现在,这一切联系都没有了。我们知道他工作实在太繁忙,也不好意思去打扰他。

孟建柱这个名字,已经成为当年前卫农场职工的光荣和自豪的代名词。即使是现在,只要我们前卫农场的"老骨头"聚在一起的话,话题自然少不了"孟场长"。他现在至少是中国的新闻人物了,他过去的那些"凡人琐事",自然成了我们的"口头新闻"。

拉篙米

徐光明

　　早春三月,正是万物滋生,桃红柳绿,春光明媚的时节。上海作家郭树清同志到长兴岛郊野公园采风。于是,我们几个草根文友陪同前往,第一次畅游这个建造在自家门口的上海顶级公园。

　　郊野公园,坐落在长兴岛腹部,占地面积八千多亩。横跨长明村前卫农场大片地域。它是长兴"三个功能岛"建设的一个重要标志。新开张的郊野公园,游人熙攘小道纵横,大小河道密布,各种果木花草错落别致,园中植物发青吐绿,载客游车穿梭奔流,各个景点门口人头攒动。看一看春天盛景,视野顿觉开阔! 吸一口新鲜空气,感到浑身惬意!

　　游车在弯弯曲曲的环园小道上行驶,我突然看到一块路牌——"金带沙路"。这一条路名的闪亮出现,真是触景生情,它突然勾起我五十多年前去金带沙"拉篙米"的深情回忆。

　　原来,上海这座顶级公园的选址,就是当年金带沙的"篙白荡"。昔日篙白荡,今日大公园,这翻天覆地的变化,使我几多联想,激动不已。

　　在五六十年代,长兴岛的石头沙、瑞丰沙、青草沙、鸭窝沙、金带沙、圆圆沙,各成一体,很难往来。岛中有岛,沙中有沙,界河分划,隔洪相望。金带沙,只有少量移民居住,上万亩荡滩,等待开发,昔日天上百鸟飞翔,滩地芦草茂盛。港叉口低坪处爬满了蟛蜞、螃蟹,鱼类、虾类资源十分丰富,是一个野味浓烈,原生态的"野外乐园"。

　　1962 年,国家处于困难时期,岛民遇到了前所未有的难题:就是肚皮吃勿饱。面对突如其来的饥荒,聪明的长兴岛人想出了"一斤米煮八斤粥"的煮法,遍地寻找可食的野菜,权充作代粮,但仍然无济于事。于是,他们的主攻目标,盯住了几万亩荡滩,去"拉篙米"充饥填肚,以缓解暂时吃粮的困难。俗话说:"长兴岛有三件宝,蟛蜞芦苇篙白草。"还有一句群众经常讲的口头语,就是"要吃白米到鸭高沙,要吃玉米到圆圆沙,要吃篙米到金带沙"。这句极为平常的口头语,激发了我一个邻居的灵感。她说,金带沙我有位远房堂弟叫范ヨ桥,那里荡滩辽阔,自然资源丰富,不妨我们组织一批人,到他家住上两个汛期半个月,去"拉篙米",保证收获不小。她的提议,马上得到了大家的一致响应。通过几天的积极准备,我们就像行军打仗一样,从鸭高沙的同兴圩出发,掮的、扛的、挑的,向20里路外的金带沙进发。通过了大半天的折腾,才涉水过洪,摸到了范ヨ桥家中,又经过了一天的休整和准备,迅即拉开了"拉篙米"战斗的序幕。

篙米,是早年长兴岛上著名的野生特产,是得天独厚的自然资源,那蚼蜞,芦青,茭白草,可是几代长兴岛人赖以生存的主要依靠。

所谓"篙米",就是野生篙白结出的果实。"野篙白"一般七月份开花,八月份成熟,潮来露个头,潮退一身水。花开花落,自身自灭,隔年再生。至荡滩上采摘回来后,至场地上晒干,然后铺地上用鞭打,使穗变成籽,再经过筛选后,在石磨上碾成粉,或做成饼,或煮成粥,色香齐全,爽滑可口,是上苍的馈赠。多少次灾荒,多少潮没后,都能够及时填补长兴人吃粮的空缺。

野生篙白是个宝,岛民生活不可少。野篙白的一生,是光荣的一生,是上苍的馈赠。多少次灾荒,多少回潮没后,靠着它能够及时填补长兴人吃粮的空缺。每年清明过后,人们纷纷走向滩地"拔篙白头"。幼年的"高白笋"是家家户户餐桌上的家常大菜,其口感甚至比竹笋还要鲜嫩;到了夏季,野篙白处于中年时期,人们又倾巢而出,用镰刀把它割回来后,或当柴烧,或当肥料;立秋过后,成片的野篙白开始吐花结穗,人们又背着"芦篮",再到荡滩上去"拉篙米",以解决缺粮的困难。

"拉篙米",可是个特别的野外活动。拉篙米的人必须具备体力强,熟地形,懂潮汐和吃苦耐劳的基本条件,还要有团队协作精神和安全意识。为此,我们制作了一杆小旗,以旗杆为标记,不能走得太远,以旗杆为集散地,群出群回,防止发生意外事故。进入茫茫的野篙白荡地后,我们就一人一地,各自为战,看不见人,响声呼应。拉篙米是一个非常艰苦的活儿,它要经历"过小港,爬淤泥,忍受芦桩的刺扎,茭白杆的抽打",还要长时间的抬头采摘,一天下来,浑身泥水,腰酸背痛。但我们以此为荣,以苦取乐。经过了两个小汛、半个多月的苦战,我们终于成果累累,带着人均200来斤的篙米籽,凯旋回到家中。

时间一晃五十多年过去了。半个世纪,已经是个漫长的历史。金带沙由小村变成了大村,前卫农场西部也已经成了世人向往的游乐公园,长兴岛已走上了经济社会建设的快车道。好在郊野公园的一个"野"字,还能让我回忆起当年的艰苦岁月,这一条"金带沙"路,又使我不断想起原汁原味的长兴岛一角。

小燕子

高凤新

　　"小燕子,穿花衣,年年春天来这里"……稚嫩、甜美的歌声随着习习晚风飘荡过来。我循声望去,瞥见东邻刚刚牙牙学语的小女孩晶晶,在爷爷的陪伴下,正在有模有样地边唱边舞着,红扑扑的脸蛋在晚霞的映衬下格外动人可爱。你瞧,那玲珑光亮的前额上还沁出了层层细密的汗珠。我情不自禁地鼓起掌来,心头一热,一幕幕珍藏记忆深处的,有关"小燕子"的"拷贝",宛如连珠般地从脑海里闪现出来。

珍宝:萤火晚会"难忘今宵"

　　那是 20 世纪 50 年代中期的事了。《小燕子》是我学唱的第一首歌。那欢快的旋律,抒情、优美的歌词给孩子们以润物细无声的启迪。那对新生活的赞美与憧憬,唱出了年轻共和国的一代小主人当家做主的自豪感。在那秋高气爽的金色十月里,我的母校——川沙县元沙小学,组织我们全校师生,在教室前面穿过一务小桥的岸脚边,在一块纯黄土地的露天"大操场"上举行了"营火晚会"。庆祝新中国的生日,庆祝人民大众的幸福生活,庆祝全校师生的成长和进步。

　　新中国刚刚诞生,百废待兴,条件十分简陋。学校里既没有舞台,也没有座位,更没有闪烁迷人的灯饰、令人激情奔放的音响设备。要说那露天"大操场",其实说穿了只是一块耕地,四周也没有什么围墙栅栏。由于师生们天天在上面运动、做游戏,日子长了,也就成了光洁、结实,孩子们喜爱的"大操场"。那天晚上,我们因陋就简围成一圈,席地而坐。中间点燃着孩子们捡来的或从家里带来的木柴。当音乐老师刚把手风琴拉响,师生们就一跃而起,手拉着手,肩并着肩,合着《小燕子》的旋律,且唱且舞起来:"小燕子,告诉你,明年这里更美丽"……动人嘹亮的歌声,在缀满繁星的夜空中回荡,动人嘹亮的歌声,早就插上翅膀飞向远方,宛如悠扬的手风琴独奏曲,犹如汩汩清泉在孩子们胸中流淌,我们幸福地徜徉在大自然平安祥和的怀抱里。激动人心的营火晚会,成了我们记忆中的珍宝。

诚然,这样的场景怎么会让你忘怀,这样的好歌怎么能不让你永久收藏!而且以防万一,还得多做几份备份哩。感谢敬爱的老师们对我们循循善诱、诲人不倦的教育;感谢亲爱的同学们相互帮助、情同手足的搀扶勉励而与时俱进;感谢尊敬的王路、王云阶先生(《小燕子》词、曲的作者),为我们提供了不可多得的精神食粮。因为一首好歌、一本好书,能给人以深远的影响,甚至能影响几代人。

奇迹:筑巢引燕　事在人为

燕子是最愿意接近人类的,人类也最爱护这种益鸟。现代作家左河水诗云:"离洋舍岛伴春归,织柳衔泥剪雨飞。不傍豪门亲百姓,呢喃密语俩依偎。"且不说这可爱的小精灵,是春天的使者,给人们传递一年好运的预兆;也不说它一生以昆虫为食,是当之无愧的人类义务除虫志愿者;单说它那冒寒飞渡、播绿逐雨、可亲可爱的形象,也足以让人们遐思绵绵……我从小就对燕子怀有好感。凝望那轻盈、矫健的体态,漂亮而不失高贵的容貌,　会儿高升入云,一会儿又贴近地面飞翔的舞姿,一会儿栖息梁上与人正面相对,一会儿又消失得无影无踪的神秘行踪,着实惹人喜爱、令人难以捉摸。

儿时看到人家檐下的燕巢,我就吵着叫妈妈也要请小燕子到我家来。现在想来实在是太幼稚又太可笑了。这怎么可能呢?这又不是挑(方言为"捉")几只雏鸡来养养那么轻而易举。但这是儿子的请求与期望,做母亲的,即使天上的星星也要想办法摘下来啊!说来也怪,奇迹真的出现了,小燕子被妈妈请来了。原来聪明的妈妈忽然想起,前几天曾经有一些燕子绕我们家来回飞过。或许缺少什么条件,它们才没有在此安家吧?于是妈妈"眉头一皱,计上心来"——"筑巢引燕"。她立即动手,准备了一块小木块,让爸爸(因为妈妈腿脚不便)将它插在高高的房檐下,给小燕子造房奠基用。你说巧不巧,木板刚安好,燕子爸爸妈妈们就来选址造房啦。真是天下无难事,只怕有心人。

情结:翩翩春燕　钟爱有加

随着人们住房条件的改善,周边环境的美化,每逢春暖花开之际,越来越多的小燕子呼朋引伴、成群结队地相约飞来，装扮春天、造福人类。如今一幢幢别墅式的农家楼宇，令小燕子们彻底告别了无处安家之忧。那墙角上、灯饰旁、廊柱边、房檐下……尽是它们安家的好场所。来到我们家乡，放眼望去，不少人家都有"啄新泥"、造新房的，有的甚至还筑了好几个呢。黎明即起，倾听燕子妈妈们哄宝贝儿女的呢喃之声、燕子宝宝们叽叽喳喳的嬉闹之声，欣赏着燕子爸爸们那腾空翻飞、穿梭奔忙的矫健身影，实在是一种享受，定让你心旷神怡而流连忘返！

不知何故，一大早上，我家大门口悬挂在电线上的一个燕巢掉了，幸好还没有生燕子宝宝呢。（事后得知，是我爱人拿长竹竿晾衣服时，一不小心给碰落的。）不一会儿，飞来了一大群燕子，聚在一起。它们有的大声嚷嚷，有的窃窃细语。我想，面对这突如其来的情况，它们肯定是在商量如何积极应对吧。当我中午回家的时候，发现燕子们已经在紧张有序地为重建新房奠基了。尤其让我惊讶的是：一、新房的容积已明显扩大，几乎是原来的三倍，居住可以更宽敞；二、房型也大有改进，变原来的悬挂式为附着式，经过这样的处理，就比较牢固安全。更让人难以想象的是，不出三天，在燕子们的共同努力下，起早贪黑、风雨无阻，重建工程就顺利完成。当时我正外出学习，儿子曾欣喜地来电告诉我，燕子窝已经搭好了。我真不相信自己的耳朵，唯恐听错了；但我更不相信自己的眼睛，仅隔三天时间，回家一看，崭新的燕子大厦，已经棱角分明地展现在我的眼前。我真佩服燕子们用那羸弱的身躯，稚嫩的臂膀，竟能承担如此艰巨的重任，竟能承受如此艰辛的洗礼，为了人类，也为了自己。几年来，这美轮美奂的燕巢"风雨不动安如山"地安在高高的廊檐下，孕育了一代又一代燕儿宝宝。而且几经燕子们的装修、扩建，愈益坚实、壮观。如果有机会，你可以前来一睹其风采。我可以毫不夸大地说，我家檐下的燕巢是无与伦比的、是世上最美的。由此，我对这可爱的小精灵，又情不自禁地平添了一份敬意。

"春风又绿江南岸"，六一国际儿童节又以轻快的脚步向人们走来。在少年朋友们的盛大节日里，作为老年朋友的我们，既要有"老夫喜作黄昏颂，满目青山夕照明"的豁达，还应有"老夫聊发少年狂，左牵黄，右擎苍，千骑卷平岗"的豪迈；不仅要有"老骥伏枥，志在千里"的宏愿，更应有身体力行、脚踏实地的行动。前天早上去超市的路上，偶遇一位小区居民、我昔日的学生，她高兴地告诉我：高老师，你上次为我们作了《绿色环保 垃圾分类》的讲座后，我们正式实行分类了，政府还出台了鼓励措施。这燕子报春般的喜讯传来，着实令人兴奋。

"小燕子，告诉你，明年这里更美丽""欢迎你——长期住在这里"……充满稚气、悦耳动听的歌儿还在耳际回响。回望自家门前檐下、梁上，乳燕们正探出一颗颗小脑袋，焦急地期盼着爸爸妈妈快快归来。人们常说，诗中有画，画中有诗；画中有人，人在画中。不是吗？

（作者系长兴中学原工会主席，现退休教师）

难忘少年时光

沈士兰

　　小时候,在我居住的长兴岛,我们这一代人的家境都比较贫寒,所以生产队规定 14 岁便可以参加生产队的劳动,为家里挣点微薄的工分。因为那时我们还在读书,所以参加生产队劳动的机会并不很多,只是到了星期日、暑假或者是碰上学校放假的时间。

　　由于年龄还小,不能干重体力活,生产队便安排我们十多个学生跟老人一起干活,平时劳动就由那些老人督促我们。时间一长,我们就和老人们混熟了,也因此奇怪地发觉,那十二三位老人不知咋的一律都是女的。然而,最让我们这些学生觉得好奇的是她们的名字。虽然都是老太婆,可她们中间绝大部分人的名字都带个"郎"字。有一个老人的名字姓氏后面的两个字竟然叫"狗郎",以至于记工员来记工分的时候,叫到她名字时,我们在一旁的学生竟毫无顾忌地哈哈大笑。

　　由于在一起干活的时间长了,我们也不知不觉地跟那班老人逐渐地对立了起来。原因就是因为那些老人爱在队长面前告我们这些学生的状,而我们并不服气,理由就是我们这些学生虽然年龄小,但跟她们比起来,我们手脚灵活,力气也并不比她们差。那时我们干的最多的活就是在仓库场上晒谷子,因为正值暑假期间。早上,我们把仓库里的谷子用畚箕夯出来晒好,然后的时间就是来回的颠翻,到了下午四点钟左右,再把谷子夯进仓库,偌大的场地上来回跑动也很吃力。那些老人也挺刁钻,她们总是拿着扫帚把谷子扫拢来,因为那活比较轻松,夯谷子的活就让我们学生干。我们并不跟她们计较。但我们这些学生就有这个特点,干活的时候拼命的干,干完了就调皮的玩,不像她们慢吞吞、慢吞吞总干不完。令我们气恼的是,我们拼命干的时候她们好像没看见,而我们玩的时候她们却瞪大了眼睛,而且总爱在队长面前说我们的不是。我们奈何不了她们,便在暗地里成心跟她们调皮捣蛋。如把她们干活用的工具藏起来,让她们一时找不到,然后就喊:"队长来了,快干活",看见她们找不到工具一副着急的样子,我们却在一旁乐得笑翻天。

我们还喜欢用她们的名字寻开心,尤其是几个男孩。有一次,我们和老人们各翻晒两个场地上的谷子,我们飞快地干完了我们那份活后,便坐下歇息。过了一会儿,不知谁喊了一声:"狼来了",待大家反应过来是怎么回事时,老人们已走到了我们面前。一位老人漫不经心地说:"你们这些小孩,这里又不是山区哪来的狼?"她的那句话,直把我们逗笑的眼泪都流了出来,捧着肚子直喊疼。从此"狼来了"就成了我们称那些老人的代名字,慢慢地老人们似乎也晓得了这个秘密,但她们并不骂我们,相反有时还跟着我们一起"嗬、嗬、嗬"地挺乐。

虽然我们跟老人们搞对立,但也不否认,在跟她们一起劳动的日子里,我们学到了许多的常识。例如:什么时节该种什么农作物,尤其是气象方面的知识,别看那些老太大字不识一个,可说起天气来,顺口溜常挂在嘴边。

有天下午两点左右,太阳火辣辣的,天空异常的闷热,我们刚翻晒好谷子正在树下乘凉歇一下。老太们突然急得直唤我们,快拿畚箕把谷子夯进仓库去,说是马上就要下雨了。我们觉得好笑,这太阳当空挂着,哪会下雨呀!可老太们催得急,说是淋湿了谷子,让队长不给我们记工分。没办法,我们唉声叹气地只好拿起畚箕顶着毒日、流着汗水把谷子夯进仓库去。还没夯完,天空忽然乌云密布,狂风大起,豆大的雨点滚落了下来,当我们抢着把最后的谷子夯进仓库时,个个都已经淋得像只落汤鸡。我们不知不觉地竟然站成一排立在老人们面前,对她们肃然起敬了起来,一时心里只觉得她们是多么的伟大,平时对她们的那份气恼也已荡然无存。

少年的时光已过去遥远,当年的顽童如今已正当中年,他们中有的当了干部,有的成了老板,也有的做了教师、工人、农民。那些当年的老人们如今一个个死的死、残的残,剩下几个手脚还能动的也已老态龙钟,几乎不认识了我们这一辈。这不免令我有些伤感,同时激发了我的感触,使我真正体会到了一寸光阴一寸金的精辟含义,让我们趁着家乡大开发的好时光,好好地干吧!

我当上了饲养员

徐国平

　　1969 年 3 月,回到生产队参加劳动的一星期后,队长蒋凤其就找我谈话,说知识青年到农村参加劳动要成为多面手,不仅要学会田间农活技能,也要会做其他农活,比如畜牧饲养类生活。养牛、养猪、养鸡、养鸭也是大有学问,要掌握饲养技能,不单是要吃得了苦,还要学习了解动物生长、繁殖的规律。畜牧养殖业也是一项综合农业技术。兴旺与否从小的方面说关系到社员的收入,而从大的方面讲,为国家多提供肉猪的上市量,也可以减少副食品供应压力。现在上海居民有钱也买不到肉(因当时物资匮乏,城市居民吃肉要凭肉票购买。现在队里饲养场需要人手,缺少一个像侬这样的知青,必须全天候住在那里,白天养猪,晚上护猪,其次做好各项饲料管理生活。明天就搬到河对面饲养场去! 听了蒋队长一席话,心中很犹豫:不去,违背派工;去吧,苦、累都不怕,唯独脏、臭味总将陪伴着我,而且很孤独,不能再像田间干活大家有说笑,只有天天听猪牛阵阵呼唤。况且队长已把意思都表达了,摆在面前两条路,一条带铺盖悄悄回上海家里躲避,另一条克服困难,迎难而上坚持体验饲养员生活。经过内心纠结,选择后者。跟队长提了要求:一旦有了新人选,还是要让我参加田间劳动。队长看着我犹豫的神色笑着说:"哪能把像你这样的强劳动力一直放在饲养场呢! 开河挑岸农忙是离不开的,放心去小甫伯(老饲养员宋小甫)那里报到,他会教你养猪的。"

　　第二天我带着生活用品,绕过河经过八队知青宿舍来到了 12 队饲养场。远看一排房子,由西向东十间,西边一间芦苇大房子是牛棚,隔壁是饲养员生活区,再向东是猪棚:每间前面都是半墙,中间还是活络栅栏门,前面有块空地是小猪晒太阳活动地方。再前面有六七亩地饲料田,种植了苦毛菜(是一种像韭菜,反复收割含白浆的青饲料)。来到距饲养场十多米,空气中迎面而来的猪粪,猪味,植物腐烂的发酵味刺激着嗅觉有点恶心。还是屏气强忍,努力克服心理不适,希望尽快适应起来。

小甫伯和小根伯(顾小根)见我来报到,赶紧帮我拿东西。小根伯主管养牛,介绍饲养场有三头耕牛(母水牛),平时基本不出勤,主要是千日养兵,定期用兵,到了"春耕、三夏、三秋"农忙时就大显身手。因为我队买不起手扶拖拉机,所以耕牛是春耕夏种的主力队员。小甫伯接着讲起了养猪经,大小猪娘 10 只(主要繁殖下一代),小猪崽 38 只,过几天就要分窝。卖给社员养猪户(实际上是赊账,待到年终分配时扣除金额),肉猪 50 只(由生产队养大,出售给国家增加集体收入)再过个把月就有部分上市。至于怎样养好猪,这是一套渐进式方法,人要吃苦耐劳,多动脑子。不是多吃,猪就马上长肉,啥时期多喂,啥时少吃,是根据肉猪成长规律而定,并不是固定的。慢慢的跟我学吧! 先从挑水冲肉猪圈做起,然后给猪准备晚餐,是青头苦毛菜、草糠和洋大麦粉按比例配好,放在一只 1 米多直径的大铁锅里,用大铁铲翻炒拌,使三样饲料拌均匀,再用畚箕送到每间猪食槽里。大猪到喂食时就叫唤,迫不及待趴在半墙上放声歌唱,张望着饲养员手中的畚箕,大合唱旋律越发洪亮,时起时落很有节奏感,小猪崽们只在圈里边奔跑,在栅栏口争先恐后,呼叫着仿佛在说别忘了别忘了! 在酒足饭饱(喂水与猪食)后人小猪很快进入梦境,四周又一片静悄悄,偶尔传出猪娘的打鼾声。经历了第一天饲养员的劳动,身上沾满了猪臭味,嗅觉也迟钝了,渐渐地习惯了这种异味空气的环境。

晚上,小甫伯和队长带了三个身强力壮的青年,手里各自拿了根毛竹梢,来到一只初次临产的上海大白猪娘圈边接生小猪崽。我也好奇:生小猪崽,还要这么多壮汉拿了杠棒来接生? 走到圈边观看,只见一只二百多斤白母猪肚子较大,嘴尖耳竖,活像一只大狼狗,非常警惕,不停地把稻草衔到里边,躺在干净的草堆上呻吟。突然,小甫伯说生了,一只小猪崽生出来,接二连三的生了四只小猪崽,被一层透明的薄衣黏液包裹着,嘴和眼睛也没睁开,动也不动。队长动作麻利的带领三人跨入圈内,拿起小猪给小甫伯清除嘴里的污物,擦干身体黏液,猪崽马上发声活动起来。说时迟那时快,白母猪看见猪崽不见了,不顾生产,站起来像发了疯的大野猪冲向拿小猪崽的人咬去,其他两人用毛竹杠棒阻止。母猪为了要回小猪崽张口就咬裂毛竹杠棒,继续号叫着冲撞咬人,队长和其他人吓得丢了杠棒赶紧逃出来。一场强行接生小猪崽的行动就这样以失败收场了,母猪和人们对峙着。为防止事态恶化,大家离开猪圈让它自理,结果可想而知,由于母猪不会护理猪崽,不是翻身压死就是饿死,因此成活率很低。我虽然是旁观者,着实也惊呆了,养猪确实不容易。原来,头胎新母猪在生猪仔时不能受惊吓,并且不懂怎样护理新生猪崽,精神紧张容易误伤压伤小猪仔增加死亡率,需要饲养员耐心安慰配合。等到生二胎以后,它就安稳等待饲养员接生。

几天后,小根伯跟我说,队长派我俩明天早点去解放圩参加春季耕牛交流大会,有两头牛去参加交易,希望卖个好价,换台手扶拖拉机。晚上,下起了雪,早上天还没有亮,雪还在飘,我俩各牵一条牛,冒着天寒地冻,踏着冰雪道路吱吱发响,沿着公路向交流大会目的地解放圩出发,经过一个多小时步行终于到了。北兴大队附近公路边树旁,到处是手电的摇晃,早已有牵系着各生产队大小不同的耕牛几十条,排列在公路两边的树林中,热闹非凡。我们也把牛系在路边树干上,等待"牛贩子"的评估师来唱价。评估师是一位身材不高、威信极高的中年人,他喊的价不得还价、铁板钉钉。不一会儿来到我们的系牛处,牵上老母牛在公路上走了几步,然把牛嘴掰开,看了牙齿判断出牛龄,拉起牛尾已知母牛生过小牛,喊出价值六百元;看了另一条年轻的母牛,说这条牛不能干活,后脚走路脚碰脚,脚壳上端已有流血现象,不值钱,喊出三百元。天亮雪停止了,交易会已到尾声,真是几家欢乐几家愁,也没人来问询。于是,我们沮丧地牵牛往东赶回家。走在冰雪冻结的银白色公路上,在阳光作用下非常刺眼,公路上没有行人,四周一片静悄悄,我在前,牵着年轻母牛走在路右边雪地里,小根伯牵老牛走在后面。走到和平闸附近,一辆满载着乘客从圆沙去马家港码头的公交车,在冰冻的雪地公路上小心缓慢与我们相对行驶着。在距离30米左右,司机突然按响喇叭想提醒我们。喇叭的尖叫声,刺破宁静原野,突然间我牵的牛受到惊吓,拉着我向汽车疯狂冲去,牵牛绳也拉断。吓呆了的我,束手无策拿了绳子跟在牛后边追,边喊停下。受惊牛冲到距车辆正面10米左右四蹄分开低头,一双粗大而尖锐的角对着汽车保险杠撞去。我急冲上去推牛肚身体处试图让其离开公路,但是老牛岿然不动。汽车司机不知是被这险境吓糊涂了,还是冰雪公路刹不住车,车还是向牛开去,距离越来越近……眼看一场牛死车损事故不可避免。这时只见小根伯一边追,一边喊惊牛啦!快停车!从后面一箭步,奋不顾身冲到牛头下巴处,不顾个人安全,用右肩膀顶起牛头,左手扣住牛鼻,右手抓住牛右角。牛的弱点是头怕朝天,这牛刹时被降服,变得老老实实跟着小根伯避过汽车,这时车辆和人牛擦肩而过,距离只有十几厘米,一场惊牛恶性事故就在饲养员老前辈手中轻而易举地化解了!通过这次惊险事件,使我真正了解饲养工作任重道远。我尽管当饲养员时间不长(半年左右),但老一辈饲养员奋不顾身精神、忘我工作作风在我的记忆中永不磨灭!如今人到暮年,非常怀念我的饲养员生涯与师傅们。

借此谨向宋小甫、顾小根(两位是我畜牧养殖业的启蒙老师)饲养员老前辈致以深深的敬意!

(作者系进出口货物报关员、采购部车辆采购主管、机动车设备维修主管)

一次难忘的陪同采访

陈忠才

那是 1992 年的深秋,那时我在长兴岛的政府机关搞宣传工作。正值收获的最佳季节。那天,秋高气爽,太阳懒洋洋地从淡淡的云层中钻了出来,我上班刚到办公室,还没有一支烟的工夫,分管领导就来找我,要我接待一下上海电视台"三色桥"栏目的摄制组来长兴岛搞一次粮农、橘农如何致富的专题采访。我二话没说就欣然答应了下来。

为了把上海电视台的记者们来长兴的专题采访的准备工作做得周到细致一些,我看了下手表,时针刚好是上午 8 点 30 分,离他们的到来还有半个多钟头。我马上着手联系有关的采访对象,制定好采访的日常安排,并及时向分管领导徐荣森作了汇报。因为,几年的宣传工作搞下来,又是每年的这个时候都同他们打交道,门道也熟了,基本上八九不离十。采访的日常安排得到领导批准同意后,我马不停蹄地就去政府办公室,乘上领导给我配的接待采访的专用车辆,立即赶往马家港码头。不一会儿,轮渡的汽笛声响了两下,我就估计快要到了。那时轮渡是长兴岛与上海市区来往的唯一交通工具,如果碰到六七级大风,就只好望而却步了。还没等我在思绪中转过弯来,电视台的七八个同行在龚玉兰老师的带领下,风尘仆仆地踏上了码头,来到了我的车辆旁边。我们相继握了握手,就把这次专题采访的日程安排说了一下,并征求了龚玉兰老师的意见。她笑着对我说:"小陈啊,你的安排我放心,我们又不是第一次打交道了,你的经验比我们丰富,跟你打交道我们才踏实。"我马上接过话茬:"哪里,哪里,你们才是我的老师,我要借此机会好好地向你们讨教讨教呐。"就这样我们一路说着笑着,不知不觉地面包车已来到了丰产村北沿头的种粮专业户陈跃民的仓库场地上。望着一大片金灿灿、黄澄澄的稻田和场地上刚收上来的一袋袋稻谷,大家心里都喜洋洋的。采访工作紧张而有序地进行着。

半个多钟头后,我们又去了西隔壁的先进村果园进行了采访。快到中午时分,他们不去政府机关食堂就餐,说要到我家作客,顺便体验一下乡下农村的百姓生活,这是我从没想到的。我马上把这一情况向分管领导作了汇报,他同意了,并要我尊重他们的建议。我想,这下子搞的自己措手不及,能否应付得过去,就看自己的造化了。在赶往我家的途中,顺便在解放圩农贸市场买了条活蹦乱跳的花鲢鱼,其他的他们不让我买,说是要吃我家小菜田里种的菜。不一会儿,面包车在我家门口的河沿边停了下来。看到我家崭新的既像手枪式又像楼梯式的三层楼小洋房,他们边下车边笑着对我讲:"不错呀,小陈,你家居住条件不比城里差,前庭后院,四周绿叶葱葱,环境要比我们大城市里居住的地方漂亮多了,空气又新鲜。"我连忙回答说,比不上,比不上,"宁要城里一张床,不要乡下一幢房"。他们抢着对我说,那都是过去的老黄历了,现在观念都变了,城里的小伙子都愿意找乡下的小姑娘结婚,城里乡下的距离越来越近了,像你家那样的楼房在岛上为数不多吧? 我边忙边回答说:是的,但像我这样靠三五亩橘树田这棵"摇钱树"致富的人家还蛮多呐。龚玉兰老师当即拍板说,这个题材好。并要把我家的小洋房连带正在宅前水池旁剖着花鲢的老婆一同摄制了下来,还特地转到我家宅后的橘园旁,要我戴上草帽像模像样地代表长兴岛的橘农们是如何靠种橘致富的讲几句话。我犹豫了片刻,这才对着镜头讲述了不少橘农怎样科学种橘、改良品种、勤劳致富的经验,并对这一年丰收的情况,作了简要的概括。直到中午 12 点钟,家里才把一桌热腾腾、香喷喷的饭菜做好。望着他们津津有味地吃着我家大灶头上烧的软绵绵、亮晶晶的新米饭和家里小菜田里种的葱油芋艿、酱瓜炒白扁头以及炒得碧绿生青的小青菜、小菠菜,还有花生籽等。龚玉兰老师拍着我老婆的肩膀说,妹妹,你的手艺不错呀,灶头上的功夫有两下子,这不满满的一桌菜都被我们吃光了,不要见笑呀。有一个留着一把小胡须的老师接着说,真新鲜,像这样的饭菜我还是第一次吃到过。也有的边吃边讲:乡下的饭菜就是好吃,今天我们来你家体验农村生活算是跑对了,以后我们还会经常来尝尝。我笑着说,欢迎,欢迎,这些都是我们的家常便饭,有什么照顾不周的地方还望各位多多包涵。临走时,龚老师还硬塞给我老婆 100 元钱,说是辛苦费,不要你就看不起我这个同一祖宗的姐姐。我连忙说你太客气了,这个情我领了,并示意我老婆不要再推让了。过后第二天我上班,分管领导表扬了我,这才使我心中一直担心就怕接待不好的那块悬着的石头总算落了地。三五天后的一个晚上,我们全家坐在电视机旁边收看了上海电视台"三色桥"栏目的专题报道,当看到我家的楼房以及我和老婆的电视镜头时,我的女儿拍着小手跳了起来,小嘴里喊着看到爸爸妈妈了,还一个劲地问我,你们是怎么进去的? 看到女儿天真无邪的一片童心,一种知足的幸福感油然而生。

事后不久,那位种粮专业户被评上了上海农村的"种粮状元",当年还获得了上海市"劳动模范"光荣称号。我的分管领导徐荣森几年后也成了长兴岛上的第一把手乡党委书记。

二十多年的光阴一晃过去了,现在我也已退休了,但这些难忘的画面至今还清晰地浮现在我的眼前。

长兴岛第二电厂诞生记

徐亚军

　　长兴岛第二发电厂是个小型电力生产企业,规模仅为两台1.2万千瓦燃煤发电机组,该厂于1997年8月开工建设,1998年12月建成投运。但就是这样一个看似微不足道的小电厂,它的诞生,意义却不小。它不仅彻底改变了岛上长期以来严重缺电的状况,而且为长兴新一轮经济建设乃至后来的大开发、大发展提供了有利条件,在多姿多彩的长兴岛历史上写下了浓厚的一笔。

　　众所周知,20世纪末,振华港机选定落户长兴时,首先考虑到的一个先决条件就是电力供给保障。当时恰逢长兴岛第二电厂建成投运,正是这种难得的机缘巧合,顺利地开启了长兴海洋装备岛建设的序幕。

　　然而,长兴岛第二电厂的诞生,却经历了太多的艰难曲折,从80年代初提出设想,至90年代末实现梦想,时间段长达20年之久。

　　长兴岛的电力建设,起始于20世纪60年代。之后经历了不断从小到大的发展路程。但是,电力发展一直跟不上岛上经济建设和人民生活的发展需求,电力紧缺的阴影始终笼罩在长兴岛的上空。

　　长兴岛的电力部门最早是“长兴岛电厂”,它所属仅有原上电农场发电车间、金带沙农场发电车间和后来扩建的解放桥发电车间等几台小型柴油发电机设备,因容量小,仅向周边附近居民送电。1972年2月,经市工交组批准,投资100万元,在马家港原公社化肥厂处扩建两台2 000千瓦汽轮发电机组(设备从上海第十毛纺织厂拆迁),1973年4月竣工投产。之后,供电范围逐渐覆盖全岛。

　　1974年,经上海市经委批准,长兴岛电厂与横沙发电厂二厂合并,定名为“上海市长兴岛发电厂”,明确为发供电合一单位,海岛独立电网。合并后,两岛共有发电设备6 750千瓦,且实行统一调度,为正常发供电创造了有利条件。但由于机组小,设备陈旧老化(都是 20 年代老设备),事故频发,经常停电检修,影响发供电。所谓"大小故障三六九,拉电限电天天有",广大用户对此很不满意,有的还向媒体投诉,甚至直接向市政府反映。这种状况一直持续至 80 年代初,成为一个令人头痛的"老大难"问题。在这种情势下,"两乡一场"(即长兴乡、横沙乡和前卫农场)领导和企事业单位、广大农村用户纷纷以口头和书面形式向电力部门和宝山区政府提议,迫切要求在岛上再兴建一座像样的发电厂,彻底改变岛上严重缺电的状况。

为了缓解燃眉之急,同时也为了节约能源,提高经济效益(注:海岛建小电厂燃煤运输成本高,发电煤耗大),市电力局考虑再三,于 1983 年 3 月作出决定,投资 930 万元,在崇明—长兴—横沙三岛之间铺设 35 千伏海底电缆,由崇明侧向长兴、横沙两岛供电。该项目工程于 1984 年 11 月竣工投用。这一重大举措使两岛输入电量猛增,满足了岛上工农业生产和人民生活用电的需求。但是,由于海缆供电后,两岛原有老发电设备全部停投或拆除,仅靠崇明方向单电源供电,安全可靠性差。特别是每年台风季节,常有渔船在江中抛锚,造成海缆损坏事故。海缆检修难度大,工期长,往往一次检修,全岛停电两三天。其中一次"桑美"台风,锚钩损坏海缆五根,检修时间长达 110 小时,造成岛上一片漆黑,岛上百姓叫苦不堪。同时随着改革开放不断推进,乡镇企业,农场工业蓬勃迅速发展,岛上用户装机容量猛增。1988 年开始,岛上供电形势又日趋紧张,迫切要求建造电厂的呼声愈加强烈。是年,上海市召开九届人大期间,宝山代表组正式向大会递交了"建议在长兴岛重新装机发电"的提案,区用电办还专门向朱镕基市长寄发了"关于解决长兴、横沙两岛用电十万火急"的信函。

面对极度严峻的供用电形势,长兴岛电力部门首当其冲承受着巨大的压力。为了不负众望,切实担负起电力先行官的责任,电厂领导班子统一思路,坚持把重新装机发电作为头等大事,明确分工,脚踏实地务实工作。一次又一次同"两乡一场"领导同志开会商议,同宝山区、崇明县及市政府有关部门交换意见,提建议求帮助。同时向华东电力设计院、上海电力设计单位、电力工程方面的专家进行咨询求证。仅 1992 年一年中,此类会议及相关走访活动达一百三十多次,在此基础上组织专门班子,拟写了"关于长兴横沙两岛电力发展规划研究报告"。并提出三个方案:一、建设二期崇—长—横输变电工程;二、新建自外高桥或与石洞口—长兴—横沙输变电工程;三、在长兴创建工业区兴建热电厂。经过多年的不懈努力,1993 年 6 月,终获上海市计委文件批复:"同意长兴岛发电厂扩建 2 台 1.2 万千瓦燃煤机组,实行国家集资(由市电力局,申能和宝山区三家集资)办电"。但由于合资资金迟迟未能落实而被延搁。

转眼又过了四年,必须及早解决长兴岛缺电问题的呼声得到市政府领导的高度重视。1997年1月23日,韩正同志(时任市政府副秘书长)亲自来到长兴岛,主持召开有市计委、经委、电力局、申能、宝山区府、崇明县府及崇明电力公司、长兴岛发电厂各有关方面主要领导参加的现场办公会议,在充分听取了各方面的意见后,当场"拍板"决定:"长兴岛发电厂扩建2台1.2万千瓦燃煤发电机组,配置相应辅助设施和送出配套工程,一次建成。"同时明确该工程由上海市电力局独资建造、选址于马家港以东500米处,圈地66 236平方米。工程由华东电力设计院设计,上电安装一公司总承包。经过紧张有序的准备,于同年8月8日正式开工,1998年底顺利建成并通过验收。两台机组正式并网发电。至此,长兴岛第二发电厂终于诞生了。

文章最后,我觉得有个情况还须说明。长兴岛第二电厂之所以历经波折,一拖再拖,其中除了海岛办小火电须承担亏损经营风险外,还有一个主要原因:当时国家电力公司曾经正式下发过通知,为了节约能源,提高发电效率和经济效益,在全国范围内关停所有5万千瓦以下小型火电厂,并明确今后不再建设此类小火电项目。鉴于此,我觉得长兴岛第二电厂两台1.2万小火电机组能够获得特许批准建设,并被列入市府重大实事工程,这真正是党和市府对长兴人民的亲切关爱和巨大恩泽。我想,长兴人民将会永远铭记在心。

插队记忆

陈 均

芦苇造的房子

当年在长兴岛插队落户,造房子没有砖瓦,没有木头,更没有钢筋水泥,岛上先民就地取材,主要建筑材料就是海滩上取之不尽的芦苇和毛竹、稻草。

深秋初冬是收获芦苇的季节,去掉枯叶待用的芦秆叫芦头,根据不同的用途可编制成"芦笆墙""芦笆门"和"芦笆床"。房子的山墙和围墙采用芦头编制的多层芦笆,这种芦笆墙粗看不会透光,但不能挡风。柱子、横梁、门框全部用毛竹,先用具有崇明特色的"阿锹"在地基四周挖洞,将几根粗毛竹插进洞内并竖直固定即为柱子,再用长毛竹把柱子顶端连接起来即为横梁。柱子间挖一条沟,将芦笆墙竖起来插在沟内并固定在柱子上,这样房子就基本成型了。

盖屋顶的技术要求较高,先要在毛竹横梁间加上竹头椽子,再用芦头编的笆篓将屋顶盖满,然后往房顶上抛一捆一捆的稻草。屋顶上的人在屋檐一字排开,一边接稻草一边铺,慢慢往屋脊上后退。铺的时候要相互配合,稻草衔接平整,一根也不能凌乱。靠近屋檐的第一排稻草是草根往外铺的,第二排和以后的稻草都是草尖往下铺设。稻草一层压一层铺好,下雨的时候,雨水顺着屋顶斜坡往下淌,时间长了,稻草越压越紧,可以滴水不漏。稻草铺好后,还要用草绳拉网压住,以防稻草被大风吹走。

屋顶盖好后,用铅丝将芦笆门固定在毛竹门框上,在芦笆墙上锯开一个二尺见方的"窗户",房子就算是造好了。室内是泥地,找几根树干敲下去当床架,再放上一张芦笆当床板,那"床脚"开春后居然会在房间里发芽生长。

当年岛上大多是这种四面透风的房子,夏天挺凉快的,冬天则奇冷,室内外温度几乎没有差别。这种房子的最大优点是可以抗十级地震。

（图片来自网络）

加岸

　　长兴岛是长江口泥沙沉积形成的沙洲,涨潮时水位要高出陆地数米,环岛大堤关系到海岛的生死存亡。风吹浪打,潮汐冲刷,泥筑的堤岸常有坍塌,每年必须加固,岛民称之为"加岸",这是岛上最吃重的生活。

　　清晨,早潮刚刚退去,沙滩上留下海浪的波纹和几只野鸭的脚印。迎着朝霞,海滩上来了一队队加岸人,扁担两头挑着岛上特有的工具——阿锹和泥络。当年加岸没有任何机械,全凭人力,一副泥络装泥四块,至少一百多斤,挑上肩后须快步疾行,不可停留,因为前后都是重担在肩的挑泥人。工地上挑泥的队伍川流不息,宛如一条条长龙直奔大堤,劳动号子此起彼伏,响彻云天。肩挑重担一鼓作气跑完 100 多米,再一步一步爬上高高的堤岸,将泥络中的泥块倒在堤坝坍塌处。一天下来每个挑泥人要往返近百次,将上万斤泥土挑上数米高的大坝。

　　晚潮来了,潮水开始上涨,挑泥的队伍陆续往堤坝撤退,准备收工。第二天早潮退去后,这场人与自然的较量将继续进行。

（围垦工地场景,图片来自网络）

雪夜捉麻雀

一场大雪覆盖了长兴岛。入夜时风小了,雪停了,我们几个知青跟着才连伯去捉麻雀。工具是两根长竹竿和一张用废鱼网改制的捕鸟网。

雪后初晴,月明星稀,鸟儿早已归巢。我正在纳闷如何才能捉到麻雀,才连伯带我们来到一片竹园(岛上每家屋后都有一片竹园),他先在竹园下风处用长竹竿支起那张喇叭形的捕鸟网,然后指挥我们进入竹林用力摇晃竹子。随着片片积雪纷纷落下,惊起竹林内一群麻雀,黑暗中不辨方向,糊里糊涂顺着风向飞。等在下风的才连伯则及时调整捕鸟网的位置,将飞来的麻雀一网打尽,然后将两根竹竿迅速并拢,网中麻雀就有翅难飞了。到另外一个竹园如法炮制,当晚捉到的两百多只麻雀被分而食之,成了难得的美味。

如今麻雀作为益鸟已列入保护动物行列。人类的错误曾给这些田野的精灵带来一场灾难,但愿这样的悲剧不再重演。

情系元沙三首

四十年后回元沙
水闸英俊我白发
鼎丰十一寻不见
海塘芦苇逐浪花

这片土地这些人
朝夕相处八年整
蹉跎岁月难忘记
同甘共苦情义真

元沙水闸留个影
老汉当年是知青
堤岸江芦迎风站
潮起潮落知我心

(作者曾任上海市公共卫生学校副校长,高级讲师)

回忆新兴大队文艺宣传队那些事

虞培康

回忆起我们新兴大队文艺宣传队的那些事,心中总洋溢着一种兴奋、激动而又自豪的感觉。因为我们在创建这支队伍的过程中付出了心血,在宣传党的方针政策,用社会主义思想占领农村阵地,丰富农民业余文化方面,作出了贡献。回首往事,有多少感悟和感慨。

话还得从 20 世纪 60 年代初说起。那时我国正处于三年困难时期,国民经济十分困难。国家采取精简机构的政策,动员国家机关、国营企事业单位的职工回乡务农,以减轻国家负担。许多年轻人急党所急,想党所想,奋勇报名下放到农村务农。本人便从长兴供销社来到新兴大队 13 队务农,我的同学朱学德也从川沙县文教局下放到新兴八队务农。

下放后的 1961 年,我参加了共青团。在大队团支部的换届选举中,朱学德被选为团支部书记,我担任了团支部委员。正在此时,大队党支部交给我们团支部一项任务,要充分发挥团支部的作用,在开展"树正气,立新风"的宣传活动中创业绩,作贡献。于是我们闻风而动,积极发动全大队的团员青年,筹办大队图书馆,组建歌咏队,开展讲革命故事活动等,一支雏形的文艺宣传队开始形成。

当我们的活动刚起步的时候,从解放圩迁到 12 队的新农民孙如录小青年找上门来,对我说,他联络了几个小青年,偷偷地排了几个文艺节目,也想加入我们的宣传队演出。我听了以后,感到很高兴。首先被他们那种自觉自愿排练文艺节目、不图报酬的工作热情所感动,第二,可以扩大我们的阵容,增加宣传活动的内容,使我们的演出更有效果。于是我满口答应他们的要求。但我又觉得很奇怪,在一个范围很小的生产大队里,几个小青年排练文艺节目,怎么没有一点信息传到我的耳朵里?我便问起小孙,他回答说:"我们几个就是喜欢文艺,志同道合者偷偷地躲在一起排练,说好谁也不准走漏风声的。一是怕父母反对、不支持,二是怕不成功被别人笑话。现在看来节目有点样子了,才来向你申请上战场的。"

我们的演出工作就绪后,利用晚上的休息时间,安排一次文艺演出活动,地点在大队办公室前面的一块空地上。没想到,前来观看的人这么多,男男女女,老老少少,竟有好几百人。尽管我们的演艺十分蹩脚,如同踏踏学步的孩子走路一样摇摇晃晃,演出时没有音乐伴奏,没有舞台灯光,也没有音响设备,只是凭自己的感觉在清唱,只是凭自己的理解表演剧情动作,但每一位演出者的表现都是绝对认真的。每当一个节目演完,场子里总爆发出雷鸣般的掌声和欢呼声。说心里话,当时我们真的好感动。一是说明社员们对我们劳动的尊重,二是说明农民们多么需要丰富多彩的文化生活啊!

一场演出在欢乐热烈的气氛中结束了。大队党支部书记宋学明同志以敏锐的眼光从这场演出中捕捉到了许多信息:农民需要业余文化生活;年轻人有一种奋发向上的力量;文艺形式是教育人、鼓舞人、激励人前进的重要武器;用正确的、先进的思想教育群众,用毛泽东思想占领农村阵地,开创宣传工作新局面,是党支部的工作重心之一。于是,他连夜召开支部委员、大队干部临时会议,充分肯定团支部组织的这场文艺演出的成功,并提出如何鼓舞社员斗志,树立战胜自然灾害的信心和决心,尽快从灾难的阴影中走出来。同时,交给团支部一个任务,迅速建立一支大队文艺宣传队。

建立文艺宣传队,对大队团支部来说,过去从未做过,而且对表演方面的知识一无所知,音乐器材也一无所有,关键的问题是没有钱。团支部书记朱学德同志想起鲁迅先生说过的一句话:"世上本没有路,走的人多了,也就成了路。"路是人走出来的。他没被困难吓倒,认真分析了情况后,决定分"三步走",建立文艺宣传队。第一步,发动全体团员青年,自找门路,干活攒钱,为文艺宣传队提供经济支柱。有的到长兴海塘所联系扛石头,两个人扛几百斤的石头,行走十分吃力。大家把获得的劳动报酬交给团支部,结果买了一套锣鼓和必备的其他用品。第二步,组织队伍。在原有队员孙如录、陶玩娣、虞林芳、戴士芳、向如妹、吴永彬、樊翠英等人的基础上,逐步吸收了朱雪芳、姚亚兰、黄学兰、樊敏芳等队员。第三步,到公社文化站及其他地方搜集文艺宣传资料,紧接着开始排练文艺节目。

当文艺节目排练完毕后,就开始下生产队演出了。全大队有十几个生产队,一个队一个队的轮过来。走在路上,一路响着锣鼓,一路上跟着不少看热闹的小孩子,此时此刻,成了一条流动的风景线。每到一处演出,都受到热烈的欢迎和认真的接待。当我们看到社员们从困难时期以来脸上难得看到的、发自内心的笑容时,我们的心里像吃了蜜糖一般甜。社员们受到了教育,得到了鼓舞,我们更坚定了搞好文艺宣传队的决心。

但人生之路是不平坦的,我们新兴大队的文艺宣传队成长的历程也不是一马平川,遇到不少曲折和困难。团支部书记朱学德被公社调去组建公社修建队,文艺骨干孙如录被学校招去当教师,还有几个老队员结婚离开了新兴大队,这样,宣传队里的顶梁柱和主心骨没有了,大家不知以后怎么办。当时,我虽有一点小小的职务,也拿不定主意,再加上母亲的责怪:"你没日没夜的在大队工作,把家当食堂,当旅馆,家里事一点也不关心,今后怎么办啊?"我的思想也有点波动了。说继续干吧,缺乏信心;说不干吧,心有不甘。正当我进退两难之际的时候,党支部书记宋学明找上门来,做我母亲的思想工作,并把团支部书记的工作压在我的身上。他坚定地对我说:"你一定要把团支部的工作做好,文艺宣传队的工作要开创一个新的局面。人要学会在逆境中前进,困难和挫折,能锻炼人,也许是一份宝贵的财富。我们党支部一定支持你们的工作,做你们的坚强后盾……"在党支部的教育帮助下,我这个二十刚出头的毛头小伙子终于拨开了心头的迷雾,看到了前进的曙光。

接着,我就着手招收新的队员。凡有一定文艺才能的男女青年,都吸收到宣传队里来。这样,宣传队扩大了阵容,补充了新鲜血液。对有一技之长的、具有一定乐器知识的人,成立了一个小乐队。工作中坚持"以老带新、群策群力、取长补短、相互学习"16字方针,我们将一些有影响力的优秀节目保留下来,又认真排练一些新节目。老队员勇挑重担,新队员虚心好学,为了提高演出水平,大家不怕苦、不怕累,为纠正一个动作,哪怕练上几十遍。只有进入文艺圈子的人,才真正懂得"台上一分钟,台下十年功"的深刻含义。为了强化宣传效果,在表演形式方面,力求多样化,我们有:表演唱、舞蹈、说唱、独角戏、快板、三句半、京剧选段、相声等。我们还广泛"纳贤"。比如有一次,我们到十一队去演出,结束时,有一个天真烂漫的少年,跑到我们身边,用我们宣传队里的一把胡琴当场拉了一曲,其旋律之优美,声音之委婉,都把大家怔住了。这样小的年纪,竟有这番功夫,真是了不得。于是我马上走了过去,征询他愿不愿意参加我们的文艺宣传队?他不假思索、爽快地回答:"愿意。"他叫樊敏章,当年只有16岁。进队之后,他成了宣传队里的主要骨干。公社排演革命样板戏沙家浜时,还被借去拉京胡。在他以后的人生路上,充分显示了他的文艺天才,并在市级的比赛中屡屡获奖。为发展长兴岛的文化事业做出了很大的贡献。

到了1972年的时候,因为党支部书记宋学明同志调到社办企业当书记,我因搬家到大兴大队,便离开了新兴大队。

　　回忆起在新兴大队 1961—1972 年文艺宣传队的工作,真是感慨万千,不知有多少话要说。在那个年代,为了宣传毛泽东思想,宣传党的路线和方针政策,为发扬先进人物的优秀品质,为弘扬正气,树立新风,传播社会正能量,我们排了多少节目,去军营、到老人福利院、下田头、上公社礼堂去宣传演出,11 年间共演出五百多场次,足迹几乎踏遍了宝山县的每一个地方。

　　老年人喜欢回忆。一次偶然的机会,几个过去在大队文艺宣传队一起工作过的同志见面,自然而然地回忆起许多关于年轻时代文艺演出的事情。有的说,有时候我做梦还忆起演戏的事情。有的提议,最好我们新兴文艺宣传队的同志会一次面,该多有意义呀。如今长兴岛变得多好、多美,简直是一座海上大公园。一晃四十多年过去,我们都老了。大公园里盛开的美丽的花朵,也许有几朵是我们文艺宣传队播下的种子。于是,我和樊敏章同志找到了现任新港村(原是新兴大队)党支部书记黄松才同志,把我们的想法和要求说了出来。书记非常热情地接待了我们,并答应了我们的要求,时间定为 10 月 3 日,地点在新港村村民委员会,出席对象由我们负责通知。

　　队员们得到要聚会的消息,都欢天喜地。那天,他们仍保持着当年的铁的纪律,从四面八方准时赶到集中地点,党支部书记黄松才同志也参加了我们的会议,还向我们介绍了村的发展情况。

　　35 年旧地重游,旧貌换新颜。百感交集,衷情颂党恩。35 年前的年轻力壮的小伙子和漂亮的小姑娘,如今都做爷爷奶奶了。满头的白发中隐含着生活的艰辛和对美好事物追求的坚定,脸上深深的皱纹中蕴藏着许多丰富的人生阅历和美妙的故事。他们聚集在一起,回忆起在宣传队里发生的许多有趣的故事。

　　一次公社党委副书记徐光明同志亲自带队,组织丰产、新兴两个文艺宣传队 30 人到石沙大队去演出。那时,石沙大队还是一个孤岛,上岛必须用小船摆渡。船小,30 人一起挤在小船上,当船刚行几十米时,不堪重负,开始下沉。在这万分危急的时刻,我大声喊:“大家不要动,不要怕,会游泳的男同志跟我一起跳下船,把小船推回港口。”会游泳的男同志全部跳下船去,避免了一场船沉人亡的灾难。后来,小船把我们分两批摆渡过去,完成了赴石头沙演出的任务。回来的路上,光明还调笑说,要是那只船沉下去,我肯定得没命了,因为我是一只秤砣。引得大家哈哈大笑。如今大家回想起来,还有点心有余悸,要是那时发生不幸,我们今天就见不到面了。不知谁插了一句:要奋斗总会有牺牲嘛,我们为文艺宣传活动而死,死得其所。

　　在那个特殊的动乱的“文革”年代,一切都“左”得要死,特别搞文艺宣传的,一定要小心翼翼。大家清楚地记得,在两件小事上,差点遇到大麻烦。一是我们看到人家演出的节目照搬的多,雷同的多,而我们走独创之路,自己编写剧本,如《雷雨来了》《计划生育就是好》《海岛军民备战忙》《欢送代表上北京》等。《雷雨来了》的剧情是介绍社员们在雷雨来临时,奋勇抢收晒在社场上的上万斤麦子,而不顾家里晒的东西,表现社员热爱集体、舍己为公的高尚品德。在剧本中,有描写天气变化的"乌云遮住了红太阳"一句话。那天,在长兴小学召开全大队社员大会,并表演了文艺节目。刚演完,一位下放干部马上找上我,说:"你们必须把'乌云遮住了红太阳'这句话改一改,弄得不好又是一个政治事件。"他说得也对,在那个乱戴帽子、乱抓辫子、乱打棍子的年代,说不定随时会遭到厄运的。

还有一件事情是这样的。我们的剧目《欢送代表上北京》,参加宝山县群众文艺会演。这个剧目是根据我大队 13 队社员王金芳被推荐为上北京参加国庆观礼代表的真人真事创作的。演出时,因为参演的人数多,宝山大礼堂后台人来人往,非常杂乱,我们演出用的道具大红花不翼而飞了,在短时间内再做也来不及了。我们只得求助于主办方的宝山文化馆,结果拿来的是大黄花,我们只好将就着用。演出刚结束,后台来了一个五十多岁的老先生,找到我,笑容满面地对我说:"你们八位姑娘演得太好了,非常自然,非常逼真,好像身临其境。"过了一会儿,他非常严肃地对我说:"不过要记住,在你们的剧情中是千万不能用黄花的。你知道吗? 黄花在封建社会里,皇亲国戚死了人用以纪念的。"看来,他很关心我们,我也获得了许多知识。这个剧目获得了创作和演出一等奖。

欢声笑语话当年,感慨万千泪涟涟。一个上午有说不完的知心话,表不尽的别后情。下午,我们乘专车游览了长兴,观看了上海长江大桥,感受到家乡在变,越变越美丽了,感受到党的温暖,感受到改革开放春风的伟力……

我写以上一些文字,权作摄下的一些历史镜头,展现在大家面前,让你回味、思考、遐想,也许能读懂特定历史时期的一些人和事。

请他回乡当故事员

孙关明

　　1969年8月12日，"双抢"刚结束，我与杨龙江两人接到党支部的通知，要去大陆把侯尚斌请回来。党支部书记杨文斌告诉我们，大队要成立一个革命故事组，由杨龙江、侯尚斌、孙关明三人组成，是故事组的核心成员。以后靠你们三个人，通过滚雪球办法，再发展、扩大，要搞出名堂，要搞出成绩。他说，侯尚斌外出务工，在宝山季家桥船厂工作，这是一家县属企业。这次派你们去，无论如何要把他请回来，告诉他，他父母那里我已经做好了思想工作，二老同意他回来。临走时，杨书记再三关照我们，一定要告诉侯尚斌他父母同意他回来，因为他是个孝子，知道什么叫父母之命。我想杨书记用这一招，胜似尚方宝剑，准能降龙伏虎。

　　去的这天，正值盛夏酷暑，地皮晒得滚烫冒烟，我们头顶烈日来到马家港码头，乘船前往吴淞。在船上海风阵阵吹来，倒有几分凉意，杨龙江就开口对我说，事情是这样的：大队要办革命故事组，主要是前几天公社党委副书记徐光明来了以后，他向杨文斌介绍了全市宣传口关于农村开展文艺宣传工作在基层推广讲革命故事的新形式。徐副书记说，讲革命故事小巧、简便，不要道具，不拘场合，随到随演，既有灵活性，又有独立性。革命故事与文艺宣传搭班演出，相得益彰，一定会收到更好的效果。他又说，先锋村有这方面的人才，有条件办一支革命故事队伍，为全公社带个头。杨书记听了以后，当场拍板，一定要办。于是，连夜召开了党支部会议，商定了革命故事组人选。侯尚斌是杨书记在会上亲自点名。我终于明白了来龙去脉。那个年代的形势以突出政治为重点，各级党的组织都把政治工作放在第一位。政治工作的首要任务就是抓好宣传落实工作，宣传工作做得如何是衡量先进党支部和优秀党支部的重要标准，难怪杨书记这么用心，这么重视。其实一句话，就是紧跟形势，跟着潮流走。

再说杨龙江把这段插曲讲完之后,我还是回到请侯尚斌这个话题上。我说侯尚斌在县级企业工作,虽说是临时工,但也有转为正式工的希望,他在企业工作,有固定收入,福利待遇也高,比我们在农村强多了。回来家庭经济上有损失。况且侯尚斌的弟妹年纪还小,双亲又年高岁大,他自己还没有成家,从经济角度看,有一定的负担,我想侯尚斌一定会考虑到这个实际问题,我说我有点担心。杨龙江听了我的分析说,侯尚斌肯定会考虑到这个家庭实际问题,但他不是一个拘泥小节的人,他认准的事,绝不含糊,非常爽快,他的脾气我知道。我说,那好!预祝我们马到成功。两人说笑着,船到了吴淞码头。上了岸,我们根据他人提供的路线图,找到了车站,初来乍到,不到半个小时,就顺利地到达了目的地。我们乘的是宝山地区的线路车,那时的公共汽车没有空调,车内热气腾腾,车子行驶后,虽有车窗进风,但是,还是感觉像进了浴室,细汗从额角上慢慢流淌下来。我们下了车,一路来到季家桥船厂,一眼望去,上坞的船不少,船坞工棚一大片。我们通过门卫,进入了厂区,按照门卫的指点,我们找到了侯尚斌的工作区。老远看去,我们望见了他的背影,他手里拿着锤子,捻刀,正在埋头苦干,"咚咚咚"有节奏的声音,又熟练、又匀称。我想,他看来已经成为这门手艺的老师傅和行家了,真了不得有如此功夫,着实让我佩服。

我正看得起劲,想多看一会,杨龙江突然提高嗓门喊道:"侯尚斌!"这一声高喊,声音正好从咚咚的夹缝中透进。侯尚斌一听有人喊他的名字,停下手中的活,连忙回过头来,他先是一愣,接着站起来也情不自禁地"啊呀"一声,迷茫地望着我们说:大热天,你们两个家伙怎么跑到这里来,我想也想不着。"无事不登三宝殿",杨龙江说,"快找个风凉的地方,我们有话要说。"于是侯尚斌领着我们来到了工棚休息室,那里有台鼓风机,风大凉爽,叫人舒服。工棚休息地有冷饮水,侯尚斌给我们端了两大缸(牙刷杯),我一口气喝了一大半,直凉到心肺,爽快极了。侯尚斌是个急性子,一见杨龙江笃悠悠的样子就说:"你葫芦里卖的什么药?快说呀!真是急惊风碰着慢郎中。"杨龙江故意拖着说,别急,我的喉咙还在冒烟,等这杯水喝光了,我自然会说。乘着这个空档,我有意转移视线,拉着侯尚斌说,老同学,你有所不知,我从农校毕业回到大队已经一年多,本来安排在公社副业组。杨书记听说我回来后,立马到公社把我叫了回去,我只好听从他回大队,他安排我在大队做畜牧兽医工作。我把自己的情况说给侯尚斌听一下,想感染他一下,他正听得起劲,杨龙江像狮子突然醒过来一样,一本正经地对着侯尚斌说:老同学,这次我们来,是党支部派我们来的,党支部要求你回来,所以我们特地来请你。杨书记关照,家里两位老人的思想工作已做好,他们同意你回来,你有啥想法,现在尽管说,我们转告党支部。杨龙江讲完,我们三人都进入了沉思时刻,我在想,侯尚斌在接受考验了,看他如何应答。很快,侯尚斌就开话了。他很风趣地说,我侯尚斌是个小八辣子,没有多大本事,你们把我抬举得太高了。我说绝对没有这个意思,他话锋一转,紧接着说,讲心里话,这里的工作我也习惯了,八小时工作制,待遇也不错。最近厂里领导说,我们临时工有转为正式工的机会。当然,我也很想成为一名国营企业职工,但不知何年何月,还是一个"等"字。现在组织上既然需要我,我没有理由拒绝,不谈条件,不讲困难,坚决服从组织上的安排,回来就回来。你们也不都在农村,怕什么。我们还年轻有的是机会。他讲得十分轻松,没有半点纠结感,想不到侯尚斌这样爽快,连弯也不打,就直接干脆地表了态。龙江说,小侯子,你真有勇气。换了别人,这个工作肯定有难度,啥人愿意甩掉铁饭碗去捧泥饭碗,所以在个人利益与集体利益发生冲突的时候,一个人的本质、觉悟、思想境界就最容易显露出来。其实,在当时侯尚斌有足够的理由拿出来拒绝我们,有足够的理由留在原单位继续工作,不跟我们回来。但是,他愿意为了大家、舍得小家的高风亮节,着实使我们感到由衷的敬佩。

侯尚斌高高兴兴地回来后,遵照党支部安排,挑起了先丰革命故事组的大梁。当初我们三人革命故事组在面对"一穷二白"没有方向的困难时刻,好在公社徐光明副书记及时"雪中送炭"。他获悉先丰革命故事组已成立,立即过来给我们送上脚本,并亲自指点,出谋划策,身传言教,当起了老师。顿使我们有了"木龙头",有了方向感,有了主心骨。所以,有人说侯尚斌从讲故事起家,使先丰革命故事组赢得岛内外一片声誉,少不了徐光明同志的一份功劳。现在大家都已 70 岁了,退休在家,碰巧有机会,我们与光明同志坐在一起,聊起往事,总是感到心情激荡。我们走过了那个年代,我最佩服光明同志常对我们说的一句经典话:是金子总会发光的。

附录一
长兴岛先进人物选登
(2014—2016)

在长兴这块美丽而又神奇的土地上,曾出现了多少英雄儿女,涌现了多少先进人物,他们为祖国的繁荣富强、人民的幸福安宁、时代的发展进步做出了贡献!

从长兴镇宣传科获悉,最近几年来,在崇明区(县)开展的"最美崇明人""道德模范""美德瀛洲、身边好人"等评选活动中,本岛评出了不少先进人物,来自不同的战线和层面,展现的先进事迹典型而又生动,富有教育性和感染力。现选登部分,弘扬他们的先进思想,学习他们的优秀品质,在实现中国梦的伟大事业中做出我们应有的贡献!

（资料由长兴镇宣传科徐忠如提供,蔡德忠整理）

勇攀高峰的排头兵罗永灵

罗永灵,1970年1月出生,现任崇明区长兴小学校长、党支部书记

罗永灵同志自2005年4月任长兴小学校长、书记以来,学校发生了深刻的变化,取得了令人瞩目的成就,从一所名不见经传的普通乡村小学发展成为区里乃至市里小有名气的先进学校。办学质量跃上区的前列。学校多次获得崇明县教育系统年度考核优秀奖,崇明县体育传统项目(手球)特色学校、崇明县体育先进学校、上海市教育系统先进集体、上海市依法治校示范学校、上海市体育先进集体、上海世博安保先进集体等荣誉。2011年4月,评为上海市文明单位。最难能可贵的是,2013年9月,学校作为普教系统小学的唯一代表,在上海东方艺术中心隆重举行了

"梦开始的地方"的节目访谈活动。他本人也获得诸多荣誉,获得上海市优秀园丁奖,两次获得崇明县教育局记功奖。2014年1月,获得上海市教育年度新闻人物提名奖。此后,还获得崇明县"最美教育工作者""最美崇明人"等荣誉。

学校取得如此大的成就,与罗校长的领导艺术和高尚的师德情操分不开的。用他的话说,有10点体会:1. 确立了"攀登精神"作为学校建设的内涵,融入到学校的各项工作中去,获得了风起云涌的效果。2. 确立了学校发展的总目标和办学新思路,促进了学校的全面发展。3. 以"人文关怀"为管理方式,实行人性化管理,使学校变成温暖如春的家园,齐心协力,共创辉煌。4. 努力建设一支高素质的干部队伍,在教师中树立榜样,教师们同舟共济,不令而行。5. 注重师资队伍的打造,为学校的快速发展奠定基础。6. 注重师德建设,一以贯之地用"攀登精神"铸造教师的灵魂,形成一个顽强拼搏、永不懈怠、永不言败的战斗集体。7. 坚持"质量强校"的思路,扎扎实实提高教育质量,产生良好的社会影响力,显示出学校蓬勃的发展生命力。8. 狠抓科研,坚持走科研兴校之路,使办学水准不断提高。9. 狠抓体育特色项目的创建,成绩斐然,手球在市的比赛中,屡获冠业军。既体现了学校全面发展的方向,又创设了生气勃勃的校园气氛。10. 校长的思路、决策、觉悟、水平、人品等方面,都是非常重要的。

罗永灵校长十分注意以身作则,在群众中有极好的口碑。当他接任后不久,妻子患上重病,甚至医院发了病危通知书,他早晨赶学校,晚上奔医院,整整 39 天啊,妻子才转危为安……乡政府考虑到中心校还有三所分校,为让学校领导工作方便,拨一辆小车的经费给学校,可永灵把这笔钱买了辆面包车,专给教师去崇明学习、培训使用。因为学校引进的教师来自五湖四海,他在生活上十分关心,还积极争取上级政府的关心,为引进的教师配置廉租房……

他惜才、爱才,办事公正,志向高远,但做人低调,大家都信赖他,在他手下工作,虽苦犹乐。

海岛幼儿教育的领头雁杨百灵

杨百灵,女,1964 年 8 月出生,现任长兴中心幼儿园园长、书记

她敬业爱岗、乐于奉献,为长兴的幼教事业作出了很大贡献,被喻为海岛幼儿教育的领头雁。在她的带领下,近年来,长兴幼儿园荣获上海市幼托机构保育工作先进集体、崇明县文明单位、县教育系统考核优秀单位、崇明县优秀基层党支部等荣誉。她本人也获得过许多荣誉,如:上海市园丁奖,宝山区先进工作者,市、区(县)三八红旗手等。

她热爱幼儿教育,坚持扎根海岛。20 世纪 90 年代,长兴岛还是宝山区的一个乡,比较贫穷。家在大陆的教师想调离海岛,家在海岛的教师想到大陆去寻找自己

的发展空间。在这样的情况下,杨百灵园长深知榜样的力量是无穷的,她以自己的实际行动坚持海岛教育不动摇,来教育和影响周围的教师。她常常深情地说:"因为长兴是生我养我的地方,我不能离开她;因为我热爱幼教事业,所以我奉献着满腔的爱。"园长就是一面旗帜,在她的带领下,一些心态浮躁的教师,也甘心情愿为海岛的幼教事业奉献青春,默默耕耘。

她抓特色教育,注重专业发展。杨园长认识到围棋可以锻炼幼儿的观察力,陶冶孩子的情操,于是,她毅然决定把围棋作为幼儿园的特色项目,全面铺开,让更多的孩子受益。实践证明是成功的。2009 年长兴幼儿园申报的《幼儿园围棋教育活动园本课程方案构建的实践研究》被崇明县教育局确立为县级重点课题。2010 年 4 月,长兴幼儿园被上海市教育协会评定为"围棋特色学校"。2013 年 12 月,她撰写的关于围棋教育的课题报告获得崇明县第十一届教育科学研究成果一等奖。

一天天太阳的升起和落下,一批批幼儿的入园和离开,但不变的,总是杨园长对幼教事业和孩子们的那份深沉的爱和脸上流露着的灿烂的笑容。

救火英雄陆晨

陆晨,1991 年 1 月出生,上海市崇明县长兴岛人,2012 年 12 月应征入伍,共青团员,上等兵警衔。生前系上海消防总队宝山支队罗店中队战斗一班战士

2014 年 2 月 4 日上午 10 点 52 分,上海宝山区民科路一厂房失火,上海消防总队宝山支队罗店中队赶赴现场救援。在灭火的收尾阶段,他和武汉籍的战友孙络络为扑灭仓库内的隐燃,奋勇冲向仓库内。后因几十吨重的横梁和楼板突然倒塌,两位消防战士不幸壮烈牺牲。两位救火英雄的事迹一经媒体报道后,引起社会的广泛关注,在上海市、武汉市引起强烈反响,并有成千上万的网友在微博留言寄托哀思。

九〇后的陆晨,身高 1.88 米,他喜欢运动,喜欢打篮球,也会打乒乓球、台球,多才多艺。

在战友的回忆中,陆晨是个乐于助人的同志。刚下中队时,当他得知一位战友在训练中腿部受伤后,主动把下铺让了出来,他说:"我个子比你高,腿往下一伸就快够着地了。"

陆晨的爸爸是崇明县长兴派出所的民警,有着三十多年的警龄。陆晨自小看到爸爸身着警服,很是羡慕,年幼时就树立了当警察的理想。2012年夏天,他报考了警校,轻松地通过了文化考试和面试,却因体能测试中跑步一项差两秒没能合格。

就因这两秒,他爸爸有点耿耿于怀,他觉得要是不差这两秒,也许自己的小儿子不会这么早离开人世。

警校报考失败的陆晨没有放弃自己从小的理想,当年选择当兵入伍,磨练意志,锻炼体能。他想,当兵两年退伍后,体能会大大加强,进入警校的机会就更大。他曾告诉战友,今年年底退伍,可能要去考警校。

陆晨在支队最近一次的院校生预考中,成绩名列全支队前茅。他在平时的执勤、业务训练、日常管理中,得到中队官兵的一致称赞和好评。

2014年春节,陆晨没有回家。大年初三,全家人都前往宝山消防支队看望陆晨,有爸爸妈妈、大哥、大嫂,还有九个月大的小侄女,全家人欢欢喜喜地还拍了一张全家福。可谁也没有想到,仅仅隔了一天,陆晨就永远地离开了人世。

陆晨的英勇牺牲使整个家庭陷入万分悲痛之中。但他的爸爸说的话,真是令人感动,我们看到了一个人民警察美丽的心灵。他说:"儿子是为救火而牺牲的,是为人民而牺牲的,我们应该感到骄傲。儿子梦想成为警察,和在消防队里奋斗,都是为人民服务,本质是一样的。"

2014年2月8日上午,在上海龙华殡仪馆大厅隆重举行革命烈士的追悼大会,花篮、花圈、挽联、哀乐、泪水,衬托着人们对烈士的无比崇敬和怀念。中共上海市公安局委员会还追认陆晨为中国共产党党员,实现了烈士陆晨生前的愿望。

烈士回眸应笑慰,革命自有后来人。

捧着一颗心来的小学教师曹文忠

曹文忠,1969年1月出生,现任平安小学副校长,崇明县教学能手

曹文忠老师用28年的青春坚守三尺讲台,用28年的大爱书写教育人生,将28年的绚丽梦想化作学生成长的脚下台阶。

1988年,他从师范学校毕业后,选择了重新回到生他养他的沃土——长兴岛,

成为海岛教育的坚守者。为使自己的学术水平上一个新的台阶，他积极进取，慕名拜师，和教学权威探讨教学话题，从名师身上求得"真经"，并努力付诸教学实践。

曹文忠有句口头禅：家里的事是小事，学校的事是大事。在教室里、办公室里或是校园的角落里，都能看到他忙碌的身影，或找老师谈心，或给学生补课。多年的辛勤劳作，勾勒出他"亭亭玉立"的苗条身材，甚至于"多情应笑我，早生华发"。曹老师以春蚕吐丝，蜡炬燃烧的精神，为了学校，为了学生，甘心于"衣带渐宽终不悔，为伊消得人憔悴"。

他从教 28 年，用心血和汗水换来了累累硕果。他本人也获得了诸多荣誉，如：上海市优秀园丁奖，宝山区中青年教师教育比武优胜奖，县级教学能手，长兴、横沙两岛区域教学观摩课二等奖，长兴学区探究的"小组教学"研究课评比一等奖，崇明县聚焦课堂有效教学示范课优胜奖。他撰写的《试析教学课堂教学中"互动生成"的有效学习》等多篇论文获区、校级等第奖，并编入骨干教师论文集。他的荣誉是28 年坚持的沉淀。

教育家陶行知说过："身正为范，学高为师。"曹文忠老师，一位普普通通的人民教师，他始终把"身正"当作教师的基石，把"学高"作为自己的追求，把爱心视为从业的核心，努力耕耘在长兴岛的小学教育的园地里，期盼着小苗的茁壮成长和明日的桃李芬芳。

敬业奉献的音乐达人樊学章

樊学章,1961 年 8 月出生,生前任长兴镇文化体育广播电视站党支部书记

樊学章同志是一名文艺爱好者,他刻苦好学,酷爱音乐,潜心研究韵律及舞台表演。对于各种乐器,可以说他都是无师自通的。凭着他对文艺的挚爱和乐于为群众文艺献身的精神,被大家一致推举为长兴文广站站长。上任后,大家评价说,他不仅是一位优秀的群众文化管理者,而且是一位出色的群众文化活动的草根明星。

十几年里,他获得了许多荣誉,如:2005 年获上海市群众文化先进个人;2007 年获崇明县第十届文化艺术节先进个人;2010 年被评为上海世博会崇明县优秀志愿者;2013 年获崇明县"乐学申城　精彩人生"社区家庭才艺大赛一等奖;同年,荣获上海市"乐学中城　精彩人生"社区家庭才艺大赛一等奖;2013 年荣获首届上海市民"纸音杯"家庭音乐会大赛最佳才艺奖;2013 年,荣获第十五届中国上海国际艺术节"天天演"荣誉证书。

樊学章同志在日常生活中,无论大事小事,总是亲自过问、参与,坚持发挥领头人的模范作用。他的家庭成员和许多朋友,在他的影响下,都渐渐地喜欢上了群众文艺。由于他的乐于助人的好名声流传在外面,许多文艺爱好者经常登门求教,他总是有求必应,从没有厌烦过,并积极搭建平台,提供活动场所。他的妻子从对音乐的一片空白,到现在能熟练地弹奏扬琴;他的哥哥从对二胡的喜欢到能熟练地拉出多首曲子;他的小弟既会唱歌又会演奏大提琴;他的弟媳擅长越剧、小品、舞蹈等表演,还会吹奏葫芦丝,演奏电子鼓等。在他的熏陶下,他的家庭成员已经潜移默化地形成了学习型家庭模式,他们的家族还组织了新港民乐队,许多村里的民乐爱好者纷纷加入,目前已在长兴成为一枝独秀。

2014 年,樊学章的事业如日中天的时候,医院给了他"肺癌晚期"诊断报告。可他却一笑了之,除了平时必要的治疗外,仍然坚持上班。让人更敬佩的是,在他身患绝症之后,还发明创造出用 PVC 管制作成的乐器"悦管",教会了九名成员,演奏出排管合奏《黄水谣》,并且成功申报了国家专利。

樊学章同志热爱事业、无私奉献的精神，一直鼓舞着大家前进。他平时常说，搞群众文化就要有奉献精神。他不仅这样说，而且这样做。他把自己的毕生精力都奉献给了长兴岛的群众文化事业。在 2015 年他以高票获得"长兴好人"的称号。2016年，樊学章同志轻轻地走了，但他留下的财富是那样的珍贵和富有，大家永远怀念他。

身残志坚　热心公益的杨中兴

杨中兴，1956 年 9 月出生，长兴镇先丰村人

2016 年春，杨中兴和他的残疾队员利用空闲时间，加工了 200 只白铁皮簸箕免费送给了长亭冥园和长兴"三阳"机构，助力长兴文明系列创建工作，感谢政府多年来对残疾人的关心和支持，并应允明年为镇各中小学免费送去 200 只白铁皮簸箕。

杨中兴是凤凰镇上小有名气的开锁匠。他除开锁外，还熟练地掌握白铁皮加工、防盗门制作、电焊、打磨喷漆的多项技艺。上天没给他灵便的脚，却给了他灵巧的双手和肯动脑筋的脑子。

一身手艺，让杨中兴家庭早已奔上了小康。但他没有满足于现状，农村残疾人文化水平低，就业渠道窄，他就发动本村和邻村的几位残疾人一起揽活。长兴开发后，许多大企业入驻，有许多电焊和打磨喷漆的活儿，他提供工具，带着队员一起干。因为手艺过硬，讲究信用，前不久还承揽了一个新建小区的无障碍坡道栏杆、室外晾衣架制作的项目。

杨中兴跟他的残疾队员有一个不成文的规矩——账目按日结清。有时工程方还没付款,他就先行垫资,从不拖欠队员的工资。他说,残疾人家庭多不容易呀。杨中兴经过几年的打拼,懂得生意场上的诚信是何等重要啊! 杨中兴快到退休年龄了,别人问及他如何打算时,他憨厚地笑着说,如今党和政府支持残疾人创业,如果我没有意外情况,只要身体还可以,定会带着残疾人一起干的。

开锁早已不是杨中兴的主业了,但对于残疾人和 80 岁以上的老人,他还是会义务上门服务的,即使半夜打电话,他也从不推辞。

扎根第二故乡的新长兴人王震

王震,1976 年 10 月出生,现任长兴镇社区事务受理服务中心副主任、党支部副书记

王震同志曾在海军东海舰队服役 13 年,于 2007 年退伍至长兴镇从事地方工作。他从一线窗口做起,通过自己的刻苦努力于 2012 年被镇党委和镇政府任命为长兴镇社区事务受理中心副主任。他虽是一名新长兴人,但在日常工作中,把来中心办事的群众看作是自己的亲人,服务无微不至。

近年来受理中心为方便群众,简化流程,进行了"一口式服务"改造,王震作为服务大厅的管理负责人承担了众多的任务和压力。为了顺利实现改造,达到造福于民的目的,他牵头发起了编写《受理中心业务知识汇编》,又组织全体职工开展了为期一

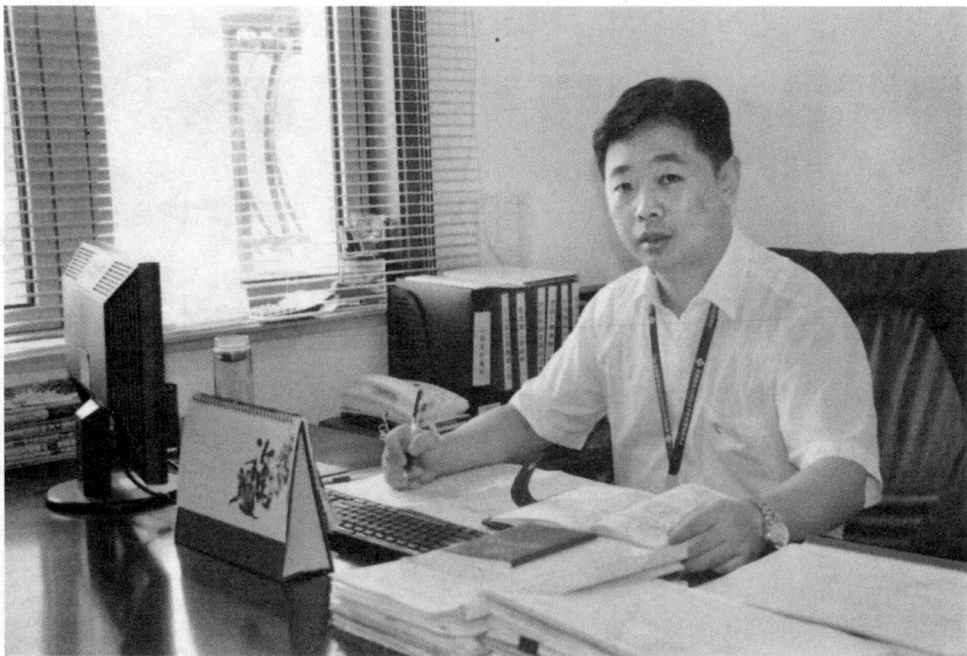

年的轮岗培训,通过人员调配、大厅功能改造等一系列工作,圆满完成了"一口式服务"这一市政府重点民生实事工程。在改造过程中,为了顺利实现"一周七天无休工作制",他把休息的机会让给了职工,自己每周上班六天,他坚持了整整一年。

王震同志在工作中以身作则,处处起到表率作用,在制度创新上有着超出常人的勇气和智慧。为了响应上级开展绩效考核改革的工作要求,他大胆拿旧的考核制度开刀,通过量化管理考核方式,讲究实效,突出业绩,打破了原有的大锅饭的考核模式。这样,大大地调动了职工的工作积极性,又使单位的服务水平得到明显的提高。

在面对困难群众时,王震又从他们的实际需要入手,突破了原有的窗口服务模式,创新出"送服务上门"活动,让长兴镇的许多高龄老人、残障人士享受到特殊服务,解决了他们行动不便、业务办理困难的难题。

在受理中心工作的九年里,王震同志以爱岗敬业、乐于奉献、为民办实事的精神,树立了形象,赢得了口碑,成为人民群众交口称赞的人民的好干部。

孝老爱亲的黄俊明

黄俊明,1952年4月出生,系长兴镇文广站退休职工

黄俊明眼睛有疾,加上父亲早年去世,没有成家。他虽然眼睛不方便,但是仍然和母亲一起生活。母亲由于长期的辛苦操劳落下了多种毛病。儿子十分孝顺,处处关心着母亲。他不惜代价买了许多用以按摩、理疗方面的仪器,还自学中医为母亲调

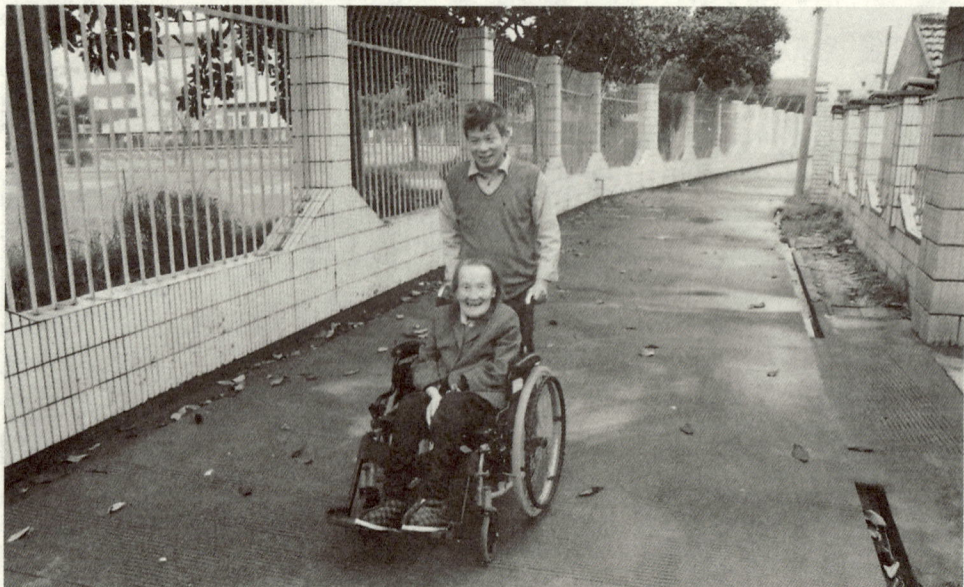

理身体。在日常生活中,他为母亲穿衣、洗漱、按摩、喂饭、洗脚、倒大小便等,总是任劳任怨,从没有半点怨言。在做饭菜方面,总是考虑老人的口味,常常换新鲜,让老人吃好,每天下午还有小点心,吃的、喝的方面从不计较价格,只要母亲吃得开心就好。平时说话从不高声大气,有时还会讲几个笑话让母亲笑一笑、乐一乐。他常说,心情好比什么都重要。在他的精心照顾下,母亲已是 101 岁的老人了,精神很好,红光满面。

黄俊明已是花甲之年的老人了,他的诚信热情、敬老爱幼、助人为乐的精神没有变。他不仅对亲人亲切,对邻居也如此。别人家有点小事需要他帮忙,他总是尽力而为。他自学了电器修理,谁家的家电有点小毛小病,他都乐于帮忙,有时甚至还要倒贴买零件的钱。有一次,邻居家的电路烧坏了,他冒着高温酷暑帮他修好才罢休。他说,自己热点有什么,可别热着你们一家老少啊。谁家出远门了,他愿意为人家看门,邻居们都说把钥匙交给他放心。

我们从黄俊明身上,看到了中华儿女孝敬老人的优良传统在发扬光大。他虽然没有轰轰烈烈的业绩,但在日常的平凡的小事中展现了他孝老爱亲、助人为乐的高尚品德。

市容环境美容师陆国昌

陆国昌,1959 年 9 月出生,系长兴镇市政市容环境事务所垃圾清运车驾驶员

陆国昌同志于 2009 年进入长兴镇市政市容环境事务所工作,每天总是出色地完成垃圾的清运任务。遇到垃圾多的时候,不管加班到多晚,他总是坚持"日产日清"的原则,用辛勤的劳动换得镇区整洁的环境发挥自己的光和热。近年来,他接手了长兴家园垃圾的清运工作。该小区有三百多桶、近 18 吨的垃圾清运量,意味着工作量在增加,而待遇没增加多少。他的工作强度和压力比过去明显大了。但他服从安排,无怨无悔,一年四季,往返于小区与垃圾填埋场之间,用他的辛劳和汗水,给人们带来了整洁干净的环境,用他的敬业精神,创造了长兴家园垃圾清理"零投诉"的纪录。

工作中,陆国昌同志始终牢记安全第一,时刻恪守职业道德,坚持谨慎行车,并坚持做到一日三查:即出车前、行驶时、收车后,都要对车辆进行检查和保养。他的车况一直优于同行业的

其他车辆,他驾驶的垃圾清运车总是保持的十分干净。

逢年过节是陆国昌最忙碌、最劳累的时候。人家在欢乐团聚的时刻,他不是在车上,就是在清运垃圾的路上。他说:"虽然我牺牲了与家人团聚的时间,却为更多的人送去了节日洁净的环境,这是我最开心的事。"

随着"创城"工作的不断深入,经常暴露出垃圾堆点方面的问题,需要开展整治行动。作为突击小组带班人,碰到这样的情况陆国昌总是身先士卒,冲在第一线,用自己的实际行动带动和影响身边的每一个人。

陆国昌同志甘当一颗小小的螺丝钉,他把笑意写在脸上,把苦累埋在心里,用汗水和奉献为创造镇区优美的市容环境谱写美妙的乐章。

晚霞如火的蔡德忠

蔡德忠,1945 年 1 月出生,系小学退休教师

蔡德忠同志退休前为长兴中心校校长、党支部书记。在职时,曾获得过许多荣誉,如:上海市教师园丁奖,上海市尊老爱幼先进个人,上海市家庭教育先进工作者;宝山区教师园丁奖,宝山区十佳教师提名奖,宝山区关心青少年工作先进个人;在乡里,多次获得优秀党员的称号。退休之后,在 2016 年获得崇明县"瀛洲好乡贤"、崇明县优秀志愿者、长兴镇优秀共产党员的荣誉称号。

他不忘初心,牢记共产党员的历史使命和肩负的责任。回到村里后,积极开展志愿者服务活动,以他为组长的"夕阳红"党小组,积极开展为老年人服务活动,举办道德讲堂,开展健康知识讲座,开设"农家书屋"和"夕阳红健康屋",组织、安排老年人体检,探望有病老人,调解一些社会矛盾,得到老百姓的欢迎。他对小组的同志说,我们即使夕阳西下,也要把最后一丝光亮奉献人间。为了把这项工作做得更深入,更有效,在一次老年人大会上,"夕阳红"党小组全体人员举手宣誓,全心全意为老年人服务,把老年人的健康和幸福当作自己最大的快乐。时刻牢记党的宗旨,为推进潘石村的美丽乡村建设,创建一个和谐的社会环境做出我们的努力。

蔡老师在健康知识讲座方面,深得老百姓的欢迎,他讲得深入浅出,注重科学性,又有针对性,对大家的健康很有帮助。村民们常问,什么时候又要给我们上课了。其实,人们哪里知道,他作一次讲座,要花去多少时间和心血啊!

他还积极参加社区的志愿者服务活动,为村党支部和村委会的建设出谋划策。他说的一句话,"人退休了,但共产党员是没有退休期的",很能体现出他对党的忠诚和对自己的严格要求。

长兴先进人物掠影

袁丽娟,长兴镇长征村党支部书记

在她的带领下,美丽乡村建设取得了可喜的成绩,村风民风有了较大的改观,村级经济不断壮大,惠民政策不断得到落实。她富有成效的工作,在村里树立了威信,在全镇起到了引领作用。她本人先后荣获崇明县优秀共产党员、上海市"三八红旗手"等荣誉称号。

陆文祥,长兴镇建新村乡村医生

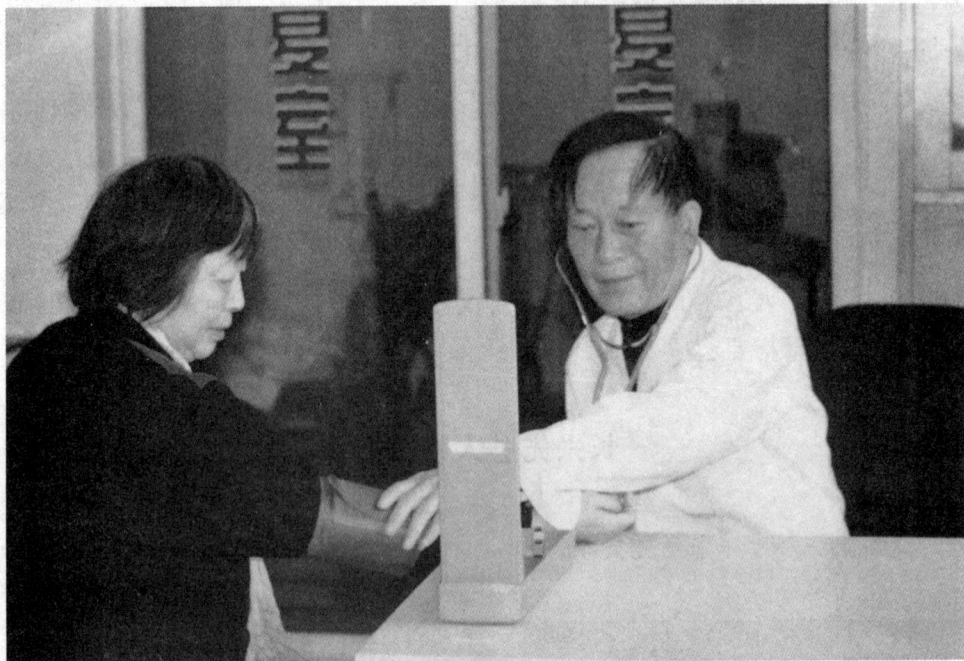

他从医 50 年,热心为村民出诊看病,不管刮风下雨,还是严寒酷暑,总是随叫随到,从不推辞。他还承担村里心血管、高血压、糖尿病病人的随访工作。在为村民服务时,做到真诚对待,总为老百姓的健康和幸福着想,得到村民的好评。他所在的村医务室多次被评为先进集体。

沈忠琴,长兴镇退休村干部,过去多年从事妇女儿童工作

退休之后,她仍十年如一日地帮助身边的人。她的隔壁住着一位独居老人,沈忠琴经常帮助她解决一些生活上的困难,把她当作自己的亲人对待,不求任何回报。在村里传为美谈。沈忠琴曾多次获得长兴镇先进个人、优秀共产党员、"三八红旗手"等光荣称号。

黄菊英,长兴镇圆沙居委楼组长、健身队队长

多年来,黄菊英同志为小区发挥余热,热心公益事业,爱好文艺,带领小区居民开展群众文艺,成绩显著。积极带领小区居民参加镇市民文化节。参与"绘长兴,展和谐"2014 年长兴镇市民广场舞团队展示、文艺巡演、居民学校成果展示。她带领的两支中老年舞蹈团队活动,居民积极参与深得好评。黄菊英同志 2013 年度荣获市"老伙伴"计划优秀志愿者称号,2013—2014 年度崇明县"五星级文明家庭"。申报的"垃圾改造变废为宝"手工制作创意活动被评为 2012、2013 年县优秀项目。还获得上海市民文化节"军爱民民拥军军民共结端午情"军民包粽子比赛优秀组织奖和个人一等奖;崇明县长兴镇"海岛韵"红歌比赛三等奖;2013 年长兴镇全民健身节团队展示天天运动,人人健康,最佳活力奖;2014 年长兴镇全民健身节最佳活力奖等荣誉。

樊为中,长兴镇商会会长,为中集团董事长

他自主创业,诚信友善,为长兴的开发建设作出了杰出的贡献。他曾获得"崇明县优秀中国特色社会事业建设者"的荣誉称号。他常年热心公益事业,关心帮扶弱势群体,在当地群众中有良好的口碑和社会影响,多年来,他的各类捐款超过 200 万元。

黄德芳,退休教师,家住长兴镇先进村

她家是烈属。退休后,她积极参加村里组织的志愿者服务活动,如搞环境卫生清理、送温暖、爱心捐款等,发挥余热,表现出一个教师的高尚情操。逢年过节的时候,她都会买礼品去看望周围的孤寡老人和弱势群众。

施玉英,长兴镇凤辰乐苑业委会副主任、党小组长、健康自我管理小组组长、楼道负责人,广场舞负责人

退休以来,她关心社区建设,热爱公益事业,参与环境整治,组织老年人开展丰富多彩的健身活动,关心老年人的健康,为社区群众办实事、办好事,取得了优异的

成绩,树立了一名老党员、老干部的良好形象,获得广大群众的交口称赞。

倪建春,长兴镇社区事务受理服务中心工作人员

他用爱和实际行动诠释了何为孝的道理。他和妻子在家除了要抚养幼子外,同时还要承担赡养父母和叔叔三位残疾老人,照顾一家老少,默默坚守,无怨无悔,因为他们懂得患难与共才是人间的真情,家庭的和睦才是幸福的基石,敬老孝亲是他们家最宝贵的财富。

王琴,长兴敬老院的护理员

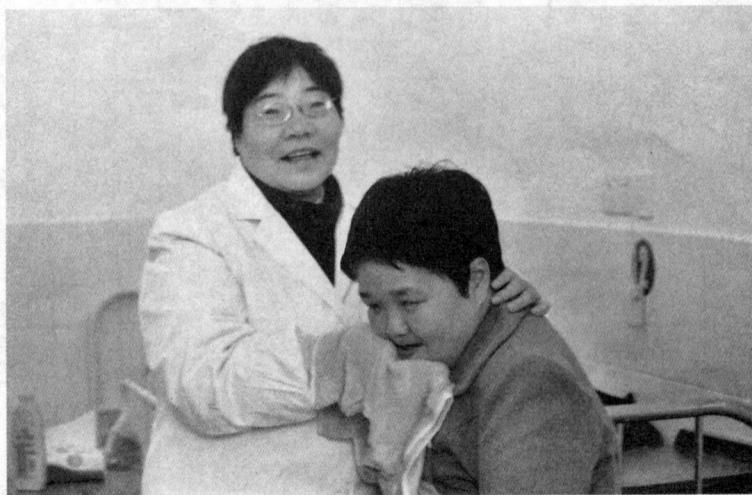

她的丈夫常年患病在家,生活拮据。但她从不把家庭中的困难和烦恼带到工作中去。在单位里,她从不嫌弃任何一位老人,总是做到热忱服务,耐心照顾,细致地安排好老人每天的生活起居。她用敬老、爱老的实际行动感染着周围的人。她在平凡的工作中谱写着中华民族的传统美德——敬老爱亲的美丽篇章。

陆建飞,长兴岛第二发电厂检修部高级工,可爱的"新崇明人"

他数十年如一日,利用休息时间,热心为职工、为社区服务。2014年开始,发电厂和长兴敬老院开展文明结对活动,每两个月义务为老人理发、量血压。陆师傅每次都早早做好准备工作,热忱为老人服务。先后被评为发电厂先进个人、安全生产标兵、新长征突击手。

附录二
《崛起的长兴岛——情系长兴》
举行新书发行仪式

最近几天地处长兴岛凤卫路9号的《崛起的长兴岛》编辑部分外忙碌,4 000册《崛起的长兴岛——情系长兴》新书已经运抵编辑部,正以最快的速度呈献给读者。5月12日上午9时30分由文汇出版社出版的《崛起的长兴岛——情系长兴》新书发行仪式,在凤辰小区会议室举行,这是长兴人民文化生活中的一件喜事。

长兴镇党委副书记蔡筱林,上海房地产经纪行业协会副会长、上海市作家协会会员郭树清,文汇出版社编辑陈今夫,崇明县档案局领导杨兴、秦志超、徐兵,崇明县文史研究会副会长、作家柴焘熊,横沙乡《话说横沙》作者袁仲明,以及长兴镇党群办,文广站,部分村民,中、小、幼学校负责人,本书编委、作者出席了发行式。《崛起的长兴岛——情系长兴》新书发行仪式,由主编徐惠忠先生主持。

特约编辑蔡德忠,作家郭树清,镇党委副书记蔡筱林,崇明县档案馆杨兴同志,知青作者代表张中韧、任平,先丰村党支部副书记、主任陈辉,凤辰小区党支部副书记施唯一,作者代表周品其和长兴小学校长罗永灵,老干部徐光明等先后发言。

特约编辑蔡德忠发言,他代表编委会向在编书过程中关心、帮助、支持的所有同志表示最真诚的谢意!介绍了编书的过程,本书的基本情况。

作家郭树清发言,介绍了请叶辛作序的过程,对新书出版发行作了中肯的评价,希望有更多的作家、更多的人记录长兴。

长兴镇党委副书记蔡筱林讲话,他代表长兴镇党委、政府,向出席发行会的各位领导、作家、朋友们表示热烈的欢迎!向《崛起的长兴岛》编委会表示衷心的祝贺!希望全镇文艺工作者,更加自觉主动地承担起推进文化创作的历史责任,创作更多精品力作,携手打造长兴的文化名片。

《崛起的长兴岛》2015年4月24日首发座谈会合影

崇明县档案局领导杨兴发言，指出五年，编委们出了三本书很难得，建议追梦人还要继续追下去。

知青作者代表张中韧发言，表示要宣传好这本书，让长兴插队落户过的知青再次了解长兴。

知青作者代表任平发言，对本书出版作了热情洋溢的评价。

长兴小学校长罗永灵发言，表示要将本书电子稿改写成校本教材，让学生了解长兴岛是一个什么样的岛。

凤辰小区党支部副书记施唯一发言，对编委和老同志向下一代传承长兴岛文化的精神表示敬佩。

先丰村党支部副书记、主任陈辉发言，他深知写书难、编书难、出版更难。对编委们五年编辑出版三本反映长兴岛乡土气息的书深表敬意。

作者代表周品其发言，他希望再编几本反映长兴岛的书，他也好在其中得到锻炼。

老干部徐光明发言指出老人出书一不为名，二不为利，目的是将长兴岛的文化传承给下一代，让下一代人了解长兴岛是怎么发展而来的。因为我们编委的老同志都是共产党员，传承长兴文化是我们的责任。新书的出版发行，希望一本不落的传送到读者手中。

他们的发言从各个不同的侧面，表达对编委传承长兴乡土文化所做出的辛勤劳动的感谢！对书写一篇篇散发着泥土气息的文字作者表示感谢！同时预祝《崛起的长兴岛——情系长兴》新书发行顺利。

《崛起的长兴岛——情系长兴》一书41万字，由中国作家协会副主席叶辛和上海房地产经纪行业协会副会长、上海市作家协会会员郭树清两位先生分别作序一和序二。全书内容分历史篇、纪实篇、知青篇、育人篇、故事篇、风情篇、诗歌篇七个章节。

读完《崛起的长兴岛——情系长兴》那朴实的文字，那真挚的情感，那勤劳的长兴人，那动人的故事，如温暖的乡情，在文字里氤氲、散发着人性的纯美。这本书贴近生活、贴近群众、贴近实际，如一股从海风中吹来的泥土清香和花草芬芳——是属于一种根的芳香，在心中静静地流淌着……《崛起的长兴岛——情系长兴》是了解长兴岛文化的窗口，读着这本书，让人们从中感受到它的品位、档次以及思想性和可读性，为长兴岛的建设提升文化软实力，为长兴岛经济社会的发展注入活力，增强动力。

徐忠如

2016 年 5 月 12 日

编 后 记

当《多彩的长兴岛》这本文集即将出版的时候,我们的心情充满着愉悦和激动,因为我们又做了一件有益于社会的事情。几年来,我们几个古稀老人,怀着对党的无限热爱之情,怀着对家乡的一片深情,努力挖掘海岛文化资源,积极编写反映长兴岛概貌、习俗、文化、教育、历史、经济等方面的书籍。几年来,先后编辑了《崛起的长兴岛——长兴儿女话长兴》《崛起的长兴岛——长兴岛的故事》《崛起的长兴岛——情系长兴》三本书。这是第四本书,从不同的方位和角度,展现长兴岛的美丽风光,展现长兴岛人的美好心灵,展现长兴岛飞速发展的历史轨迹。对有些湮没于历史烟尘中的有价值的传说或故事,经过挖掘和整理,写成文章,以教育后人,给人智慧和力量。书的出版,受到不少读者和长兴人民的欢迎,这是对我们工作的最好支持和肯定。

我们这些老同志,别无他求,只是为挖掘海岛文化资源,发扬海岛的优良传统,抢救快要消失的很有价值的岛域文史资料,为弘扬正能量,让更多的人了解长兴岛作一点贡献。因为我们文化水平不高,又缺乏编书的经验,再加上年老力衰,编书中遇到的困难是可想而知的。但我们硬是凭着一种责任、一股干劲和韧劲,虚心向人请教,在困难中前行,终于较好地完成了任务。

在编辑过程中,我们得到方方面面的关心和支持,常令我们感动不已。由中国作家协会副主席、上海市作家协会副主席叶辛同志,在日理万机的繁忙中亲自为本书作序;作家郭树清同志对本书的编写自始至终予以关心,并提出了许多真知灼见;崇明区档案馆馆长朱鑫德在百忙中为本书撰写序言;还有崇明区文史研究会的秦志超、档案馆的徐兵、作协的柴焘熊等同志也提出了许多宝贵的意见,有的同志还撰写文章或诗作充实本书内容;长兴镇党委和人民政府对我们的编书工作也十分关心和支持,甚至对书的销售问题也予以关注。在此,我们对一切关心、帮助我们的同志,表示深深的敬意和真挚的感谢!

《多彩的长兴岛》编委会

2017 年 7 月

鸣　　谢

在我们编辑出版中,得到以下单位和个人的爱心捐赠,无私奉献,谨此表示感谢!

上海剑德建筑工程有限公司　　董事长　费剑波
　　　　　　　　　　　　　　　总经理　沈　德

浙江杭州千岛湖御立农业发展有限公司　董事长　解华朋

上海为中集团有限公司　董事长　樊为中

上海事人投资咨询有限公司　姚轶闻

上海长兴供销有限公司　董事长　朱惠涛

原前卫农场运输公司经理　蒋年宝

上海臻安消防器材有限公司　董事长　顾来元

上海今朝缘饭店　茅赛泉

新港村　陆忠達

长兴中学　史学忠

先进村房产咨询公司经理　吴品康